DE FRENTE COM O SERIAL KILLER

DE FRENTE COM O SERIAL KILLER

JOHN DOUGLAS & MARK OLSHAKER

TRADUÇÃO
ISABELLA PACHECO

RIO DE JANEIRO, 2023

Copyright © 2019 by Mindhunters, Inc.
Título original: *The killer across the table*
Todos os direitos reservados.

Todos os direitos desta publicação são reservados à Casa dos Livros Editora LTDA. Nenhuma parte desta obra pode ser apropriada e estocada em sistema de banco de dados ou processo similar, em qualquer forma ou meio, seja eletrônico, de fotocópia, gravação etc., sem a permissão do detentor do copyright.

Diretora editorial: *Raquel Cozer*

Gerente editorial: *Alice Mello*

Editor: *Ulisses Teixeira*

Copidesque: *Isabela Sampaio*

Revisão: *André Sequeira*

Capa: *Guilherme Peres*

Diagramação: *Abreu's System*

CIP-Brasil. Catalogação na Publicação
Sindicato Nacional dos Editores de Livros, RJ

D768d

Douglas, John
De frente com o serial killer / John Douglas, Mark Olshaker ; tradução Isabella Pacheco. – 1. ed. – Rio de Janeiro : Harper Collins, 2019.

Tradução de: The killer across the table
ISBN 9788595085466

1. Homicídios em série. 2. Investigação criminal. I. Olshaker, Mark. II. Pacheco, Isabella. III. Título.

19-58057

CDD: 364.1523
CDU: 343.61

Vanessa Mafra Xavier Salgado – Bibliotecária – CRB-7/6644

Os pontos de vista desta obra são de responsabilidade de seu autor, não refletindo necessariamente a posição da HarperCollins Brasil, da HarperCollins Publishers ou de sua equipe editorial.

HarperCollins Brasil é uma marca licenciada à Casa dos Livros Editora LTDA.
Todos os direitos reservados à Casa dos Livros Editora LTDA.
Rua da Quitanda, 86, sala 218 — Centro
Rio de Janeiro, RJ — CEP 20091-005
Tel.: (21) 3175-1030
www.harpercollins.com.br

Dedico este livro com amor e admiração à memória de Joan Angela D'Alessandro e em homenagem a Rosemarie D'Alessandro e a todas as pessoas que, através de sua inspiração, coragem e determinação, lutam por justiça e segurança para as crianças

EM UMA PEQUENA SALA NA PRISÃO   9
INTRODUÇÃO   11

I   O SANGUE DOS INOCENTES   19

1   A GAROTA PERDIDA   21

2   "EU DORMI BEM"   31

3   A MENTE DO ASSASSINO   38

4   DECADÊNCIA HUMANA   49

5   O QUE DIZEM OS PSIQUIATRAS   57

6   RAIVA VERMELHA E RAIVA BRANCA   67

7   A CONCLUSÃO   83

8   "GRANDE PROBABILIDADE"   92

9   O LEGADO DE JOAN   111

II   "PARA MIM, MATAR ERA ALGO INSTINTIVO"   119

10   TUDO EM FAMÍLIA   121

11   O VOLKSWAGEN ABANDONADO   139

12   DO LADO DE DENTRO DOS MUROS   144

13   "A CONVENIÊNCIA DA SITUAÇÃO"   154

14   "HOUVE VÍTIMAS NO MEIO DO CAMINHO"   167

15   PODER, CONTROLE, EXCITAÇÃO   178

III O ANJO DA MORTE 191

16 BRINCANDO DE DEUS 193
17 TURNO DA NOITE 205
18 COMO SE TORNAR UM ASSASSINO 216
19 "EU NÃO MUDEI ABSOLUTAMENTE NADA" 231
20 ANJO CAÍDO 247

IV "NINGUÉM ME OBRIGOU A FAZER NADA" 255

21 OS ASSASSINATOS DA SUPERBIKE 257
22 O QUE ACONTECEU COM KALA E CHARLIE? 263
23 O QUE DESPERTOU A RAIVA DE TODD? 270
24 "BOAS OU RUINS, QUERO SABER MESMO ASSIM" 281
25 ORGANIZADO *VERSUS* DESORGANIZADO 298
26 NATUREZA E CRIAÇÃO 306

EPÍLOGO 321
AGRADECIMENTOS 333

EM UMA PEQUENA SALA NA PRISÃO

A qui não importa tanto *Quem fez?*, e sim *Por que fez?*

No fim, se descobrirmos *Por quê?* e acrescentarmos *Como?*, também desvendaremos *Quem?*, uma vez que *Por quê? + Como? = Quem.*

O objetivo não é ser amigo. O objetivo não é ser inimigo. O objetivo é descobrir a verdade.

É uma partida de xadrez verbal e mental sem peças, uma sessão de treinamento sem contato corporal, uma prova de resistência na qual cada lado busca e explora as fraquezas e inseguranças do oponente.

Sentamos um de frente para o outro diante de uma pequena mesa em uma sala com luz baixa cujas paredes de tijolos são pintadas de um cinza-azulado pálido. A única janela fica na porta de ferro trancada, pequena e reforçada com uma tela de metal. Um guarda uniformizado observa do outro lado, certificando-se de que tudo esteja em ordem.

Em uma prisão de segurança máxima, essa é a premissa mais importante.

Nós já estamos nessa conversa há duas horas quando, enfim, o momento chega.

"Quero saber, nas suas palavras, como tudo aconteceu há 25 anos. Como você veio parar aqui? A garota, Joan, você a conhecia?"

"Já tinha visto ela pela vizinhança", responde ele. Sua postura era calma, e o tom de voz, tranquilo.

"Vamos voltar ao momento em que ela bateu na sua porta. Diga-me o que aconteceu, passo a passo, a partir daí."

É quase como uma hipnose. A sala fica em silêncio, e o vejo se transformar na minha frente. Até sua aparência física parece mudar diante dos meus olhos. O olhar fica desfocado, atravessa-me e paira na parede vazia. Ele está voltando para outro tempo e lugar; para a única história que nunca saiu de sua cabeça.

A sala está muito fria e, apesar de eu estar de paletó, faço um esforço para não tremer. Porém, conforme reconta a história, o homem começa a transpirar. Sua respiração fica cada vez mais forte e audível. Logo a camisa dele está ensopada de suor e, por baixo dela, os músculos do peito estremecem.

Ele relata tudo dessa maneira, sem olhar para mim, como se estivesse falando sozinho. Ele está em uma espécie de transe, naquela hora e naquele local, pensando agora no que pensava no momento.

Por um instante, ele se vira para me encarar. Olha no fundo dos meus olhos e diz:

"John, quando ouvi a batida na porta, olhei pelo vidro e vi quem estava ali, eu sabia que ia matá-la."

INTRODUÇÃO

APRENDENDO COM ESPECIALISTAS

E ste é um livro sobre a forma que os predadores violentos pensam — o alicerce dos meus 25 anos de trabalho como agente especial do FBI, pesquisador de perfis comportamentais e analista investigativo criminal, além do trabalho que tenho feito desde que me aposentei.

No entanto, também é um livro sobre conversas que tive. Afinal, foi através delas que tudo começou. Ao conversar, aprendi a usar o pensamento de um serial killer para ajudar oficiais da polícia a capturá-lo e levá-lo à justiça. Para mim, esse foi o início do trabalho de análise de perfis comportamentais.

Iniciei o processo de entrevistar criminosos violentos encarcerados pelo que eu considerava uma necessidade pessoal e institucional, mas, de muitas maneiras, tudo começou com um desejo de entender as motivações ocultas desses criminosos. Como a maioria dos agentes especiais do FBI, fui designado para trabalhar nas ruas. Meu primeiro cargo foi em Detroit. Desde o início, tinha interesse em saber por que as pessoas cometiam crimes — não apenas no *fato* de os cometerem, mas *por que* praticavam tipos específicos.

Detroit era uma cidade violenta, e, enquanto estive lá, cobríamos até cinco roubos de banco por dia. Roubar um banco protegido pela Federal Deposit Insurance Corporation é um crime federal, então a jurisdição recai sobre o FBI, e muitos agentes eram designados para investigar esses casos, além de trabalharem em suas outras funções. No momento em que capturávamos um suspeito e líamos os seus direitos, em geral, no banco de trás de um carro do FBI ou da polícia local, eu o enchia de perguntas. Por que roubar um banco onde a segurança é acirrada e tudo é filmado, em vez de uma loja com alto giro de caixa? Por que este banco específico? Por que nestes dia e horário? O roubo foi planejado ou espontâneo? Você vigiou o banco antes e/ou fez uma vistoria por dentro? Comecei a catalogar as respostas e a desenvolver "perfis" informais (embora o termo ainda não fosse usado) de tipos de assaltantes. Comecei a ver a diferença entre crimes planejados e não planejados, organizados e desorganizados.

Chegamos ao ponto de começar a prever quais agências estavam localizadas em lugares com maior probabilidade de roubo e quando. Em áreas com muitos prédios, por exemplo, aprendemos que o fim da manhã de sexta-feira era um horário provável para se assaltar um banco, pois havia muito dinheiro sendo manuseado para descontar os cheques semanais dos trabalhadores de construção. Usamos esse tipo de inteligência para aumentar a segurança em alguns pontos e aguardar em outros, se achássemos que tínhamos chances de pegar assaltantes no ato.

Durante meu segundo cargo, em Milwaukee, fui enviado para a nova e moderna Academia do FBI em Quantico, na Virgínia, para fazer um curso de duas semanas sobre negociação envolvendo reféns. Os agentes especiais Howard Teten e Patrick Mullany, mestres da ciência comportamental do FBI, foram meus professores. A aula principal se chamava Criminologia Aplicada. Era uma tentativa de trazer a disciplina acadêmica de psicologia anormal para a análise de crimes e treinamento de novos agentes. Mullany via a negociação envolvendo reféns como o primeiro uso prático do programa de psicologia aplicada. Era um movimento inédito na luta contra a nova era do crime, que envolvia sequestros de aviões em pleno ar e roubos de banco com reféns, como o assalto ao banco em Brooklyn em 1972 que inspirou o filme com Al Pacino, *Um dia de cão*. Era uma grande vantagem para o negociador saber o que se passava na cabeça de um criminoso que mantinha reféns, e isso salvava vidas. Eu era um dos cerca de cinquenta agentes especiais da primeira turma daquele tipo de curso, que dava início a um experimento ousado no treinamento do FBI. O lendário diretor J. Edgar Hoover havia morrido três anos antes, mas sua imensa sombra ainda pairava sobre a agência.

Mesmo nos últimos anos, Hoover manteve o controle da agência que havia, essencialmente, criado com mão de ferro. Sua abordagem pragmática e dura à investigação ecoava o antigo programa de TV *Dragnet*: *Somente os fatos*. Tudo precisava ser medido e quantificado — prisões, condenações, casos resolvidos. Ele jamais teria incentivado algo tão impressionista, indutivo e "sensitivo" quanto a ciência comportamental. Na verdade, ele a teria considerado uma contradição em termos.

Enquanto frequentei o curso de negociação envolvendo reféns na Academia do FBI, meu nome percorreu a Unidade de Ciência Comportamental, e, antes de voltar para Milwaukee, recebi propostas para trabalhar nas Unidades de Ciência Comportamental e Educacional. Apesar de nosso núcleo se chamar Ciência Comportamental, a responsabilidade principal de seus nove agentes era ensinar. Os cursos incluíam Psicologia criminal aplicada, Negociação envolvendo reféns, Problemas práticos da polícia, Gerenciamento de estresse da polícia e Crimes sexuais, que, mais tarde, foi modificado pelo meu grande colega Roy Hazelwood para Violência interpessoal.

Embora o modelo "tripé" de ensino, pesquisa e consulta estivesse começando a tomar forma na Academia, todos os casos de consulta que mestres como Teten apresentavam eram estritamente informais e não faziam parte de nenhum programa organizado. O foco dessas 40 horas em sala de aula era no assunto de maior interesse dos investigadores criminais — *Motivação*: *Por que os criminosos fazem o que fazem, das maneiras que fazem, e como a compreensão disso pode ajudar a capturá-los?* O problema dessa abordagem era que a maioria do conteúdo ainda vinha da esfera acadêmica, o que se tornava evidente quando policiais sênior que frequentavam o programa apresentavam ter mais experiência nos casos do que os instrutores.

Ninguém era mais vulnerável nessa área do que o instrutor mais jovem da equipe: eu. Lá estava eu, de pé na frente de uma sala cheia de detetives e policiais experientes, a maioria bem mais velho. Meu papel era ensinar o que se passava na mente de um criminoso, algo que pudessem de fato usar para solucionar casos. Muito da minha experiência nas ruas viera do trabalho com policiais e detetives de homicídios em Detroit e Milwaukee, portanto, parecia prepotente de minha parte falar para aqueles homens sobre o trabalho deles.

Havia uma percepção crescente, em muitos de nós, de que o que era aplicável à comunidade de saúde mental e psiquiátrica tinha pouca relevância na aplicação da lei.

Mesmo assim, comecei a receber os mesmos tipos de pergunta que Teten recebia. Nas aulas, durante os intervalos e até mesmo à noite, policiais e detetives vinham até nós para pedir ajuda ou conselhos sobre seus casos ativos. Se eu apresentasse um exemplo que tivesse qualquer semelhança àquele em que estivessem trabalhando, eles supunham que eu poderia ajudá-los a solucioná-lo. Eles me viam como uma voz de autoridade. Mas será que eu era mesmo? Tinha que haver uma maneira mais prática de unir dados úteis e estudos de caso que me dessem mais confiança para sentir que eu realmente sabia o que estava falando.

Como era o segundo mais novo, Robert Ressler se engajou em me ajudar a modificar a cultura da Academia e também para eu me sentir mais confortável dando aula. Cerca de oito anos mais velho do que eu, Bob desenvolvia o que Teten e Mullany haviam feito, com o objetivo de aproximar a disciplina de análise comportamental a algo que pudesse ser usado pelos departamentos de polícia e investigadores criminais. A forma mais eficiente de dar um pouco de experiência a um novo instrutor era por meio do que chamávamos de aulas itinerantes. Instrutores de Quantico passavam uma semana ensinando algo como uma versão dos principais casos das disciplinas da Academia para um departamento de polícia ou para policiais que haviam solicitado o treinamento. Depois, os professores seguiam para outra cidade por mais uma semana antes de voltarem para casa com as memórias de quartos de hotéis baratos e uma mala cheia de roupa suja. Então, Bob e eu colocamos o pé na estrada.

Certa manhã de 1978, Bob e eu estávamos saindo de Sacramento, na Califórnia, local de nossa última aula itinerante. Comentei que a maioria dos criminosos sobre os quais ensinávamos ainda estava viva e poderíamos facilmente descobrir em que prisão eles se encontravam, uma vez que não tinham para onde fugir. Por que não tentar conversar com alguns deles, descobrir como era um crime através dos olhos *deles*, fazer com que relembrassem as cenas e nos contassem *por que* haviam feito aquilo e *o que* se passava em suas mentes no momento do crime? Pensei que valia a tentativa, e que alguns deles estariam tão entediados com a rotina da prisão que gostariam de ter a chance de falar um pouco de si.

Havia pouquíssima pesquisa disponível sobre entrevistas com prisioneiros, e o que existia dizia respeito especificamente a condenações, liberdade condicional e reabilitação. Contudo, os registros pareciam indicar que os prisioneiros violentos e narcisistas, de modo geral, eram incorrigíveis — o que significava que não eram capazes de ser controlados ou reabilitados. Ao conversar com eles, esperávamos descobrir se isso era mesmo verdade.

No início, Bob estava cético, mas disposto a seguir adiante com essa ideia louca. Ele havia servido no exército, e entre este e o FBI, vivenciara tanta burocracia que seu mantra era: "É melhor pedir desculpa do que permissão." Apareceríamos nos presídios sem avisar. Naquele tempo, uma credencial do FBI nos permitia entrar nas prisões sem autorização prévia. Se comunicássemos com antecedência que estávamos a caminho, havia o risco de esse assunto correr entre o presídio. E se soubessem que um detento planejava falar com dois agentes federais, os outros presos poderiam pensar que ele era um dedo-duro.

Ao embarcarmos nesse projeto, tínhamos algumas ideias preconcebidas do que encontraríamos durante as entrevistas. Dentre elas:

- Todos os presos se declarariam inocentes.
- Eles colocariam a culpa de suas condenações em uma defesa ruim.

- Não falariam com agentes federais por vontade própria.
- Criminosos sexuais se mostrariam pessoas viciadas em sexo.
- Se houvesse pena de morte no estado em que o assassinato tivesse ocorrido, eles alegariam não ter matado as vítimas.
- Eles projetariam a culpa nas vítimas.
- Todos vinham de uma família com histórico disfuncional.
- Sabiam a diferença entre o certo e o errado e a natureza das consequências de seus atos.
- Não tinham doenças mentais nem eram insanos.
- Serial killers e estupradores tenderiam a ser muito inteligentes.
- Todos os pedófilos são molestadores de crianças.
- Todos os molestadores de crianças são pedófilos.
- As pessoas se transformam em serial killers, não nascem assim.

Conforme veremos nas páginas desse livro, algumas dessas suposições se provaram corretas, enquanto outras estavam bastante equivocadas.

Para nossa surpresa, a grande maioria dos prisioneiros que procuramos concordou em conversar conosco. Por diversas razões. Alguns achavam que cooperar com o FBI seria bom para a ficha deles, e nós não fazíamos nada para dissuadir essa ideia. Outros, talvez tenham ficado intimidados. Diversos detentos, sobretudo os mais violentos, não recebem muitas visitas, portanto era uma maneira de aliviar o tédio que sentiam, falar com alguém do mundo exterior e passar algumas horas fora de suas celas. Havia alguns que estavam tão convencidos da própria capacidade de enganar a todos que viam a entrevista como um jogo em potencial.

No fim, o que começou como uma simples ideia pelas ruas de Sacramento — conversas com assassinos — virou um projeto que mudaria a carreira e a vida tanto de Bob quanto a minha, além dos agentes especiais que viriam a se juntar à equipe e acrescentar uma nova dimensão ao arsenal da luta do FBI contra o crime. Antes de completar nossa fase inicial de entrevistas, tínhamos analisado e conversado com o fetichista de sapatos e estrangulador Jerome Brudos, em Oregon, que gostava de colocar sapatos de salto alto em suas vítimas mortas, tirados de seu enorme armário de roupas femininas; Monte Rissell, que estuprou e assassinou cinco mulheres durante a adolescência em Alexandria, na Virgínia; David Berkowitz, o Assassino do Calibre .44 e Son of Sam, que aterrorizou a cidade de Nova York em 1976 e 1977; e outros.

Ao longo dos anos, meus analistas de perfil em Quantico e eu entrevistamos vários outros predadores violentos e serial killers, incluindo Ted Bundy, o prolífico assassino de jovens mulheres, e Gary Heidnik, que aprisionava, torturava e matava mulheres no porão de sua casa na Filadélfia. Esses dois facínoras forneceram traços característicos para o escritor Thomas Harris em *O silêncio dos inocentes*, assim como Ed Gein, o sujeito recluso de Wisconsin que entrevistei no Mendota Mental Health Institute, em Madison, que matava mulheres para usar a pele delas. Ele também serviu de modelo para Norman Bates, personagem do famoso livro de Robert Bloch, *Psicose*, base para o clássico filme homônimo de Alfred Hitchcock. Infelizmente, a idade e a doença mental de Gein resultaram em um padrão de pensamentos tão desordenados e confusos que a entrevista não foi produtiva. No entanto, ele ainda gostava de trabalhar com couro, produzindo carteiras e cintos.

Por fim, o que surgiu foi uma série de rigorosos métodos de entrevista que nos permitiu começar a correlacionar o crime ao que se passava de fato na mente do criminoso no fatídico momento. Pela primeira vez, tínhamos uma maneira de conectar e compreender o que se passava na cabeça de um criminoso com evidências deixadas na cena do crime e com o que dizia à vítima, caso esta tivesse sobrevivido, ou o que havia sido feito no corpo antes e após a morte. Como costumamos dizer, isso nos ajudou a começar a responder à antiga pergunta: "Que tipo de pessoa faria algo assim?"

Quando terminamos nossa primeira rodada de entrevistas, já sabíamos que tipo de pessoa faria algo assim, e três palavras pareciam caracterizar as motivações de cada um dos criminosos: *manipulação*, *dominação* e *controle*.

As conversas foram o ponto de partida para tudo que veio depois. Todo o conhecimento que reunimos, as conclusões a que chegamos, o livro *Sexual Homicide* que resultou de nossa pesquisa e o *Manual de classificação criminal* que criamos, os assassinos que ajudamos a capturar e processar — tudo isso teve início ao sentarmos de frente para assassinos e perguntarmos a eles sobre suas vidas, com o intuito de entender o que os levou a matar uma pessoa ou, em alguns casos, várias pessoas. Tudo foi possível porque prestamos atenção a esse grupo de instrutores nunca antes explorado: os próprios criminosos.

Vamos observar com atenção quatro assassinos que confrontei após sair do FBI, usando as mesmas técnicas que desenvolvemos durante nosso extenso estudo. São todos diferentes entre si, cada um com as próprias técnicas, motivações e composições psíquicas. Variam de uma única vítima até cerca de uma centena, e aprendi com todos. Os contrastes entre eles são intrigantes e envolventes — assim como as similaridades. Todos são predadores e cresceram sem criar laços de confiança com outros seres humanos durante os anos de formação. E todos são casos importantes em um dos debates centrais da ciência comportamental: natureza *versus* criação, se assassinos nascem da forma que são ou se acabam se tornando homicidas durante a vida.

No FBI, operávamos com base na equação *Por quê? + Como? = Quem*. Quando entrevistamos criminosos condenados, podemos reverter a engenharia desse processo. Sabemos *Quem* e *O quê*. Ao combinar os dois, descobrimos os tão importantes *Como?* e *Por quê?*.

I

O SANGUE DOS INOCENTES

1

A GAROTA PERDIDA

Foi logo depois do feriado de Quatro de Julho de 1998 que peguei o trem para o norte a fim de entrevistar um possível novo "instrutor". Seu nome era Joseph McGowan e ele havia sido professor de química e feito um mestrado. Porém, em vez de um título acadêmico formal, ele agora era oficialmente conhecido como o detento no 55722 em sua residência de longa data, a Prisão Estadual de Nova Jersey, em Trenton.

Motivo da prisão: estupro, estrangulamento e assassinato violento de uma garota de 7 anos que havia ido até a casa dele para entregar duas caixas de biscoito das escoteiras, 25 anos antes.

Enquanto o trem seguia rumo ao norte, eu me preparava. Essa é uma etapa sempre importante quando se vai conversar com um assassino, e, nessa ocasião em especial, mais do que nunca — afinal de contas, a conversa teria consequências muito além de informativas ou acadêmicas. Eu havia sido chamado pelo Conselho de Liberdade Condicional de Nova Jersey para ajudar a determinar se McGowan, que já tivera a liberdade condicional negada duas vezes, deveria voltar ao convívio em sociedade.

Naquele tempo, o presidente do Conselho de Liberdade Condicional do estado de Nova Jersey era um advogado chamado Andrew Consovoy. Ele entrou no conselho em 1989, e enquanto o caso de McGowan surgia pela terceira vez, tinha sido eleito presidente há pouco tempo. Consovoy lera nosso livro *Mindhunter* após me ouvir no rádio certa noite e havia recomendado a leitura para o diretor executivo do conselho, Robert Egles.

"Uma das coisas que percebi após ler este e outros livros seus é que você tinha toda a informação do que estava acontecendo", relatou Consovoy anos depois. "Você precisava descobrir quem *eram* aquelas pessoas. Elas não começaram a existir no dia em que foram presas."

Com base nessa perspectiva, ele formulou uma unidade de investigações especial que operava sob o aval do conselho. Consistia em dois policiais aposentados e um pesquisador. A função era analisar a fundo os casos questionáveis de liberdade condicional e fornecer aos membros do conselho o máximo de informação possível sobre o solicitante, para que pudessem tomar uma decisão. Eles me chamaram para uma consulta sobre o caso de McGowan.

Consovoy e Egles me buscaram na estação de trem e me levaram para um hotel em Lambertville, uma cidade pitoresca às margens do rio Delaware. Lá, Egles me entregou cópias de tudo que constava no arquivo do caso.

Nós três fomos jantar naquela noite e falamos de forma geral sobre o trabalho que eu fazia, mas não comentamos sobre as especificidades do caso. Tudo que tinham me contado era que o sujeito matara uma menina de 7 anos e que queriam saber se ele ainda era considerado perigoso.

Após o jantar, eles me deixaram no hotel, onde abri o arquivo do caso e dei início a muitas horas de revisão. Meu papel era ver o que eu conseguia identificar sobre o estado mental de McGowan — tanto o daquela época quanto o atual. Ele sabia a natureza e as consequências de seu crime? Conseguia discernir o certo do errado? Importava-se com o que havia feito? Sentia algum remorso?

Qual seria sua conduta durante a entrevista? Ele relembraria detalhes específicos do crime? Se fosse solto, onde pretendia morar e o que pretendia fazer? Como ganharia dinheiro para se sustentar?

Minha regra crucial nas entrevistas na prisão é nunca ir despreparado. Também desenvolvi a prática de não entrar com anotações, pois isso poderia criar uma distância artificial ou uma espécie de barreira entre nós quando chegasse o momento de explorar e ir em busca da camada mais profunda de sua psique.

Eu não sabia o resultado dessa entrevista, mas imaginei que seria esclarecedora. Pois, como disse no início, toda vez que conversava com algum dos "especialistas", aprendia algo valioso. E uma das coisas que precisavam ser descobertas era justamente que tipo de especialista Joseph McGowan viria a ser.

Olhei os arquivos do caso, examinando mais uma vez as evidências e organizando meus pensamentos para a entrevista do dia seguinte.

Ao fazer isso, uma história sinistra foi revelada.

POR VOLTA DAS 14H45 DO DIA 19 DE ABRIL DE 1973 — QUINTA-FEIRA SANTA, COMO A MÃE, Rosemarie, sempre se lembraria —, Joan Angela D'Alessandro percebeu um carro estacionando na entrada da primeira casa à direita na St. Nicholas Avenue, esquina com a Florence Street, onde ela morava. Joan e a irmã mais velha, Marie, tinham conseguido vender biscoitos das escoteiras para todo mundo em uma área de quatro quadras em Hillsdale, o tranquilo bairro de Nova Jersey. Naquele tempo, ver crianças daquela idade saindo para vender biscoitos era normal. Como frequentavam uma escola católica, as garotas D'Alessandro estavam de folga em função do feriado religioso, e passaram parte do dia fazendo entregas. As pessoas que viviam na casa da esquina eram os últimos clientes; depois deles, os pedidos estariam finalizados. Como de costume, Joan queria terminar logo o trabalho.

A jovem tinha 7 anos e 1,30 metro de pura energia e charme — uma escoteira linda, confiante e entusiasmada. Na verdade, ela era animada com tudo: escola, balé, desenhos, cachorros, bonecas, amigos e flores. Sua professora do segundo ano a classificara como uma "borboleta social", alguém que atraía naturalmente as pessoas. Sua música favorita era "Ode à alegria", da Nona de Beethoven. Ela era a caçula de três irmãos com poucos anos de diferença entre si. Frank, mais conhecido como Frankie, tinha 9 anos, e Marie, oito. Eles eram mais sérios, Rosemarie lembra. A mais nova era mais descontraída.

"Joan era empática desde o início. Estava sempre preocupada com os sentimentos e as dores dos outros. E era corajosa por natureza."

Quase não existem fotografias em que a menina não estivesse sorrindo: Joan em seu uniforme de escoteira com a gravata e o gorro laranja, as mãos unidas na frente do corpo e o cabelo comprido castanho-avermelhado simetricamente caído sobre os ombros; Joan em seu collant preto e meia-calça branca, cabelo preso em rabo de cavalo, braços esticados para um lado, demonstrando um passo de balé; Joan em seu macacão xadrez azul-marinho, blusa branca e gravata-borboleta vermelha, como se tivesse acabado de virar para a câmera, a franja passando pela testa e o cabelo caindo em cascata pelo rosto adorável; Joan sentada sobre os pés em um vestido de festa azul-claro, o cabelo puxado para cima, ajeitando meticulosamente o buquê nas mãos de sua boneca Barbie Miss América. Todas as fotos representam diferentes personalidades da garota. As semelhanças entre elas são o sorriso angelical e a mágica inocente em seus olhos azuis.

Um amigo de Frankie falou: "Ela era tão pé no chão. Eu teria me casado com ela!"

Seu avô italiano a adorava e costumava dizer: "*È così libera!*" Ou seja: "Ela é tão livre!" Joan tinha uma risada sincera, e Rosemarie a vislumbrava atuando em peças de teatro quando fosse mais velha. Ela ia começar a fazer aulas de piano após completar 8 anos.

Naquela tarde, estava no jardim de casa, brincando sozinha. Frankie tinha ido na casa de um amigo na vizinhança e Marie estava em um jogo de softball.

De repente, correu para dentro de casa e falou para Rosemarie: "Vi o carro novo. Vou levar os biscoitos lá."

Ela pegou a bolsa das escoteiras na entrada de casa, com duas caixas de biscoito dentro.

"Tchau, mãe, já volto", disse ela, enquanto saltitava em direção à rua. A porta não tinha nem fechado direito desde que ela havia entrado correndo. Rosemarie se lembra do seu rabo de cavalo subindo e descendo, preso em um elástico com duas bolinhas de plástico azuis nas pontas, enquanto Joan descia os degraus da varanda a caminho da entrada da garagem mais adiante na rua. Tudo desapareceu como uma névoa.

Cerca de dez minutos depois, a vizinha de porta ouviu o latido insistente do seu cachorro, Boozer, conforme contou a Rosemarie. Joan e o animal adoravam passear juntos.

Joan não voltou logo para casa, mas Rosemarie não se preocupou. Provavelmente, ela havia ido na casa da amiga Tamara, na esquina da St. Nicholas Avenue com a Vincent Street. Elas moravam nesse tipo de vizinhança, em que se podia entrar e sair das casas das pessoas que você conhecia. A borboleta social sempre podia encontrar alguém para conversar ou algo para fazer. Por volta das 16h45, quando a professora de música chegou para a aula de piano de Marie, Rosemarie começou a se preocupar. Ela não queria transmitir a preocupação às crianças, então tentou se controlar. Afinal de contas, era um bairro seguro, com um agente do FBI e um ministro morando nas redondezas.

Ela começou a fazer algumas ligações. Joan não estava em nenhuma das casas para as quais telefonou e ninguém a havia visto.

Seu marido, Frank D'Alessandro, chegou em casa por volta das 17h50, e Rosemarie contou a ele que a filha tinha desaparecido. Frank era analista de sistemas, um homem metódico e taciturno. Rosemarie pôde ver no mesmo instante o quão preocupado e tenso ele estava, mas, como sempre, o marido guardara o que sentia para si.

Rosemarie falou: "Temos que chamar a polícia."

Frank concordou e ligou. Depois, saiu com os outros dois filhos de carro pelo bairro à procura de Joan. Eles percorreram toda a vizinhança.

Quando voltaram sem tê-la visto nem encontrado alguém que o tivesse, Rosemarie decidiu sair sozinha. Frank não queria ir. Ela lembrou que, quando Joan saiu, dissera algo sobre entregar o último de seus pedidos porque tinha visto "o carro novo" na St. Nicholas Avenue. O carro era da casa dos McGowan. Joseph McGowan ensinava química na Tappan Zee High, logo após a divisa do estado, em Orangeburg, Nova York. A casa pertencia à mãe dele, Genevieve McGowan, e o homem morava lá com ela e a mãe de Genevieve, sua avó. As escolas públicas tinham funcionado naquele dia, então teria sido mais ou menos o horário que estaria chegando em casa.

Relutante, para que não fosse sozinha, Rosemarie levou Frankie com ela, e juntos caminharam pela Florence Street, virando na St. Nicholas Avenue. Eram 18h50. A residência dos McGowan, uma construção de tijolos vermelhos e revestimento bege de dois andares, com uma rampa e uma garagem para dois carros, era a primeira casa à direita da rua e ocupava todo o lote da esquina.

Os dois subiram os cinco degraus da frente e ela tocou a campainha. Ela mandou Frankie ficar no jardim.

O sr. McGowan abriu a porta. Ele parecia ter acabado de sair do banho. Segurava um charuto fino, que, a princípio, Rosemarie não percebera. Era um rapaz solteiro de 27 anos. Ela não o conhecia, mas "meus filhos tinham dito que ele era muito legal".

Rosemarie entrou no hall da casa; ela queria ficar exatamente onde sabia que Joan estivera há pouco tempo. Já estava começando a ter uma sensação estranha. Ela se apresentou.

"Você viu a minha filha Joan?", perguntou. "Ela veio aqui entregar biscoitos."

"Não, não vi", respondeu ele.

Ele falou de um jeito casual, descontraído. E foi nesse momento que Rosemarie D'Alessandro sentiu tudo ficar gelado.

"Após alguns minutos em pé no hall, percebi um carro de bombeiro enorme parado na frente da casa dele", contou ela. "Nós havíamos chamado a polícia, e, quando vi que eles tinham chegado daquele forma, entendi que minha vida nunca mais seria a mesma."

Quase na mesma hora, ela foi assolada pela reação de McGowan — ou melhor, pela falta dela.

"Enquanto eu estava no hall com ele, lágrimas se formavam nos meus olhos. Ele olhou para mim como se não tivesse nem um pingo de sentimento. E o que ele fez ao ver minhas lágrimas? Subiu os degraus até o segundo andar e ficou lá em cima, me encarando, segurando o charuto fino e esperando que eu fosse embora. Enquanto caminhava de volta para casa, eu sabia que ele tinha consciência do que havia acontecido com Joan."

Após a polícia chegar e conversar com Rosemarie e Frank, uma busca por Joan foi organizada. Os escoteiros se voluntariaram. E também Joseph McGowan. Centenas de pessoas apareceram e se dividiram em pequenas equipes, checando casas, jardins, latas e caçambas de lixo, matas e parques em Hillsdale e nas cidades vizinhas. A polícia trouxe cães farejadores para ajudar na busca. Diversas pessoas subiram no carro de bombeiro que Rosemarie vira estacionar. Uma delas era o "namorado" de 7 anos de Joan, Rich. Eles procuraram na represa próxima ao lago Woodcliff.

Por volta das 21h20, um padre da igreja batista de St. John chegou à casa junto com um policial e um pastor-alemão. Rosemarie indicou o cesto de roupa suja para que o cão pudesse cheirar as roupas íntimas de Joan, e então saíram pelo bairro. A mãe tinha a sensação arrebatadora de que o cachorro entendera o que havia acontecido e "sentia" profundamente por ela e Joan. Com um evidente senso de missão, ele inspecionou tudo até a área ao redor da casa dos McGowan, indo até a porta de entrada e da garagem.

No entanto, nada apareceu em lugar algum.

A notícia do desaparecimento de Joan e da busca improvisada por ela se espalhou com rapidez. Repórteres de jornais e TV lotaram a vizinhança. Como a própria Rosemarie dissera, esse tipo de coisa simplesmente não acontecia em Hillsdale. Ela falava com frequência com a mídia, na esperança de que alguém que pudesse ter visto algo informasse a polícia. O que permaneceu em sua memória foi a sujeira das pegadas dos repórteres, que fez o carpete marrom-claro da entrada da casa ficar cinza-escuro.

A ansiedade na casa dos D'Alessandro naquela noite era quase insuportável. Frank costumava demonstrar raiva quando estava frustrado. Na noite anterior, ele se descontrolara por não ter encontrado uma caixa para embrulhar um presente de Páscoa.

"Ele ficava calmo e paciente por longos períodos, depois mudava em uma questão de instantes", disse Rosemarie. "Tinha um bom emprego, mas não era comunicativo, e nunca foi minha alma gêmea de verdade."

O delegado da polícia de Hillsdale, Philip Varisco, estava de férias na Flórida quando foi informado do sumiço de Joan. Hillsdale era o tipo de comunidade — e Varisco o tipo de líder — que achava inadmissível que o chefe da polícia não estivesse presente em um trauma como esse. Ele voltou correndo para casa. Varisco, que faleceu em 2012, aos 89 anos, era um profissional completo. Frequentou o programa da Academia Nacional do FBI em Quantico para tornar sua equipe — e ele mesmo — o mais efetiva possível.

Foi à residência dos D'Alessandro no dia seguinte. Rosemarie estava sentada nos degraus da frente da casa quando o delegado chegou. Disse a ela que estava pessoalmente no comando da investigação. Embora não tivesse prometido um final feliz (que sabia ser improvável), garantiu, em tom calmo, que tudo seria feito da maneira correta. Ele pediu uma foto que pudesse enviar aos jornais. Rosemarie foi buscar um retrato de Joan em seu uniforme escolar que estava pendurado no hall de entrada, pegou-o da parede, tirou-o da moldura e entregou a Varisco.

Frank disse aos repórteres que, se a pessoa que tivesse levado Joan a devolvesse em segurança, ele pediria às autoridades para desistirem da acusação. Durante uma entrevista à televisão, a mãe descreveu Joan para a repórter Vic Miles, falou do quão especial ela era e o quanto era amada, implorando para que a filha fosse devolvida. Anos depois, uma das amigas da menina contou a Rosemarie que se lembrava da transmissão como se fosse ontem, pois "a mãe da Joan estava pedindo na TV para que ela voltasse para casa". Dois meses antes, Rosemarie tivera um pensamento terrível de como seria se um dos filhos morresse e do quão arrasada ficaria.

A polícia interrogou diversos suspeitos, incluindo um homem que fora visto dirigindo pela vizinhança cerca de uma hora antes de Joan desaparecer e outro que estava andando pela área. O primeiro buscava bairros para onde pudesse se mudar, e o segundo estava apenas perdido. Quase sempre há pontas soltas e pistas falsas em casos grandes. No entanto, os investigadores logo focaram em Joseph McGowan. Apesar de não ter antecedentes criminais, foi para a casa dele que Joan disse que estava indo, e Rosemarie havia relatado seu encontro assustador com ele. O pai o vira tirando o lixo no dia seguinte ao desaparecimento de Joan e, apontando para a casa da esquina, comentou com Rosemarie: "Tem algo errado ali."

Policiais e detetives falaram com McGowan na sexta-feira e no sábado, pedindo que explicasse tudo que havia feito nos minutos e nas horas após Joan ter ido à sua casa. Ele se manteve calmo e amigável, mas negou que tivesse visto a garota na quinta-feira. Em vez disso, falou que estava em um supermercado próximo fazendo compras na hora que Rosemarie informou que a menina havia ido até sua casa. E o carro que Joan viu estacionar na garagem? Alguém o viu sair de lá? Não, ele tinha ido a pé. Em qual caixa havia passado as compras? Não lembrava. Ele poderia mostrar a nota fiscal? Achava que tinha jogado fora. Será que não estava na lixeira? Achava que o lixo já tinha sido coletado. Em quais dias a coleta de lixo era feita? Ele não tinha certeza. O que comprara? Bifes e maçãs, entre outras coisas. Os bifes ainda estavam na geladeira? Não, ele e a mãe haviam comido. E as maçãs? Ele não tinha certeza.

Detetives experientes desenvolvem um senso natural para saber se a história ou presunção de inocência de um suspeito é verdadeira. Um dia, na hora do almoço, Mark Olshaker perguntou ao detetive aposentado do Departamento de Polícia de Los Angeles, Tom Lange, quando ele chegou à conclusão de que O.J. Simpson era o principal suspeito dos assassinatos da ex-mulher Nicole e do amigo dela, Ronald Goldman, em 1994. Lange respondeu que apesar de O.J. Simpson ser cordial e cooperativo durante a entrevista, o jogador não fez nenhuma pergunta sobre os detalhes da morte de Nicole, se ela havia sofrido, se a polícia tinha alguma ideia de quem havia feito aquilo — todas as coisas normais que qualquer pessoa próxima à vítima gostaria de saber por instinto.

O amigo de Joan, Rich, se lembra de uma grande multidão diante da delegacia de polícia da Central Avenue quando McGowan estava sendo interrogado lá. Aos seus olhos pueris, parecia que a cidade inteira estava reunida no local.

Conforme os buracos e as contradições no depoimento de McGowan ficavam cada vez mais evidentes, os detetives pediram que ele se submetesse a um teste do polígrafo. Ele concordou.

McGowan foi reprovado no polígrafo, e quando os detetives lhe informaram isso, confrontaram-no com todas as partes do depoimento que não faziam sentido. Por fim, exausto e sem mais respostas, ele pediu que chamassem um padre. Os dois conversaram em particular e McGowan confessou. Então, chamou os detetives e disse a eles que, após matar Joan, levara o corpo até depois da divisa do estado de Nova York e desovara o cadáver no Parque Estadual Harriman, em Rockland County, a cerca de 32 quilômetros de distância.

Varisco assumiu a responsabilidade de dar a notícia a Rosemarie e Frank. Passava um pouco das 16 horas. Um homem profundamente sensível, o delegado levou um padre consigo, e juntos se sentaram com Rosemarie à mesa da cozinha. A mãe se lembra de retirar a toalha da mesa branca para adiar, mesmo que por alguns instantes, o que sabia que estava por vir.

Quando Varisco lhe contou o que McGowan dissera, ela gritou: "Eu vou matar esse cara!" Ela afirmou que estava se sentindo racional e no controle do que dizia, sabendo que não tinha esse intuito real, mas precisava de uma maneira de descarregar a angústia que a consumia.

O padre a aconselhou a não falar daquela maneira.

"O que o senhor esperava, padre?", perguntou Varisco.

2

"EU DORMI BEM"

O dr. Frederick T. Zugibe, médico-legista de Rockland County, em Nova York, disse que o caso de Joan foi um dos mais difíceis do ponto de vista emocional de sua longa e distinta carreira.

A notícia tinha se espalhado depressa do Departamento de Polícia de Hillsdale para o gabinete da procuradoria pública de Bergen County. Dali, logo foi até a Divisão de Polícia do gabinete do delegado de Rockland County. No início da tarde do domingo de Páscoa, o policial John Forbes dirigiu até o local descrito no Parque Estadual Harriman, na saída da Gate Hill Road, próximo à saída sul do local.

Lá, encontrou o corpo nu e agredido de uma jovem menina branca, com o rosto para cima em uma fenda estreita entre duas pedras, em um declive repleto de folhas sobre uma base rochosa. A cabeça estava virada bruscamente para a esquerda. Forbes tinha quatro filhos pequenos e se esforçou para não desmoronar ali.

Ele chamou a equipe para analisar a cena do crime.

Na hora em que o dr. Zugibe chegou, menos de uma hora depois, a cena do crime, já isolada, estava lotada de policiais e peritos forenses, detetives, agentes do FBI, repórteres, fotógrafos da imprensa e curiosos. Na mesma hora, o médico ordenou que os policiais removessem dali todos os que não fossem essenciais.

Richard Collier, o vizinho dos D'Alessandro que era agente especial do FBI e trabalhava fora do escritório da cidade de Nova York, foi identificar o corpo.

Sim, a menina era Joan.

Apesar de a cena não estar intacta, o corpo não fora movido nem tocado por ninguém. O dr. Zugibe imediatamente notou a lividez — uma roxidão da pele ao redor da área abdominal. Isso dizia a ele que Joan não havia sido morta naquele local. Se tivesse, a lividez estaria concentrada nas costas por causa da gravidade. Uma vez que esse tipo de assentamento de sangue leva no mínimo seis horas, ele também sabia que ela não havia acabado de ser jogada ali. Mediu a temperatura do corpo e descobriu que era a mesma da temperatura ambiente. Isso indicava que ela já estava morta havia pelo menos 36 horas, o tempo que um corpo leva para resfriar por completo. A descoberta foi confirmada pela falta de *rigor mortis*, a rigidez dos músculos pós-morte, que se inicia diversas horas após o óbito e diminui no intervalo entre 24 e 36 horas.

Juntando todas as evidências físicas observadas, o dr. Zugibe estimou que Joan estava morta havia cerca de cinquenta horas. Quando conseguiu realizar testes mais sofisticados durante a autópsia, aumentou a estimativa para um mínimo de 70 horas, o que significava que ela havia sido assassinada dentro de duas horas ou menos desde a última vez que Rosemarie a tinha visto.

Os policiais conduziram uma busca minuciosa pelas redondezas e encontraram uma sacola plástica de compras cinza com a logo da Mobil impresso. De acordo com Zugibe, o conteúdo da sacola estava arrumado, em vez de as coisas terem sido jogadas dentro dela ao acaso, e continha as roupas que Joan usava antes de desaparecer: um par de tênis vermelho e branco, uma camiseta turquesa, uma calça marrom, meias brancas e uma calcinha branca manchada de vermelho com seu sangue.

Antes de o corpo ser removido, um policial ligou para o santuário mariano de Stony Point, em Nova York, e pediu para que um padre fosse até o local. Ao chegar, iluminado pelas lanternas dos policiais e na presença de oficiais, detetives, agentes do FBI e repórteres, realizou um rito de passagem para Joan Angela D'Alessandro. Quando o padre terminou, Zugibe declarou oficialmente a morte, uma observação que parecia óbvia, mas que é uma formalidade necessária em qualquer investigação de assassinato.

De volta ao instituto médico em Pomona, Nova York, a menos de 16 quilômetros dali, ele iniciou a autópsia. Pela minha experiência ao lidar com diversos médicos-legistas ao longo dos anos, eu diria que poucas coisas são mais dolorosas do que realizar a autópsia de uma criança, e não há absolutamente nada mais angustiante se a criança tiver sido a vítima de um assassinato.

Ao finalizar o exame, Zugibe listou as lesões que retratavam a total depravação do crime: fratura no pescoço, estrangulamento manual, deslocamento do ombro direito, ferimentos profundos generalizados, lacerações sob o queixo e na parte interna do lábio superior, fratura frontal do crânio, fratura nos seios da face, inchaço do rosto, ambos os olhos roxos e inchados, três dentes moles, contusão e hemorragia cerebral, hematomas nos pulmões e no fígado e ruptura do hímen.

Joan foi espancada, estrangulada, abusada sexualmente e, por fim, esmurrada até a morte. No entanto, de acordo com o dr. Zugibe, foi bem pior do que isso. Se ela tivesse morrido após ser espancada e estrangulada, o rosto e o corpo não estariam inchados. Após a morte, as funções homeostáticas que causam inchaço em um local machucado param de funcionar. E como um inchaço demora cerca de meia hora para completar seu processo, ele concluiu que Joan devia ter permanecido viva por pelo menos esse tempo após o ataque. Era quase certo que estivesse inconsciente.

Um exame mais minucioso realizado pelo médico-legista no pescoço revelou duas áreas lesionadas: a cartilagem tireóidea e o osso hioide. Sua conclusão foi de que, cerca de meia hora após o ataque mortal, o assassino, incerto de que tinha realmente matado Joan, voltou para terminar o trabalho com um segundo estrangulamento manual. Isso me parece bastante possível. Para alguém como Joseph McGowan, um "assassino inexperiente", não seria incomum se sentir inseguro quanto à efetividade de seu feito, e ele não queria correr riscos.

Eu já tinha visto um comportamento semelhante no assassinato da pequena JonBenet Ramsey, de 6 anos, em sua casa em Boulder, Colorado, no Natal de 1996. O relatório do médico-legista listou dois potenciais ferimentos letais: lesão por ação contundente na cabeça e estrangulamento por garrote. Como não havia nenhum sangramento na cena do crime, concluí que a causa da morte foi o estrangulamento e que a pancada forte na cabeça foi uma tentativa de garantir que ela estivesse morta.

A evidência científica sugeriu algo muito significativo da perspectiva comportamental. Nenhum pai ou mãe sem histórico de abuso infantil extremo poderia, de forma sistemática, estrangular aquela criança até a morte por um período de tempo de diversos minutos. Isso simplesmente não acontece. Essa informação e todas as evidências forenses e comportamentais não nos diziam quem havia matado JonBenet; no entanto, revelavam-nos quem *não* tinha feito isso: seus pais. Mark e eu enfrentamos muita resistência e condenação pública por essa conclusão, incluindo da minha antiga unidade do FBI, mas a busca pela justiça criminal não é um concurso de popularidade, e é preciso deixar que as evidências falem por si.

O que era exatamente o que eu faria com Joseph McGowan.

JOSEPH MCGOWAN FOI ACUSADO PELO JUIZ DE BERGEN COUNTY, JAMES F. MADDEN. ELE FOI DETIDO com fiança estabelecida em 50 mil dólares. Na terça-feira, 24 de abril de 1973, foi indiciado pelo assassinato de Joan D'Alessandro.

Dois dias depois, por volta do meio-dia, foi realizado o funeral da menina na Igreja Católica Apostólica Romana de St. John, em cuja escola ela estudava. As crianças da turma de Joan estavam lá e, após a cerimônia, todas formaram uma fila do lado de fora para se despedir, enquanto o caixão era carregado.

Como investigador de crimes violentos, você tenta se manter o mais distante possível, não apenas para manter a objetividade e o julgamento crítico, mas também para preservar a própria sanidade. Ter que me colocar na cabeça de cada vítima dos casos em que trabalhei sem dúvida gerou danos psicológicos em mim ao longo de minha carreira. As reações do dr. Zugibe e do oficial Forbes ao verem o pequeno corpo de Joan no parque foram compreensíveis. Não importa o quão "profissional" você tente ser, é impossível *não* reagir a algo assim.

Que tipo de homem ou monstro faz isso com uma menina de 7 anos?, eu me perguntei enquanto lia os arquivos do caso 25 anos depois. Era isso que eu tentaria descobrir.

McGowan repetiu sua confissão ao dr. Noel C. Galen, um psiquiatra forense que fizera seu treinamento neurológico e psiquiátrico no Hospital de Bellevue, em Nova York, e realizava consultas para o sistema judicial de Nova Jersey. No dia seguinte à acusação, o assassino detalhou para o dr. Galen que havia atendido a porta e, quando Joan falou por que estava ali, ele mandou a menina segui-lo até o porão para pegar o dinheiro. Ela deve ter hesitado ou demonstrado resistência, porque ele admitiu que a agarrou e a forçou a entrar em seu quarto. Enquanto isso, a avó de McGowan, de 87 anos e com problemas de audição, assistia à TV no andar de cima. A mãe dele estava no trabalho.

Não estou revelando nenhuma informação sigilosa do caso ou dos relatórios médicos. Todas as avaliações e análises que cito aqui estão presentes e foram publicadas na decisão do recurso de apelação de *Joseph McGowan, réu recorrente, v. Conselho de Liberdade Condicional de Nova Jersey, Requerido*, decidido pelo Tribunal Superior de Nova Jersey no dia 15 de fevereiro de 2002.

Conforme contou ao dr. Galen, quando estava no quarto e a uma distância "segura" da rua, McGowan ordenou que Joan tirasse a roupa. Apesar de ter dito que "nunca finalizou o ato", ele ficou excitado e ejaculou nos dedos, a poucos centímetros de Joan, e então a penetrou com eles. É provável que não tenha conseguido esperar e fez isso antes que ela estivesse totalmente despida, pois sua calcinha continha manchas de sangue. Como disse que tinha sêmen nos dedos, não podemos afirmar com certeza se ele "finalizou o ato" ou não, mas o sangue e os ferimentos na área vaginal de Joan indicavam um assédio violento.

Foi nesse momento, de acordo com o depoimento de McGowan, que as consequências de seu ato impulsivo começaram a vir à tona.

"De repente, me dei conta do que tinha feito. Se eu a deixasse ir embora, minha vida estaria arruinada. Eu só conseguia pensar em me livrar dela", disse ele ao psiquiatra.

Como investigador, preciso dizer que, de uma perspectiva criminológica, essa parte faz sentido para mim. Em uma situação de alto estresse como essa, um criminoso "esperto" tende a ter apenas uma coisa na cabeça: se livrar do crime. Foi isso o que aparentemente aconteceu com McGowan. Se Joan de fato sobreviveu por tanto tempo depois do primeiro estrangulamento quanto especulou o dr. Zugibe é uma incógnita, assim como qual das tentativas de matá-la foi a certeira. Porém, a narrativa geral do que aconteceu não é suspeita. De acordo com a transcrição da confissão:

> *Eu segurei a menina e comecei o estrangulamento. Tirei ela da cama para jogar no canto do meu quarto, no chão de azulejo, fora do tapete. Ela estava tentando, sabe, gritar, e resistia. Mas é claro que não ia conseguir, pois minhas mãos envolviam o pescoço dela. É... aí a garota parou de lutar... e meio que ficou lá, deitada. Eu me vesti. Estava suando muito. Fui até a garagem. Peguei algumas sacolas plásticas para colocar o corpo. [Ao voltar da garagem], vi que ela ainda estava se mexendo, então comecei a estrangulá--la outra vez e bati a cabeça dela no chão repetidas vezes. Ela começou a sangrar pelo nariz, pela boca, pelo rosto... não sei nem de onde. Tinha sangue no chão todo. Então, peguei uma das sacolas plásticas e coloquei sobre a cabeça dela, fechei bem firme e segurei ali até ela parar.*

AO LER O DEPOIMENTO ENQUANTO ME PREPARAVA PARA ENCONTRÁ-LO, FIQUEI PENSANDO: *UMA OU duas horas antes, esse cara estava de pé na frente de uma sala de aula ensinando química para alunos do ensino médio. O que o levou do ponto A para o ponto B?*

Na sequência da confissão, McGowan descreveu a maneira como levantou o corpo de Joan e o colocou dentro de um saco plástico de lixo, e então o enrolou em uma capa de sofá velha, amarrou tudo com uma corda, levou até a garagem e jogou na mala do carro — o "carro novo" que Joan havia visto do jardim de casa virando a esquina e descendo o quarteirão. Ele limpou o sangue da melhor forma que conseguiu com algumas camisetas velhas. E aí dirigiu os trinta e poucos quilômetros e desovou o cadáver em uma encosta no Parque Estadual Harriman. Ele retirou o corpo do saco e o deixou sob a fenda de uma rocha. Jogou o saco plástico e a capa do sofá em uma lixeira na beira da estrada.

Quando voltou a Hillsdale, juntou-se à busca da vizinhança por Joan.

"Me senti melhor quando voltei para casa", contou ao dr. Galen. "Eu dormi bem."

3
A MENTE DO ASSASSINO

Frank Mikulski, que se aposentou como delegado de Hillsdale em 2006 após 42 anos de serviço, era sargento quando Joan foi assassinada.

"Foi o crime mais terrível que já aconteceu nessas redondezas, e é o único que ainda me atormenta", afirmou nos registros de Bergen County. "Esse homem é um monstro, e, quando algo assim acontece com uma criança, fica incrustado na memória da comunidade e nunca desaparece. Para as pessoas daqui, é como Pearl Harbor ou Onze de Setembro... Você lembra onde estava e o que estava fazendo."

Quase todo mundo que conhecia a família D'Alessandro ou Joseph McGowan lembra onde estava e o que fazia quando soube do crime.

Robert Carrillo, um professor de matemática que ia de carona para o trabalho com Joseph e outro professor, pensou em McGowan quando Joan desapareceu.

"Quando a notícia se espalhou, a primeira pessoa em quem pensei foi Joe. Pensei: *Caramba, ele mora por ali. Imagino que conheça a menina, não que esteja envolvido.*"

No domingo de Páscoa, Carrillo tinha ido visitar a mãe no Queens com a esposa e a filha. Naquela tarde, estavam voltando para casa quando souberam.

"Estávamos na via expressa Cross Bronx quando anunciaram no rádio que tinham capturado o suspeito do assassinato de Joan D'Alessandro e que era um professor de ciências do ensino médio de Rockland County. Depois, disseram o nome dele. Tive que parar no acostamento. Cheguei a vomitar."

Jack Meschino ensinava química junto com McGowan. Ele e o colega de longa data Paul Coletti haviam socializado com McGowan e outros professores em diversas ocasiões.

"Me lembro de quando ouvimos a notícia", falou Coletti. "Atendemos ao telefone, desligamos, sentamos um olhando para a cara do outro e falamos: 'O quê?'"

"É, foi surreal", concordou Meschino. "Foi um choque ele ter feito algo assim." Depois acrescentou: "Por outro lado, Joe era um cara esquisito. E pensando bem, algumas atitudes dele não eram muito comuns. Uma coisa que me incomodava era o humor de Joe. Havia uma estranheza ali. As situações que ele ria ou achava graça... as pessoas, em geral, não ririam ou não brincariam com elas. Muito bizarro."

"Joe sempre andava com um molho enorme de chaves, mais chaves do que qualquer um poderia precisar. Sabe Deus para que serviam. Uma das atividades que Joe pegava para si era checar as portas das salas após o horário das aulas. E a gente sabia que ele dedurava alguns colegas que deixavam as portas destrancadas. Isso não constava na lista de afazeres dele. Joe não tinha nenhuma responsabilidade administrativa. As únicas pessoas que ele tentava agradar eram da administração."

"Ele era meio que visto como puxa-saco dos administradores", disse Carrillo. "Também me lembro da época em que era moda em Nova Jersey entrar para o Clube da Playboy, e Joe era um associado com cartão dourado. Ele fazia questão de mostrar o cartão para todo mundo na sala dos professores. Esse tipo de coisa era importante para ele, buscar a aprovação ou o reconhecimento de outras pessoas."

Nós perguntamos a Carrillo se McGowan era popular com os alunos.

"Acho que sim", respondeu. "Ele era o tipo de professor que tentava ser amigável. Se esforçava para que os alunos gostassem dele."

Nem sempre foi assim, no entanto. Mais tarde, Mark e eu soubemos que várias de suas alunas se sentiam desconfortáveis perto dele.

Uma mulher, hoje perto dos 60 anos, lembrou-se de ter perguntado ao sr. McGowan no laboratório de química o que fazer com um frasco de vidro que ela não precisaria mais. McGowan pegou o frasco da mão dela e o jogou no chão, espatifando-o por toda a sala. Ele não deu nenhuma explicação sobre essa atitude.

Outras alunas tinham pensamentos semelhantes. Uma delas compartilhou sua história nas mídias sociais: "Naquela época, acho que eu estava no terceiro ano do ensino médio, em 1971, o sr. McGowan era meu professor de química. Eu tinha tanto pânico dele que fui à diretoria e pedi para ser dispensada das suas aulas."

A Tappan Zee High School estava fechada devido ao recesso de primavera durante a semana após o assassinato de Joan. Porém, quando as aulas retornaram na segunda-feira seguinte, prevalecia uma atmosfera de silêncio macabro.

"Voltar para a escola foi muito bizarro", afirmou Carrillo. "Todo mundo já sabia, mas ninguém falava sobre o assunto. Os alunos devem ter conversado entre si, os funcionários, entretanto, estavam mais em choque do que qualquer outro grupo. O conselho de educação desligou McGowan em uma reunião bem discreta; não houve divulgação alguma sobre isso."

Carrillo e Eugene Baglieri, o outro professor que pegava carona, conversaram sobre o caso:

"Depois, você repensa e reavalia algumas coisas", afirmou Carrillo. "Mas foi uma experiência tão terrível, mesmo falando de maneira superficial, que as pessoas evitavam o assunto."

Para Jack Meschino, foi ainda pior.

"Foi traumatizante voltar para a escola", lembrou. "A gente dava aulas alternadas, e, de repente, os *nossos* alunos eram só *meus*. Nunca vou me esquecer das primeiras aulas. Levei uns cinco ou dez minutos para reunir coragem para falar com os alunos. Ficamos todos ali, sentados, olhando uns para os outros; eu não sabia como lidar com aquela situação. Estávamos todos chocados."

Joseph McGowan faria outros exames psicológicos nas semanas seguintes, enquanto aguardava na cadeia de Bergen County em Hackensack.

No dia 10 de maio de 1973, pouco mais de duas semanas após a entrevista com o dr. Galen, o dr. Emanuel Fisher, psicólogo, examinou o criminoso. Ele concluiu que McGowan tinha uma "personalidade demasiadamente instável, tensa e histérica, cuja tendência é agir por humor ou impulso de forma explosiva. Controles racionais são fracos, apesar do fato de ser um indivíduo brilhante".

O dr. Fisher percebeu "uma quantidade enorme de hostilidade inconsciente", que ele "reprimia, evitava, sublimava e intelectualizava". E, apesar de se apresentar como "um indivíduo respeitável, convencional e adequado, essas características exageradas constituíam sua aparência defensiva, para si e para os outros, em oposição à depressão oculta e hostilidade inconsciente".

Menos de um mês depois, no dia 6 de junho, o dr. Galen apresentou um relatório psiquiátrico baseado em suas entrevistas com McGowan. Ele disse que McGowan tinha "apresentado um histórico significativo de atração sexual por meninas jovens. Junto com um cenário claro e evidente de uma mãe dominante e superprotetora, essa conclusão seria um forte indício de problemas profundos para se relacionar naturalmente com uma mulher adulta".

Galen citou que McGowan admitiu ter se sentido atraído por meninas jovens no ano anterior e mencionou uma prima de 12 anos. Ele disse que tinha se masturbado com fantasias de estupro. Assim, o psiquiatra concluiu que "meninas mais jovens não seriam ameaça alguma ao seu conceito distorcido de virilidade".

Outro relatório neuropsiquiátrico foi apresentado pelo dr. Abraham Effron mais tarde, em outubro, confirmando o que McGowan dissera ao dr. Galen sobre "fantasias de relações sexuais com meninas pequenas", e acrescentou que tinha ficado excitado sexualmente aos 19 anos, quando era orientador em um acampamento e uma garotinha sentou em seu colo.

O dr. Effron também entrevistou a mãe de McGowan, Genevieve, que não estava em casa no momento do assassinato. Ela disse que o marido, que morrera de ataque cardíaco quando Joseph estava na faculdade, "era muito mais próximo ao garoto [do que ela] e o levava para sair com frequência". Depois que terminou a faculdade, o filho voltou a morar em casa com ela e a avó.

O relatório de Effron afirmou:

Ele não demonstra necessariamente o que sente. Camufla muitas facetas da verdadeira e complexa personalidade e de sua identidade real, assim como as dificuldades emocionais relativas a ela. Tenta esconder a incapacidade de confirmar a própria masculinidade. Demonstra tensão sempre que se aproxima do sexo oposto. Essa passividade gera ansiedade, que, por sua vez, se retroalimenta e resulta em um estado de tensão ainda maior, que, sem dúvida, se transforma em uma completa perda de autocontrole ou liberação do desejo sexual.

Ele consegue controlar uma psicose oculta ao manter em suspensão, de maneira intelectual, seus instintos primitivos em uma extensão indescritível, mas assim como no passado recente, ele pode agir da mesma forma outra vez.

Há um debate constante sobre se os predadores violentos nascem assim ou se são transformados pelo meio — a chamada questão da natureza *versus* criação. Penso que, enquanto é difícil que uma pessoa que não tenha determinadas tendências inatas relativas a impulsividade, raiva e/ou perversões sádicas se transforme em um predador devido a uma criação ruim, na minha cabeça não há dúvidas de que aqueles que apresentam tais tendências inatas podem ser instigados ao longo da vida a se tornarem predadores por influências negativas enquanto crescem e amadurecem.

Na verdade, Ed Kemper é um bom exemplo disso.

EDMUND EMIL KEMPER III FOI O PRIMEIRO ENTREVISTADO COM QUEM BOB E EU CONVERSAMOS depois de minha ideia de falar com assassinos. O único problema era que não sabíamos exatamente o que estávamos fazendo.

Como agentes do FBI, fomos treinados sobretudo para entrevistar testemunhas e interrogar suspeitos. Porém, nenhuma dessas habilidades nos preparou para fazer uma entrevista na prisão. Algo desse tipo é um encontro com uma ou mais pessoas que possam ter informações relativas ao crime ou ao autor dele. Tentamos descobrir o máximo possível sobre quem, o quê, quando, onde, por que e como. Essa pessoa não é tratada como um suspeito.

Por outro lado, um interrogatório envolve fazer perguntas a um possível suspeito de um crime. Esse indivíduo precisa ser informado sobre seus direitos legais e, em nenhum caso, a informação pode violar as regras do devido processo. Isso tende a ser uma espécie de seminário por parte do interrogador, em que o suspeito é aconselhado ou apresentado à evidência forense definitiva que o conecte ao crime. As perguntas não são formuladas para o "se", mas para saber por que e como, para fazer com que o suspeito coopere e confesse.

Nenhuma dessas abordagens era apropriada para entrevistas na prisão. A interação entre o agente e o criminoso violento precisava ser informal e não abertamente estruturada. O que procurávamos não eram os fatos do caso, pois estes já estavam determinados, mas a motivação, o comportamento antes e depois do ato, o processo de seleção da vítima, e então a grande questão do porquê, sem sermos assertivos demais, diretos demais ou influenciadores demais — o oposto do que tentaríamos fazer no interrogatório de um suspeito.

Por mais contraintuitivo que soe, o encontro na prisão precisa parecer "natural" — apenas pessoas conversando e trocando informações.

Como estávamos na Califórnia, decidimos ir atrás da "clientela" local primeiro. Um agente especial de lá era ex-aluno de Bob e concordou em atuar como nosso intermediário com o sistema penal do estado. Ed Kemper era um gigante com mais de dois metros de altura e cerca de 135 quilos, que cumpria diversas sentenças de prisão perpétua no Centro Médico Estadual da Califórnia em Vacaville, na metade do caminho entre Sacramento e São Francisco. Kemper se tornara conhecido como o Assassino de Colegiais devido à sua série de assassinatos pelas redondezas da Universidade da Califórnia em Santa Cruz, entre 1972 e 1973.

Antes da entrevista, nós nos familiarizamos com todos os detalhes de sua ficha assustadora. Isso viraria parte fundamental do processo, para que não fôssemos influenciados ou enganados por homens que eram verdadeiros especialistas nessa prática. Não estávamos em busca dos fatos, mas interessados no que caras como Ed Kemper pensavam e sentiam enquanto planejavam e executavam seus crimes. Queríamos saber o que os motivava, quais técnicas utilizavam e como viam cada um de seus ataques ou assassinatos após ocorrerem. Queríamos entender como e quando a fantasia começava, quais eram as partes que achavam mais satisfatórias de um crime e se a tortura e o sofrimento da vítima eram componentes importantes. Em outras palavras: quais eram as diferenças entre os aspectos "práticos" de cometer um crime com sucesso e as razões "emocionais" para fazê-lo.

Nascido em 1948, Kemper foi criado em uma família disfuncional em Burbank, na Califórnia, com duas irmãs mais novas e os pais Ed e Clarnell, que brigavam constantemente até, enfim, se separarem. Já na infância, Ed demonstrava prazer em desmembrar os gatos da família e brincar de rituais de morte com a irmã Susan. Clarnell o mandou para morar com o pai, e quando este fugiu, ela o mandou para a casa dos avós paternos, uma fazenda remota ao pé da Serra Nevada.

Um dia, quando a avó Maude lhe pediu que ficasse em casa e ajudasse nas tarefas do lar em vez de acompanhar o avô Ed no campo, o jovem corpulento de 14 anos atirou na idosa com um fuzil e depois a atacou repetidas vezes com uma faca de cozinha. Quando o avô retornou, o garoto atirou nele também. Depois, foi internado no Hospital Estadual Atascadero para criminosos com problemas psiquiátricos até que, aos 21 anos, contra a vontade dos médicos, foi colocado sob a custódia de Clarnell.

Calmo, sentado na sala de interrogatório da prisão, Kemper nos conduziu por sua infância e pelo medo que a mãe sentia de que ele molestasse as irmãs. Dessa forma, ela fazia com que o filho dormisse em um quarto sem janelas no porão, o que o aterrorizava e o deixava ressentido. Foi nessa época que começou a mutilar gatos. Ele descreveu sua sucessão de empregos peculiares quando saiu de Atascadero; como Clarnell, uma secretária da recém-inaugurada Universidade da Califórnia em Santa Cruz, era popular e carinhosa com os alunos, mas passava a mensagem de que ele jamais frequentaria aquele lugar, entre as universitárias da faculdade. Kemper explicou seu hábito de dar carona para meninas bonitas do tipo que ele não tivera a oportunidade de ver por estar aprisionado durante seus anos de formação e como esse hábito evoluiu para sequestro e, depois, assassinato. Ele nos contou que levava os corpos de volta para a casa da mãe, fazia sexo com eles, e então os desmembrava e se livrava dos pedaços. Apesar de suas vítimas sofrerem terrivelmente, Kemper não era motivado pelo sadismo, como muitos serial killers. O que ele disse para nós — e essa não é uma frase que ouvimos desde então ou mesmo antes — era que estava "expulsando-as dos seus corpos" para que pudesse possuí-las, mesmo que temporariamente, após a morte.

Ele também relatou como, após dois anos fazendo isso, no fim de semana de Páscoa, criou coragem para entrar no quarto da mãe enquanto ela dormia e atacá-la até a morte com um martelo. Ele então arrancou a cabeça do cadáver e estuprou o corpo decapitado, retirou sua laringe e jogou-a no triturador de lixo da pia. Mas, quando ligou o botão, o triturador engasgou e lançou a laringe sangrenta de volta. Kemper encarou isso como um sinal de que a mãe nunca pararia de gritar com ele.

Ligou para uma amiga da sua mãe e a convidou para jantar. Quando a mulher chegou, ele lhe deu um golpe na cabeça, estrangulou-a e a decapitou. Deixou o cadáver dela na própria cama enquanto dormia na cama da mãe. Na manhã do domingo de Páscoa, Kemper saiu de carro e dirigiu sem rumo até chegar aos arredores de Pueblo, no Colorado. Parou em uma cabine telefônica, ligou para o Departamento de Polícia de Santa Cruz, custou a convencê-los de que era o Assassino de Colegiais, e então esperou até que alguém viesse detê-lo.

Kemper era solitário e narcisista, e queria tanto falar que, em alguns momentos, precisei pedir que ele parasse, porque tínhamos perguntas específicas a fazer. Usávamos um gravador portátil e fazíamos anotações.

Isso foi um erro. Mais tarde, aprendemos que, ao gravar uma entrevista, o sujeito perdia a confiança na gente. A maioria desses caras são paranoicos por natureza, mas, na prisão, há boas razões para terem medo. Havia a preocupação de que pudéssemos mostrar a gravação para as autoridades prisionais ou que fosse divulgado para a população que um prisioneiro conversava com agentes do FBI. As anotações também não eram uma boa ideia, pelas mesmas razões. O entrevistado esperava que dedicássemos a ele atenção plena.

Ainda assim, apesar dos ajustes necessários, muito dessa primeira conversa nos serviu para obtermos percepções significativas. Talvez o mais importante tenha sido que ela demonstrou, desde o início, o quão pertinente seria a questão da natureza *versus* criação quando fôssemos compreender o que levava esses homens a ter um comportamento antissocial. Esse tema surgiu em todas as entrevistas que fiz com assassinos, e era provável que com Joseph McGowan não fosse diferente.

Embora McGowan não tenha sofrido o mesmo trauma emocional que Ed Kemper ao crescer, é evidente que sua mãe dominadora e controladora teve um efeito profundo em seu desenvolvimento. Ele era um professor bastante inteligente de 27 anos, com mestrado em ciências, apesar de viver no porão da mãe e depender emocionalmente dela. Sua incapacidade de contrariá-la e o problema de ser forçado a morar com ela já adulto tiveram um impacto na forma que McGowan via a si mesmo e, como fui descobrir, na vida de uma garotinha inocente.

NO TRIBUNAL DE BERGEN COUNTY, COM O JÚRI JÁ SELECIONADO, MCGOWAN E SEUS ADVOGADOS decidiram abdicar do julgamento e entrar com uma confissão de culpa de homicídio doloso qualificado no dia 19 de junho de 1974. Da perspectiva dele, acho que essa foi uma decisão sábia. Dados os fatos do caso e a certeza de sua culpa, não imagino um júri o encarando com compaixão ou leniência na hora de sentenciá-lo.

No dia 4 de novembro, o juiz do tribunal superior de Nova Jersey, Morris Malech, condenou Joseph McGowan à prisão perpétua com possibilidade de condicional após 14 anos. O advogado dele impetrou um recurso de apelação da sentença diversas vezes, todas sem sucesso.

No mês seguinte, McGowan foi examinado por outro psiquiatra, o dr. Eugene Revitch, no Centro de Tratamento e Diagnóstico Adulto de Nova Jersey, em Avenel. O dr. Revitch, com especialização tanto em psiquiatria quanto em neurologia, era professor clínico do Curso de Medicina Robert Wood Johnson, na Universidade Rutgers, e havia publicado alguns dos primeiros artigos sobre abuso sexual e assassinato.

Mais uma vez, McGowan admitiu as fantasias de estupro enquanto estudava na faculdade, decorrentes da frustração sexual e da ansiedade. Após ouvir e examinar o paciente com e sem amital sódico (conhecido como "soro da verdade"), e descobrir pouca diferença além do grau de envolvimento, o psiquiatra concluiu que o homicídio de Joan "não foi um assassinato a sangue-frio, mas algo cometido em um estado de extrema desorganização emocional e pressão. A morte foi consequência de irritação e fracasso, devido a uma ejaculação precoce". O dr. Revitch reconheceu "um nível de dissociação com uso de mecanismo de negação".

Embora eu já tivesse visto alguns casos de estupro se transformarem em assassinatos como resultado de uma ejaculação precoce ou o fracasso em atingir ou manter uma ereção por parte do agressor, isso tende a acontecer com dois tipos específicos de estupradores: o raivoso-retaliador e o exploratório. Em geral, esses caras se concentram em mulheres adultas como vítimas, e se a ejaculação precoce ou algum constrangimento similar resultar em uma resposta debochada da vítima ou na perda de prestígio do agressor, a situação pode se tornar desastrosa. Como a vítima nesse caso era uma criança, eu estava convencido de que não era isso que estávamos vendo aqui. Mas foi a conclusão do dr. Revitch que realmente me deixou pensativo:

Acreditamos que esses eventos ocorrem apenas uma vez na vida desses indivíduos. Uma série de circunstâncias são necessárias para provocar tal incidente. Se a menina não tivesse aparecido na porta dele naquele dia, ou talvez se McGowan tivesse dois dólares

*em vez de apenas uma nota de um e uma de vinte, o evento não
teria acontecido, ao menos não no presente.*

É claro que o crime não teria ocorrido se Joan não tivesse aparecido na casa e tocado a campainha. Ela foi uma vítima trágica da oportunidade. Além disso, de tudo que eu sabia sobre meus próprios estudos das mentes criminosas, não estava certo do quanto concordava com os diversos relatórios psicológicos.

Qual avaliação era a mais próxima da verdade: a opinião do dr. Effron de que "ele pode agir assim outra vez" ou a conclusão do dr. Revitch de que "esses eventos ocorrem somente uma vez na vida desses indivíduos"?

Decidi reservar meu julgamento para a hora em que eu falasse cara a cara com McGowan.

4

DECADÊNCIA HUMANA

Existe uma palavra que os familiares de vítimas de assassinato detestam: *desfecho*. A mídia, o público, amigos bem-intencionados e até o sistema judicial pensam que é isso que todos os entes queridos devastados buscam, para que possam "virar a página e seguir com as suas vidas".

No entanto, qualquer um que tenha "vivido" um assassinato sabe que não existe um desfecho — e tampouco deveria existir. O processo de luto passará por fases e, com o tempo, a dor se tornará menos insuportável, mas jamais vai desaparecer, assim como também nunca será preenchido o vazio deixado pela perda da vítima ou o aniquilamento da promessa de uma vida inteira.

As escoteiras enviaram um cartão de condolências. Fora isso, ninguém em esfera oficial alguma fez qualquer esforço para entrar em contato com a família.

"O pior começou depois do enterro, quando todos foram embora e voltaram para as próprias vidas", afirmou Rosemarie.

Naquele momento, o mais importante para ela era seguir com a vida da maneira mais normal possível para Frankie e Marie.

"Eu me certifiquei de que Marie continuasse fazendo parte das escoteiras, porque era o que ela queria, embora eu sofresse só de pensar naqueles biscoitos. Continuamos morando na mesma casa, para que as coisas que nos eram familiares permanecessem ao nosso alcance, como a escola e os amigos. Assim, não precisaríamos lidar com ainda mais mudanças. Tentei não ser superprotetora com meus filhos. Deixei que continuassem saindo para brincar, apesar de estar sempre atenta ao paradeiro deles. Eles tinham que continuar sendo crianças, e eu não queria ficar paranoica."

Ela também não escondia deles as notícias constantes sobre o caso da irmã mais nova.

"Eu contava aos dois o que estava acontecendo, para que ouvissem da minha boca. Eu sabia que eles descobririam um monte de coisas, e não queria que escutassem de uma maneira assustadora. Nós nos sentávamos no chão do quarto e conversávamos sobre o que quer que eles tivessem em mente. Eles ansiavam por esse momento e sabiam que não estavam sendo deixados de lado." Os pais levaram os filhos ao cemitério em várias ocasiões para visitar sua "irmã do céu".

Rosemarie acabou aceitando a realidade de que era impossível separar seu amor de sua dor.

"Sinto uma relação com Joan no meu coração durante todos esses anos", disse ela. "Não é uma relação que eu teria escolhido, mas, ainda assim, ela me inspira a fazer o que eu faço. E encontrei uma paz que vem desse lugar."

E isso não foi tudo que Rosemarie precisou enfrentar. Sete meses após o assassinato da filha, seu pai faleceu em decorrência de um câncer. O homem amava a neta e nunca conseguira superar o luto por Joan.

Rosemarie foi à audiência em que McGowan se declarou culpado. Ela achou que tinha que estar presente por Joan. Genevieve McGowan também estava lá.

"Quando entrei no tribunal, ela me lançou o olhar mais frio que já recebi em toda a minha vida. Foi a primeira vez que eu a vi."

Rosemarie preferia que McGowan tivesse ido a julgamento, para que a verdade fosse revelada e nada ficasse escondido, inclusive os detalhes do que havia acontecido com Joan. Ainda assim, outros tipos de informação começaram a chegar aos seus ouvidos. Uma das mais terríveis foi quando ela soube por uma amiga que Genevieve comentara com uma conhecida da igreja que odiava Rosemarie, pois, se não fosse por ela, Joe jamais teria matado Joan e nunca teria sido preso.

Também surgiram desafios persistentes em seu próprio corpo. O primeiro episódio, quando ela parou para lembrar, tinha ocorrido muitos anos antes, quando era uma jovem de 19 anos que morava em Nova York. Certo dia, estava correndo para pegar um ônibus. De repente, sua perna ficou tensa e travou. Ela não sabia o que era, mas como não tinha voltado a acontecer, não ligou muito para o incidente.

Alguns anos depois, quando estava grávida de Marie, sentia-se extremamente cansada e sabia que não era a fadiga normal da gravidez.

Rosemarie, então, tentou desenvolver estratégias e mecanismos para lidar com a aflição desconhecida.

"Eu tive que criar a minha própria força com foco e determinação."

Quando Joan nasceu, a fraqueza se tornou maior, e ela foi obrigada e contratar uma ajudante, que permaneceu até que a filha tivesse seis meses. Os sintomas recorrentes eram vagos e flutuantes, e pareciam afetar diversas regiões do corpo.

"Ia piorando ao longo do dia e chegava ao máximo no fim da tarde. Eu sabia que estava com *alguma coisa*." O único denominador comum era o cansaço extremo e a certeza de que tinha uma quantidade limitada de energia durante o dia, e que, se a usasse toda de uma vez só, haveria consequências depois.

Ela foi a vários médicos, mas nenhum deles conseguiu descobrir nada de errado. Ou diziam a ela que era uma manifestação física da depressão pós-parto, ou que era um vírus e que ela ia sarar. Mas não sarou.

"Se eu não descansasse, pegava infecções com frequência."

Mais de um ano após a morte de Joan, Rosemarie enfim conseguiu um diagnóstico preciso. Ela se internou no Hospital Mount Sinai, em Nova York, e submeteu-se a uma bateria de exames. Um neurologista da equipe concluiu que ela sofria de miastenia grave, uma doença neuromuscular causada pela interrupção da comunicação natural entre nervos e músculos. É uma doença autoimune que pode estar relacionada a anormalidades na glândula timo, com mínima ou nenhuma relação com o histórico genético. Não há cura, e o tratamento é voltado para tentar aliviar sintomas que, além de fadiga extrema e fraqueza, podem incluir pálpebras caídas, visão dupla, fala arrastada, dificuldade de mastigar e engolir e até problemas de respiração.

"Eles me disseram que cada caso de miastenia grave era diferente. Se eu respeitar o meu ritmo e me mantiver organizada, é um pouco melhor", disse ela. Mas acrescentou: "Eu me arrisco, e é justamente quando extraio alegria da vida. Na verdade, acho que a doença me faz apreciar mais as coisas boas, porque essa condição torna as experiências muito intensas."

Após um aborto espontâneo, duas dessas alegrias ocorreram em 1980 e 1982, quando Michael e John nasceram. Frankie e Marie já eram adolescentes, portanto, para Rosemarie e Frank, foi como começar uma segunda geração de filhos.

Contudo, a felicidade não durou muito. Frank perdeu o emprego e o casamento deles começou a ruir.

"Mesmo após encontrar outro emprego, ele estava nos atacando cada vez mais", afirmou Rosemarie. "Quando John tinha 8 anos, presenciei toques e outros gestos inapropriados." Ao longo de todos os julgamentos, Rosemarie tirou forças de sua crença religiosa e de sua devoção. "Na minha fé, Deus sempre foi o meu psiquiatra. Depois do que aconteceu com Joan, pedi a Ele que me ajudasse a optar por uma vida sem animosidade, uma vida dedicada à prevenção, proteção e justiça", comentou.

No início dos anos 1990, quando Michael tinha cerca de 11 anos e John, 9, Frank se mudou para o porão da casa. Rosemarie sabia que era mais um passo para um caminho sem volta.

"Eu ia pedir o divórcio em 1993, no dia 7 de setembro, dia do aniversário de Joan", relatou ela.

Foi quando recebeu um telefonema que mudou sua vida mais uma vez. Em 26 de julho desse mesmo ano, o chefe-adjunto de detetives da promotoria de Bergen County, Ed Denning, ligou para avisar que Joseph McGowan pleiteava a liberdade condicional. Foi um grande choque, pois ninguém havia informado Rosemarie de que seis anos poderiam ser cortados da pena por bom comportamento e trabalho dentro do presídio. A condicional havia sido negada em 1987, a primeira vez que ele foi elegível ao pedido, mas suas chances eram maiores agora, pois já havia cumprido mais tempo do que a pena mínima.

O assassinato havia acontecido há 20 anos, e Rosemarie queria trazer a história de Joan de volta ao público.

"Não era para reviver o luto. Era uma forma de lutar para que o assassino fosse mantido na cadeia e se certificar de que não solicitaria a liberdade condicional de tempos em tempos. Achei que começar um movimento popular poderia ajudar a todos nós."

A mãe de uma ex-líder de torcida da Tappan Zee High ligou para Rosemarie para dizer que a filha achava que havia sido perseguida por McGowan nos tempos do colégio, e que ficaria "petrificada se ele fosse solto".

Rosemarie sabia que teria que travar uma guerra para mantê-lo atrás das grades, e começou a falar com os policiais da cidade e do condado, com os vereadores e com a comunidade para organizar uma vigília no dia 30 de setembro de 1993 no Parque dos Veteranos, em Hillsdale. Mais de mil apoiadores compareceram.

"Meus planos de divórcio tiveram que mudar, segundo os conselhos que recebi de um advogado", explicou ela. "O foco precisava ser a briga para manter McGowan preso, e isso não poderia ser ofuscado pela separação."

Rosemarie tinha duas grandes razões para manter o homem na cadeia: fazer com que a punição fosse, mesmo que de uma maneira mínima, equivalente à enormidade do crime e garantir que outra criança sofresse nas mãos dele. Ela entendeu que se tivesse algum significado na morte de Joan, se seu desaparecimento na Quinta-Feira Santa e o descobrimento do cadáver na Páscoa tivessem que ganhar alguma importância, ela precisaria fazer algo por conta própria.

"A mensagem de esperança era clara. Eu iniciaria o movimento pela proteção das crianças e para ajudar a sociedade, inspirado em Joan, na Quinta-Feira Santa e na Sexta-Feira da Paixão." Era como se o Deus que havia ordenado o livre-arbítrio aos homens — e, portanto, tivesse que sofrer as mortes de crianças pelas mãos daqueles que renunciavam aos seus valores — estivesse enviando uma mensagem a ela.

"Percebi que aquele era o trabalho que eu deveria fazer. E encarei como uma maneira de me aproximar do espírito da minha filha. Foi aí que o movimento começou. Não recebi apoio da família. Pelo contrário, parentes me dirigiam agressões verbais, ameaças com força física e correspondências abusivas. No final dos anos 1990, Michael e John se envolveram na causa, mas antes disso, eu estava sozinha."

Ela começou a fazer discursos. Começou a se organizar. Liderou uma campanha de nove meses para conscientizar as pessoas do perigo de predadores de crianças e dos motivos para serem mantidos na cadeia. O Conselho de Liberdade Condicional a ouviu e, mais uma vez, negou o pedido de McGowan. Além disso, revisaram o caso dele e o transferiram para uma prisão de segurança máxima em Trenton, onde os supervisores achavam que ele deveria ter estado desde o início. O conselho impôs um Termo de Elegibilidade Futura (FET, em inglês) que estabelecia um período de 20 anos até que pudesse fazer uma nova solicitação. Com bom comportamento e trabalho na prisão, essa pena seria reduzida para doze anos, tornando-o elegível de novo em 2005.

No entanto, quando o pedido de condicional de McGowan em 1993 foi negado, Rosemarie não deixou o assunto de lado. Ela iniciou um movimento popular, organizando pais e outras pessoas interessadas em reivindicar e requerer justiça a vítimas infantis. Ela escreveu, telefonou, apareceu na televisão e no rádio e deu entrevistas. Onde quer que fosse, distribuía pequenos laçarotes verdes, a cor favorita de Joan.

Foram três anos de ativismo em tempo integral. Até que, no dia 3 de abril de 1997, a governadora Christine Todd Whitman assinou a lei que ficou conhecida como Lei de Joan. Com um laço verde na lapela em homenagem à menina, a governadora Whitman se sentou sob a luz do sol do lado de fora da penitenciária de Bergen County. Rosemarie, Frank, Michael e John ficaram de pé, ao redor dela, envoltos por policiais, detetives, delegados e vereadores, todos que haviam apoiado a campanha em prol da aprovação da lei.

A Lei de Joan alterou o código penal de Nova Jersey e determinou que qualquer criminoso acusado de assassinato com agravante de abuso sexual de uma criança com menos de 14 anos fosse condenado à prisão perpétua sem possibilidade de condicional.

Rosemarie subiu no palanque e agradeceu à governadora, aos patrocinadores e apoiadores da causa.

"Talvez isso possa deter um crime. É o que esperamos", concluiu. E então, ergueu uma foto de Joan e acrescentou: "É a ela que devemos ser gratos. O espírito de Joan está vivo. Ela quer que vocês sorriam mais. Que sejam mais positivos."

No ano seguinte, no dia 30 de outubro de 1998, o presidente Bill Clinton assinaria uma versão federal da Lei de Joan. Seis anos depois, em 15 de setembro de 2004, o governador de Nova York, George Pataki, visitou o Parque Estadual Harriman, local onde o corpo de Joan foi encontrado, para assinar a Lei de Joan estadual. Rosemarie não pôde comparecer ao parque no dia da assinatura, mas ouviu pelo telefone da sua cama. Foi de onde ela fizera inúmeras ligações para se conectar a muitas pessoas e conseguir que a lei fosse aprovada.

Por ironia do destino, o condenado pelo assassinato de Joan, Joseph McGowan, não seria afetado pela Lei de Joan. Ele tinha sido julgado antes de o estatuto fazer parte do código penal, e a lei não poderia ser aplicada retroativamente. Portanto, de acordo com as instruções do tribunal de recursos, o Conselho de Liberdade Condicional de Nova Jersey e Rosemarie D'Alessandro se preparavam para a próxima audiência.

Essa situação era particularmente problemática, pois logo após a negação da condicional em 1993, McGowan contestou a decisão judicial que não permitia que ele requeresse liberdade condicional até 2005. O tribunal de justiça solicitou informação adicional para o conselho e depois permitiu que a decisão fosse mantida. Nos anos seguintes, McGowan havia apresentado recurso três vezes, e a família D'Alessandro esteve presente em todas as audiências. Era difícil reviver as declarações impactantes dele, mas Rosemarie sentia que precisava tornar o tormento de Joan e também o deles o mais realista possível para o conselho.

Em maio de 1998, o tribunal decidiu que o conselho elevara demais os padrões para liberdade condicional. Dizia que os seus membros não deveriam levar em consideração se o sujeito havia sido reabilitado ou não, somente se existia algum motivo substancial para acreditar que ele cometeria outro crime violento se fosse solto. Em outras palavras: ele era perigoso?

E foi aí que entrei no processo.

5

O QUE DIZEM OS PSIQUIATRAS

Nos primeiros 15 anos da prisão de McGowan, o arquivo do caso mostrou (e os recursos previamente citados com as respectivas decisões do tribunal confirmaram) que foram feitas pelo menos oito avaliações psicológicas além das iniciais conduzidas pelos drs. Galen, Effron e Revitch em 1974. Durante esse período, McGowan parecia ser um prisioneiro exemplar, que não entrava em confusões e não se envolvia com os outros presidiários.

As primeiras avaliações foram curtas e baseadas em autoavaliações. Esse tipo de exame em criminosos encarcerados, na minha opinião, é sempre problemático. Quando a maioria das pessoas comuns vai ao médico, seja por um problema físico ou mental, o objetivo é ser curado ou receber ajuda, portanto nosso maior interesse é falar a verdade.

Essa lógica nem sempre faz sentido do outro lado das grades. Para início de conversa, o criminoso não está indo ao psiquiatra ou ao psicólogo por vontade própria; a consulta é uma obrigação oficial. Além disso, até onde o criminoso sabe, o encontro não tem como objetivo ajudá-lo a "melhorar". É para avaliar seu comportamento, sua reabilitação e sua possível periculosidade. Portanto, ele tem um interesse oculto não em dizer a verdade, mas em se colocar sob a luz mais favorável possível.

Em uma das consultas obrigatórias a um psiquiatra do estado após ser liberado de Atascadero, Ed Kemper estava com a cabeça de uma de suas vítimas, uma menina de 15 anos, no porta-malas do carro. Durante essa entrevista, o psiquiatra concluiu que ele não era mais uma ameaça para si ou para outros, e recomendou que sua ficha criminal juvenil fosse arquivada. É por esse motivo que não confio em autoavaliação.

No entanto, era isso que constava nos arquivos de saúde mental da prisão de McGowan. Três relatórios individuais, feitos em janeiro de 1987, outubro de 1988 e setembro de 1991, afirmavam que McGowan havia admitido sua culpa e aparentava sentir remorso pelo crime. Os três recomendavam liberdade condicional. Por outro lado, McGowan nunca havia procurado e tampouco expressado remorso a Rosemarie ou a qualquer membro da família de Joan.

No dia 7 de outubro de 1993, o dr. Kenneth McNiel, diretor clínico e psicólogo do Centro de Tratamento e Diagnóstico Adulto, encontrou-se com McGowan. Ele foi até lá a pedido do Conselho de Liberdade Condicional do estado de Nova Jersey. O conselho queria, especificamente, obter acesso às seguintes informações do prisioneiro: "(1) tendência a reações violentas; (2) perfil geral de personalidade; (3) presença/ausência de diversos problemas psicológicos; e (4) recomendações de programas de tratamento".

As impressões do dr. McNiel mostraram um cenário bem diferente, não só em relação aos três relatórios anteriores, mas também quanto aos relatórios originais conduzidos pelos drs. Galen, Effron e Revitch. Segundo ele, McGowan negou "qualquer histórico de fantasias ou comportamentos sexuais com crianças, fosse anterior ou subsequente ao crime".

O relatório de McNiel dizia que:

Ao mesmo tempo em que o sr. McGowan também negava quaisquer sintomas dissociativos, sua discussão da presente ofensa foi notável em alguns breves instantes em que ele não se lembrava do ocorrido ou olhava para o lado enquanto falava sobre o crime, o que sugere um processo dissociativo. Foi claramente difícil para ele se concentrar em memórias específicas do ocorrido.

ELE CONCLUIU:

O sr. McGowan obteve pouco ou nenhum progresso na compreensão total da extensão de desvio e violência sexuais aparentes em seu ato. Infelizmente, parece que ele continua lidando com os aspectos negativos de sua personalidade sobretudo através de negação e repressão, bastante similar ao momento em que cometeu o crime.

ASSIM COMO NOS TRÊS RELATÓRIOS ANTERIORES, MCNIEL NÃO ENCONTROU "EVIDÊNCIAS QUE indiquem que o sr. McGowan apresente risco iminente de comportamento violento", mas esquivou-se acrescentando que "em um cenário de comunidade não estruturada, sua habilidade para lidar com raiva, rejeição e sentimentos de inadequação sexual permanece em aberto".

Juntos, esses relatórios ressaltam nossa dificuldade em entender a mente humana e suas motivações, ou mesmo sua relação com o cérebro em si. Às vezes, podemos olhar para um sintoma mental e conectá-lo diretamente a um problema físico no cérebro ou no sistema nervoso, mas, na maioria das situações, isso não é possível. Ou, para darmos um passo adiante, em algumas ocasiões, dizemos que uma determinada atitude cruel, antissocial e criminosa é resultado de uma doença mental ou emocional. Em outros casos, dizemos que o infrator não sofria de doença mental em si, mas tinha um "transtorno de caráter", e, portanto, é mais responsável pelo que fez. Mas qual é a diferença entre doença mental e transtorno de caráter? Um psiquiatra, ao ler o *Manual de Diagnóstico e Estatística de Transtornos Mentais*, pode nos dar uma resposta, mas esta resposta de fato vai nos dizer algo relevante sobre a diferença?

Do lado da análise criminal da ciência comportamental, meus colegas e eu operamos com a premissa de que qualquer pessoa que comete um crime violento ou de natureza predatória tem uma doença mental.

Isso é quase um *ipso facto*, pois pessoas "normais" não cometem tais crimes. Porém, um distúrbio mental em si não significa que o agressor seja *insano*, o que, do ponto de vista legal, tem a ver com culpabilidade do criminoso.

Há anos tenta-se definir a ideia de insanidade, mas, de um jeito ou de outro, todas elas remontam à regra de M'Naghten, formulada pelos tribunais britânicos após a tentativa de Daniel M'Naghten de assassinar o primeiro-ministro Sir Robert Peel, em 1843. Ao atirar de um ponto cego do lado de fora da casa de Peel em Londres, M'Naghten acabou matando o secretário pessoal do primeiro-ministro, Edward Drummond. M'Naghten sofria de mania de perseguição e foi declarado inocente por insanidade, e, desde então, por meio de inúmeras interpretações e permutações, o teste básico legal de insanidade nos tribunais britânicos e americanos se baseia em estabelecer se o réu podia distinguir entre o certo e o errado ou se estava agindo sob delírio ou compulsão de forma tão intensa que sua distinção fora anulada.

Talvez o mais próximo que presenciamos de um predador genuinamente insano tenha sido o caso do falecido Richard Trenton Chase, convencido de que precisava beber sangue de mulheres para permanecer vivo. Quando colocado em um hospital psiquiátrico para criminosos (ou seja, sem acesso a sangue humano), ele caçava coelhos, retirava o sangue deles e injetava no braço. Quando conseguia pegar pequenos pássaros, ele os decapitava com uma mordida e bebia o sangue. Não era um sádico que gostava de infligir dor e morte em criaturas menores e mais fracas. Era claramente um psicótico, não um criminoso sociopata qualquer. Ele cometeu suicídio em sua cela aos 30 anos por overdose de antidepressivos que havia armazenado.

Ainda assim, não há histórico de muitos assassinos como Richard Trenton Chase, e essa ambiguidade entre insanidade e doença mental enfatiza um dos primeiros objetivos de nosso projeto de entrevistar assassinos. Porém, apenas conversar não era suficiente. Nós sabíamos que, para o projeto ser útil de verdade, precisaríamos encontrar um jeito de sistematizar os resultados: criar distinções que poderiam ser aplicadas de forma mais abrangente, com um vocabulário que fosse além de cada caso individual. Em 1980, Roy Hazelwood, nosso especialista em crimes sexuais e violência interpessoal, colaborava comigo em um artigo sobre assassinato e luxúria para o *Law Enforcement Bulletin* do FBI. De forma inédita, em vez de roubarmos os jargões da psicologia, aplicamos uma série de termos que julgamos serem mais práticos para investigadores. Introduzimos conceitos como *organizado*, *desorganizado* e *misto* para descrever apresentações comportamentais em cenas de crime.

Roy me colocou em contato com a dra. Ann Burgess, com quem havia feito pesquisas. Ann era uma escritora muito reconhecida, professora da área de saúde mental da Boston College e da Faculdade de Enfermagem da Universidade da Pensilvânia, além de diretora-adjunta de pesquisa de enfermagem do Departamento de Saúde e Hospitais de Boston. Ao lado de Roy, era uma das principais autoridades do país em estupro e seus impactos psicológicos. Por coincidência, ela havia terminado recentemente um projeto de pesquisa sobre a exatidão da previsão de ataques cardíacos em homens, e achou que havia semelhanças interessantes na "engenharia reversa" de seu estudo e no que planejávamos fazer.

Ann acabou conseguindo um grande financiamento do Instituto Nacional de Justiça que nos permitiu conduzir uma pesquisa dedicada e publicar os resultados obtidos. Bob Ressler administrou o fundo e serviu de elo com o INJ. Com nossos dados, desenvolvemos um documento de 57 páginas para ser preenchido em cada entrevista, que chamávamos de Protocolo de Avaliação. Havia categorias para o *modus operandi*, descrição da cena do crime, vitimologia, comportamento antes e depois da agressão e como o assassino foi identificado e preso, entre outros diversos elementos. Como já tínhamos estabelecido que gravar ou fazer anotações durante as entrevistas não era uma boa ideia, assim que terminávamos, preenchíamos o documento com o máximo que conseguíamos lembrar das palavras do próprio entrevistado.

Quando terminamos nossa pesquisa, formalizada em 1983, tínhamos 36 estudos aprofundados de criminosos e 118 de suas vítimas — em sua esmagadora maioria, mulheres. Nesse momento, já contávamos com experiência e sofisticação suficiente na Unidade de Ciência Comportamental para sugerir perfis de assassinos e fazer consultas em casos de maneira formal. Bob Ressler e Roy Hazelwood continuaram com suas aulas e pesquisas e faziam consultas em meio período, quando as outras atividades permitiam. Eu me tornei o primeiro agente responsável pela análise de perfis psicológicos em tempo integral e gerente do Programa de Análise de Perfis de Personalidades Criminosas, até criar uma nova unidade. Minha primeira função foi "tirar o CC da Análise de Perfis e Ciência Comportamental". Renomeei o grupo como Unidade de Apoio Investigativo, que abrangia programas de análise de perfil de personalidades criminosas, ataques incendiários e com bombas, o Programa de Bolsas para Policiais Executivos, o VICAP — banco de dados digitais do Programa de Apreensão de Criminosos Violentos, que envolvia registrar e comparar casos entre jurisdições — e coordenar outras agências de aplicação das leis federais, incluindo a Agência de Álcool, Tabaco e Armas de fogo, e o Serviço Secreto.

Nós entendíamos e tentávamos explicar para alguns de nossos "clientes" que o formulário de investigação criminal que desenvolvemos funcionava para alguns crimes, mas não para outros. Por exemplo, um roubo qualquer em uma ruela ou um crime seguido de assassinato — um crime de oportunidade no qual a única motivação era dinheiro rápido — não se adequavam à análise de perfil ou comportamental. Ambos são cenários bastante comuns, com um perfil previsível que se encaixa em um número enorme de pessoas e, portanto, inútil. Contudo, mesmo em casos assim, sugeríamos técnicas proativas que talvez ajudassem a fazer com que o infrator se entregasse.

Por outro lado, quanto mais psicopatologia o criminoso demonstrasse, conforme evidenciado pela análise do crime, mais podíamos fazer para traçar o perfil e ajudar a identificar o culpado. Porém, precisávamos ser capazes de realizar nossas análises e consultar investigadores locais em um contexto que usasse a psicologia, mas que também fosse efetivo na solução do delito.

Em 1988, Bob Ressler, Ann Burgess e eu publicamos nossas descobertas e conclusões em um livro chamado *Sexual Homicide: Patterns and Motives.* A aceitação tanto da academia quanto da comunidade dos agentes da lei foi gratificante. Mas seguíamos em busca do objetivo de tornar nossos estudos úteis na prática do trabalho de agentes da lei da mesma maneira que os profissionais de saúde mental usam o Manual de Diagnóstico e Estatística de Transtornos Mentais, já em sua quinta edição (DSM-5).

Percebemos que, para compreender um sujeito desconhecido (que chamamos de *UNSUB*), é preciso entender *por que* e *como* ele cometeu um tipo específico de crime. Com as mesmas perguntas, é possível classificar crimes por motivação, em vez de apenas pelo resultado ou desfecho. Esse foi o desafio que enfrentei na dissertação de doutorado que estava escrevendo: avaliar diferentes maneiras de treinar agentes da lei para classificar homicídios. Em outras palavras: eu estava tentando apresentar esse material de forma que pudesse ajudar a resolver casos através da explicação das dinâmicas comportamentais do crime.

O resultado final, que foi além de minha pesquisa de dissertação e envolveu algumas das melhores mentes do FBI e da polícia em geral, foi o *Manual de classificação criminal*, publicado em 1992, junto com Ann Burgess, seu marido, Allen Burgess, e Bob Ressler. Na época da publicação, já tínhamos um número significativo de assassinos descobertos através da análise de perfis, incluindo os infanticídios de Atlanta; os assassinatos de prostitutas, cometidos por Arthur Shawcross, em Rochester, Nova York; o assassinato de Francine Elveson na cidade de Nova York; o Assassino da Linha do Trem, em São Francisco; e os assassinatos de Karla Brown, em Illinois, de Linda Dover, na Geórgia, de Shari Faye Smith, na Carolina do Sul, e da funcionária do FBI Donna Lynn Vetter, no Texas. Além disso, nós também conseguimos usar a ciência comportamental e análise de perfis para ajudar a libertar David Vasquez, um indivíduo com deficiência mental que estava em uma penitenciária na Virgínia e havia sido condenado injustamente. Apesar de ter confessado diversos assassinatos em circunstâncias coercitivas, conseguimos ligar os crimes ao culpado real, Timothy Spencer, que foi condenado e executado.

Em retrospecto, uma defesa da insanidade como a regra de M'Naghten foi uma das razões principais para que Ann e Allen Burgess, Bob Ressler e eu criássemos o *Manual de classificação criminal*. Do ponto de vista de uma investigação, não nos importa se algo é uma doença, um transtorno ou nenhuma das duas coisas. Estamos interessados em como o *comportamento* indica intenção e perpetração, e como isso se correlaciona com o *pensamento* do agressor logo antes, durante e depois de o crime ser cometido. Se tal comportamento foi desorganizado a ponto de ir contra sua culpa (uma vez que, legalmente falando, cada crime é composto por dois elementos: o ato e a intenção criminosa do ato) era algo que cabia ao júri e ao juiz decidirem.

Entretanto, os relatórios sobre o estado mental de McGowan me deixaram ainda mais desconfortável sobre o papel deles em determinar se o criminoso estava apto a obter a liberdade condicional. Se você sentisse sintomas físicos que indicassem que algo estava muito errado com seu corpo e fosse examinado por quatro médicos diferentes, cada um deles apresentando um diagnóstico distinto, você questionaria a eficácia dos protocolos de diagnóstico utilizados. Sem dúvida, exigiria uma bateria de exames para determinar o que estava de fato acontecendo e não ficaria satisfeito até que um exame de sangue, um endocrinologista e estudos de imagem confirmassem uma causa específica para sua enfermidade.

Porém, na maioria dos casos, não existem exames para confirmar a certeza de um diagnóstico mental. Nós conhecemos o sintoma — nesse caso, o estupro brutal e o assassinato de uma menina de 7 anos —, mas não podemos *provar* a causa. Então, o que mais me preocupa é com que exatidão conseguimos prever um perigo *futuro*. Seria como um médico dizendo que não pôde provar a causa da doença, mas seu maior interesse era saber se ela seria recorrente. Em outras palavras, só é possível especular, oferecer uma estimativa ou uma opinião. Mas sempre parto da mesma premissa, que ensinei durante meus anos no FBI: *o comportamento passado é a melhor previsão para o comportamento futuro*.

Em 1998, cinco anos depois de ter examinado McGowan pela primeira vez, e novamente por uma solicitação do conselho de liberdade condicional, o dr. McNiel se encarregou de outra avaliação. Mais uma vez, McGowan negou sua confissão anterior de fantasias de estupros e atração sexual por meninas jovens, e dessa vez reduziu o assassinato a uma má confluência de eventos. Nas palavras do médico: "A vítima foi até sua casa em um momento de desespero atroz, em que ele planejava se matar havia semanas, mas não conseguia executar os planos de suicídio." Quando Joan apareceu na porta, "ele ficou desesperado e sentiu uma raiva inexplicável".

Enquanto eu lia esses relatórios para me preparar para o encontro com Joseph McGowan, algo chamou minha atenção nessa última parte: *um momento de desespero atroz, em que ele planejava se matar havia semanas.*

Eu não sabia se ele planejava se matar mesmo ou não, mas desde o momento em que fui trazido para este caso e que comecei a estudar seus detalhes, minha primeira pergunta foi: *por que essa vítima, e por que naquele momento?*

Mesmo que ele se sentisse sexualmente atraído por meninas jovens, e mesmo que não tivesse certeza de sua virilidade, mesmo estando sob as rédeas de uma mãe dominadora, o que se passava em sua cabeça no exato momento que o levou a cometer o crime de alto risco de agredir e assassinar uma criança do próprio bairro, na própria casa?

O dr. McNiel reportou ao Conselho de Liberdade Condicional que considerava sua última avaliação consistente com a anterior, apesar de, em seu relatório mais recente, ter apontado um "potencial para a dissociação em momentos de raiva, e também a probabilidade de patologia sexual severa, envolvendo pedofilia e violência sexual, que ele continuava negando". Também disse que McGowan possuía "tendências paranoicas e potencial significativo para violência", e que, em função da "contínua inabilidade do sr. McGowan de lidar com os aspectos sexuais do próprio crime, parecia que tinha feito pouco progresso em confrontar os impulsos pedófilos e o sadismo sexual demonstrados na ocasião. Portanto, deveria ser considerado um risco para a sociedade".

Tudo bem, falei a mim mesmo. Apesar do dr. McNiel considerar seus dois relatórios bastante consistentes, e embora o sujeito não tivesse tido problemas na prisão, enquanto antes ele dissera que não via "evidências que indiquem que o sr. McGowan apresente risco iminente de comportamento violento", agora o vê com um "potencial significativo para violência".

Então o que se passava exatamente com McGowan? Se eu conseguisse me aprofundar o bastante, será que ele me mostraria?

6

RAIVA VERMELHA E RAIVA BRANCA

Do lado de fora, a Penitenciária Estadual de Nova Jersey, em Trenton, é exatamente do jeito que se imagina uma prisão de segurança máxima: muros cinza-amarronzados grossos com cerca elétrica no alto. Torres de vigília de vidro ficam nas esquinas e no meio das extensões dos muros, com os tetos inclinados dos prédios sóbrios e em funcionamento visíveis atrás. Até a área nova da prisão é macabra e com aspecto de forte, com uma estrutura sólida de tijolo vermelho cujas aberturas estreitas que fazem as vezes de janelas claramente separam o limite entre a liberdade e o aprisionamento.

Naquela manhã, eu havia sido declarado representante por um oficial da polícia e havia recebido um crachá com nome e foto, que indicava que eu estava representando o Conselho de Liberdade Condicional de Nova Jersey. Eu vestia meu tradicional terno preto para sugerir certa autoridade.

Mesmo para alguém como eu, passar pelo portão de um local como esse e depois por uma série de grades que, por fim, levariam-me até a sala do diretor do presídio, desperta uma sensação do que Dante Alighieri deveria estar pensando quando clamou a lendária frase "Abandonai toda esperança, vós que entrais!" na entrada do Inferno.

Antes de conversar com McGowan, especifiquei diversos parâmetros que acreditava que poderiam conduzir uma entrevista de sucesso, com base em minha experiência pessoal.

Queria que o local fosse minimamente confortável e não ameaçador. Essa não é uma tarefa fácil em uma prisão de segurança máxima, onde tudo é intimidador (e, inclusive, planejado para ser assim). Mas, mesmo nesse contexto, queria um local em que o sujeito pudesse se sentir à vontade para se abrir. Sugeri uma sala com apenas uma mesa e duas cadeiras confortáveis. De iluminação, preferia uma luminária de mesa — sem a luz geral do ambiente —, pois ajudaria a deixar o local intimista e tranquilo.

Isso é muito importante porque em um ambiente de segurança máxima, o prisioneiro tem pouquíssima liberdade, e quero que ele se sinta o mais livre possível em sua associação mental — de certa forma, para dar a ele um pouco de seu poder de volta. E depois você precisa se provar o tempo inteiro, não só em seu conhecimento sobre o caso e os crimes, mas com detalhes não verbais. Quando David Berkowitz foi levado à sala de interrogatório sem janelas na Prisão Estadual de Attica, em Nova York — uma lugar com cerca de 2,5 metros por três pintada de um cinza sombrio —, seus olhos azuis me chamaram atenção, pois revezavam entre mim e Bob Ressler enquanto eu fazia uma introdução à entrevista. Ele estava tentando ler nosso movimento facial e avaliar se estávamos sendo sinceros. Falei a ele sobre a pesquisa que estávamos conduzindo e que o objetivo era auxiliar os agentes da lei a resolver casos futuros e talvez ajudar a intervir em crianças que demonstram tendências violentas.

Em minha pesquisa, eu havia suspeitado que ele tivesse sentimentos de inadequação. Peguei um jornal com seus crimes na manchete e disse:

"David, em Wichita, Kansas, há um assassino que se autodenomina o Estrangulador BTK, e ele cita você nas cartas que escreve para a mídia e para a polícia. Ele quer ser poderoso como você."

Berkowitz se recostou na cadeira, ficou em uma posição mais confortável e perguntou:

"O que você quer saber?"

"Tudo", respondi. E então a entrevista começou.

Na penitenciária de Trenton, falei ao diretor do presídio que não queria restrição de tempo para a entrevista, nenhuma interrupção para refeições ou contagem dos prisioneiros. Estabelecemos com antecedência que McGowan se alimentaria quando terminássemos, mesmo que ele perdesse o horário oficial de refeição.

A sala de interrogatório tinha cerca de quatro metros quadrados. A porta era de ferro, com uma janela de 30 centímetros por 45 reforçada com grades finas de metal, por onde os guardas podiam checar o que fazíamos. As paredes eram de tijolos de cimento pintados de um cinza--azulado. Havia uma mesa pequena e duas cadeiras confortáveis. A única luz vinha da luminária que eu pedira.

McGowan não fazia ideia de para onde estava sendo levado ou o motivo. Ele foi trazido à sala por dois guardas. O diretor do conselho, que havia me acompanhado até a prisão, me apresentou como dr. John Douglas. Ele disse que eu estava ali representando o Conselho de Liberdade Condicional. Eu utilizava o título honorífico *doutor* somente quando queria criar uma situação clínica. Pedi aos guardas que retirassem as algemas do prisioneiro, e assim eles fizeram antes de nos deixar sozinhos.

McGowan e eu tínhamos 50 e poucos anos e medíamos cerca de 1,90 metro de altura. Eu havia lido relatos que o descreviam como um cara alto, mas não forte. Agora, no entanto, seu corpo parecia firme e musculoso após anos se exercitando na prisão. E com a barba grisalha, ele com certeza não mais parecia um jovem professor de ciências do ensino médio.

Tudo nessas entrevistas é orquestrado. Eu queria ficar de frente para a porta e que ele ficasse de frente para a parede. Havia duas razões para isso. A primeira é que eu não queria que ele se distraísse, e como ainda não o conhecia, não tinha certeza de como McGowan reagiria, portanto queria uma visão direta da janela e do guarda atrás dela. O tipo de agressor que entrevisto costuma determinar minhas escolhas de posições. Quando entrevisto assassinos, por exemplo, em geral tenho que deixá-los de frente para a janela ou para a porta, porque esses criminosos tendem a ser paranoicos e se distraem caso não possam escapar psicologicamente quando ficam estressados com a conversa.

Nessa situação, me posicionei de forma que pudesse ficar levemente abaixo dele durante a entrevista. Queria lhe dar um pequeno poder psicológico de superioridade em relação a mim. Este foi um truque que aprendi ao conversar com Charles Manson ao lado de Bob. Fiquei surpreso com o quão baixo e pequenino ele era, com apenas 1,57 metro de altura.

Assim que Manson entrou na pequena sala de conferências do bloco principal de San Quentin, ele subiu no encosto da cadeira na ponta da mesa para que pudesse falar acima de nós, de uma posição superior, como costumava fazer ao se sentar no topo de uma rocha e pregar diante de sua "família", dando a ele um ar de autoridade nata e bíblica. Conforme a entrevista progredia, ficou claro que aquele homem franzino, filho bastardo de uma prostituta de 16 anos, que havia sido criado por uma tia religiosa fanática e por um tio sádico e depreciativo que, às vezes, vestia-o de menina e o chamava de "bichinha", que havia entrado e saído de hospitais psiquiátricos e reformatórios e que se criara sozinho nas ruas antes de ser preso por roubos, falsificações e por atuar como cafetão, desenvolvera um carisma excepcional e uma habilidade impressionante de "se vender" para desajustados sociais tão perdidos e rejeitados quanto ele. Como alguém que havia encarado aqueles olhos penetrantes, posso garantir que o dom de Manson, sua aura sedutora, era real, tão real quanto a grandiosidade ilusória que o acompanhava.

O que aprendemos em nossa entrevista foi que Manson não era um mestre do crime. Ele era um mestre, isso sim, em manipulação e desenvolvera tal habilidade como mecanismo de sobrevivência. Ele não fantasiava sobre torturas e assassinatos, como tantos criminosos que eu tinha confrontado. A fantasia dele era ser rico e famoso como um astro do rock, e Manson até chegou a sair com os Beach Boys de vez em quando.

Assim como outros criminosos que havíamos entrevistado, Manson passara muitos de seus anos de formação em reformatórios. Ele contou que fora abusado não só por outros detentos, mas também por conselheiros e guardas. Isso havia ensinado a ele que pessoas mais fracas e frágeis existem para serem controladas por outras.

DE FRENTE COM O SERIAL KILLER

Quando foi solto da prisão em 1967, já tinha perdido mais da metade de seus 32 anos em algum tipo de instituição ou custódia. Foi para o norte de São Francisco e descobriu que muitas coisas haviam mudado na sociedade. Ele podia usar sua inteligência para participar da cultura de sexo, drogas e rock'n'roll, e conseguir tudo de graça. Seu talento musical e sua voz melódica serviram para que atraísse seguidores. Foi apenas uma questão de tempo até se mudar para a área de Los Angeles e ganhar "fãs".

Ao ouvi-lo, percebemos que os assassinatos terríveis cometidos em Los Angeles por seus seguidores ocorreram não porque Manson exercia um controle hipnótico — o que de fato fazia—, mas quando começou a perder esse controle, e outros integrantes, sobretudo o tenente Charles "Tex" Watson, passaram a desafiá-lo e a comandar o grupo em aventuras pessoais. Manson havia previsto uma "confusão desenfreada" na sociedade, que havia retirado da ideia de "Helter Skelter", uma música do *White Album* dos Beatles, e quando percebeu que seus acólitos haviam levado o discurso a sério e assassinado a atriz Sharon Tate, grávida de nove meses, e outras quatro pessoas, precisou recuperar o comando e conduziu outra invasão domiciliar seguida de assassinato, duas noites após instigar — mas não participar pessoalmente —, do atentado.

O que aprendemos na entrevista com Manson foi aplicado depois, quando a agência teve que lidar com outros cultos de líderes carismáticos e manipuladores, como o Templo dos Povos do reverendo Jim Jones, na Guiana, David Koresh e os Núcleos Davidianos em Waco, Texas, e o movimento Freemen da milícia em Montana. O desfecho nem sempre é como desejamos, mas é importante entender a personalidade das pessoas com quem lidamos, para que seja possível tentar prever um tipo de comportamento.

Da experiência com assassinos como Arthur Bremer e James Earl Ray, também aprendi a não fixar o olhar por muito tempo, pois isso os deixava desconfortáveis para se abrir conosco. Com Bremer, aprendemos que a vítima não era tão importante quanto o ato em si. Ele havia escolhido o presidente Richard Nixon antes de concluir que seria muito difícil chegar perto dele e, então, mudou o alvo para o governador do Alabama e candidato à presidência George Wallace, em quem atirou e deixou paraplégico durante um ato de campanha em um shopping em Laurel, Maryland, no dia 15 de maio de 1972. Com Ray, aprendemos pouca coisa. Ele estava tão envolvido em suas fantasias paranoicas que havia negado sua declaração de culpa no assassinato do dr. Martin Luther King Jr., insistindo que era um tolo comandado por uma conspiração complexa para assassinar o ícone dos direitos civis.

Para ser honesto, toda entrevista na prisão começa com uma sedução mútua. Estou lá para seduzir o condenado e fazê-lo acreditar que meu único objetivo é ajudá-lo a sair. E, por sua vez, ele está lá para me seduzir e me fazer crer que vale a pena soltá-lo. Em geral, leva bastante tempo para ultrapassar essas posições iniciais e o fingimento ser desfeito, até que possamos revelar quem somos de verdade. Minha função nesse caso era chegar como se fosse ajudá-lo a pensar e se preparar para o grande dia em que recebesse a liberdade condicional. Isso não era desonesto de minha parte. Meu dever era entrar com a mente aberta e com o intuito de apertar o botão em sua cabeça que revelaria pensamentos e fantasias íntimas.

As duas primeiras horas foram apenas de conversa fiada. Esse tempo é necessário para estabelecer um ritmo natural e garantir que o sujeito esqueça o local em que estamos e reduza suas inibições. Contei a ele coisas vagas sobre mim e sobre minha história na polícia para criar um certo nível de confiança. Perguntei sobre o ambiente do presídio, sobre o que ele fazia no tempo livre. Achei interessante o fato de ele passar muito tempo em sua ala na prisão e poucas vezes se arriscar a ir até o pátio principal, onde disse que não se sentia confortável. Isso era análogo à sua vida antes da prisão, na qual sentia conforto na escola, onde estava no controle, em oposição à comunidade, onde era uma criatura socialmente estranha e mais vulnerável.

Anos depois, vi uma cópia da carta que ele escrevera para uma mulher com quem se correspondia com frequência. Ele mencionou o fato de eu não ter feito anotações, de saber detalhes sobre sua ficha de cor e de conseguir mantê-lo calmo. Meu propósito era conduzir a conversa na direção que eu queria que ela fosse. McGowan me "elogiou" na carta por ouvir o que ele tinha a dizer, em vez de seguir uma lista de perguntas preestabelecidas, como os representantes do Conselho de Liberdade Condicional costumavam fazer. Ele estava certo sobre isso. Eu estava lá para aprender com ele ouvindo-o e fazendo com que se revelasse. Esse era meu único objetivo.

Devagar, comecei a levá-lo para o crime em si. Tentei me distanciar de qualquer coisa que pudesse soar como um julgamento. Não era como se estivesse tentando dar impressão de que não achava suas ações graves. Só queria ser o mais factual e objetivo possível, para que pudéssemos recriar os pensamentos dele naquele momento. Durante todos esses anos, ele dera diversas respostas diferentes a psiquiatras, psicólogos e conselheiros, e queria ver se ele poderia me contar a história sem rodeios.

Criei uma narrativa do tipo *This Is Your Life*. Os mais jovens não vão lembrar, mas este era um programa de televisão que passava durante minha juventude, nos anos 1950, no qual o apresentador Ralph Edwards "atraía" um convidado para o estúdio com a ajuda de um familiar ou amigo e contava a vida dele para a plateia, com depoimentos das pessoas de seu passado. Fiz com que McGowan me contasse sua vida enquanto o guiava até aquela tarde de quinta-feira em 1973.

Eu sabia que ele tivera uma reputação na escola de ser sem graça e antissocial, ao menos entre os outros professores. Também sabia que ele havia ficado noivo e ia se casar naquela época, mas que o noivado fora desfeito. Se a mulher o tivesse rejeitado, isso sem dúvida poderia ser um estressor previsível.

Apesar de ter dito que McGowan não era emocionalmente acessível, Bob Carrillo tinha a impressão de que "ele guardava muita coisa no peito". Ele jamais mencionou o noivado aos colegas, e Carrillo disse que nunca conheceu a moça.

"Vi a namorada dele uma vez", disse Jack Meschino. "Ela era muito doce e bonita. Era bem pequenina se comparada a ele." Talvez uma ameaça para sua mãe? Apesar de Meschino saber que o noivado havia sido desfeito, nunca soube por quê, e McGowan não voltou a mencionar o assunto.

Alguns dos professores haviam planejado uma viagem ao Caribe durante o feriado de Páscoa, mas McGowan não fora convidado.

Perguntei a Meschino o que teria acontecido se Joe tivesse pedido para ir também. A resposta foi que ele provavelmente seria incluído na programação.

Então, por que McGowan não pediu? Meschino falou que ele não conseguia se organizar e resolver tudo o que precisava. Isso fazia sentido para um cara da idade dele que ainda morava com a mãe e a avó, e, com certeza, pode ter contribuído para a frustração permanente em sua vida.

JÁ CONVERSÁVAMOS HAVIA DUAS HORAS QUANDO PERGUNTEI: "QUERO SABER, NAS SUAS PALAVRAS, como tudo aconteceu há 25 anos. Como você veio parar aqui?" Evitei, de propósito, palavras pesadas e descritivas como *matar*, *amarrar* ou *assassinar*, e, tampouco, me referi a Joan como "vítima". "A menina, Joan, você a conhecia?"

"Já tinha visto ela pela vizinhança", respondeu. Sua postura era calma e o tom de voz, tranquilo.

"Ela já tinha ido à sua casa vender biscoitos?"

Ele disse que achava que a mãe tivesse encomendado os biscoitos dela. Uma reportagem citando a fala de um ex-agente do FBI dizia que a polícia encontrara mais de cem caixas vazias de biscoitos das escoteiras pela casa.

"Vamos voltar ao momento em que ela bateu à sua porta. Diga-me o que aconteceu, passo a passo, a partir daí."

Foi quase como uma metamorfose. A atitude de McGowan se transformou completamente. Até a aparência pareceu mudar. O olhar ficou desfocado enquanto ele encarava a parede de cimento cinza atrás de mim. Eu via que ele estava olhando para dentro — para 25 anos no passado. Estava voltando no tempo para a única história de sua vida que nunca saíra de sua cabeça.

A porta estava aberta em um dia frio de primavera, e, do térreo da casa de dois andares, McGowan disse que viu Joan pela porta de vidro, de pé do lado de fora. Ela disse que tinha ido ali entregar duas caixas de biscoitos e pegar os dois dólares por elas. O homem queria que ela descesse para o porão, para o quarto dele, longe da avó, que estava dormindo ou assistindo à TV no segundo andar.

Foi por isso que McGowan falou que só tinha uma nota de 20 dólares e outra de um dólar, e precisava pegar dinheiro trocado — para que ela fosse lá embaixo com ele. A história de ter ficado constrangido por não ter o valor exato para pagar era só papo furado para apresentar algo inofensivo aos psiquiatras.

Era isso que eu esperava que acontecesse durante a entrevista. Já tinha vivido experiências similares com outros criminosos sexuais: quando você consegue ligar aquele interruptor que faz com que comecem a falar, eles não ficam mais quietos. Quando Ressler e eu entrevistamos Monte Rissell, ele contou que estava dirigindo de volta ao estacionamento do prédio onde morava em Alexandria, na Virgínia, quando viu uma mulher prestes a sair do carro. Com uma arma apontada para ela, obrigou-a a ir até uma área afastada do local. Depois disso, ela tentou fugir. Ele a perseguiu até um barranco, agarrou-a e descreveu vividamente o momento em que bateu com a cabeça dela contra uma pedra e segurou-a debaixo da água corrente, como se assistisse a um filme.

Meu objetivo era ligar a "câmera" na mente de McGowan que havia filmado o homicídio. Após 25 anos atrás das grades, ele se lembrava dos mínimos detalhes daquela tarde de quinta-feira. Foi como ouvir um amigo relatando um filme de terror a que tinha assistido. Mas naquele caso, McGowan era roteirista, produtor, diretor e ator principal. Ele vivenciou as três aspirações de quase todos os predadores: manipulação, dominação e controle.

Sem me encarar nos olhos, descreveu o momento em que atraiu Joan para seu quarto no porão de casa, ordenou que ela tirasse a roupa e a estuprou.

Perguntei se ele havia penetrado nela. Só com os dedos, insistiu.

Então, como havia sêmen na vagina dela? Estava no dedo dele depois de ter ejaculado, respondeu.

Em um estado de excitação e foco, sem nenhuma indicação de remorso, McGowan descreveu como pegou Joan pelo tornozelo, girou-a e bateu com a cabeça dela no chão, fraturando seu crânio. Os detalhes que contou não foram muito diferentes do que ele já havia falado antes para outros detetives e psiquiatras. Ele nem sequer tentou fingir empatia, como faziam outros criminosos quando eu os entrevistava. O que me impressionou não foram os fatos, mas a *intenção* óbvia.

Fazia muito calor do lado de fora, mas a sala de interrogatório estava gelada. Na verdade, eu tentava me controlar para não tremer enquanto estava ali sentado, apesar de vestir um terno bem quente. McGowan, por outro lado, transpirava bastante desde que começara a descrever como se sentiu depois do ataque. Ele não olhava para mim em seu estado de transe, apenas respirava pesado. Percebi que seu uniforme de prisioneiro estava encharcado de suor. Eu podia ver os músculos de seu peito tremendo.

No mesmo instante pensei na frase que tinha lido no primeiro relatório do dr. Galen: "A garota parou de lutar... e meio que ficou lá, deitada. Eu me vesti. Estava suando muito." Em sua cabeça e em seu corpo, McGowan estava lá, de volta àquele momento.

"É muito difícil estrangular uma pessoa, não?", perguntei. "Mesmo que seja uma pessoa bem jovem."

"Sim", respondeu ele de prontidão. "Eu não imaginei que fosse necessário tanta força."

"E então, o que você fez?"

"Eu me virei e fiquei atrás dela." Entendi que ele queria dizer que fora para o lado onde a cabeça dela estava.

"E por quanto tempo a enforcou?"

"Até achar que ela estava morta."

"E depois?"

"Saí do quarto para pegar alguns sacos para colocar o corpo dela e as roupas. Quando voltei, ela estava tremendo."

Portanto, esse não foi um ataque repentino, resultante de um surto momentâneo de raiva incontrolável. Ele não voltou a si de repente e pensou: "Meu Deus! O que eu fiz?" Quando viu que ela ainda tremia, seu único pensamento foi enforcá-la outra vez para garantir que estivesse mesmo morta. Era quase como se ele a tivesse matado uma segunda vez.

DE FRENTE COM O SERIAL KILLER

O único momento em que me lembro de McGowan me encarar nos olhos durante toda a entrevista foi ao dizer:

"John, quando ouvi a batida na porta, olhei pelo vidro e vi quem estava ali, eu sabia que ia matá-la. Sinto dois tipos diferentes de raiva. A raiva vermelha me incomoda, mas consigo me concentrar, focar e controlar, como quando alguém me corta no trânsito ou quando discuto com outra pessoa na escola. Mas a raiva branca, essa eu não consigo controlar."

"E era isso que você sentia quando Joan bateu na porta da sua casa?"

"Sim", respondeu ele. "Exatamente." Nossos olhares ainda se cruzavam.

Então, ele matou Joan enquanto estava dominado pela raiva branca. O fato de o sentimento ter até nome já me dizia que ele vivenciara a sensação antes e provavelmente vivenciaria de novo. Mas ele não a matou bem ali, na porta de casa, seja lá que tipo de emoção raivosa estivesse sentindo. Naquele momento, um plano metódico havia se formado em sua cabeça sobre como ele a levaria onde quisesse para fazer o que desejava.

Apontei isso para ele e acrescentei:

"Você não é psicótico, apesar de ter tentado demonstrar dissociação do crime. O que vejo é um comportamento bastante lógico e racional." Ele não argumentou.

Quanto à afirmativa de um dos relatórios psiquiátricos de que a "morte foi consequência de irritação e fracasso, devido a uma ejaculação precoce": errado. A morte resultou da combinação de raiva descabida, excitação sexual em seu poder momentâneo sobre outro ser humano e da consideração bastante objetiva de não deixar testemunhas no que já era um crime inacreditável.

McGowan admitira na entrevista com o dr. Galen: "Se eu a deixasse ir embora, minha vida estaria arruinada. Eu só conseguia pensar em me livrar dela." Perguntei-me se alguém antes de mim havia se dado ao trabalho de correlacionar todas as declarações do criminoso.

Porém, não minimizei o crime a uma simples consideração objetiva de evitar ser identificado e capturado. Essa não era uma questão de ter ido longe demais. Pela maneira como McGowan descrevera a cena, eu podia ver que a gratificação e a satisfação emocional do ato seguiram para o assassinato brutal em si e para sua capacidade de acabar com algo ou alguém.

Em certo momento, perguntei:

"Se eu pudesse captar uma 'imagem' do seu rosto enquanto você fazia aquilo, que expressão seria?"

Com certa subserviência, ele assumiu uma carranca que eu caracterizaria como um sorriso intenso e maléfico de satisfação.

Até a forma como ele descreveu a desova do corpo era lógica e metódica, oposta a uma situação de pânico ou pressa. Ele pegou algumas toalhas e material de limpeza para limpar o sangue, tentando tirar aquela possível evidência forense dali, para que a mãe não visse e também para o caso de a polícia fazer uma busca. Ele envolveu o corpo em um tapete e dirigiu uma distância considerável até um local que conhecesse para que pudesse desová-lo. Depois, voltou para casa e agiu como se nada tivesse acontecido. Juntar-se à busca por Joan organizada pelos vizinhos foi uma forma consciente de não deixar rastros.

A maioria dos condenados acredita que poderá se beneficiar com um bom relatório e tenta manipular o entrevistador. McGowan não fez isso. Acho que era porque eu estava bem preparado, e ele era inteligente o bastante para entender que não ia funcionar. Seu objetivo quando concordou em falar comigo era aumentar suas chances de conseguir a liberdade condicional, e ele sabia que mentir não ajudaria. E todo o intuito de minha abordagem era fazer com que o sujeito ficasse "confortável" o suficiente para me deixar saber o que ele estava pensando e sentindo.

No entanto, fiquei surpreso por ele não ter sequer tentado expressar tristeza pelo que fizera nem remorso quanto à família de Joan. Ele sentia pesar por tudo aquilo ter acontecido — eu não era o primeiro a ouvir sobre esse sentimento —, mas não havia um senso de compreensão emocional do que ele tinha tirado dessa criança, de todos que a amavam e de todos que fizeram parte de sua vida tão breve. A impressão que tive foi a de que ele estava me dizendo que, como não podia trazer a menina de volta, precisava seguir em frente, e todo mundo deveria entender isso. O assassinato fora somente um fato da vida para ele, como se ele tivesse tido câncer ou um ataque cardíaco, e agora os médicos devessem determinar se ele estava bem o suficiente para deixar o hospital e retornar à vida normal.

Todo crime violento é uma cena que ocorre entre dois ou mais participantes. E quando o agressor e a vítima são próximos e têm uma relação pessoal — em oposição a um ataque com bomba, veneno, arma de fogo ou atirador a distância, por exemplo —, um analista criminal treinado pode conseguir uma enorme quantidade de informações sobre o que se passa na cabeça do criminoso ao observar seu comportamento, mesmo que ele fale pouco ou nem fale. Ao ouvir cada detalhe sobre o encontro mortal de Joseph McGowan e Joan D'Alessandro, eu focava não apenas nos fatos da violência e da agressão sexual, mas na *forma* como esta tinha sido realizada.

O importante era o ato em si, e não a personalidade ou especificidade da vítima. Eu não duvidava de que McGowan tinha tendências pedófilas, como ele mesmo havia sugerido em entrevistas anteriores. Esse traço decerto existia, junto com a falta de sociabilidade e sentimentos profundos de inadequação. Contudo, em sua ficha criminal não constavam agressões sexuais anteriores, nem mesmo assédios, e não havia no arquivo de seu caso mandados de busca que resultassem em pornografia infantil ou histórias escritas sobre crianças. Se ele tinha fantasias, pensei que seriam com mulheres adultas. E a única fantasia real de McGowan era a do poder.

Enquanto ele falava, o que ficou claro para mim foi que seu crime, um ato de raiva que evoluiu depressa de "vermelha" para "branca", foi instigado por *alguma coisa*, algum evento anterior, embora, naquele momento, eu não soubesse com precisão o que era. Minha opinião — com base na situação de moradia dele, na inabilidade de enxergar seu noivado ruir e em meu extenso conhecimento de outros predadores sexuais — era que havia algo ligado à sua mãe. Ainda assim, fiquei inquieto por não conseguir identificar exatamente o que o instigara.

Enquanto ouvia McGowan, percebi que a atração dele estava no *ato*, e não na *vítima*. Todos que o entrevistaram bateram na tecla errada se queriam que ele falasse sobre pedofilia. Não havia nada obsessivo ou particularmente prazeroso em sua descrição do estupro de uma criança de 7 anos. Além disso, ela era uma menina que o homem via com frequência no bairro. Ele nunca havia tentado abordá-la para obter atenção especial, ser amigo dela, seduzi-la ou aliciá-la. A violência, a degradação sexual, o assassinato — tudo era manifestação de raiva. Não havia um cenário de fantasia e tampouco sexualmente sádico. O que era significativo sobre essa vítima de oportunidade específica era o fato de ser pequena e vulnerável. Se fosse alguém que McGowan achasse que poderia lutar contra ele, o crime não teria acontecido.

Com calma, McGowan retornou de sua viagem ao passado. Ao descrever as particularidades do crime, ele estava focado e tremendo. Agora, mais calmo, não transpirava mais. Ele revivera uma batalha que lutara e vencera, diferente de tantas outras em sua vida.

Conversamos sobre seu apreço por armas, outra compensação psicológica óbvia. Perguntei:

"Se você estivesse com raiva e fosse para um shopping com uma AK-47, quem mataria?" Eu estava curioso não só pela resposta, mas para ver como ele aceitaria a pergunta. "Para quem apontaria a arma? Estudantes, professores, policiais?"

"Qualquer um", respondeu.

Aquilo era bem significativo. Ele não só assumia a possibilidade de que algo assim pudesse acontecer, como estava me dizendo que sua raiva era generalizada e indiscriminada.

Começamos a falar sobre sua possível liberdade condicional. Em certo momento, questionei:

"Joe, para onde planeja ir quando sair daqui?" Tive o cuidado de perguntar *quando*, e não *se*. Eu queria manter a conversa o mais positiva possível para que ele fosse franco comigo.

Ele me disse que ia para Nova York se encontrar com um ex-presidiário que era eletricista. Ele tinha prometido um trabalho a McGowan como seu assistente. Comentei que cresci em Nova York e voltava para lá com frequência, e que ele ficaria chocado de ver como a vida havia ficado cara por lá.

DE FRENTE COM O SERIAL KILLER

Ele lançou um olhar furtivo na direção da porta para ter certeza de que os guardas não conseguiam ouvir nossa conversa:

"John, eu tenho dinheiro", disse ele em um sussurro conspiratório.

"Que tipo de dinheiro você poderia ter, se está aqui há 25 anos?", falei. "Não pode ser da produção placas de carro."

Em voz baixa, ele disse que quando a avó e a mãe morreram, recebeu uma quantia substancial do seguro de vida delas e da venda da casa. O dinheiro estava em um banco de outro estado. Centenas de milhares de dólares.

"Por quê?", perguntei.

Ele sussurrou:

"Não quero que a família da vítima pegue o dinheiro."

O que pensei foi: *Esse cara não vai desistir. Ele não tem nenhum remorso pelas pessoas que machucou e cujas vidas mudou para sempre.*

O que falei foi:

"Você é um cara esperto, Joe. A forma como lidou com tudo isso. Acho que se daria bem em Nova York!" Isso foi necessário para manter meu entrosamento com o sujeito sem mentir. Eu achava mesmo que essa era uma jogada engenhosa, e que ele conseguiria se virar em um lugar tão intenso quanto Nova York. Só não falei o quão indignado fiquei com esse esquema. Assim como ao fechar um negócio milionário, você precisa saber a hora certa de falar e de ficar quieto, por mais difícil que possa parecer.

Depois descobrimos que um investigador tinha averiguado o testamento de Genevieve McGowan e o destino do dinheiro em nome de Rosemarie. Ela havia vendido a casa em Hillsdale logo após o assassinato e se mudado para Villas, Nova Jersey. Ao vendê-la, foi morar com a sobrinha em Wisconsin por um tempo, e, depois, em um asilo franciscano. Morreu em abril de 1992. Seu testamento tinha diversos seguros, um deles beneficiando a sobrinha.

O testamento foi executado em Wisconsin, já que Genevieve morava lá. Jim descobriu que todos os seguros haviam sido retirados e que não sobrara nada para os D'Alessandro. Aparentemente, Genevieve tinha previsto o confisco de qualquer quantia monetária em nome de Joe, e, portanto, protegera seus bens de possíveis pedidos de indenização consequentes de uma morte súbita e feito os desembolsos ao longo dos anos. Ela havia instruído a sobrinha a cuidar de Joe e enviar tudo que ele precisasse, sem dar ao filho o controle legal do dinheiro. Provavelmente, foi isso o que ele quis dizer quando me contou que o dinheiro estava protegido fora do estado.

Os sentimentos por trás desses planos me fizeram lembrar dos comentários de Genevieve para uma conhecida da igreja de que ela odiava Rosemarie e a culpava por todos os seus problemas e os de Joe. Uma das características de personalidades narcisistas, limítrofes e sociopatas é a relutância em assumir responsabilidade por qualquer coisa. A culpa é sempre de outra pessoa.

Ao fim de nossa conversa, cinco ou seis horas haviam se passado. Nenhum de nós fizera uma refeição ou fora ao banheiro. Neste momento, porém, eu já tinha uma ideia mais precisa do que fora o gatilho de Joseph McGowan. Ele também percebeu isso, embora sua perspectiva tenha acabado sendo um pouco diferente da minha. Na carta que escreveu para a mulher com quem se correspondia fora da prisão, McGowan se disse otimista com relação à liberdade condicional porque achou que tinha ido bem na entrevista e que eu o compreendera. Eu de fato o compreendi, e entrei naquela sala com a mente aberta, não sobre seus atos passados — isso era uma questão além de opinião —, mas sobre a possibilidade de ainda ser perigoso para a sociedade. O erro dele foi interpretar minha postura e conduta livres de julgamentos como empatia ou aceitação.

É aí que a maioria desses indivíduos se confunde — eles interpretam as pessoas somente através dos próprios filtros emocionais autocentrados. Tudo é sempre sobre eles, e não conseguem perceber que minha empatia real por eles é a mesma que a deles por suas vítimas.

Ao finalizarmos a entrevista, apertei a mão de McGowan e o agradeci por conversar comigo. Desejei-lhe sorte e tentei não deixar transparecer meus sentimentos pessoais sobre ele nem minhas recomendações ao Conselho de Liberdade Condicional.

7

A CONCLUSÃO

Na manhã seguinte, encontrei-me com o Conselho de Liberdade Condicional de Nova Jersey. A maioria das decisões sobre liberdade condicional é feita apenas por dois ou três membros, mas como esse era um caso grave que seria controverso, independente da decisão final, Andrew Consovoy queria que todo o quadro de integrantes estivesse lá.

Nós nos reunimos na sala de conferências do presídio. Acho que havia cerca de dez ou doze pessoas; a força-tarefa incluía trabalho legal, psicológico e policial. Consovoy me apresentou ao grupo e me pediu para dar uma ideia geral do trabalho que eu fazia com análise de perfil e investigação. Falei sobre as origens dos programas de ciência comportamental e análise de perfil do FBI e expliquei que minha dissertação de doutorado tratava do ensino a policiais e detetives sobre como classificar crimes violentos.

Eu disse a eles que tentava ser objetivo em cada caso em que trabalhava e, portanto, não havia lido todos os relatórios até um dia antes da entrevista.

"A tese básica, a premissa básica da minha abordagem é que para compreender o artista, é preciso olhar para a sua obra." Da mesma forma, esclareci, para entender um criminoso violento é preciso olhar para o seu crime.

Decidi que não mediria palavras. Eles com certeza entendiam muito bem a necessidade disso.

"Nunca compreendi as pessoas responsáveis por tomar decisões relativas a liberdade condicional, condenação e tratamento de criminosos. Se você não tiver uma informação, se não entender o que essa informação lhe diz e se não compreender a pessoa que está sentada à sua frente, se acreditar que aquela pessoa está dizendo a verdade, mas confiar apenas na autoavaliação dela, então fechará os olhos para a verdade."

Por exemplo, se estiver tentando avaliar um estuprador condenado, você precisa revisar o interrogatório da polícia com a vítima sobre o que ele fez e disse durante a agressão. Apenas assim é possível entender em qual das cinco tipologias diferentes de estupradores ele se encaixa. Se tiver assassinado a vítima, então isso, é claro, diz muito do que precisa saber sobre a cena do crime.

Antes de a reunião começar, Consovoy me disse que diversas pessoas do conselho estavam interessadas no ponto de vista da pedofilia. Se McGowan recebesse a liberdade condicional, ele deveria ser classificado como um agressor sexual?

Falei ao conselho:

"Eu estava curioso para saber se estávamos lidando com um tipo tradicional de molestador de crianças, um pedófilo. Se estávamos ou não buscando uma forma 'preferencial' de agressor, uma vítima específica ou um agressor 'por ocasião'. O que quero dizer com esse termo é que, seja lá quem cruzasse o caminho desse tipo de criminoso, a pessoa poderia ser uma vítima em potencial. Portanto, o que temos que fazer é avaliar o nível do risco do agressor e da vítima. No campo da vitimologia, a criança vai de um risco baixo dentro de casa e no seu jardim para um risco moderado no bairro, e depois para um risco alto quando entra na casa de alguém que nunca viu antes."

Para o agressor, o risco do ato em si é baixo. Não havia dúvidas de que ele podia fazer o que quisesse com uma criança de 7 anos. Mas a possibilidade de identificação era alta. O crime foi cometido no bairro do agressor e da vítima, que poderia identificá-lo se fosse deixada com vida, e havia certa garantia de que os pais dela ou alguém saberia onde a menina tinha ido. Portanto, deve ter passado pela cabeça do agressor que seria apenas uma questão de tempo até que a investigação fosse direcionada a ele.

Quando fizemos a pesquisa para o livro *Sexual Homicide: Patterns and Motives* e para o *Manual de classificação criminal*, começamos dividindo os predadores em organizados, desorganizados e mistos. Expliquei que haveria várias razões possíveis para um criminoso desorganizado cometer um crime de risco tão alto. Isso inclui juventude e inexperiência, julgamento ou controle de impulsividade mediado por drogas ou álcool, perda de controle da situação ou doença mental. McGowan não se encaixava nessas opções.

Não era como se ele tivesse acordado naquela manhã e dito para si mesmo: "*Vou esperar alguém bater na minha porta e, então, vou matar essa pessoa.*" No entanto, esse crime, embora oportunista, foi organizado. Demonstrou um processo de pensamento lógico. Isso é algo que muita gente tem dificuldade de entender, até aquelas que trabalham com a aplicação da lei: se o crime em si é tão ilógico, como o processo de cometê-lo pode ser organizado e metódico? Em outras palavras, como alguém como Joseph McGowan — inteligente, instruído, respeitável e dedicado às necessidades da sociedade pela sua posição de professor de escola pública — faz algo assim, que prejudica todo o seu trabalho e tudo que considera importante? Como isso pode acontecer?

A resposta é que isso acontece, sim, e, em geral, porque o impulso do ato é desencadeado por algo mais poderoso do que o processo de pensamento racional. Nesse caso, o "algo" pareceu ser um sentimento constante e extremo de inadequação e baixa autoestima, unido à causa específica da raiva devastadora, resultando, assim, em um ódio explosivo.

Expliquei que entre as idades de 25 e 35 anos, certos indivíduos — e isso se aplica muito mais aos homens do que às mulheres — percebem que não vão ser o que sonhavam ser na vida. Apesar de Joseph McGowan ter um bom emprego, ele seria obrigado a encarar o fato de que ainda morava com a mãe e que não tinha se transformado no homem que gostaria de ser. A raiva começou a despertar, e esse tipo de sentimento não desaparece de uma hora para a outra; pelo contrário, fica pior conforme esses indivíduos aceitam o fato de que não vão alcançar seus objetivos e expectativas.

Esse foi um crime de raiva. A agressão sexual foi apenas uma das armas. Era justificável dentro da cabeça de McGowan, ao menos naquele momento, pela compreensão que ele tinha do que outros indivíduos lhe haviam feito. E apesar do criminoso não ter pensado nisso de maneira analítica, Joan se tornou a representante e a substituta de todos os outros. Quando uma pessoa com tendências criminosas percebe que não tem muito poder nem controle sobre a vida, o assassinato transforma-se em um poder máximo. Durante aquele breve momento ou pelo tempo que se estender a experiência, o assassino tem todo o controle no pequeno mundo ao seu redor. Conforme expliquei ao conselho, minha impressão era de que McGowan nunca tinha vivenciado esse tipo de sentimento antes, e quando ocorreu, era muito abrangente, hipnótico e transcendental.

"Ele a leva para o porão. Ele a faz se despir. Tem uma ejaculação precoce. Ele está excitado, mas não porque vai realizar sua fantasia de transar com uma criança. Está excitado pelo poder, porque quer matar e vai fazê-lo, e é isso o que causa a ereção. E, então, a raiva se intensifica quando ele perde o controle — não da vítima, mas da própria função erétil."

Outro conceito que muitos acham difícil de entender é que um agressor pode ficar sexualmente excitado por algo que não parece ter relação direta com o sexo. Quando entrevistamos David Berkowitz, o Son of Sam, ele nos contou que, quando ateava fogo e depois assistia aos bombeiros chegarem na cena, se masturbava. Para esse zé-ninguém, o poder de controlar grandes forças — o fogo em si e a força humana dos bombeiros, além de todos os espectadores curiosos — era um ato sexual. Da mesma forma, ele nos contou que durante sua onda de assassinatos, voltava aos lugares onde tinha atirado em jovens casais, absorvia a atmosfera, ia para casa e se masturbava, revivendo a fantasia do poder daquelas mortes.

Dennis Rader, o Assassino BTK, admitiu para mim que adorava passar de carro pelas casas de suas vítimas. Ele achava que eram como "troféus", e se vangloriava pelo fato de ninguém saber de seus segredos. Ele disse que não chegava perto dos velórios e jazigos das vítimas por medo de ser visto, por mais que quisesse estar lá. Em compensação, cortava os obituários dos jornais e os lia inúmeras vezes. A sensação de poder que o assassinato cria é incrivelmente sedutora para esses indivíduos.

Um dos membros do conselho apontou que McGowan falou que Joan tinha seguido suas ordens de tirar a roupa e que não chorara ou protestara durante todo o tempo.

"Acho isso difícil de acreditar", falei. "Acredito que ela não tenha seguido todas as ordens, o que significava que ele havia perdido o controle." Era inconcebível para mim que essa criança não estivesse aterrorizada e chorando. E minha leitura do relatório do médico-legista indicava algum tipo de luta. Rosemarie dissera diversas vezes que a filha não teria sido assediada de forma passiva. Eu acreditava que McGowan estava tentando minimizar a crueldade do próprio crime em suas declarações.

Embora o relatório do médico-legista sugerisse que Joan teria sofrido um estupro com penetração peniana, a entrevista que fiz com o criminoso me levou a acreditar que ele a penetrara com os dedos, e isso havia causado a ruptura do hímen.

Mencionei a desculpa proferida antes sobre ele não ter dinheiro trocado quando Joan tocou a campainha: "Não tinha troco? Como motivação para um crime, essa é uma grande besteira. Ele só estava em busca de uma justificativa. Tinha a intenção de matá-la desde o início, com ou sem dinheiro. Qualquer médico que afirme que nada disso teria acontecido se ele tivesse dois dólares no bolso é doido!" Contei aos membros do conselho sobre a "raiva vermelha" e a "raiva branca".

Todos ficaram surpresos quando mencionei o dinheiro que ele tinha guardado fora do estado e os planos dele para o caso de sair da prisão. Eu perguntara a McGowan como ele achava que se sairia no mundo lá fora depois de 25 anos na cadeia, sendo muitos deles passados na prisão de segurança máxima.

"Se sobrevivi aqui dentro, consigo sobreviver em qualquer lugar", respondeu.

Ninguém duvida da severidade da prisão ou da dificuldade de se sobreviver nesse ambiente, mas percebi que a vida na cadeia é muito diferente da do lado de fora. Apesar de todos os possíveis horrores, os presídios são ambientes controlados e altamente estruturados. McGowan recebia três refeições por dia, medicação psiquiátrica e supervisão constante. Criminosos violentos que são disfuncionais no mundo externo costumam se sair bem nessas condições. Falei ao conselho que eles não levariam apenas em consideração a liberdade condicional de um prisioneiro problemático, mas que, pela minha experiência, o fato de um preso ser cooperativo e exemplar não significa que não será perigoso do lado de fora.

Falamos sobre a freira de Connecticut com quem McGowan se comunicava, que havia proposto abrigá-lo em um lar temporário. Ressaltei que o assassino tinha concordado que precisava de pessoas observando-o da mesma forma como faziam na prisão e que não sabia o que poderia acontecer se não tivesse a supervisão adequada. Ele jamais seria admitido como professor outra vez e teria dificuldade em se relacionar com pessoas que considerasse intelectualmente inferiores, portanto, precisaria de um emprego em que trabalhasse sozinho. Eram muitas questões a serem pensadas.

McGowan revelara a alguns psicólogos que se lembrava de ter ficado excitado ao ver a prima de 12 anos de pijama e reparar nos delicados pelos pubianos que saíam de sua calcinha. Argumentei que ele também teria ficado excitado com a estrela de TV Raquel Welch ou com qualquer outra mulher adulta atraente nos mesmos trajes. A diferença é que não teria coragem de abordá-la. Isso diz mais sobre seu nível de sociabilidade do que de uma possível pedofilia.

"Se tivesse sido um crime premeditado, ele teria dirigido pela vizinhança ou por bairros vizinhos à procura de alguém que não o conhecesse, mais difícil de rastrear. Em vez disso, atacou a primeira pessoa vulnerável que apareceu à sua porta."

Eu nem sequer o classificaria como um predador sexual. Ele não se sentia tão atraído por meninas jovens quanto se sentia por dominação e controle.

"Não o vejo como um clássico molestador de crianças porque, se sair da prisão, se houver algum imprevisto, algum obstáculo ou alguma frustração no caminho, não esperem que ele saia e moleste outra criança de 7 anos. A vítima pode mudar, mas a raiva permanecerá ali."

Nós nos lembramos do caso de Jack Henry Abbott, um serial killer que passou a maior parte da vida adulta atrás das grades. Quando Abbott soube que o autor Norman Mailer estava escrevendo um livro sobre Gary Gilmore, de Utah, a primeira pessoa executada nos Estados Unidos depois de o Supremo Tribunal restabelecer a pena de morte em 1976, ele ofereceu a Mailer descrições realistas da vida na prisão. Com base na perspicácia e no talento literário evidenciados nas cartas, Mailer ajudou o condenado a publicar sua autobiografia, intitulada *No ventre da besta: cartas da prisão*. O livro recebeu críticas positivas e muita atenção, e foi usado por Mailer e por diversas pessoas importantes para apoiar a liberdade condicional de Abbott, com a conclusão de que alguém que demonstrava aquele nível de percepção e sensibilidade na própria escrita só poderia estar reabilitado.

Apesar da apreensão dos oficiais da prisão, Abbott recebeu liberdade condicional em 1981 e foi viver em Nova York, onde Mailer e sua família se dedicaram a encontrar um emprego para ele e reorientá-lo para a vida do lado de fora da prisão.

Seis semanas após conseguir a liberdade, Abbott jantava com duas mulheres em um café em Greenwich Village. Quando se levantou para ir ao banheiro, iniciou uma discussão com um garçom chamado Richard Adnan, um aspirante a ator e dramaturgo que era filho do dono do local. Eles acabaram do lado de fora, onde Abbott esfaqueou Adnan até a morte.

Mark se tornou amigo de Mailer nos últimos anos do grande autor, que contou a ele que o episódio de Abbott foi um dos maiores arrependimentos de sua vida. Deixei claras as minhas preocupações com um cenário semelhante na situação de McGowan, caso algo acontecesse e despertasse sua raiva branca.

Ao ouvir essa história, Consovoy disse:

"Nossa responsabilidade é determinar o nível de ameaça de McGowan à sociedade." Ele fez uma pausa, olhou para mim e perguntou: "Se você estivesse no conselho de liberdade condicional, você a concederia a ele?"

"Não", respondi. "Não sei quando ele cometerá outro crime. Não sei se vai demorar um, cinco ou dez anos. Porém, quando a situação ocorrer, quando a vida lhe apresentar algum estressor — a perda de um emprego, a rejeição de uma mulher, a rejeição da comunidade que não quer que ele more ali —, ele poderá atacar de novo. Vejo a personalidade dele como uma bomba-relógio pronta para explodir caso as coisas não funcionem da sua maneira."

Mencionei a resposta dele sobre o cenário hipotético que criei em um shopping com uma AK-47.

"Ele simplesmente não consegue lidar com estresse. Foi por isso que confessou tudo no interrogatório."

E não precisa ser um incitamento arrebatador para que ele fique violento outra vez, salientei.

"Por exemplo, e se alguém entrar na frente dele na fila do mercado?", questionou um dos membros do conselho.

"Pode ser que ele vá até o estacionamento e espere no carro", sugeri. "Ele tem esse tipo de reação de ansiedade e ataque de pânico. E então, para superá-la, prepara-se psicologicamente e fica com raiva. Volta ao mercado e confronta a pessoa. E se ela não for receptiva, ele explode."

Ressaltei que agora que está mais velho, seu *modus operandi* poderia mudar, e ele atacaria outro tipo de vítima. Eu já tinha visto isso acontecer algumas vezes. Se decidisse que seu alvo seriam prostitutas, sua inabilidade social deixaria de ser um problema. Ele só precisaria de um carro. Caberia à prostituta abordá-lo e iniciar uma conversa, e não o contrário. Tudo que teria que fazer era dizer para ela entrar no veículo.

Citei o caso de Arthur Shawcross, conhecido como o Assassino do Rio Genesee, em Rochester, Nova York. Ele matou duas crianças — um menino e uma menina. Foi condenado a 25 anos de prisão e recebeu liberdade condicional por bom comportamento depois de 15 anos. E então, seu alvo se voltou para as prostitutas. Ele assassinou doze mulheres antes de ser capturado. Os detalhes mudaram, assim como as vítimas, mas as presas seguiram sendo indivíduos vulneráveis e de abordagem fácil. Eu não gostaria de ver uma repetição do caso Shawcross.

"Quando ele se sentisse pressionado ou tivesse uma crise, vocês teriam que observá-lo 24 horas por dia."

Por fim, chegamos a um assunto que surge naturalmente nessas situações.

"No meu entendimento, vocês não devem sequer considerar a reabilitação nesse caso", concluí.

"Você pode desconsiderá-la, mas acreditar na reabilitação é o nosso dever", esclareceu Consovoy.

Então, eu tentaria convencê-los.

"Quando lidamos com criminosos desse tipo, a palavra *reabilitação* não deveria ser usada, porque ele jamais foi *habilitado*. Trazê-lo de volta? De volta para onde?"

"John, você vê alguma diferença positiva entre ele hoje e na época em que foi preso?", perguntou Consovoy.

"Não, não vejo", respondi.

Esse foi um crime de raiva, um crime de poder. Não foi pelo sexo. Como já havia notado em muitos predadores, era uma questão de manipulação, dominação e controle.

"Ele vai se fazer de bom moço diante do conselho, mas é como um iceberg: vocês só estão vendo a ponta sobre a superfície. E talvez enxerguem mudanças na maneira como ele responde, pois McGowan é um sujeito inteligente e todo o processo de solicitar liberdade condicional foi uma escola para ele. Ele conhece todos os seus testes. Sabe o que estão buscando. Mas tudo que fizeram foi colocar seu corpo físico no gelo durante 25 anos. Não mudaram o que está dentro da cabeça dele — a resposta sexual ao poder da violência."

Isso também aconteceu no caso de Shawcross. Quando minha unidade foi chamada para auxiliar na busca ao Assassino do Rio Genesee no fim dos anos 1980, o analista de perfis Gregg McCrary criou o que acabou sendo um perfil e uma estratégia altamente precisos, que resultaram na captura do criminoso. O único elemento que Gregg errou foi a idade do suspeito. Ele a diminuiu cerca de 15 anos. Aquela década e meia na prisão não significaram praticamente nada para Shawcross; ele retornou à vida e ao comportamento anteriores no momento em que foi solto.

"Se McGowan reincidir, provavelmente, será com uma pessoa ao alcance das suas mãos", falei ao conselho. "Em resumo: eu não gostaria de ter essa pessoa morando na minha rua nem no meu bairro."

8

"GRANDE PROBABILIDADE"

prendi muito sobre e com Joseph McGowan. No entanto, seguia insatisfeito com um elemento de minha análise. Uma peça do quebra-cabeça ainda faltava. Eu tinha certeza de que havia algum estressor precipitante ou um incidente mobilizador que o levara a matar uma criança inocente. Não significava que algo o tinha descontrolado e feito com que "decidisse" estuprar e matar uma menina, nem que o crime não era uma decisão espontânea em que motivação, meio e oportunidade convergem-se para possibilitar que um desejo obscuro já existente se realizasse. Porém, eu estava certo de que algo o havia "condicionado" a agir no momento em que o fez.

Será que fora algo no trabalho? Uma briga com um colega, um relacionamento ou uma rejeição de uma aluna que ele não quis me contar? Tinha algo a ver com ter tomado um pé na bunda de sua noiva? Isso sem dúvida poderia ter provocado raiva. Eu estava quase certo de que o fato de não ter sido incluído na viagem de Páscoa do trabalho se relacionava a isso. Mas após estudar os arquivos do caso e conversar com ele por um longo período, achei que precisaria existir algo mais significativo acontecendo.

Sempre queremos que nossas entrevistas na prisão sejam abertas e de grande alcance, pois nunca se sabe quais elementos ou tipos de perguntas vão levar a algo importante. Contudo, em alguns assassinatos e outros crimes violentos, existe uma pergunta-chave que desafia os investigadores, cuja resposta revela uma pista essencial para a solução do caso.

O termo serial killer designa um predador que assassina repetidas vezes e com determinada periodicidade. E, após cada crime, há um período de "resfriamento". Se o assassino parar antes de ser preso, é quase sempre por uma das três razões: ele morreu; foi detido por outro crime e está preso; ou não parou de fato, mas se mudou e a polícia ainda não conectou os novos crimes aos antigos. O Assassino BTK, entretanto, "parava" por longos períodos entre os crimes, e então voltávamos a ouvir falar dele, seja por causa de uma morte nova ou de um comunicado por escrito para a mídia ou para a polícia, gabando-se sobre algum assassinato anterior e fornecendo evidências de que ele o cometera. O "crédito" por esses crimes terríveis era claramente tão importante para seu ego que não conseguíamos entender por que ele desaparecia por períodos tão longos.

O caso do Assassino BTK começou no início de minha carreira no FBI. Na terça-feira, 15 de janeiro de 1974, Charlie Otero, um garoto que estava a duas semanas de completar 16 anos, voltava da escola para casa a pé com o irmão de 14 anos, Danny, e a irmã de 13, Carmen, quando encontrou a mãe, Julie, de 34 anos, e o pai, Joseph, de 38, amarrados, amordaçados e brutalmente estrangulados e esfaqueados. Quando a polícia chegou, os agente encontraram também o corpo do garoto Joey, de 9 anos, com as mãos e os pés amarrados, deitado de lado e estrangulado no quarto que dividia com Danny. No porão, a polícia encontrou Josie, de 14 anos, pendurada por uma corda em um cano no teto, as mãos atadas nas costas. Assim como os outros, ela estava completamente amarrada. A boca estava amordaçada com uma toalha, e, assim como o pai, sua língua inchada se projetava para fora da boca sobre a mordaça. Ela vestia uma camiseta azul-clara e sua calcinha estava na altura dos tornozelos. Em uma das pernas havia uma substância grudenta que parecia ser sêmen. O assassino se masturbara sobre ela enquanto a assistia morrer ou após sua morte.

Esse foi o início de uma série brutal e sádica de mortes na área de Wichita, que se prolongaram por 17 anos, aterrorizaram a comunidade por mais de 30, e tiraram a vida de pelo menos dez pessoas.

Dez meses após o caso da família Otero, um jornal local recebeu uma ligação anônima direcionando as autoridades para uma carta em uma biblioteca que reivindicava o crédito pelos assassinatos e prometia mais, concluindo: "Minha sigla será BTK, *bind* [amarrar], *torture* [torturar] e *kill* [matar]. Vocês vão vê-la outra vez. Ela estará na próxima vítima."

A comunicação pretensiosa com a polícia e com a mídia continuaria, como se sua fome de atenção e crédito fosse tão importante quanto os próprios assassinatos repletos de tortura.

O departamento de polícia de Wichita solicitou que eu fizesse um estudo investigativo no momento em que o programa de análise de perfis em Quantico começava a dar certo. Nós entramos nesse caso enorme com membros da força-tarefa dez anos após o *UNSUB* ter cometido seu primeiro crime. Quando o caso enfim foi resolvido, eu já tinha me aposentado do FBI havia dez anos. A perversão dos crimes, tanto física quanto psicológica, continua a assombrar todos que se envolveram neles de alguma maneira.

O Assassino BTK escolhia as vítimas tanto por oportunidade quanto com planejamento, às vezes seguindo pessoas que já tinha visto em suas intermináveis viagens de carro pela cidade ou encontrado em seu trabalho como guarda municipal, realizando tarefas como cortar grama e cuidar de cães de rua. Após os assassinatos da família Otero, a idade das vítimas variava desde Kathryn Bright, de 21 anos, a Dolores Davis, de 62. E ele era completamente cruel. Estrangulou Shirley Vian, de 24, até a morte em sua própria cama, os filhos pequenos ouvindo tudo, trancados no banheiro.

Porém, do ponto de vista investigativo, o aspecto mais estranho e desconcertante desse caso era a irregularidade temporal dos crimes. Foram cinco assassinatos em 1974, dois em 1977, um em 1985, outro em 1986 e mais um em 1991. Mesmo que o BTK tivesse morrido ou sido preso por algum outro crime, isso não explicava os intervalos de anos até que resolvesse voltar às atividades hediondas. Também não fazia sentido para um serial killer tão interessado em se gabar por seu trabalho e insistir por um lugar de destaque na infâmia da mídia.

A derrocada do BTK só ocorreu em 2005, 14 anos após seu último assassinato. Não satisfeito em abandonar os louros de seus crimes, ele foi longe demais ao enviar um disquete de computador para uma estação de TV local, que os técnicos da polícia conseguiram rastrear até o último usuário de uma igreja local, "Dennis". Uma pesquisa na internet encontrou um tal de Dennis Rader, presidente do conselho da igreja, e seu Jeep Cherokee preto era compatível com a descrição do veículo que deixou o local em que um dos comunicados de BTK fora encontrado.

No fim das contas, ele era um pai de família, com um casal de filhos. O covarde Rader concordou em fazer um acordo sem possibilidade de liberdade condicional para evitar a pena de morte que havia imposto — de forma bem mais sádica — às suas vítimas inocentes. Foi na Unidade Penitenciária de El Dorado, uma prisão de segurança máxima no Kansas, que tive a oportunidade de confrontar BTK.

Após conversar com Rader e estudar seu caso, entendi o que havia causado o intervalo entre o assassinato de Nancy Fox, em 1977, e o de Marine Hedge, em 1985. Imaginei que tinha que ser sua esposa, Paula. Ela deve ter descoberto algo ou tê-lo flagrado fazendo alguma coisa.

Rader confirmou que, no outono de 1978, Paula havia entrado no quarto do casal e o encontrado de vestido, com uma corda no pescoço, enforcando-se na porta do banheiro. *Cross-dressing* e asfixia autoerótica eram duas de suas atividades masturbatórias favoritas. O vestido não era dela, portanto, presumia-se que vinha de alguma das muitas casas que ele invadira nos anos anteriores. Paula, uma pessoa tranquila e acolhedora, não conseguiu acreditar no que estava vendo. Ela nunca tinha sequer ouvido falar naquele tipo de coisa.

Ela disse que o marido precisava de ajuda, mas não fazia ideia onde ele poderia ir. A coisa toda era muito constrangedora para a mulher. Após alguns dias de angústia, ela ligou anonimamente para o hospital de veteranos de guerra, onde havia trabalhado como bibliotecária, e pediu para falar com um terapeuta. Disse que "uma amiga" encontrara o marido vestindo roupas femininas e tentando se enforcar. O terapeuta recomendou diversos livros de autoajuda, os quais ela comprou e deu a Dennis.

Rader alegou que isso era um problema psicológico com o qual ele lutava havia anos e prometeu nunca mais repetir o ato. Com medo de que qualquer atitude de Paula pudesse direcionar alguma investigação para ele — ela havia comentado, certa vez, que a letra dele era parecida com a do Assassino BTK em cartas que a polícia publicara no jornal —, Rader decidiu que era melhor dar um tempo e tentar se distanciar do autoerotismo, pelo menos dentro de casa.

Aparentemente, isso funcionou por cerca de dois anos. E então, em 1980, Paula se deparou mais uma vez com Dennis no quarto com uma corda ao redor do pescoço. Dessa vez, ela não ficou preocupada com a saúde dele, mas completamente fora de si. O homem nunca tinha visto sua esposa tão irritada e raivosa, e aquilo o deixou assustado. Se ela tornasse público o que vira e o BTK cometesse outro assassinato, qual seria a dificuldade da polícia em ligar os fatos?

Para mim, essa foi uma nova revelação do motivo de um serial killer suspender seus crimes por conta própria, e isso me deu um novo entendimento dos tipos de pessoas que procurei durante toda a minha vida profissional. Por ironia, apesar do medo que Paula sentiu na primeira vez que flagrou o marido realizando sua obsessão sexual, esse período de intervalo provou para mim a sanidade e a racionalidade de Rader, e não o contrário. Embora eu acredite que ele e todos os assassinos e estupradores cruéis apresentem diferentes níveis de doença mental, o fato de ele ter conseguido escolher parar por sobrevivência, mesmo que por um tempo, demonstra um alto nível de pensamento prospectivo e funcionalidade de execução. Poucos serial killers têm tantos subterfúgios como Rader — com seus desenhos, pornografia sadomasoquista, asfixia, *cross-dressing*, autoerotismo e troféus da cena do crime, sem falar em sua imaginação fértil — para substituir a adrenalina do ato em si. Não duvido que ele continuará a ter fantasias com amarrar, insultar e assistir a mulheres e meninas morrerem em suas mãos enquanto estiver vivo.

Um mistério diferente rondava a captura do golpista, assaltante de banco, ladrão de joias e sequestrador de aviões Garrett Brock Trapnell. Seu crime mais espetacular ocorreu no dia 28 de janeiro de 1972, quando sequestrou o voo TWA 2, um Boeing 707, que ia de Los Angeles para Nova York passando por Chicago, com uma arma calibre .45 que escondera dentro de um gesso de mentira no braço. Ele pediu mais de 300 mil dólares em dinheiro, o perdão oficial do presidente Nixon e a soltura da professora e ativista Angela Davis, presa por conspiração e cessão de armas a um réu que tomara o tribunal de Marin County, na Califórnia, e feito reféns. O juiz e três outros homens haviam morrido. Muitos consideraram que a prisão de Davis teve motivação política e, depois, a condenação foi revogada.

Com o avião na pista para reabastecimento e troca de tripulação, dois agentes do FBI disfarçados de comissários de voo entraram, atiraram no ombro e no braço esquerdos de Trapnell e o capturaram. Após um julgamento de cinco semanas, que terminou em um impasse, ele foi preso por pirataria aérea e condenado a duas prisões perpétuas e mais onze anos de prisão.

Mesmo após a condenação, Trapnell não havia acabado com suas façanhas. De alguma forma, ele convenceu a amiga Barbara Ann Oswald, que conhecera quando a mulher realizou um programa de estudos com prisioneiros, a sequestrar um helicóptero fretado em St. Louis no dia 24 de maio de 1978 e obrigar o piloto a pousar no pátio da prisão de Marion para resgatá-lo. Durante o pouso, o piloto do helicóptero conseguiu lutar com Oswald, pegar sua arma e matá-la.

No dia 21 de dezembro do mesmo ano, a filha de Oswald, de 17 anos, Robin, tentou sequestrar o voo TWA 541 de Los Angeles para Nova York, exigindo que Trapnell fosse solto. Caso contrário, ela detonaria uma dinamite amarrada ao corpo. Negociadores do FBI conseguiram convencê-la a desistir sem que ninguém fosse ferido, e a dinamite era, na verdade, sinalizadores amarrados a uma campainha. Mãe e filha? Era raro ver um criminoso com tamanho poder sobre certos tipos de pessoas deslumbradas. Na época, Charles Manson foi o único que me veio à mente.

No entanto, o que mais me intrigava sobre Trapnell era seu pedido para libertar Angela Davis durante o sequestro do avião. Naquela época, sequestros políticos de aviões eram bem comuns, e as aeronaves acabavam em Cuba ou na Argélia antes de retornarem. Porém, de tudo que consegui aprender sobre ele, Trapnell não tinha grandes comprometimentos políticos. Seu único compromisso era consigo mesmo e com o próprio enriquecimento. Então, por que faria tal exigência com tamanho fervor, mesmo enquanto era carregado por agentes federais? Alguns observadores concluíram que essa anomalia sozinha bastava para sugerir que ele era mentalmente instável. O *The New York Times* escreveu que ele tinha "um grande histórico de doença mental".

"Então, por que fez tudo aquilo, Gary?", pressionei, quando, enfim, pude conversar com ele.

Ele respondeu que a tentativa de sequestrar um avião era um investimento de alto risco, portanto, sabia que havia grandes chances de fracassar. Também sabia que a maioria dos sequestros naquela época eram políticos. Então, ao explicar sua lógica para mim, disse algo como: "Se eu não conseguisse escapar, sabia que ficaria preso por muito tempo. E imaginei que, se os grandalhões negros pensassem que eu era um preso político, seria menos provável que me estuprassem no chuveiro."

Apesar do racismo de sua declaração, ela é muito significativa da perspectiva comportamental. Primeiro, demonstra que, em vez de louco, Trapnell havia sido bastante racional e planejara com antecedência seus riscos. Foi nesse momento que ele perdeu a possibilidade de defesa por insanidade.

Isso também nos ajudou a melhorar as abordagens e os procedimentos do FBI de negociação de reféns. Independente da situação — um sequestro de avião, o roubo de um banco ou até um ato terrorista —, se o sequestrador fizer uma declaração ou uma exigência que pareça estranha ou fora de contexto, a equipe de negociação precisa pensar seriamente sobre seu significado real. Será que o sujeito em questão está descompensado mentalmente pelo estresse ou pelo cansaço e, por isso, disse algo absurdo? Ou será que existe um significado mais profundo que pode ser usado para neutralizar ou acabar com a situação sem violência e sangue?

Nesse caso, a situação mostrou que Trapnell entendeu que era improvável se safar daquele cenário e já estava considerando o próximo passo, que era ser capturado e preso. Isso indicava uma probabilidade maior de resolver a situação sem que os reféns se machucassem. Em outras palavras, naquele momento, o criminoso estava tentando mitigar a severidade das consequências de seus atos em vez de agravá-las. Isso também sugere ao negociador que ele possa ter algo significativo com o que barganhar. Em vez de se concentrar na demanda de resgate ou na rota que o sequestrador quer que o avião faça, um diálogo poderia ter se iniciado sobre o motivo pelo qual Trapnell se mostrava inflexível quanto à libertação de Angela Davis. Assim, o negociador poderia chegar às preocupações reais dele.

De maneira semelhante, em certo momento, fui por conta própria entrevistar Bruce Pierce, um dos assassinos do controverso apresentador de rádio Alan Berg. O criminoso era membro de um grupo antissemita de supremacia branca conhecido como a Ordem, cujos membros acreditavam que os judeus eram descendentes de Satanás. Por fim, Pierce concordou em conceder a entrevista somente para que pudesse fazer um discurso e abusar verbalmente de mim e do FBI. Embora a experiência pareça ter sido um fracasso, foi valiosa para que eu pudesse obter uma percepção desse tipo de mentalidade — o foco lunático e a dedicação a uma causa. Portanto, se um policial estiver em um impasse ou em uma situação com reféns com alguém com este estado de mentalidade, a estratégia do negociador seria ganhar tempo enquanto mensura a dedicação do criminoso à causa ao reafirmar ou parafrasear seu conteúdo e se preparar para uma resposta tática, caso a negociação não esteja funcionando, antes de perder vidas inocentes.

O QUE DE FATO DOMINAVA OS PROCESSOS DE PENSAMENTO DE MCGOWAN NO MOMENTO DO CRIME?

Essa é sempre a pergunta-chave. Eu tinha esperança de que isso emergiria de Joe McGowan quando Andrew Consovoy falasse com ele.

A essa altura, eu já conhecia Consovoy bem o suficiente para chamá-lo de Andy e tinha muito respeito por sua inteligência, ética de trabalho rigorosa e dedicação à função árdua de garantir que as pessoas certas fossem mantidas na prisão e as pessoas certas fossem soltas no momento correto. Ele me contou que o Conselho de Liberdade Condicional faria suas próprias entrevistas nas semanas seguintes e me pediu alguns conselhos sobre como conduzir as perguntas.

Respondi que achava que ele e seus colegas deveriam fazer perguntas contínuas e deixar que McGowan falasse o máximo possível. Em algum momento, chegariam ao ponto em que a fúria de verdade escondida sob a calma exterior viria à superfície. Se seguissem esse plano, eu achava que havia grandes chances de McGowan chegar no ponto em que a verdade surgiria e o conselho teria uma clareza maior, confirmando minhas observações e recomendações.

Quando Wayne B. Williams estava em julgamento em 1982 pelos Infanticídios de Atlanta, o promotor assistente de Fulton County, Jack Mallard, pediu meu conselho para abordar o réu caso o advogado dele o colocasse como testemunha e Mallard tivesse a oportunidade de interrogá-lo. Primeiro, falei que achava que havia grandes chances de que Williams fosse testemunhar, pois eu havia detectado nele uma enorme pretensão intelectual e superioridade, além de um sentimento de que o sistema de justiça criminal era um monte de baboseira. Ele achava que poderia controlar a situação, mesmo da cadeira das testemunhas.

Sugeri a Mallard que se aproximasse de Williams, violasse seu espaço íntimo, falasse sobre o caso e sobre seu histórico pessoal de um jeito caricato, e sustentasse a tensão enchendo-o de perguntas até que tivesse confundido Williams o suficiente para pegá-lo desprevenido.

Quando Williams foi testemunhar e Mallard teve sua chance, ele fez exatamente o que combinamos. Por fim, após diversas horas de interrogatório, Mallard se aproximou de Williams, colocou a mão em seu braço e, com sua fala sulista arrastada e calma, perguntou:

"Qual foi a sensação, Wayne? Qual foi a sensação quando você colocou os dedos ao redor do pescoço da vítima? Você entrou em pânico? Você entrou em pânico?"

Com a voz baixa, Williams respondeu:

"Não."

E então percebeu o que tinha feito e enlouqueceu de raiva. O réu apontou o dedo para mim (eu estava sentado na plateia do tribunal) e gritou:

"Você está fazendo de tudo para que eu me encaixe naquele perfil do FBI, mas não vou te ajudar!" Depois começou a esbravejar sobre os "capangas" do FBI e os "tolos" do processo de acusação. Mas aquela foi a reviravolta do julgamento. Diversos integrantes do júri que o condenaram confirmaram isso depois.

Achei que a mesma tática poderia funcionar com Joe McGowan no cenário de julgamento que o conselho estava preparando para a audiência.

Como disse antes, eu tinha uma dupla finalidade na consulta no caso de McGowan. A primeira era ajudar o Conselho de Liberdade Condicional de Nova Jersey a formular uma recomendação responsável e adequada. A segunda era aprender o máximo possível para meu próprio trabalho sobre a maneira como a mente desses assassinos específicos funciona. Eu estava muito interessado em qualquer coisa que ele tivesse a dizer ao conselho após passar todas aquelas horas comigo. Não soube na hora, mas, em algum momento, depois que a decisão foi tomada, Consovoy relatou o que acontecera em seu encontro na prisão de Trenton.

A audiência tinha um objetivo principal: determinar se havia uma "grande possibilidade de o recorrente cometer outro crime se fosse solto em liberdade condicional".

McGowan admitiu que não fora completamente sincero e colaborativo em suas inúmeras sessões de terapia. Ele assumiu que, em 1970, três anos antes do assassinato de Joan, namorara, por um curto período, uma aluna de 16 anos. A menina nunca dissera nada a ninguém, portanto, ele jamais foi punido por isso, apesar de dois outros professores terem sido demitidos por terem tido relacionamentos com alunas. Quando foi questionado sobre por que arriscaria a própria carreira com uma violação tão óbvia das regras da escola, ele respondeu que agora percebia que era porque isso o deixava em uma "posição superior".

Uma ex-aluna da Tappan Zee High contou a Rosemarie sobre um encontro desconfortável que teve com McGowan. Apesar de não ser professor dela, a adolescente precisava que ele assinasse um papel quando foi inscrita por engano na aula de química como caloura. Isso acontecera cerca de duas semanas antes do assassinato de Joan. E, por se sentir intimidada por ele, levara uma amiga consigo.

"A maneira como olhava para mim, parecia um gigante que queria me devorar!", relatou ela a Rosemarie. Isso é um pouco vago, mas o fato de essa jovem garota ter se sentido ameaçada é bem claro.

Consovoy relatou que desde o início da entrevista teve a impressão de que McGowan considerava-se intelectualmente superior aos membros do conselho, de forma bastante parecida com Wayne Williams. Isso não me surpreendeu. O que me surpreendeu foi que, ao recontar os detalhes do assassinato, McGowan se apegou à desculpa de que não tinha a quantia exata para pagar Joan, e por isso pedira a ela para acompanhá-lo ao porão.

Como ele podia se ater a isso quando achei que a já havíamos eliminado por completo essa hipótese durante minha entrevista? No entanto, quanto mais eu pensava a respeito, mais tudo se encaixava. McGowan estava acostumado a manipular fatos para se acomodarem à sua própria visão das coisas. E se ele se sentia superior aos membros conselho, os quais julgava como tolos e designados politicamente, então não importava já ter admitido para mim que, assim que Joan tocou a campainha, ele sabia que ia matá-la. Ele podia lhes dizer o que quisesse que reforçasse sua alegação de que o assassinato fora um episódio espontâneo de raiva.

Consovoy disse a McGowan de maneira bem direta que não acreditava na narrativa do assassinato que ele tinha confessado. O prisioneiro concordou que talvez a história legítima e completa não fosse essa, mas não deixou transparecer que estivesse nem um pouco incomodado por ser desacreditado.

Em vez de prosseguir nessa linha, Consovoy a guardou na cabeça para utilizá-la mais tarde e mudou o assunto para a criação de McGowan. Ele falou dos primeiros anos de sua infância, dos anos de formação e também da mãe, do pai e da relação com eles.

Consovoy se lembrou de um incidente que constava no arquivo, quando o irmão mais novo de McGowan, uma criança pequena, tivera uma doença séria de uma condição congênita. McGowan tinha mencionado em uma entrevista que, nos últimos dias de vida do garoto, no hospital, a mãe não o deixava subir para ver o irmão e o fazia esperar na recepção. Aparentemente, ela achou que seria muito traumático para o pequeno Joe ver o irmão à beira da morte. Quando ele mencionou o incidente, Consovoy percebeu que McGowan ficou incomodado, então decidiu seguir essa linha e ver onde ela daria.

Por fim, chegaram no momento que eu havia previsto. Havíamos focado no período entre o noivado de McGowan ter sido desfeito e o assassinato, com os outros professores indo para a viagem de Páscoa sem ele. Durante esse tempo — do Dia dos Namorados até a Páscoa —, as pessoas da escola entrevistadas pelo conselho notaram uma mudança em sua atitude e seu comportamento. Um indivíduo relatou que ele "começara a agir de maneira muito estranha".

McGowan disse que na época do assassinato andava pensando em cometer suicídio porque se considerava um grande fracasso.

"Eu não namorava ninguém. Não tinha nenhum relacionamento. Não ia chegar a lugar algum na vida. Por exemplo, estávamos na Páscoa, e a maioria dos meus amigos ia fazer uma viagem... para a Flórida, para o México ou para qualquer outro lugar, e eu estava lá, sentado, sem fazer nada." Ele acrescentou que o motivo de não ter cometido suicídio foi por ser "covarde demais".

A forma como ele descreveu os acontecimentos:

"A campainha toca, aquela pobre criança está ali, de pé, e o pensamento cruza a minha cabeça: 'Bem, você não consegue se matar. Será que consegue matar ela?'"

Andy reagiu:

"Você está tentando nos dizer que matou uma garotinha por causa de uma viagem?"

"É que..." Ele começou a se enrolar e a hesitar.

Consovoy lembrou ao recapitular a cena:

"Por que não voltamos e recontamos essa parte, então? Eu não acredito nela. Não consigo entender. Se todo mundo estava viajando em casais, e você estava solteiro, e isso o incomodava tanto, então o que estava acontecendo?"

E aí, a verdade apareceu.

"Ele me contou toda a história sobre os planos do casamento", relatou Consovoy a mim mais tarde. "McGowan conheceu essa mulher. Eles se apaixonaram e tal. E então ele a levou em casa para conhecer a mãe e a avó. E a mãe disse: 'Você não vai casar.' E ele retrucou: 'Vou, sim.' E ela completou: 'Então se case, mas, se fizer isso, pode arrumar as malas e ir embora agora, e leve sua noiva com você', ou seja lá como ela chamou a moça. 'Não venha me ver nunca mais, não fale comigo. Você será cortado do testamento. Não receberá nada. Boa sorte!'" Ou como Consovoy sucintamente colocou: "Ou ela ou eu."

A noiva não havia terminado com Joe. Ele que terminara com ela!

Consovoy continuou:

"Ele não falou por que a mãe reagiu daquele jeito; só que foi assim que aconteceu. Então, Joe deu adeus à noiva e ficou com a mamãe. Além do ressentimento que deve ter sentido por ela, sem conseguir expressá-lo, ele também deve ter achado que aquela era sua última e melhor chance de ser feliz."

Com essa descoberta, Consovoy pensou: *Que bom. Vamos continuar por aí.* E disse:

"Está bem, vamos falar sério sobre a sua mãe. Parece que todos os problemas que discutimos desde que entrei aqui têm a ver com ela. É quase como uma relação de amor e ódio."

Ele sacudiu a cabeça e respondeu:

"Não, não, não, eu nunca odiei a minha mãe!"

Consovoy disse a ele:

"Você precisa encarar a verdade: todas as dificuldades que teve, tudo que deu errado na sua vida, de alguma forma está ligado à sua mãe. Seu pai morreu cedo, seu irmão... Há quanto tempo você faz terapia?"

"Há 20 anos."

"E sobre o que conversa?"

McGowan contou a Consovoy que falava sobre o motivo de ter feito o que fez, como havia aprendido sua lição, por que nunca faria aquilo novamente, como poderia evitar essas coisas. Então Consovoy perguntou a ele:

"Mas você fala da sua mãe?"

"Foi nessa hora que ele se transformou, bem ali, na minha frente. Eu nunca vou esquecer daquele instante", disse Consovoy.

Ele olhou para o presidente do conselho com uma expressão que não era mais do "Joe McGowan tranquilo", era algo frio, e disse:

"Falar da minha mãe está fora de cogitação."

"Foi quase como uma ameaça; era como se, se eu continuasse com o assunto, ele iria embora."

"Falar da minha mãe está fora de cogitação."

"Espere aí! Você está me dizendo que conquistou tudo que precisava, que está completamente reabilitado e admite a seriedade do crime que cometeu. E foi um crime seríssimo, portanto, você tem um padrão alto de reabilitação para alcançar, e me diz que está total e completamente reabilitado depois de assassinar e estuprar uma criança, colocá-la em um saco de lixo e dirigir para fora do estado para desovar o corpo, mas nunca falou na terapia sobre sua mãe?"

"Já disse que falar da minha mãe está fora de cogitação."

Consovoy, no entanto, insistiu. Por fim, conseguiu que McGowan admitisse que seu "sentimento avassalador de inadequação sexual" poderia estar ligado à mãe.

'Vamos voltar um pouco', eu disse a ele. Retomamos ao ultimato da mãe sobre o casamento. 'Você ficou com raiva?'

"Com *muita* raiva."

"E permaneceu com raiva?", perguntou Consovoy.

"Sim. Senti raiva durante duas semanas. Fiquei louco de raiva."

"Mas não podia demonstrar porque estava com medo da sua mãe?"

"É, estava."

Consovoy disse para mim:

"Ele estava ficando realmente irritado, porque aquilo despertava todas as suas fraquezas."

Em nossa pesquisa, há uma forte correlação entre mães dominadoras e homens que crescem e viram predadores. Embora a grande maioria dos homens que têm mães assim não se transforme em agressores, com aqueles que isso ocorre, a mãe dominadora constitui um fator de enorme influência.

Durante a filmagem de *O silêncio dos inocentes*, o FBI cooperou com gosto com os produtores, e até permitiu que algumas cenas fossem filmadas em Quantico. Apesar da notoriedade do dr. Hannibal Lecter, o crime central do filme é cometido por Jame Gumb, conhecido como Buffalo Bill e encenado de forma brilhante por Ted Levine. Bill é uma composição de três serial killers reais: Ed Gein, Ted Bundy e Gary Heidnick, todos os quais estudamos em detalhes em Quantico.

O diretor do filme, Jonathan Demme, com quem desenvolvi uma relação próxima, me pediu para treinar Ted e explicar a ele o que se passaria na mente de um criminoso como Jame Gumb/Buffalo Bill. Conforme falei ao Conselho de Liberdade Condicional de Nova Jersey, no caso de McGowan, minha regra principal era que, para entender um artista, é preciso avaliar sua obra. O mesmo acontece com um predador: para compreendê-lo, é preciso entender sua "arte", porque é isso o que ela é para ele. O resto de sua vida não tem muita importância, é tediosa e sem graça.

No caso de Buffalo Bill, entender sua "arte" era relativamente simples, pois o assassino estava criando algo material: uma roupa feminina feita de partes do corpo de mulheres. Falei a Ted e a Jonathan que isso me sugeria que a raiz da sua psicopatologia remontava à própria mãe, como acontecia com Ed Gein. Ao assumir a pele de uma mulher, ele estava, em sua cabeça, recriando o poder da mãe sobre si mesmo. Ele sentia que a vida não tinha sido justa e, portanto, tudo que fizesse com os outros estaria justificado.

Apesar de o caso de McGowan não ser tão literal, a raiva era tão real quanto.

Depois de abordar o assunto da mãe, Consovoy disse a ele:

"Agora, vamos voltar ao assassinato. Sejamos honestos: qualquer pessoa que aparecesse na sua porta ia morrer."

"Exatamente."

"Fazia alguma diferença para você?"

"Não, a não ser que fosse um policial armado."

"Bem pensado da sua parte. Tem certeza disso?"

"Acho que sim."

"Mesmo assim, você fica cara a cara com essa menininha que resolveu matar, que vai matar. Mas precisa levá-la para dentro de casa. Ela morava por perto; você não poderia sair correndo atrás dela pelo jardim. O que você faz?"

Ele olhou para Consovoy com aquele mesmo olhar e respondeu:

"Você parece esquecer que sou professor e sei comandar uma criança com a minha voz, sobretudo uma daquela idade."

Consovoy pede para ele mostrar como faz aquilo. E McGowan diz:

'Joan, você vai ter que vir aqui dentro', ou algo parecido, com voz de professor ensinando. E ela entrou na hora."

"Depois que isso aconteceu, quanto tempo demorou até ela ser morta?"

"Foi tudo muito rápido."

"Então você já tinha tomado a decisão."

"Sim."

"E aquela história do troco? Você nem pensou nisso de verdade?

"Não, não."

"O resto foram só detalhes?"

"É."

Toda a história que McGowan mantivera durante 25 anos entrou em colapso em um segundo, e ele não conseguia voltar atrás, porque todas as outras coisas que disse desmoronaram, e isso facilitou muito nosso trabalho.

"E o estupro?", perguntou Consovoy.

"Ele respondeu que o estupro foi apenas uma questão de oportunidade. Só aconteceu porque ela era uma menina de 7 anos. Ele jamais estupraria um homem na mesma situação; não tinha nada a ver. O estupro foi só outra manifestação de raiva. Quando ele abriu a porta, Joan já era uma pessoa morta. E ele sentia tanta raiva! Acho que seu mundo havia desmoronado sobre sua cabeça, tudo que acontecera na sua vida. Quantas pessoas da idade dele não se casam por causa da mãe? Ele não era mais uma criança. Algo o tinha deixado descontrolado. Acho que aquela viagem teve alguma coisa a ver com isso. Ele estava sozinho. Estava agindo de maneira estranha. A viagem representava o fato de ele ser um fracasso e, talvez, um covarde, pois não conseguia confrontar a própria mãe, pelo amor de Deus. E, então, voltamos a falar sobre detalhes mais mundanos do crime. Eu queria esclarecer todas as etapas, como a desova. A forma como havia se livrado do corpo mostrava que definitivamente planejava se safar do crime. Quanto a todas as outras coisas, como a confissão, eu acho que os relatórios policiais falam por si."

Se McGowan não tivesse sido apreendido após o assassinato de Joan, será que teria conseguido matar a própria mãe, como Ed Kemper fez? Provavelmente não. Sua mãe e a forma como ela o tratava não geravam um desvio emocional absoluto como aconteceu com Kemper, e ele parecia ter outros inúmeros sentimentos conflituosos. Mas isso não significa que o ressentimento e a raiva um dia desapareceriam, como ficou evidenciado na reação à provocação de Consovoy.

A audiência durou quase o dia inteiro. Quando terminou, os membros do conselho se reuniram e revisaram suas conclusões.

No dia 6 de novembro de 1998, o Conselho de Liberdade Condicional de Nova Jersey publicou um relatório oficial negando a liberdade condicional a Joseph McGowan.

Nele, o conselho citou diversos fatos. Primeiro, havia a brutalidade do crime em si. Segundo, achava-se que a falta de percepção e preocupação de McGowan sobre o que o levara a cometer o assassinato era "extremamente desconcertante". O conselho achava que ele havia feito pouco progresso em lidar com os assuntos que resultaram no crime, e isso se dava pela falta de sinceridade e honestidade com os diversos psiquiatras, psicólogos, terapeutas e outras autoridades com quem havia conversado durante todos os anos em que passou na prisão. O conselho notou que, embora McGowan tivesse feito muitas horas de terapia, não mais de quatro foram focadas na raiva que sentia pela mãe, que ele enfim assumira, conforme escrito no relatório, como "o motivador principal por trás do crime".

Contudo, a grande consideração foi a opinião do conselho de que o estado mental e a saúde emocional de McGowan não eram "muito diferentes do passado, e [McGowan] segue com grande probabilidade de cometer outro crime se em liberdade condicional".

O outro assunto também abordado foi o termo de elegibilidade futura (FET, em inglês), conhecido informalmente pelo sistema prisional como um "tiro". O conselho remeteu tal determinação a um painel de três membros do próprio conselho — uma prática comum.

No dia 7 de janeiro de 1999, o painel especial impôs um período de FET de trinta anos, o que, em teoria, significava que o prisioneiro não seria elegível para pleitear a liberdade condicional por três décadas. Na prática, não era bem assim, uma vez que o tribunal de apelação do estado solicitara ao conselho a revisão da decisão tomada em 1993, o que significava que a contagem do período começara a partir daquela data. Além disso, como todos os prisioneiros elegíveis para liberdade condicional, McGowan recebia créditos estatutários por trabalho e bom comportamento. E ainda mais importante: como proteção contra o abuso do sistema, criminosos na categoria de McGowan eram legalmente aptos a uma audiência anual de revisão, na qual o Conselho de Liberdade Condicional poderia instituir uma nova avaliação caso acreditasse que a situação havia mudado.

Isso tudo pode parecer uma viagem pelas raízes da burocracia, mas é esse tipo de procedimento processual que determina a liberdade ou a prisão continuada. E, por consequência, também determina se o público ficará sujeito ao risco de indivíduos que demonstraram uma propensão prévia à violência.

McGowan apelou o FET perante todo o conselho, que reafirmou a decisão do painel dos três membros no dia 2 de agosto de 1999.

Ele levou sua apelação à Divisão de Apelação do Tribunal Superior de Nova Jersey. Na decisão do caso *McGowan* versus *Conselho de Liberdade Condicional de Nova Jersey*, seu advogado argumentou que ele vinha sendo um prisioneiro exemplar por quase 30 anos, que não havia evidências de que voltaria a cometer um crime se fosse solto, e, portanto, o conselho havia agido de forma arbitrária e caprichosa. Por estar passando por um período difícil em sua doença crônica, Rosemarie emitiu uma declaração de impacto de vítima da sala de sua casa.

No dia 15 de fevereiro de 2002, o tribunal divulgou sua decisão, que sustentava o indeferimento do Conselho de Liberdade Condicional e declarava:

"A decisão para determinar um período de FET de 30 anos é do conselho e apoiada por evidência substancial."

9
O LEGADO DE JOAN

Nós atingimos nosso objetivo: Joseph McGowan permaneceria atrás das grades por um longo período. E, em 2009, com novos membros no conselho, McGowan recebeu mais um termo de elegibilidade futura de 30 anos. Dessa vez, não recorreu, estabelecendo sua próxima data de elegibilidade para agosto de 2025, e confirmando a probabilidade de permanecer na cadeia pelo resto da vida.

Como parte do movimento liderado por Rosemarie, uma petição com 80 mil assinaturas e 300 cartas foi enviada ao Conselho de Liberdade Condicional. Ao receber a ligação informando sobre a decisão do conselho, ela se cobriu com o poncho verde de Joan, aquele que ela vestia quando saía para vender biscoitos das escoteiras com a irmã Marie.

"Ele nunca vai sair da prisão, o que significa que não teremos mais que lutar para mantê-lo lá de tempos em tempos, e isso representa justiça para Joan", afirmou Rosemarie. No entanto, isso não sinalizava um fim para a visão e a proposta de vida que ela determinara para si.

Em 1998, no vigésimo quinto aniversário da morte de Joan, ao mesmo tempo em que a revisão do conselho transcorria, Rosemarie criou a Fundação em Memória a Joan D'Alessandro, sem fins lucrativos. A missão é promover segurança e proteção à criança, aumentar os direitos das vítimas e ajudar meninos e meninas sem lar e negligenciados. Seus filhos Michael e John a ajudam com a administração.

Apoiada pelos voluntários do "Team Joan", o Programa de Diversão, Educação e Segurança da fundação ajuda crianças carentes do Centro Comunitário Father English em Paterson e Passaic, o YCS (Serviço de Consultas a Jovens), em Hackensack, a Fundação Tails of Hope, em Pine Bush, Nova York, e a Hearts and Crafts, em Hillsdale. O programa dá a essas crianças oportunidades de excursões educacionais e culturais todos os anos desde 2001, incluindo a cidade de Nova York, Washington, o parque temático Great Adventure e a costa de Nova Jersey, além de prestar assistência a vítimas e lutar por uma legislação justa. O programa se expandiu para dar apoio a Covenant House, em Elizabeth, que ajuda jovens de 18 a 21 anos a obter um futuro mais estável. Desde 2016, a fundação fornece um programa de segurança a crianças para as escolas locais, treinando professores e pais a identificar, reportar e prevenir abuso infantil.

Uma das conquistas recentes da fundação foi a proposta, junto aos agentes locais da lei, para que a Assembleia Geral de Nova Jersey apresente uma emenda à Lei de Joan, aumentando o tempo mínimo por estupro e morte de vítima menor de 18 anos para prisão perpétua, sem possibilidade de condicional. Um professor da Universidade de Direito St. John's, em Nova York, utilizou uma entrevista em vídeo com Rosemarie para ensinar aos alunos sobre advocacia efetiva.

Pelo espectro civil, Rosemarie propôs e defendeu a Lei de Justiça por Vítimas, que foi introduzida na legislatura do estado no dia 17 de novembro de 2000. Foi assinada na sede da prefeitura de Hillsdale. Ela estava fraca demais para comparecer, mas foi representada por Michael e John. A nova lei eliminava a prescrição de processos por homicídios culposos em casos de assassinatos, permitindo que os familiares das vítimas pudessem processar os assassinos condenados e requerer herança ou qualquer outra renda que adquirissem em qualquer momento após o crime.

No ano seguinte, Rosemarie processou McGowan e ganhou 750 mil dólares. Ele não contestou o processo, pois, naquela época, quase toda a herança que havia recebido da mãe e da avó havia sido concedida a um parente ou gasta com advogados. Ele é obrigado a dar a ela mensalmente seus ganhos na prisão, cerca de 14 dólares, e Rosemarie direciona cada centavo para a fundação. Infelizmente, não vi McGowan se importar com a perda da vida de Joan ou com os sentimentos de Rosemarie. Se alguma coisa o incomodava era a chatice de ser lembrado disso e não poder gastar seu dinheiro mensal na cantina da prisão. O que de fato o incomoda é ter sido desmascarado e ter que enfrentar as consequências de seus atos.

A luta de Rosemarie por justiça começou a ganhar atenção nacional. Em 2004, ela recebeu um prêmio do Departamento de Justiça para Vítimas de Crimes, por coragem e heroísmo extraordinários. John foi a Washington como seu representante para receber o prêmio das mãos do procurador-geral John Ashcroft, pois ela não tinha forças para comparecer.

Ainda receosa de que o que havia acontecido com Joan pudesse acontecer com outras crianças, Rosemarie insistiu na conscientização sobre este caso que focava a atenção da sociedade na segurança infantil. Ela prosseguiu com a missão de comunicar suas preocupações sobre segurança à administração das escoteiras, e, em outubro de 2014, encontrou-se com o diretor geral das escoteiras do norte de Nova Jersey e com a diretora de experiência das meninas no escritório nacional. A pauta incluiu um pedido para o fim da prática da venda de biscoitos ou coleta de dinheiro de porta em porta realizada pelas garotas, citando uma estatística que havia descoberto na Agência Nacional de Estatísticas de Justiça, de que as jovens de 14 anos representam a faixa mais vulnerável para sofrer abuso sexual. Essa proibição da venda de porta em porta foi algo pelo qual Mark e eu também lutamos durante muito tempo.

Contudo, eu não sentia que meu trabalho tinha terminado. Se houvesse algo mais que eu pudesse aprender com um sujeito como Joseph McGowan e como sua mente funcionava, seria válido para mim e para as vítimas que me esforçava para defender.

Essa oportunidade surgiu no outono de 2013, quando a Fundação em Memória a Joan Angela D'Alessandro realizou uma Comemoração à Vida e ao Legado de Joan no dia 7 de setembro — data em que ela teria completado 48 anos —, em uma cidade próxima a Hillsdale. Foi um jantar beneficente para a instituição e me pediram para fazer o discurso de abertura. Mark e sua esposa, Carolyn, acompanharam-me, e nós conhecemos e fizemos contato com a maior quantidade possível de pessoas que tinham feito parte da história de Joan.

A comemoração foi esplêndida. Michael foi o anfitrião e o mestre de cerimônias, e John, o cinegrafista. Foi emocionante e incrível ver em primeira mão a onda de amor e admiração por Rosemarie e por tudo que ela havia feito desde o início do movimento, em 1993. Todos nós usamos pulseirinhas verdes da fundação e laços verdes em homenagem a Joan.

Passamos a maior parte do dia seguinte com Rosemarie, John e Michael na casa dela. Da sala de casa, onde estava sentada conosco, Rosemarie conseguia enxergar o fim da Florence Street e a casa onde a filha havia sido assassinada. Ela estava cansada depois de todo o planejamento e as festividades dos dias anteriores — miastenia grave exige um descanso imediato por qualquer gasto de energia prolongado —, mas queria conversar com a gente e falar de toda a história.

Ela nos mostrou o quarto de Joan e desembrulhou com carinho o uniforme conservado das escoteiras. Suas sapatilhas de balé pequeninas foram mantidas no corredor de entrada, ao lado da cozinha. Não tinha como não ficar com os olhos marejados. Era quase como estar na presença de relíquias sagradas. Na parede da sala de jantar, vimos as cópias emolduradas da Lei de Joan de Nova Jersey, de Nova York e a nacional, assinadas, respectivamente, por Christine Todd Whitman, George Pataki e Bill Clinton. E então refizemos os passos de Joan entre sua casa e a de McGowan. Era assustador ver como as duas residências eram próximas.

Uma das coisas que me surpreendiam no passado, mas não me abalam mais quando estou conversando com as famílias de crianças assassinadas — sobretudo com os pais — é o quanto eles costumam querer saber sobre o que aconteceu com o filho ou a filha. Assim como vários policiais, tento poupá-los dos detalhes terríveis. No entanto, em muitos casos eles querem saber, como se precisassem dividir o sofrimento e, de alguma forma, tomá-lo para si. Lembro que Katie Souza insistiu para que a funerária a deixasse ver o corpo nu da filha de 8 anos, Destiny, depois de a adorável menininha ter sido espancada até a morte pelo namorado da tia. Ela precisava vivenciar cada machucado que Destiny sofrera e não esquecê-los jamais. Lembro-me de Jack e Trudy Collins descreverem como olharam para o corpo da filha Suzanne, de 20 anos, cabo militar da Marinha, cuja beleza estonteante fora tão destruída por seu torturador e assassino que o enterro no Cemitério Nacional de Arlington teve que ser com o caixão fechado. E me lembro, anos depois, de eles perguntarem a Mark todos os detalhes que ele sabia dos relatórios do médico-legista e da polícia sobre o assassinato da jovem, para que pudessem dividir com ela o sofrimento. Na verdade, Jack, um religioso dedicado, costumava ir ao dentista sem tomar anestesia e pedia a Deus que aliviasse um pouco do sofrimento final de Suzanne de forma retrospectiva e proporcional.

O mesmo aconteceu com Rosemarie. Ela queria que contássemos tudo que havíamos lido nos arquivos do caso sobre o que Joan tinha passado, para que pudesse acrescentar aos detalhes que fortaleciam ainda mais sua comunhão constante com a filha.

Ela estava particularmente interessada em saber se Joan havia lutado com McGowan ou se submetido de maneira dócil. Nós falamos que, segundo o relatório médico do dr. Zugibe, e o que o próprio McGowan dissera tanto para mim quanto para Andy Consovoy, ficou claro que, quando a menina percebeu o que estava acontecendo, lutou com uma resistência feroz, mesmo não tendo chance contra um homem adulto de 1,88 metro de altura.

Rosemarie não ficou surpresa ao saber que Joan lutara por sua vida, pois a garota nunca tivera medo de defender a si mesma ou outras pessoas.

"Uma colega de turma dela falou comigo no telefone há uns 15 anos. Foi a primeira vez que falei com a mulher desde a morte de Joan, e já era uma adulta. Ela me contou que Joan a enturmava no grupo no parquinho sempre que a via sozinha e sem amigos para brincar. Disse que Joan a fazia se sentir acolhida. Ela me inspira tanto que nem consigo descrever com palavras", disse Rosemarie. "E foi por isso que resolvi lutar por justiça, por Joan e outras crianças. Nada acontece se ficarmos quietos. Nada acontece se pensarmos que outra pessoa fará tudo por nós. Você precisa se levantar e correr atrás."

No dia 19 de abril de 2013, uma segunda vigília foi feita no Parque dos Veteranos, dessa vez para marcar os 40 anos da morte de Joan. No evento, foram apresentados pedidos para a construção de uma escultura e um jardim que representariam o significado do legado da menina para as próximas gerações.

NO DIA 3 DE ABRIL DE 2014 — ANIVERSÁRIO DA ASSINATURA DA PRIMEIRA LEI DE JOAN —, PERTO da estação de trem da cidade, Hillsdale inaugurou e dedicou uma escultura de pedra e um jardim à memória de Joan.

A escultura e o jardim foram financiados pelos apoiadores da Fundação Joan. Muitas empresas locais também contribuíram, doando tempo e dinheiro. No caminho de tijolos até a escultura há um banco verde, a cor preferida de Joan. Há uma borboleta branca na parte de trás e, sobre ela, uma reprodução da assinatura de Joan de uma borboleta que ela havia desenhado quando tinha 4 anos e meio. Ela é rodeada de flores laranja retiradas de outro de seus desenhos.

A líder do condado, Kathleen A. Donovan, disse sobre Rosemarie:

"Ela transformou o luto em algo importante e é um grande exemplo para todos nós."

A lateral do monumento que dá para a rua tem uma borboleta branca e as palavras "Lembremos de Joan hoje para que as crianças de amanhã estejam seguras". Na lateral virada para a estação de trem, que todos os visitantes e residentes podem ver ao voltarem para casa, temos a figura sorridente de Joan usando seu uniforme de escoteira e um relato de sua história. A Fundação em Memória de Joan Angela D'Alessandro arrecadou os fundos para a escultura. Um jardim lindo e colorido que a rodeia foi plantado e inaugurado no dia 27 de junho de 2014. E, em 19 de abril de 2018, inaugurou-se no jardim a Fonte Eterna pela Segurança Infantil. Seu fluxo contínuo de água simboliza a importância constante da proteção à criança.

A breve descrição esculpida na pedra relata a história de como Joan ganhou a representação de uma borboleta branca. Em um dia frio de abril de 2006, durante uma visita ao local em que o corpo de Joan foi encontrado no Parque Estadual Harriman, em Nova York, Rosemarie viu uma borboleta branca voando sobre a fenda da rocha onde a filha fora deixada. Por já ter investido um grande significado espiritual ao fato de Joan ter sido assassinada na Quinta-Feira Santa e encontrada no Domingo de Páscoa, Rosemarie interpretou aquela linda criatura como um sinal de que a alma da filha estava feliz. Conforme contou nos meses e anos que se seguiram, a borboleta simbolizava a insaciável energia e o espírito de Joan.

"O que estamos fazendo hoje, reunidos aqui, é justiça", disse Rosemarie na dedicatória. "Quando virem esta escultura, algo acontecerá com cada um de vocês, e eu espero que dividam isso com pessoas que não estão aqui."

Enquanto todas as pessoas saudavam Rosemarie, ela saudava a filha.

"Joan é a minha maior inspiração. Eu não estaria fazendo o que faço hoje se não fosse por ela, é como se me dissesse o que fazer."

Apesar dessa inspiração dolorosa, Rosemarie quer que os visitantes pensem na escultura e no jardim "não como um lugar de tristeza, mas de alegria, paz, educação, conscientização com a segurança infantil e, por fim, como um local de esperança para a sociedade". É também o local da campanha anual de arrecadação de fundos para segurança infantil, que perpetua a missão da fundação.

Ler as palavras escritas na pedra me fez lembrar de uma coisa — um pequeno detalhe — do dia em que Mark, Carolyn e eu fomos à casa de Rosemarie.

Nossa conversa sobre o assassinato havia terminado, e Rosemarie, Michael e John nos serviam almoço na varanda dos fundos da casa. Era um dia frio de outono. De repente, do nada — ou era o que parecia —, uma borboleta branca apareceu e pairou em cima de nós.

Nós todos ficamos maravilhados com a "coincidência".

"Viram?", disse Rosemarie. "Ela está conosco."

Mesmo depois de todos esses anos, a influência de Joan ainda é sentida, não apenas em termos de política pública, mas também pessoal. Recentemente, um homem de meia-idade disse a Rosemarie o quanto amava estar perto e brincar com Joan.

Ele contou que sempre que ele e os amigos brigavam, Joan os interrompia com a frase objetiva "Ah, caramba. Vamos brincar! Vamos *fazer* alguma coisa!". E isso resolvia tudo.

As palavras encantadoras da menina de 7 anos ecoaram na mente de Rosemarie: *Ah, caramba. Vamos brincar! Vamos FAZER alguma coisa!*

"E é isso que eu sigo fazendo."

II

"PARA MIM, MATAR ERA ALGO INSTINTIVO"

10
TUDO EM FAMÍLIA

Na vida real, não existem criminosos violentos brilhantes ou "glamourosos" como Hannibal Lecter — qualquer um que diga o contrário não os conhece. Desde que comecei a conversar com assassinos, estive determinado a ver e mostrar esses homens (e, muito raramente, mulheres) pelo que são. E foi o que aconteceu quando fui solicitado a fazer uma entrevista com um presidiário chamado Joseph Kondro — não por um conselho de liberdade condicional, mas como parte de um documentário de um programa de televisão.

Um produtor de TV que seguia minha carreira me contatou em nome da MSNBC. Ele estava intrigado com as entrevistas com assassinos presos que eu e meus colegas do FBI havíamos feito e percebeu que a fundação do programa de análise de perfis comportamentais — o confronto cara a cara com um assassino — poderia virar um programa de TV cativante. Por mais repulsa que eu sentisse pela superficialidade dos chamados reality shows que tinham como foco aventuras construídas, romances toscos, estrelato imediato e, acima de tudo, a sistemática humilhação de pessoas aparentemente comuns, tive que aceitar. Inúmeras vezes eu havia encarado assassinos que ficariam tão felizes em me matar quanto em conversar comigo, e essas tinham sido as experiências mais intensas de minha vida.

Sejamos honestos: o fascínio com o "crime real" é, na realidade, um fascínio com o que escritores e filósofos chamam de condição humana.

Todos nós queremos saber e entender a base do comportamento e da motivação dos seres humanos, por que fazemos o que fazemos. E, no mundo do crime, vemos a condição humana em grande escala e ao extremo, tanto pelo lado do criminoso quanto da vítima. De uma forma bem real, o telespectador estava em busca do mesmo que eu: uma compreensão maior e mais profunda da mente de um criminoso. E acho que há um enorme valor em permitir que um público amplo veja como é a face do mal. Se conseguíssemos encontrar os criminosos certos para entrevistar, o que eu queria e o que os produtores de TV queriam não entrariam em conflito.

Como as entrevistas na prisão seriam o foco principal de cada programa, o restante seria composto por imagens, fotos e outras evidências documentais de cada crime e seu respectivo assassino, junto a entrevistas com sobreviventes, detetives, advogados e outras pessoas envolvidas com o caso — semelhante ao que acontece em uma investigação de verdade. Aceitei fazer um episódio, mas com a condição de que eu teria algum nível de controle sobre o produto final. Embora eu não tenha nenhuma objeção a enfrentar o fascínio constante do demônio dos crimes violentos — contanto que isso leve a um maior entendimento e discernimento —, recuso-me a fazer qualquer tipo de sensacionalismo ou glorificação dos criminosos.

O maior problema com o conceito televisivo era uma questão prática: hoje em dia, é bem mais difícil conseguir fazer uma entrevista com um assassino do que costumava ser. Mesmo para entrevistadores que são oficiais da lei, aqueles dias em que simplesmente aparecíamos na prisão e apresentávamos nossas credenciais, como Bob Ressler e eu fazíamos, não existem mais. Além de o preso ter que apresentar consentimento, há muitas regras relativas à segurança, ao processo criminal e à burocracia do sistema presidiário que tornam a visita algo bastante difícil.

Como eu não era mais parte do FBI, não podia obrigar um preso a falar comigo, portanto, passamos por todo o processo, que começava com escrever para os diretores das prisões e pedir a colaboração deles. Isso pode ser uma grande barreira, pois, por motivos óbvios, as prisões são altamente controladas e regimentadas. Todo mundo acorda no mesmo horário, come no mesmo horário e dorme no mesmo horário, de forma que conduzir uma entrevista longa com um único preso desregula a ordem das coisas.

Eu procurava alguém que se encaixasse na definição de um predador violento, mas também tentava encontrar um indivíduo cujo *modus operandi* fosse diferente de todos que eu já havia entrevistado antes, pois estou sempre em busca de novas percepções que possam expandir o entendimento que temos da mente criminosa. E, por meio desse processo de pesquisa, deparei-me com Joseph Kondro.

Nunca sabemos ao certo por que alguns criminosos encarcerados concordam em falar conosco. Alguns estão apenas entediados. Outros acham que vamos conseguir ajudá-los a sair da cadeia, como Joseph McGowan. Há sempre um fio de esperança, mesmo para aqueles que estão cumprindo prisão perpétua sem direito a liberdade condicional. Há ainda aqueles que acham que vão conseguir um tratamento melhor da administração e dos funcionários se cooperarem com agentes federais ou com um ex-agente do FBI como eu. Muitos apreciam a ideia de aliviar seus crimes, e entendem que isso lhes dá certo status. E, por fim, há aqueles que veem as entrevistas como uma autoanálise: querem uma interpretação dos crimes que cometeram. Alguns criminosos violentos já até sabem o *porquê* de seus comportamentos, mas querem saber se eu vou conseguir descobrir a motivação.

Sabíamos que Kondro negara diversos pedidos de entrevistas no passado, e suspeitei que ele não queria falar sobre seus crimes não resolvidos. De uma forma ou de outra, Kondro passaria o resto da vida na prisão — mas seu tempo poderia ser consideravelmente reduzido se fosse processado e considerado culpado em outro assassinato cuja condenação fosse a pena de morte.

Acho que o motivo de ter concordado em falar comigo foi meu histórico ter sido explicado e ele acreditar que poderia fornecer detalhes aos agentes da lei sobre o seu tipo de predador, o que ajudaria a identificar e capturar criminosos semelhantes. Não acredito que ele se importasse muito em aprender sobre si ou em ajudar a colocar outros como ele atrás da grades. Porém, como qualquer preso com uma reputação de assassino de crianças não é um sujeito popular, seja com os funcionários ou com a população em geral, ele deveria melhorar a própria imagem ao se sentar comigo para conceder uma entrevista.

Eu não tinha acesso à ficha prisional do sujeito, como acontecia quando conduzia entrevistas oficiais, mas recebi bastante material sobre o caso e reportagens da mídia, que espalhei sobre a mesa de jantar. No momento em que voei para o estado de Washington, achava estar bem-informado sobre o entrevistado.

Joseph Robert Kondro cumpria uma pena de 55 anos na Penitenciária do Estado de Washington, em Walla Walla. O ex-trabalhador do campo, pintor de paredes e operário tinha se safado de um julgamento elegível de pena de morte ao se declarar culpado do estupro e assassinato de uma menina de 12 anos em 1996 e admitir o homicídio não resolvido de uma de 8 anos em 1985.

O que as duas vítimas tinham em comum, além de serem crianças? Kondro era amigo íntimo de ambas as famílias das meninas. E, para mim, isso o tornava um alvo diferente a ser entrevistado. Ao longo de minha carreira, eu tinha me acostumado com cenas de crime sangrentas. É infinitamente mais assustador adentrar a cabeça daqueles que de fato cometem atrocidades.

Que tipo de gente estupra e mata os filhos de pessoas que conhece e que considera amigas? O que se passa na cabeça de um indivíduo desses ao planejar e executar o crime? Era isso que eu precisava descobrir.

Kondro também era o principal suspeito do assassinato por estrangulamento da pequena Chila Silvernails, de 8 anos, em 1982, em Kalama, Washington. Chila foi vista pela última vez a caminho do ponto de ônibus para a escola. Seu corpo nu e estrangulado foi encontrado no dia seguinte às margens de um rio. Um crime sem culpado. Kondro tinha namorado a mãe de Chila.

Eu lera uma reportagem no *Seattle Post-Intelligencer* em que ele declarava que, desde sua prisão, havia retomado a crença de seus ancestrais Chippewa, que exige que as pessoas se redimam de seus delitos e tentem corrigi-los antes de morrerem; do contrário, sua alma estaria fadada ao tormento no mundo espiritual. Eu não sabia no quanto acreditava nisso de fato, embora alguns criminosos realmente encontrem um caminho espiritual na prisão. Porém, pretendia perguntar a ele por que havia concordado em conceder a entrevista. Enquanto isso, eu precisava me preparar com tudo que pudesse descobrir sobre Joseph Robert Kondro e seus crimes. Apesar de essa entrevista ser para um programa de TV em vez de um estudo de criminologia, eu a conduziria da mesma maneira, com uma quantidade enorme de pesquisa, revisão dos arquivos do caso e preparação. Eu conversaria com um assassino, e, portanto, precisava estar preparado para o que quer que surgisse.

JOSEPH KONDRO NASCEU NO DIA 19 DE MAIO DE 1959, EM MARQUETTE, MICHIGAN. A MÃE ERA uma nativo-americana da tribo Chippewa que já tinha seis filhos e achava que não conseguiria cuidar de outro. Ela o entregou para adoção assim que nasceu, e ele foi adotado por John e Eleanor Kondro, um casal branco de Iron River, Michigan, onde cresceu, antes de se mudar para Castle Rock, Washington. John trabalhava com alumínio para a Reynolds Metals. Mais tarde, Kondro contou que os pais consideravam que a adoção dele havia sido um erro.

Quando criança, Kondro teve dificuldades para se adaptar, gostava de carregar uma faca consigo e andava com um grupo de amigos que torturava e matava animais pequenos e de estimação encontrados pelo bairro. Junto com uma obsessão por atear fogo em coisas e fazer xixi na cama até idade bastante avançada, esse era um dos indicadores de atividades de criminosos violentos que vemos a todo momento. Dos componentes dessa "tríade homicida", a crueldade com animais é, de longe, a mais séria.

Os Kondro tentaram criar o filho com uma educação severa de classe média, mas ele seguia se metendo em confusão. O pai pagou fiança para retirá-lo da cadeia diversas vezes, além de dois ciclos em clínicas de reabilitação por vício em drogas.

Na adolescência, Kondro molestava meninas na escola e no bairro. O que se mostrou significativo foi que, conforme ficava mais velho, as vítimas permaneciam da mesma idade. Ele foi acusado de molestar garotas novas e mulheres jovens diversas vezes ao longo dos anos, mas a maioria das acusações nunca foi a julgamento.

Na tarde do dia 15 de maio de 1985, na véspera do aniversário de 26 anos de Kondro, a pequena Rima Danette Traxler, de 8, estava voltando para casa da escola primária St. Helens, em Longview, Washington, uma cidade de 35 mil habitantes próxima ao rio Columbia, em Cowlitz County. A cerca de duas quadras de casa, Rima parou para mostrar a uma vizinha o projeto de arte que fizera na escola. Estava no terceiro ano, tinha 1,30 metro de altura e pesava 20 quilos — uma garotinha linha e doce, loura e de olhos azuis. Ela vestia uma blusa rosa, uma saia xadrez sobre a meia-calça branca, um tamanco marrom-escuro e um casaco cintado que ia até a altura do joelho. Reitero os detalhes de sua aparência porque essa foi a última vez que foi vista, viva ou morta.

Quando a mãe, Danelle Kinne, começou a se preocupar pela filha ainda não ter chegado, caminhou até a escola para retomar o caminho que Rima havia feito, mas não encontrou nada. Ao voltar para casa, ligou para Joe Kondro, que era amigo de colégio do marido, Rusty Traxler — o padrasto de Rima —, e amigo próximo da família. Muitos anos depois, Danelle lembrou que mais cedo no mesmo dia em que a filha desaparecera, Joe e Rusty estavam sentados na varanda da frente da casa, bebendo cerveja e rindo enquanto Rima suava ao cortar a grama do jardim. Eles tiravam sarro por ela ser tão esforçada para manter o jardim bonito.

Após a ligação de Danelle, Kondro foi até lá, e a mulher chegou até a usar o telefone dele para ligar para a polícia. Assim que o anúncio da filha desaparecida foi publicado, a polícia e os moradores das redondezas iniciaram uma busca intensiva, semelhante àquela organizada para Joan D'Alessandro. Mas não encontraram vestígio da menina.

Próximo ao horário do desaparecimento de Rima, Kondro foi visto pela vizinhança dirigindo até uma loja de conveniência para comprar cerveja e cigarro. Ele foi interrogado pela polícia, mas não havia algo que o ligasse à menina desaparecida. O caso permaneceu em aberto e não resolvido.

Anos se passaram e Kondro continuou em liberdade.

Mais de uma década depois, em 21 de novembro de 1996, também em Longview, Washington, as meninas Kara Patricia Rudd e Yolanda Jean Patterson, de 12 anos, decidiram matar aula da escola Monticello. Naquele tempo, Kara e Yolanda moravam na mesma casa junto com a mãe de Kara, Janet Lapray, e o noivo dela, Larry "Machão" Holden. Yolanda era sobrinha de Larry e ele tinha a guarda dela e de seu irmão, Nicholas. Até cerca de um mês antes, a casa tinha outro morador: Joseph Kondro.

Kondro era amigo da mãe de Kara e costumava ficar hospedado com a família. Com 37 anos na época, ele era pai de seis filhos de três mães diferentes e não sustentava nenhum deles. Kondro havia retomado recentemente a amizade — e a residência temporária — com Larry e Janet pois estava em um período entre namoradas; sim, ele tinha se tornado uma figura tão constante na casa que Kara o chamava de "tio Joe". Entretanto, sua última estada fora interrompida de maneira abrupta, pois Janet e Larry o colocaram para fora quando seu vício por álcool e drogas se tornou intolerável. Janet confessou depois que Joe se insinuava para ela quando Larry não estava por perto.

Na manhã do desaparecimento, Larry havia deixado as meninas na escola às 7h15. Por volta das 7h30, um Pontiac Firebird 1982 dourado estacionou na calçada, invadindo o estacionamento da escola; o carro pertencia a Kondro. Segundo Yolanda, quando as meninas viram o carro, ela foi até ele e se debruçou na janela do motorista, enquanto Kara entrou no carro e sentou no banco do carona. Logo depois, Kondro fechou a janela, aparentemente para que ele e Kara tivessem uma conversa em particular. Quando a menina saiu do carro, ela contou a Yolanda que havia perguntado a Joe se ele poderia levá-la até a fazenda de porcos de Pete, perto de Willow Grove, para que pudesse brincar com os filhotinhos. Ela indagou se Yolanda queria ir junto, mas Yolanda disse que tinha medo de levar uma bronca de Larry ou da mãe de Kara, então recusou e disse que voltaria para a aula. Assim, o carro de Kondro saiu do estacionamento da escola. Na última vez que Yolanda viu Kara, ela estava andando na Hemlock Street, provavelmente para se encontrar com Kondro. Yolanda entrou no prédio da escola.

Da mesma forma que Rima onze anos antes, Kara nunca mais voltou para casa. Mas antes mesmo disso virar um problema, a atenta diretora da escola havia ligado para a mãe de Kara, Janet, e avisara que a filha havia matado aula. Quando Kara não voltou para casa no fim do dia, na mesma hora Janet pensou em Kondro e até o acusou de sequestrar a filha — uma conversa gravada na secretária eletrônica velha da casa dos Lapray. Por alguma razão, ela continuava gravando mesmo depois de o telefone ser atendido.

A polícia instituiu uma busca pela vizinhança e publicou a foto de Kara no jornal *Daily News* de Longview. Pete Vangrinsven, dono da fazenda de porcos para onde Kara queria ir, disse que não estava em casa no dia 21 de novembro, mas nada parecia remexido, e até chamou detetives para verificar o local. Não encontraram sinal dela. Enquanto isso, assim como a mãe de Kara, os policiais focaram em Kondro.

Joe Kondro foi interrogado pela polícia e admitiu ter visto Kara e Yolanda do lado de fora da escola naquela manhã e parado para falar com elas. Ele confirmou que Kara pedira que ele a levasse na fazenda de porcos, mas disse que recusou, pediu que ela saísse do carro e mandou que as duas voltassem para a escola. Ele disse que ambas eram boas meninas, mas que toda adolescente gosta de uma estrepolia. Segundo Kondro, ele parou na loja Hemlock para tomar um café e depois dirigiu até o Marthaller's Log Yard para procurar emprego. O escritório estava fechado e, apesar de ter visto homens trabalhando no jardim, o chão estava lamacento e ele não quis sair do carro, que acabou ficando atolado na lama.

Como parte de uma investigação minuciosa a qualquer pessoa ligada a Kondro, os detetives do departamento de polícia de Longview interrogaram Julie West, ex-esposa de Joe, com quem ele tinha dois filhos e com quem vivia no momento. Ele se sentia livre para ir e vir, pois ela havia expulsado o marido de casa. Julie disse que Kondro tinha ataques violentos e já a agredira inúmeras vezes, inclusive rasgando suas roupas quando ela estava grávida e arrancando a pia da parede do banheiro. Ela enfim conseguiu uma medida cautelar contra ele, o que o levou a pedir o divórcio. Mas isso não acabou com a relação dos dois, e ela acabou ficando grávida de Joe de novo em uma noite em que os dois haviam bebido bastante. Em outra ocasião em que estava na casa dela, ele ficou agressivo e ela ameaçou chamar a polícia. Kondro a avisou que, se ela tentasse, ele arrancaria o telefone da parede.

Julie contou que, por volta das 11h45 da manhã do desaparecimento de Kara, Kondro chegou na casa dela para levar o filho deles para a escola. Quando voltou, cerca de 12h30, pediu-lhe que fosse junto com ele entregar uma inscrição para uma vaga de emprego na Industrial Paints. Quando passaram pelo armazém Marthaller's Log Yard, ele comentou que havia parado ali mais cedo para perguntar sobre empregos, mas não saíra do carro por causa da lama. Ela achou aquilo curioso, pois não havia notado lama nos pneus, nos para-choques ou na lataria do carro.

E havia uma escova de cabelos. Quando entrou no carro, o banco do passageiro estava todo arrastado para trás, então ela o puxou para a frente. Ao fazer isso, reparou que havia uma escova de cabelos debaixo do banco. Ela a descreveu em detalhes: preta com as cerdas brancas e as pontinhas pretas. Algumas cerdas estavam faltando e outras pareciam mastigadas. Mais tarde naquele dia, ela falou com Janet e perguntou se Kara tinha uma escova assim. Janet respondeu que a filha sempre carregava uma com ela e que achava que a descrição era compatível.

Enquanto Julie West foi bastante comunicativa, a namorada de Kondro, Peggy Dilts, não ajudou muito. Kondro e Peggy tinham uma filha juntos, Courtney, e Peggy não queria colaborar com a polícia, proibindo que falassem com Courtney sem ela.

A falta de cooperação de Peggy não evitou que outras partes da história de Kondro fossem reveladas. Dois funcionários da loja Hemlock que conheciam Kondro disseram que não o tinham visto na hora que ele afirmou ter estado lá. Da mesma forma, um funcionário da Marthaller's disse que teria visto se alguém tivesse entrado no armazém, e que o carro dourado de Joe Kondro não estivera por lá.

Apesar de o desaparecimento de Rima em 1985 não ter sido imediatamente ligado a este, pois havia acontecido muito tempo antes, a ideia de que duas meninas louras e bonitas da mesma cidade haviam desaparecido sob circunstâncias semelhantes parecia mais do que uma simples coincidência. Imagino que isso tenha passado pela cabeça de alguns policiais experientes.

Ray Hartley, detetive principal do caso, soube que Kondro havia sido acusado de molestar a filha de uma amiga dois anos antes, mas tinha sido absolvido, e que fora demitido de um emprego em uma madeireira por usar drogas no estacionamento. Na mesma época, ele havia quebrado e destruído o interior da casa de uma mulher que era sua namorada e jogara a casinha dos animais de estimação dela no jardim. E então vem a parte que acho incompreensível e muito perturbadora toda vez que ouço algo similar: depois do incidente, a mulher continuou namorando Kondro.

Outra mulher, Crystal Smith, que se relacionara com Kondro na primavera do ano anterior e também tinha dado passe-livre para ele em sua casa, falou aos detetives que ele ficava cruel quando bebia e até se referia a si mesmo como o Diabo. Ela se lembra de um churrasco durante o verão que ele estava bêbado e começou a bater em outra namorada, Vickie Karjola. Smith teve que se colocar entre os dois para que Kondro parasse com a agressão. Aparentemente, ele era tão casual com suas relações com as mulheres que quando os detetives o interrogaram e perguntaram o sobrenome de Crystal, respondeu:

"Não sei. Somos só bons amigos."

Enquanto a polícia montava um retrato de Kondro como alguém violento e perigoso, também continuou em busca de informações importantes sobre as últimas interações de Kara com ele. Quando um detetive interrogou Yolanda, a menina contou que Kara e ela haviam matado aula algumas semanas antes para que Joe Kondro as levasse a uma casa abandonada perto de Willow Grove, onde havia vários gatinhos e filhotinhos. Kara queria levar um gatinho para dar de presente de aniversário para a mãe. Naquele dia, ele tinha dito às meninas que se distanciassem um pouco da escola — da mesma maneira que Kara fizera no dia em que desaparecera — para que ele pudesse pegá-las onde os professores não pudessem ver. Quando o detetive perguntou se Yolanda já estivera antes em um carro com Kondro, ela contou que o homem havia levado Kara, ela e a filha Courtney para nadar e acampar no rio Toutle, na estrada Interstate Highway 5. Estava muito frio, então eles só ficaram uma noite.

Quando a polícia enfim conseguiu interrogar Courtney na delegacia, ela admitiu que o pai podia ser "um pouco malvado" e que já havia batido nela e a jogado no chão por responder a ele. Joe dera um tapa na cabeça de sua irmã April algumas semanas antes. Ela também falou que até ele se mudar para lá, cerca de dois meses antes, não o conhecia muito bem, a ponto de chamá-lo de Joe em vez de pai. Courtney contou que ouviu uma conversa de Kondro ao telefone com a mãe de Kara, Janet, em que ela falou que ia mandar a polícia atrás dele. "A última vez que vi a menina foi no meu carro, e eu mandei que ela saísse", Courtney ouviu o pai dizer.

Assim como a filha Courtney, Peggy Dilts enfim teve que falar com a polícia na delegacia, e quando isso aconteceu, ela revelou que Kondro pedira algumas pás emprestadas. Quando a polícia checou a garagem, havia de fato duas faltando.

UMA DAS COISAS QUE ESSE CASO MOSTRA É QUE NÃO IMPORTA QUE TIPO DE SUSPEITA A POLÍCIA ou os cidadãos tenham — mesmo que seja uma ótima narrativa do crime —, ela não significa nada até que evidências sólidas sejam descobertas. É muito comum que leitores e pessoas que vão em minhas palestras digam que o caso sobre o qual eu esteja falando não parecia tão difícil de resolver. E, de certa forma, eles estão certos. Nem todo caso envolve perfis e análises investigativas complexas. Com certeza nem todo caso merece virar capítulo de livro.

Porém, Mark e eu já fizemos experimentos de tempos em tempos em que começamos contando à plateia quem é o agressor para depois relatarmos o caso desde o início. Quando chegamos ao fim, a maioria dos ouvintes acha que o caso era bem simples e não vê o motivo de a polícia ter tido problemas em resolvê-lo.

Depois, contamos o mesmo caso a uma plateia diferente, mas não revelamos quem era o *UNSUB*. Ao receberem a mesma narrativa do caso, os grupos quase nunca conseguem traçar sequer o tipo de pessoa que cometeu o crime, mesmo se dermos a eles uma lista de suspeitos.

Foi assim quando fomos identificar o suspeito principal do caso dos Infanticídios de Atlanta, Wayne B. Williams. Enquanto seu perfil e sua captura pareciam óbvios em retrospecto, na época não eram.

Os Infanticídios de Atlanta, de 1979 a 1981, fizeram-nos ganhar notoriedade entre as agências de polícia nacionais e internacionais. Mais de 20 crianças e adolescentes afro-americanos — a maioria meninos — sumiram e apareceram mortos. Diversas pessoas dentro da polícia, na mídia e na comunidade estavam convencidas de que os assassinatos foram executados por algum grupo de ódio da Ku Klux Klan, com a intenção de intimidar a cidade sulista em suas visões progressistas.

Esse foi um dos motivos pelos quais conseguimos nos envolver com o caso, já que era uma possível violação da lei federal de direitos civis. Além disso, como havia crianças desaparecidas, o procurador-geral Griffin Bell solicitou que o FBI tentasse determinar se elas haviam sido sequestradas. Após o bebê do herói da aviação, Charles Lindbergh, ter sido sequestrado em 1932, esse crime entrou na esfera federal, possibilitando que após 20 horas de desaparecimento, o caso passasse à jurisdição do FBI. Os Infanticídios de Atlanta foram designados pelo FBI como o caso ATKID.

Porém, quando Roy Hazelwood e eu fomos até lá a pedido do departamento de polícia de Atlanta e analisamos o caso, logo ficamos convencidos de duas coisas. Primeiro, esses assassinatos não seguiam o estilo da Ku Klux Klan; não havia nenhum simbolismo, comportamento com a intenção de intimidar ou causar medo, assinatura ou créditos pelos crimes. Além disso, quando visitamos os locais para onde as vítimas haviam sido levadas e/ou onde os corpos foram encontrados, ficou claro que uma pessoa branca naquelas áreas ocupadas em sua maioria por negros teria se destacado e sido flagrada por alguém, já que esses locais costumavam ter atividades acontecendo dia e noite. O indivíduo ou as pessoas que haviam levado as crianças não despertavam tal distinção. Achamos que existia uma boa chance de que o assassino fosse afro-americano, apesar de quase todos os serial killers que havíamos estudado até então serem brancos.

DE FRENTE COM O SERIAL KILLER

Em uma sala que a polícia separara somente para essa investigação, analisamos cada um dos arquivos do caso, lemos declarações de testemunhas nas áreas onde as crianças desapareceram e onde os corpos foram encontrados, examinamos fotos das cenas do crime e revisamos os protocolos de autópsia. Entrevistamos também membros das famílias para ver se havia alguma vitimologia comum a todos.

A maioria das vítimas estava habituada às ruas, mas, ainda assim, ingênua em relação ao mundo fora de seus bairros, e, portanto, suscetível à isca certa. Além disso, muitos viviam em pobreza significativa. É provável que fosse fácil convencê-los a seguir um estranho por um incentivo modesto. Para comprovar a teoria, fizemos com que policiais à paisana — tanto negros quanto brancos — oferecessem a crianças da vizinhança cinco dólares para irem fazer um trabalho. Funcionou na maior parte das vezes, e também provou para nós que homens brancos eram mais notados naqueles bairros.

Na nossa investigação, achamos que duas das vítimas — ambas meninas — não faziam parte do padrão geral, uma vez que o estilo do sequestro e a vitimologia eram diferentes. Ao investigar múltiplos assassinatos, é preciso ser bastante cauteloso para não sucumbir a uma correlação às cegas ou conectar casos que podem não estar relacionados.

Apesar de todo o fluxo de mortes não naturais de crianças estar sendo atribuído a um só indivíduo ou grupo, pensamos que alguns casos não sustentavam evidências relacionadas ao grupo principal de assassinatos. Alguns poderiam ter sido meras imitações e outros simplesmente homicídios de crianças que calharam de acontecer na mesma época. Os relatórios indicavam que todo ano havia cerca de dez a doze infanticídios na cidade. A maioria era classificada como causas pessoais, nas quais o criminoso era parente ou conhecia a vítima.

Começamos a traçar um perfil. Apesar da maior parte do nosso grupo de serial killers estudados ser branca, nós também sabíamos que esses predadores tendem a machucar vítimas com a mesma cor de pele. Portanto, estávamos convencidos de que lidávamos com um homem afro-americano, uma vez que mulheres assassinas eram raríssimas, e achamos que um homem poderia exercer maior autoridade sobre crianças. Ele teria entre 25 e 30 anos e sentiria atração por esses meninos, embora o fato de eles não terem sido estuprados mostrasse que o homem se sentia inadequado ou envergonhado da própria sexualidade. Como os crimes haviam acontecido em diversos horários diferentes, esperávamos que ele não tivesse um emprego fixo ou que talvez fosse autônomo. Achamos que ele tinha uma inteligência acima da média, mas era um cara com poucas realizações. E pelo senso de autoridade que exerceria sobre as vítimas, acreditamos que ele seria extrovertido e talvez alguém que quisesse ser agente da lei. Se tudo isso fosse verdade, esperávamos que ele dirigisse um carro grande, como uma viatura, e que possivelmente tivesse um cachorro grande também.

A pista veio quando uma fita foi enviada — supostamente pelo assassino — ao departamento de polícia de Conyers, na Geórgia, a cerca de 32 quilômetros de Atlanta. Houve uma agitação geral, mas, quando ouvi a gravação em Quantico e escutei a voz de um homem branco, tive certeza de que era mentira. Porém, o autor mencionava a última vítima e dizia que o corpo poderia ser encontrado em algum lugar da Sigman Road, em Rockdale County. Pelo tom e pela análise psicolinguística, achei que esse cara se sentisse superior à polícia. Então, eu os aconselhei a pregar uma peça nele e vasculhar o *lado errado* da Sigman Road. Se ele estivesse observando, talvez conseguissem pegá-lo no flagra.

A imprensa cobriu essa busca com afinco, e, como eu havia suspeitado, nenhum corpo foi encontrado. Então, o sujeito ligou de volta para dizer aos policiais como eles eram burros. Os "burros" estavam preparados com um sistema de rastreamento e pegaram o cara na casa dele, um caipira branco mais velho, e resolveram aquele inconveniente. Por via das dúvidas, eles voltaram para garantir que não havia nenhum corpo do *lado certo* da Sigman Road.

Logo depois, o corpo de um garoto negro de 15 anos foi encontrado na Sigman Road, o que nos revelou algo importantíssimo: o *UNSUB* estava reagindo à mídia e tentando nos mostrar sua superioridade. Com isso em mente, sugerimos diversas ideias de proatividade à polícia, incluindo a contratação de seguranças amadores para um show em benefício das famílias das vítimas. Mas quando minha ideia foi aprovada pelo promotor assistente, já era tarde.

Quando outro corpo foi encontrado, o médico-legista anunciou que o cabelo e a fibra eram compatíveis com o de cinco vítimas anteriores. Como sabíamos que o *UNSUB* acompanhava o que saía na mídia, eu estava convencido de que o corpo da próxima vítima seria jogado em um rio, onde essas evidências pudessem sumir. Levamos um tempo para organizar a vigilância nos rios em todos os departamentos de polícia. Nesse ínterim, o corpo de um garoto de 13 anos foi encontrado no rio South, e depois mais dois, um de 21 anos e outro de 13, em Chattahoochee, o canal que forma a fronteira nordeste entre Atlanta e Cobb County. Diferente das vítimas anteriores, encontradas totalmente vestidas, esses três corpos haviam sido despidos, deixados só de cueca, provavelmente para que não houvesse cabelo nem fibra.

Mais de um mês depois, os departamentos de polícia locais estavam perdendo a paciência com a vigilância dos rios quando um policial chamado Bob Campbell estava no fim de seu turno em Chattahoochee, sob a ponte Jackson Parkway, e viu um carro dirigir até o meio dela e parar de repente. Campbell ouviu um barulho de algo caindo na água, apontou a lanterna para a superfície e viu ondulações. O carro deu meia-volta e foi embora, onde uma viatura da polícia esperava, a mando de Campbell.

O motorista era um homem afro-americano de 23 anos chamado Wayne Bertram Williams, que gentilmente disse ao policial que era um produtor de música que vivia com os pais. Quando o corpo de um rapaz de 27 anos que havia desaparecido foi encontrado à margem do rio um pouco abaixo, Williams foi colocado sob um sistema de vigilância rigoroso.

Williams se encaixava perfeitamente no perfil, e tinha inclusive o mesmo tipo de carro da polícia e um cachorro grande. Ele se considerava superior às autoridades e administrou muito bem o primeiro interrogatório. Quando a polícia conseguiu um mandado de busca, encontrou fios de cabelo e fibras no seu carro que correspondiam aos assassinatos.

Williams foi julgado e condenado por alguns dos Infanticídios de Atlanta. E então chegamos ao segundo ponto a que estávamos convencidos: em um caso em que uma adolescente fora sequestrada e estrangulada com um fio elétrico, tínhamos certeza de que o criminoso era um homem com doença mental comprovada, que, provavelmente, havia passado algum tempo preso ou internado. A polícia surgiu com um suspeito que se encaixava em nosso perfil, que até usava o mesmo tipo de fio elétrico para segurar as calças no lugar de um cinto. Porém, não havia maneira de conectar esse homem ao assassinato, então ele nunca foi levado a julgamento.

Como o caso dos Infanticídios de Atlanta estava sendo concluído e Roy Hazelwood e eu nos preparávamos para deixar a cidade, falamos com o psiquiatra da polícia e explicamos como chegáramos à conclusão do até então desconhecido criminoso.

"Como vocês sabiam?", perguntou o psiquiatra.

"A forma como ele cometeu o crime", respondeu Roy. "Tentamos pensar da mesma maneira que ele." Tínhamos aprendido aquilo com Gary Trapnell.

Isso pareceu intrigar o médico. Ele nos perguntou se, caso fosse aplicar um teste psicológico na gente, obteria o mesmo resultado de alguém com uma doença mental de verdade. Respondemos que achávamos que sim.

Ele nos fez entrar separadamente em uma sala e fazer o Inventário Multifásico de Personalidade de Minnesota (MMPI) — o teste psicológico mais utilizado para adultos. Ambos obtivemos uma pontuação para transtorno de personalidade antissocial-psicopatia, junto com possível paranoia. O psiquiatra se confessou surpreso. Roy e eu ficamos bastante orgulhosos de nós mesmos. Havíamos provado que conseguíamos pensar como os piores serial killers.

O resultado desse caso pode parecer claro e óbvio em retrospecto, mas, naquele momento, não era. Podíamos suspeitar o máximo que quiséssemos de Wayne Williams, mas até a polícia conseguir evidências reais, ele não podia ser preso. E a equipe de promotores ainda tinha que construir um caso contra ele. Talvez tenhamos ajudado a traçar o perfil, mas isso era só o começo. Colocá-lo atrás das grades requeria mais do que psicologia. E apesar de suspeitarmos de que alguém pode se tornar bom o suficiente para descobrir o assassino em seriados de crime de TV e discussões de grupos na internet, isso não tem peso algum no processo da justiça criminal da vida real. Como eu viria a saber, Joseph Kondro tinha pensado em tudo isso com muita coerência.

Assim como Wayne Williams, Kondro seguiu cooperando com a polícia quando foi indiciado a comparecer na delegacia para um interrogatório. Os únicos momentos em que ficou nervoso foi quando os detetives o pegaram em alguma inconsistência. No fim da sessão, seguindo instruções da promotoria, o detetive Jim Duscha, principal responsável pelo caso, pediu a Kondro que não fizesse contato com Julie West — nada de ir à casa dela, nada de falar com ela pessoalmente ou tentar contato por telefone. Kondro disse que entendia.

No dia seguinte, Duscha recebeu uma ligação de Julie. Ela disse que Kondro havia ligado naquela manhã, perguntando o que a polícia dissera a ela e o que ela havia falado à polícia. Ele disse a Julie para não entrar mais em contato com os policiais nem para contar sobre aquela conversa, pois não era para ele falar com ela. Ela respondeu que contaria à polícia tudo o que sabia, já que não tinha motivos para mentir.

Ela revelou a Duscha que estava com muito medo de Kondro, devido à sua natureza violenta.

"Não sei o que ele vai fazer quando descobrir que falei com a polícia."

Duscha reproduziu a fala dela em seu relatório escrito.

O detetive respondeu à situação no mesmo instante e foi até um juiz para conseguir um mandado de prisão. Naquela tarde, ele e o detetive-sargento Steven Rehame, supervisor do caso, foram até a casa de Crystal Smith, onde Kondro havia sido visto pela última vez. Eles bateram na porta, e o próprio atendeu. Disseram que estavam ali para prendê-lo por coagir uma testemunha. Algemaram-no e o colocaram no banco de trás da viatura, onde leram para ele os seus direitos.

No interrogatório na delegacia, Kondro negou que tivesse falado com Julie West e de sequer saber que ela era uma testemunha. Por fim, quando sentiu que tinha ouvido o suficiente, o detetive Duscha perguntou a Kondro por que ele não tinha dito a verdade.

Kondro apoiou a cabeça nas mãos por um instante, depois olhou para cima e disse:

"Eu preciso de um advogado."

A conversa terminou ali, e os detetives levaram-no para a cadeia da cidade, estabelecendo uma fiança de 25 mil dólares, que logo dobrou de valor.

11

O VOLKSWAGEN ABANDONADO

Naquele mesmo dia, Crystal Smith deu uma declaração a Duscha dizendo que Kondro lhe contara que Janet Lapray e a polícia suspeitavam que ele tivesse sequestrado Kara. O homem repetiu a história de ter visto as duas meninas na porta da escola, ter falado com elas e, depois, ter mandado Kara sair do carro para, então, procurar emprego.

Smith perguntou a ele o que faria se fosse indiciado.

"Eles não têm porra nenhuma contra mim. Vou me ater à minha história."

Ela falou que ele repetiu isso mais de uma vez. Então, Smith se lembrou de um momento no verão anterior, enquanto eles acampavam no lago Battle Ground, em que perguntou a Joe o que ele faria se tivesse que desovar um cadáver.

"Sem corpo, não há testemunhas nem evidências", respondeu ele.

Equipes de cães farejadores vasculharam áreas onde a polícia achava que Kondro poderia ter levado Kara, mas não encontraram nada.

A essa altura, os agentes da lei tinham encontrado uma testemunha que estudara com Kondro no ensino médio e estava na Oregon Way Tavern, cerca de seis ou sete anos antes, quando Rusty Traxler, padrasto de Rima, gritara com ele, acusando-o de ter matado a menina. Kondro disse a ele que calasse a boca, e os dois começaram a trocar socos. Quanto mais a polícia sabia sobre o suspeito, mais incidentes de violência surgiam. Elizabeth Ann Ford, outra mulher com quem ele tinha morado por cerca de sete anos, entre idas e vindas, e com quem tinha um filho, disse que ela o expulsava de casa toda vez que ele começava a beber. Ele havia entrado em uma briga com o irmão dela e quebrado o maxilar e três costelas dele. Também arrancara um forno à lenha da parede e o jogara em cima dele em um acesso de raiva incontrolável. Por fim, ela precisou ir à delegacia para pedir que ele a deixasse em paz.

A lei estava cercando Joseph Kondro. Em dezembro de 1996, menos de um mês após o desaparecimento de Kara, ele foi acusado no Tribunal Superior do Estado de Washington, em Clark County, de molestar uma menina de 7 anos e estuprar outra de 10, ambas em setembro de 1991. A promotoria alegou que, durante uma visita a um amigo, Kondro molestara-as sexualmente enquanto elas dormiam no chão da sala. O julgamento foi agendado para o mês de maio.

ENQUANTO ISSO, A POLÍCIA DE LONGVIEW CONTINUAVA A BUSCA POR KARA, REVISITANDO DIVERSOS locais que testemunhas e informantes afirmaram que Kondro gostava de frequentar. Um deles era uma casa abandonada e decadente em Mount Solo, a oeste de Longview. Era um lugar em que crianças gostavam de brincar, e muitos membros da família de Kara, inclusive o tio, tinham ido durante a busca de três semanas logo após o desaparecimento.

No dia 4 de janeiro de 1997, menos de dois meses após o sumiço da jovem, a polícia fazia uma busca em uma montanha remota no topo da estrada Mount Solo. Eles se depararam com um barranco e avistaram um Volkswagen vermelho abandonado e enferrujado, sem pneus nem volante, com a frente na direção sul e a antiga placa do estado de Washington ainda presa. Dentro do carro, os investigadores encontraram a camiseta preta da Reebok e o sutiã de Kara, e então descobriram o corpo de uma menina embaixo do veículo, do lado do passageiro, com a cabeça na direção da traseira e os pés por baixo da porta.

DE FRENTE COM O SERIAL KILLER   141

Havia uma marca de impacto em uma árvore do lado oposto da porta do motorista e uma mossa correspondente no carro. Isso sugeria que o veículo poderia ter sido inclinado sobre a árvore, para que o cadáver fosse colocado embaixo.

O detetive-sargento Rehame solicitou que técnicos forenses viessem e analisassem a cena. Quando chegaram, os policiais de Longview usaram um guincho para inclinar o carro e conseguir chegar ao corpo. Eles pegaram todas as amostras relevantes antes de cortarem a árvore para remover o Volkswagen da cena e seguirem com o processo.

A parte superior do tronco estava bastante decomposta e muitas costelas mostravam evidências de predação animal. A parte inferior, porém, havia sido preservada por estar completamente sob o carro. A calcinha e o short preto que correspondiam à descrição do que Kara vestia ainda estavam no corpo. Após coletar provas nos arredores, os técnicos forenses tiraram um pouco da terra debaixo do cadáver para que pudessem deslizar dois sacos de cadáver sob ela, um de cada lado. Eles foram colados e selados, e o corpo foi transportado para o necrotério. Registros odontológicos confirmaram que o corpo era de Kara. Gary Greig, médico-legista de Cowlitz County, declarou que ela morrera de "violência homicida por meios desconhecidos".

Pedaços da evidência física, incluindo toda a roupa encontrada no corpo e ao redor dele, foram enviados a um laboratório independente e à Unidade de Biologia Forense do Departamento de Polícia de San Diego, para análise. Amostras de sêmen depositadas no corpo e na roupa de Kara ligaram Kondro diretamente ao assassinato.

No dia 27 de janeiro de 1997, o promotor de Cowlitz County, James J. Stonier, apresentou ao Tribunal Superior o documento de acusação criminal, processando Joseph Kondro por homicídio doloso qualificado pela morte de Kara Rudd. Kondro foi posto em uma solitária para sua própria segurança enquanto esperava pelo julgamento; até criminosos violentos na cadeia odeiam estupradores e assassinos de crianças.

Enquanto a promotoria preparava um caso de pena de morte contra Kondro, ele permaneceu na prisão de Clark County, em Vancouver,

Washington, com o julgamento agendado para começar em julho de 1998. Enquanto isso, após a promotora de Cowlitz County, Sue Bauer, consultar Danelle Kinne, mãe de Rima, a promotoria ofereceu a ele um acordo: se admitisse os assassinatos de Kara Rudd e Rima Traxler e confessasse aos investigadores onde havia desovado o corpo da segunda, o processo não incluiria a pena de morte.

Em maio de 1997, Kondro enfrentou o julgamento em Clark County por acusações de abuso sexual e estupro. Foi condenado pelo júri em ambas as acusações em menos de duas horas e meia de deliberação, e sentenciado a uma pena de 302 meses de prisão.

Após pensar um pouco, e talvez por perceber que não tinha credibilidade alguma perante um único júri, Kondro aceitou o acordo de Sue Bauer. Ele disse que não foi apenas a ideia de uma execução que o motivara a isso. Também estava preocupado que os filhos tivessem que testemunhar contra ele e achava que as famílias das duas garotas assassinadas deveriam encontrar um desfecho para suas histórias.

Sou completamente cético quando ouço um assassino dizer que fez algo por qualquer outro motivo que não seu próprio interesse.

EM MAIS DE VINTE HORAS DE ENTREVISTA COM O DETETIVE DE LONGVIEW SCOTT MCDANIEL, KONDRO se comparou a um jacaré que fica no fundo do lago até que esteja com fome e, então, emerge à superfície. Essa era uma imagem difícil de esquecer enquanto eu lia seu depoimento sobre o que acontecera com Rima tantos anos antes.

Qualquer infanticídio é terrível e devastador, mas o detalhe mais perturbador do assassinato de Rima foi como Kondro o planejou. Esse elemento específico — e desprezível — do crime foi revelado em sua confissão: como ele convenceu a menina de 8 anos a ir com ele. A mãe de Rima dera à filha uma palavra secreta caso alguém a abordasse e tentasse levá-la para longe. A palavra era *unicórnio* e, se a pessoa não conhecesse, ela saberia que não era confiável. Joe Kondro era tão amigo dos pais de Rima que o padrasto, Rusty, dissera a ele a palavra secreta.

Ele falou para Rima que os pais dela haviam pedido que ele a levasse para a natação e que os dois encontrariam com eles mais tarde. Quando a viu caminhando para casa, confessou:

"Eu parei o carro e pensei: *Se ela entrar no meu carro, vou levar essa garota para o meio da floresta.* E ela entrou."

Kondro também contou aos investigadores que o dia em que havia levado Kara e Yolanda até a casa abandonada foi um "teste".

"Eu planejava estuprar e matar as duas", disse ao policial.

Ele havia decidido o local de desova do corpo com antecedência. Confirmou que tinha batido muito em Kara antes de estuprá-la e estrangulá--la. Lembre-se de que estamos falando de uma menina e de uma família com quem e o assassino tinha uma relação próxima — para ela, ele era o "tio Joe". Mesmo assim, Kondro não sentiu nada ao espancá-la, era apenas um meio para um fim perverso, antes de abusar sexualmente dela e então matá-la. Apesar de ele não ser, de forma alguma, insano, isso é mais depravado do que qualquer coisa que qualquer um de nós possa conceber. Depois, o criminoso foi para a casa de Peggy Dilts, tomou banho e se limpou, lavou as roupas e jogou fora os sapatos.

No dia 26 de fevereiro de 1999, Kondro se declarou culpado perante o juiz Jim Warme por homicídio doloso qualificado na morte de Kara Rudd e homicídio doloso sem qualificação na morte de Rima Traxler. Na presença de parentes e amigos das vítimas, Kondro leu sua confissão em sessão aberta. No dia 5 de março, o juiz Warme o condenou a 55 anos de prisão. A sentença começaria depois que ele cumprisse o período mínimo da condenação por abuso e estupro que havia recebido um ano e meio antes. Apesar de Kondro ter sido poupado da pena de morte, o promotor do condado, Jim Stonier, queria se certificar de que ele nunca seria solto ou teria direito à liberdade condicional.

Na audiência de confissão, a mãe de Rima, Danelle Kinne, disse:

"Esperei por respostas durante 14 anos, e obtê-las não diminui a dor. O fato de ele ter me enganado por tanto tempo, enquanto sabia a verdade, impossibilita-me de entender o mostro que existe dentro dessa carapaça de ser humano que está sentado aqui hoje."

12

DO LADO DE DENTRO DOS MUROS

A Penitenciária do Estado de Washington, em Walla Walla, conhecida como "Muros", tem mais de cem anos e fica rodeada por campos agrícolas em um vale entre as montanhas Palouse e as Blue Mountains, na parte sudoeste do estado, perto da fronteira com o Oregon. Os prédios originais foram construídos com tijolos de um tipo de argila encontrado naquela área; os muros grossos de pedra foram feitos de concreto e pedras pesadas trazidas da bacia do rio Columbia. Eles foram planejados para conter os piores dos piores, uma função que exercem até hoje, agora reforçados com um cercado de correntes coberto com arame farpado.

O objetivo da administração do presídio é manter os presos ocupados o máximo de tempo possível — por meio de exercícios, aulas e trabalho nos diversos cômodos e departamentos de manutenção da instituição. A antiga fábrica de juta foi transformada em uma de placas de carro em 1921 e, hoje, produz mais de 2 milhões de chapas por ano. Para os presos considerados perigosos demais para tais atividades ou para circular entre a população geral da penitenciária, existe uma unidade de segurança máxima onde ficam confinados em suas celas 23 horas por dia, recebem as refeições por um buraco na porta e são observados por no mínimo dois guardas sempre que saem da cela.

Essa era a morada permanente de Joseph Kondro.

As entrevistas mais difíceis que fiz foram as que a imprensa me acompanhou até a prisão. Enquanto eu ainda estava no FBI, o programa *60 Minutes* da CBS enviou a correspondente Lesley Stahl e uma equipe de filmagem para seguir meu colega da Unidade de Apoio Investigativo, Judson Ray, e eu na Instituição Penitenciária do Estado da Pensilvânia, em Rockview, perto da Universidade Penn State. Fomos até lá para entrevistar Gary Michael Heidnik, encarcerado por aprisionar e matar diversas mulheres no porão de sua casa, no norte da Filadélfia. No porão, ele havia cavado um buraco que enchia de água, depois colocava uma ou mais mulheres lá dentro e dava choque nelas com fios elétricos. Thomas Harris usou esse elemento dos crimes de Heidnik como base para o personagem Buffalo Bill, em *O silêncio dos inocentes*. O filme tinha sido lançado recentemente e a imprensa e o público clamavam pela "história real". Heidnik tentou usar a defesa de insanidade, mas eu soube que, na mesma época em que ele sentia prazer em torturar mulheres no porão, ganhou mais de 600 mil dólares no mercado financeiro com suas estratégias de investimento. O criminoso foi executado com injeção letal em 1999, tornando-se a última pessoa a ser condenada a pena de morte no estado da Pensilvânia.

Quando tentávamos estabelecer alguma conexão com ele, Heidnik era cordial, mas receoso. Ele tinha uma certa distância no olhar, que, com minha experiência, reconheci como paranoia avançada. Ele já estava na solitária devido a ataques de outros presos, que só pioraram a impressão (nesse caso, bem realista) de que as pessoas o perseguiam. E, mesmo assim, ele tinha um Q.I. alto e havia feito muito dinheiro com ações, sem ter tido o privilégio de uma boa educação.

Ele não podia negar que mantivera aquelas mulheres em cativeiro, mas, assim como donos de escravos sulistas tentando defender algo indefensável, insistia que ele e as mulheres eram uma família feliz, celebrando juntos aniversários e feriados, que lhes dava presentes e levava iguarias para elas comerem. Até mencionou o rádio que levou para entretê-las — o qual, como Jud sugeriu, servia, na verdade, para mascarar os gritos delas.

Sim, ele precisou bater em algumas, admitiu por fim, mas era para o bem delas, assim como um pai justifica bater no filho. Ele havia criado a própria igreja, e seu principal objetivo era usar as mulheres para povoar o mundo com pequenos Heidniks. Isso tudo soava bizarro, mas ele insistia que estava falando sério. E seguiu dessa forma, esquisito e calmo, até eu dizer que queria abordar os problemas de sua infância.

"Conte-me sobre sua mãe", falei, ao me debruçar perto dele.

Foi aí que Heidnik explodiu. Levantou-se como se fosse arrancar o microfone e ir embora. Eu lhe disse que nossa pesquisa concluía que a maioria dos serial killers teve um conflito com a mãe ou que houve alguma tragédia em que elas tenham morrido. Nesse momento, o assassino começou a chorar.

Consegui levá-lo a esse ponto graças à pesquisa minuciosa que havíamos feito antes da entrevista. Eu sabia que Gary e o irmão mais novo, Terry, haviam crescido em Cleveland no fim dos anos 1940 e início dos anos 1950, e que foram criados por um pai frio e emocionalmente abusivo, que os menosprezava e os ameaçava, e uma mãe alcoólatra, que se divorciara quando Gary tinha 2 anos e Terry ainda era um bebê. Eles foram morar com ela, mas, depois de alguns anos, o alcoolismo da mãe os obrigou a voltar a morar com o pai que odiavam. Ela se casou mais três vezes antes de cometer suicídio em 1970.

Com câmeras no recinto, leva-se mais tempo para desenvolver uma troca com um preso — não porque ele se sinta intimidado, mas, em geral, porque está preocupado demais em parecer bem na televisão e ser visto como vítima. É preciso passar por tudo isso antes de conseguir chegar à verdade factual e emocional do sujeito. Há também o problema dos números. Quando eu fazia entrevistas para o FBI, havia apenas uma ou duas pessoas presentes na sala. Uma equipe de televisão requer diversos indivíduos para as câmeras, para a luz, para o cenário. Se há gente demais na sala ou se o local é muito grande, é ainda mais difícil direcionar a conversa para onde eu quero que ela vá. Imaginei que precisaria de pelo menos uma hora só para conseguir que Kondro focasse em mim e nas minhas perguntas.

Os diretores da rede de televisão MSNBC esperavam que eu desmascarasse o homem que entrevistaria e mostrasse asco e desprezo explícitos. Esse estilo de confronto pode gerar um programa tenso e empolgante, mas não funciona para obter uma entrevista produtiva de acordo com meus termos. Era quase como um replay de nossas últimas entrevistas na prisão, quando homens de altos cargos do FBI queriam saber por que estávamos sendo tão acolhedores com os assassinos, e os diretores das prisões questionavam por que as entrevistas eram tão longas. Isso também pode ser desconcertante para quem vê o programa, que não entende por que estou sendo "legal" e fingindo ser amigo dessas pessoas malignas.

Talvez a interação mais falada na primeira temporada da série da Netflix *Mindhunter* ocorra no nono episódio, quando os personagens de Bob Ressler e o meu, chamados Bill Tench e Holden Ford, entrevistam Richard Speck, o assassino em massa de alunas enfermeiras na prisão do estado de Illinois, em Joliet. Para tentar superar a indiferença de Speck e fazer com que ele se engajasse na entrevista, Holden pergunta o que deu a ele o direito de "tirar do mundo oito bocetas novinhas".

Foi bem semelhante ao que aconteceu na vida real. Nós estávamos em uma sala de conferências da prisão com Speck e um conselheiro do departamento prisional, e o prisioneiro nos ignorava. Então, eu me virei para o conselheiro e disse: "Você sabe o que ele fez, esse cara? Ele matou oito bocetas. E algumas delas eram bem bonitas. Ele tirou oito bundas gostosas de todos nós. Você acha isso justo?"

Speck ouviu a conversa, virou-se para mim, rindo, e falou: "Vocês são doidos pra caralho. Deve ter uma linha bem tênue que separa a gente." Foi nessa hora que a entrevista começou a ser levada a sério.

A sala em que entrevistamos Joseph Kondro tinha doze por seis metros. A equipe tinha oito pessoas, sendo três operadores de câmera. E havia ainda meia dúzia de carcereiros para observar a entrevista e se certificar de que Kondro não ficaria violento, já que eu tinha solicitado que ele ficasse sem algemas.

Quando Kondro saiu de sua cela, foi trazido para a sala e viu todas aquelas pessoas e equipamentos, ele parecia chocado. Ele era um sujeito grande e robusto, e parecia bem forte. Quando trocamos um aperto de mão, sua mão envelopou a minha. Era impossível ter lido o arquivo do caso e não pensar de imediato naquelas mãos espancando e estrangulando crianças.

ENQUANTO ME PREPARAVA PARA A ENTREVISTA E LIA SUA FICHA CRIMINAL, IMAGINEI QUE KONDRO teria uma reação parecida com a de Charles Manson, quando ele subiu nas costas da cadeira para encarar Bob Ressler e eu — um tipo grandioso que queria dominar o encontro.

No entanto, em vez de encontrar um Charles Manson, descobri em Joseph Kondro um cara complacente, que parecia satisfeito em falar sobre seus assassinatos. Minha tarefa era fazer com que ele se esquecesse das câmeras e da equipe de alguma maneira. Isso levou tempo, e ele queria que eu soubesse que não falaria sobre nenhum outro caso. Ele era suspeito de outros inúmeros infanticídios e sabia que a polícia ficaria feliz em descobrir algum crime dele para condená-lo à pena de morte.

Mas só porque ele era complacente não significava que a conversa seria fácil. Aderi à estratégia dele e pretendia conduzir a conversa da mesma forma que Bob e eu fazíamos quando estávamos no FBI. Nós íamos em busca de respostas específicas que poderiam beneficiar os investigadores. Não fazemos pergunta atrás de pergunta, sobretudo se o sujeito tem um comportamento cauteloso. Sob um olhar superficial, algumas inquirições poderiam parecer mundanas, mas cada detalhe e cada indicador de comportamento é importante para alguém como eu, que tenta abrir e entender a mente de um criminoso violento.

Comecei bem leve, falando sobre coisas gerais:

"Fico muito grato por aceitar falar comigo. O que estamos fazendo aqui é ensinar ao público, à polícia, aos professores, a olhar para o seu histórico e ver se há algum indicador no início da sua infância que o tenha levado a cometer os crimes, e conversar sobre eles em si, pois achamos que seria muito proveitoso. E eu gostaria de começar falando sobre seus primeiros anos."

Abordei, então, o fato de ele ter sido adotado. Kondro confirmou a informação — segundo ele, aconteceu quando tinha cerca de 8 meses de idade — e disparou a contar em detalhes sobre como a família dos pais adotivos tinha vindo da Europa. Pensei que era interessante ele se referir a Eleanor Kondro como madrasta, o que poderia ser um sinal de transtorno de apego reativo. Ele mencionou que os pais não lhe contaram sobre suas origens até ele ter cerca de 7 anos.

"Como se sentiu quando eles lhe contaram?", perguntei.

"Tive sentimentos confusos", respondeu ele. "Sempre me perguntei por que alguém daria o próprio filho para outra pessoa."

"Algo como um sentimento de abandono?"

"Sim, um sentimento de abandono. Acho que esse foi um dos motivos principais de eu agir da maneira que agia quando era pequeno."

É como pescar. Você joga a linha onde acredita que os peixes possam estar e mostra a eles a isca.

Não estou depreciando, de forma alguma, a bênção da adoção, mas é importante notar que um número significativo dos mais conhecidos serial killers tenham sido adotados. Isso inclui Richard Ramirez, o Perseguidor Noturno; David Berkowitz, o Son of Sam; Kenneth Bianchi, o Estrangulador de Hillside; Theodore Bundy, o Assassino de Colegiais; e Joel Rifkin, que assassinou prostitutas em Nova York e em Long Island. Enquanto a vasta maioria de crianças adotadas prospera com pais carinhosos, acredito que, se um garoto que já tenha algumas questões psicológicas ou um transtorno de personalidade antissocial incipiente souber que foi dado ou "rejeitado" pelos pais biológicos, isso pode desencadear sentimentos de hostilidade, conflito de autoridade e comportamentos negativos. Contudo, pelas mesmas razões, essa pode ser uma desculpa esfarrapada para um predador "explicar" suas motivações e ações.

Kondro lembrou que foi quando soube que tinha sido adotado que começou a agir de forma diferente.

"Comecei a ficar violento. Naquela época não havia nenhum programa de saúde mental no sistema educacional, essas coisas. Só tinha o diretor da escola. Quer dizer, tudo que o diretor fazia era nos disciplinar, e foi quando comecei a ficar assim na escola, entende, comecei a bater nas pessoas. Eu era maior do que as outras crianças."

Não era surpresa alguma que muitos criminosos violentos fizessem ou sofressem bullying quando crianças.

"Você frequentava uma escola católica?"

"Sim, minha escola era católica, particular e católica, e eu ia muito bem no colégio. Eu me destacava nos esportes e fui para a escola pública depois do oitavo ano. Foi quando comecei a usar drogas."

"Que tipo de drogas usava?"

"Muita maconha, LSD, anfetamina..."

Eu perguntei se, com aquela idade, ele implicava mais com meninos ou meninas.

"Qualquer um que estivesse por perto."

"Você foi molestado quando era pequeno?"

"Não, nunca."

"Em que momento da sua vida você desenvolveu fantasias [sádicas e sexuais]? Você se lembra de quando isso ocorreu?"

"Na mesma época."

Isso era esperado. De todos os predadores sexuais que entrevistei ao longo desses anos, cinquenta por cento tiveram sua primeira fantasia sexual entre os 12 e os 14 anos. Ed Kemper e Dennis Rader, o Assassino BTK, começaram a fantasiar sobre crimes violentos antes da adolescência. Kemper arrancava os braços e as pernas das bonecas da irmã, e Rader fazia desenhos de mulheres amarradas sendo torturadas. É preciso imaginar: o que teria acontecido se alguém tivesse interferido naquele momento?

Kondro descreveu situações em que fazia com que as meninas se despissem, e então "experimentava" coisas com elas, embora negue que chegasse ao sexo. Ele também mencionou crueldade com animais — o componente-chave da tríade homicida —, que teve início quando a família se mudou para Longview, Washington.

"Entrei para um grupo de garotos; eles eram conhecidos no bairro por praticar bullying com as pessoas. Certo dia, um dos garotos com quem eu andava disse: 'Eu sei onde os gatos ficam. Vamos lá matar os bichos e tal.' Eu quis ir. Ele levou um taco de beisebol. Foi quando presenciei a morte de um animal pela primeira vez."

Kondro seguiu usando pedaços grandes de madeira para bater na cabeça de suas vítimas animais quando elas eram pegas desprevenidas.

"Como você se sentia?", perguntei.

"No início, fiquei um pouco assustado, mas depois me empolguei. Aí virou uma perseguição, porque a polícia apareceu. Alguém tinha chamado os policiais e nós escalamos uma árvore e assistimos aos caras vasculharem a área."

A única preocupação dele era ser pego, mas até enganar a polícia era uma emoção. Não sentia remorso por ter ajudado a espancar um animal indefeso até a morte. Com isso, podemos ver que ele cresceu desprovido de sentimentos de empatia pelo sofrimento alheio.

"Como você se relacionava com o sexo oposto?", perguntei. "Quer dizer, você tinha namoradas?"

"Sim", respondeu ele. "Eu saí com um monte de meninas. Tive várias namoradas."

Ainda fico pensando o que tantas garotas viam nele.

"Você tinha uma idade de preferência para namorar, por exemplo, adolescentes, mas a fantasia era com meninas mais novas?"

"É", respondeu, e foi nesse momento que a conversa começou a ficar interessante para mim. "Conforme fui ficando mais velho, as garotas continuavam da mesma idade ou eram mais novas do que eu. Aí o espaço entre as idades começou a ficar cada vez maior, e logo eu me vi, sabe, molestando crianças."

"Então, o que você está dizendo é que, conforme foi envelhecendo, ficou preso em um tipo de vítima de preferência. Que idade preferia que elas tivessem ou que estava procurando?"

"Quando eu ia para a escola, preferia garotas mais novas do que eu, algumas séries abaixo de mim."

"Isso parece uma obsessão, não? Pensamentos obsessivos. Você conseguia controlar esses pensamentos que tinha?"

"Eu pensava nisso o tempo todo", reconheceu Kondro.

Indaguei se ele fazia desenhos, como Dennis Rader.

"Não, aquilo só existia na minha cabeça. Quer dizer, eu pensava nisso o tempo todo, pensava em pegar as pessoas, estuprá-las e matá-las, quando estava no sétimo ano."

Esse tipo de assassino geralmente monta o roteiro ideal de uma fantasia na própria cabeça. O crime verdadeiro quase nunca condiz com o roteiro.

"Então tinha muita raiva dentro de você. De onde você acha que essa raiva... Vamos voltar aos seus 7 anos, quando descobriu que tinha sido adotado, o que era quase como um abandono para você. Acha que isso..."

"Em parte, sim, mas meus pais adotivos eram pessoas muito controladoras. Eu me lembro de dizer à minha mãe que não queria mais ir para a igreja, e ela me obrigava. Eles me forçavam a fazer certas coisas. E gritavam muito um com o outro, abusavam mentalmente um do outro. Estavam sempre gritando."

Ele achava que isso o levava a fazer "coisas perversas com as crianças da vizinhança".

"O que você fazia?", questionei. "O que quer dizer com coisas perversas?"

"Ah, sabe, eu batia nos meninos ou pegava as meninas e fazia com que elas se despissem para mim. Mas logo percebi que os pais da vizinhança não deixavam mais os filhos brincarem comigo. Então, em uma tentativa de morar mais perto do trabalho, meu padrasto fez com que nos mudássemos para Longview, Washington. Só que não sei se isso aconteceu por causa das coisas que eu fazia ou se ele queria mesmo ficar mais perto do trabalho. Pode ter sido uma combinação das duas coisas. Mas eles nunca falaram nada comigo sobre o assunto."

Uma característica interessante e bem consistente entre os serial killers é que dois conceitos emocionais estão em constante conflito dentro deles. Um é o sentimento de grandiosidade e legitimidade. O outro é o sentimento de inferioridade e inadequação profunda e generalizada. Eu via as duas coisas em Joseph Kondro, e isso permeava quase todos os aspectos de seu caráter e sua aparência.

O comportamento dele em relação aos pais representava essa dicotomia. Depois de me contar o quão disfuncional era sua vida em família e como os pais estavam sempre gritando e abusando emocionalmente um do outro, ele acrescentou: "Mas eles eram pessoas boas. Eu era filho único. Eles me davam tudo que eu queria quando era pequeno. Meu pai me ensinou o valor do dinheiro. Ele me colocou para trabalhar aos 12 anos e eu tinha minha própria empresa de jardinagem. É, eles eram pessoas bacanas."

Apesar de ter aprendido o "valor do dinheiro", aquele era um homem que vivia desempregado e havia descoberto maneiras de extorquir amigos, ex-mulheres e namoradas durante longos períodos. Com caras assim, o conceito e a realidade são coisas bem diferentes, e eles não conseguem relacioná-los.

"Por fim", continuei, "em que momento a coisa saiu do controle? Quando você começou a tornar suas fantasias uma realidade?"

"Acho que com 12 ou 13 anos. Certa noite, tinha uma garota que trabalhava em uma loja do bairro, e eu fantasiei que raptava e estuprava ela e tal. Fiz um kit de estupro e fui até a loja depois que já tinha fechado, às 23 horas, e ela estava trancando tudo. Pedi uma carona, e ela respondeu que sim. Entrei no carro dela e mostrei uma faca, e levei ela para a área de Mount Solo. Ela chorou e tal, e falou: 'Por favor, não faz isso, por favor, não faz isso!', e eu... eu não fiz, não fui adiante."

"Então você parou? Ficou com pena dela?"

"É, fiquei."

"Você se sentiu tocado dessa vez? Teve algum sentimento, não foi?"

"É, mas foi a minha primeira vez. Eu não sabia direito o que estava fazendo."

"Então podemos dizer que, na fantasia, tudo era meio que perfeito, mas, na realidade, quando as coisas não saíram conforme o planejado... você achou que tinha um ótimo plano, mas não esperava que ela chorasse, não esperava que ela reagisse daquele jeito?"

"Sim. Depois consegui passar por cima desses sentimentos." Em outras palavras, ele aprendeu a distanciar-se emocionalmente das vítimas, para que as súplicas ou o sofrimento delas não o afetassem nem o impedissem de fazer o que pretendia.

"Ela deu queixa na polícia ou algo parecido?"

"Deu. Eu fui até processado, mas o advogado conseguiu me livrar da cadeia."

Como resultado, pelo menos duas garotas inocentes tinham morrido pelas mãos dele.

13

"A CONVENIÊNCIA DA SITUAÇÃO"

Nós já havíamos conversado sobre a infância e os anos de formação de Kondro, e estávamos a caminho da pergunta que mais me interessava: por que ele se arriscava sequestrando e matando filhas de pessoas que conhecia? Para alguém inteligente o suficiente para cometer múltiplos crimes, isso me parecia um comportamento de altíssimo risco.

E junto a isso havia uma questão psicológica mais básica: por que ele escolhera vítimas pré-adolescentes e crianças? Meu instinto era que o sentimento de inadequação pessoal levasse Kondro a buscar vítimas com quem ele pudesse se sentir igual. Nós todos somos familiarizados com versões mais brandas desse princípio, como, por exemplo, o cara que completa (ou não) o ensino médio, mas continua saindo com uma turma mais jovem, que vai admirá-lo de um jeito que os colegas da mesma idade não o farão.

Perguntei: "Por que seu alvo eram crianças? Por que não uma mulher, por exemplo, de 18 anos? Quer dizer, por que uma criança? Você teve muito tempo para pensar nisso. O que se passa na sua cabeça que o fez ter fixação por isso? O que estava tentando tirar disso tudo?"

A resposta dele foi impressionante no que diz respeito à objetividade e simplicidade: "Acho que foi apenas pela conveniência da situação.

Sabe, crianças são muito ingênuas e tal, e eu era bem próximo das famílias, e só... brinquei com a confiança delas."

"Então era porque elas eram um alvo fácil?"

"Sim, naquela época, eram um alvo fácil."

Seu histórico mostrava que, por diversas razões psicológicas, ele preferia meninas mais novas, e eu ainda estava convencido de que isso tinha a ver, acima de tudo, com seu sentimento de inadequação. Porém, a razão *estratégica* de seu alvo serem meninas novas era o fato de que eram presas fáceis, como um leão que tenta caçar o antílope mais vulnerável do lago. Uma menina de 8 ou 12 anos não vai conseguir lutar da mesma forma que uma de 18.

Mas antes de começar a matar, ele não se preocupava que alguma das meninas que molestava contasse aos pais?

"Ah, sim", confessou ele. "Uma vez, molestei uma menina e ela contou para a mãe, e a mãe dela me confrontou e... não fez nada depois. Só conversamos sobre o assunto e ela foi embora. Eu esperava que ela fosse à polícia, mas não foi. Decidiu não prestar queixa."

Considere a declaração em relação ao incidente em que Kondro ameaçou uma menina de 12 ou 13 anos com uma faca em Mount Solo, do qual seu advogado conseguiu livrá-lo. Muitos pais se mostram relutantes em ir à polícia por medo de que todos na vizinhança saibam que o filho ou a filha foi molestado e não querem o estigma ou que a criança tenha que testemunhar no tribunal. Kondro estava começando a entender as "regras do jogo" e a explorá-las em benefício próprio.

"Você acha que poderia ter acontecido alguma coisa na sua vida naquele momento [estávamos falando sobre o início da infância dele] que pudesse ter sido feita para evitar que você extrapolasse e cometesse um crime violento?", perguntei.

"Não. Acho que a maioria dos abusadores... Acho que é algo nos nossos genes, sabe, na árvore genealógica. Eu tenho um parente preso do outro lado do país. Ele também é estuprador. Então acredito de verdade, assim como o alcoolismo e o vício em drogas e tal, que isso seja uma epidemia que o governo precisa olhar com afinco, porque fazem um monte de pesquisas, e eu acho que está nos nossos genes."

A princípio, isso parece bastante analítico e sofisticado, como se Kondro estivesse pegando a visão geral do problema do qual ele próprio era um exemplo. Porém, quando observamos de perto, essa é apenas mais uma maneira de não se responsabilizar pelos crimes que cometeu. É como o alcoolismo; é como o vício em drogas. É hereditário: eu nasci para molestar e matar, e não há nada que eu possa fazer quanto a isso. Então, cabe aos órgãos federais pesquisar e descobrir o problema.

Bobagem. Um alcoólatra não é absolvido quando bate na esposa ou atropela um pedestre simplesmente porque está bêbado. Kondro talvez tenha tido uma vontade irreprimível de estuprar e matar para satisfação própria, mas não foi obrigado a fazer isso, pois ninguém é. Ele estava preocupado demais com a maneira mais "segura" de cometer e esconder seus crimes para que fossem considerados "incontroláveis". Tudo é uma questão das escolhas que cada indivíduo faz.

Quando a filha de Kondro, Courtney, foi interrogada, também rejeitou essa premissa. Se esse comportamento fosse genético, ponderou ela, então teria a mesma vontade de matar que o pai, mesmo nunca tendo cogitado machucar ninguém. Ela também acha que as ações do pai foram uma escolha, não uma desculpa.

Prossegui perguntando a Kondro: "Você diria que tem uma personalidade com tendência a vícios?"

"Sim, bastante, do tipo 'agora ou nunca', sabe?"

"E nesse momento também? Mesmo aqui dentro? De que maneira?"

Assim que percebia do que poderia escapar e como eu poderia desafiá-lo, ele mudava as declarações.

"Não sei. Não é com vícios, talvez seja uma personalidade compulsiva, sabe? Não tem nada para fazer na prisão. Você precisa cumprir sua pena e fazer com que esse tempo valha alguma coisa. E a maioria das pessoas faz isso limpando compulsivamente as celas, ou participando de programas, ou praticando esportes, ou... essas coisas."

"O que você faz?"

"Limpo bastante a minha cela. Sou como todos os outros. Gosto de manter a cela limpa."

Primeiro, ele não é como todos os outros presos, embora goste de pensar assim. Ele é um estuprador de crianças e um assassino, o que o coloca lá embaixo na hierarquia da prisão. Segundo, por estar encarcerado, não tem mais controle da própria vida. Está frustrado por não poder mais realizar suas fantasias. Uma forma de obter algum tipo de controle é agir de maneira obsessivo-compulsiva, como limpando e organizando a cela — o único espaço sobre o qual ele e outros presos têm algum controle.

Também achei que essa poderia ser uma abertura para falar sobre o que ele pensava ao cometer os crimes.

"Você acha que foi nesse momento da sua vida que perdeu o controle? Com o que estava acontecendo nas suas relações, no seu emprego... que esse [o crime] seria a solução, o único momento em que poderia cometer um ato e estar no controle, ser o chefe?"

Ele mordeu a isca, tirando a culpa de seu comportamento da influência de outras pessoas: "Em parte, sim. Descobri que muita gente na minha vida estava tentando me controlar, sabe? Todas as minhas namoradas sempre queriam que eu mudasse, minha mãe queria que eu mudasse, meu pai queria que eu mudasse, todos os meus amigos achavam que eu precisava mudar. Eu era alcoólatra e viciado em drogas, e abusava de todo mundo ao meu redor."

Mais uma vez, ele parecia mostrar alguma percepção e assumir um pouco de responsabilidade ao admitir que abusava de todos ao seu redor. Mas, na verdade, estava culpando essas pessoas. Em vez de pensar se o fato de todo mundo querer que ele mudasse significava alguma coisa, ele via como um controle exterior. Sua maneira de fugir dessa opressão era abusar de drogas e álcool, que também teria o efeito de diminuir as inibições antes de cometer os crimes. Isso indicava narcisismo e falta de empatia por qualquer pessoa que não ele mesmo. Além disso, ele ficava violento quando bebia. Kondro tinha muita raiva reprimida pelo mundo, portanto, não demonstrava nenhuma empatia ou compaixão pelas vítimas nem responsabilidade pelos próprios atos, porque sentia que, na verdade, ele era a maior delas.

Dennis Rader me contou que seu reino BTK começou quando havia perdido o emprego. "Tudo aconteceu porque fui demitido da Cessna. Eu não tinha nenhum problema sexual com a minha esposa nem problemas financeiros. Foi tudo por causa da demissão. Não parecia justo. Eu gostava mesmo daquele trabalho."

Achei essa declaração bastante interessante de ser analisada. Por um lado, não há possibilidade de uma demissão levar alguém sensato a aterrorizar, torturar e assassinar quatro membros de uma família e depois se gabar disso. Essa era só a desculpa usada para mitigar o senso de responsabilidade dele. Por outro lado, isso se relaciona diretamente com o imaginário psicológico de Rader, e não falo apenas de seu fascínio antigo por cordas e torturar mulheres, que acabou saindo do pensamento e se tornando realidade. Isso mostra o profundo narcisismo dele, que, por ter sofrido algo injusto, não se importa com suas reações ou atitudes injustas em relação às vítimas ou aos parentes. Ou seja, incontáveis sinais de uma magnitude superior.

Dennis Rader tinha uma esposa, dois filhos e um emprego público. Em algum momento de sua vida, tinha sido líder dos escoteiros para crianças pequenas e presidente da igreja que frequentava. No entanto, as fantasias de amarrar e torturar pessoas — que ele concebia, plane-java, desenhava no papel e, então, saía e executava — eram a coisa mais importante de sua vida.

Apesar das fantasias assassinas serem igualmente depravadas, é possível ver a diferença entre a assinatura e o *modus operandi* de Kondro e Rader. Kondro queria estuprar e matar com o mínimo de esforço ou de resistência da vítima. Para Rader, a maior satisfação vinha do prazer sádico que tinha ao assistir às vítimas cientes de que ele as mataria. Quando já havia amarrado e estrangulado as mulheres, perdia o interesse em lhes infligir dor física, como a maioria dos sádicos faz. Pelo contrário, ele se glorificava pelo poder de vida e morte e pelo desespero das vítimas ao saberem que iam morrer. Para Rader, a vítima era a atriz principal de seus planejados dramas hediondos. Para Kondro, ela era apenas uma figurante, para ser descartada quando ele terminasse.

Eu sabia que, pelo histórico de Rader, assim como Kondro, ele havia começado torturando animais, e o confrontei quanto a esse fato: "Me conte sobre os animais, Dennis."

A expressão do Assassino BTK ficou sombria: "Eu sabia que você ia mencionar esse assunto", respondeu. É claro que sabia. Ele lera nossos livros e tinha consciência de que aquela característica fazia parte da tríade homicida, junto com fazer xixi na cama e atear fogo nas coisas. "Mas eu nunca matei nenhum animal. Jamais faria isso." Achei interessante que ele pudesse se gabar do que havia feito com seres humanos, mas ficasse envergonhado para admitir que maltratara pequenos animais.

Na realidade, o que essa declaração mostra é a regra universal de todos os serial killers e predadores violentos: as outras pessoas não importam, elas não são reais e não têm direitos. É a sociopatia levada ao maior dos extremos. Para assassinos como Joseph Kondro e Dennis Rader, ela definia sua forma de interagir com o mundo.

ERA HORA DE CONDUZIR KONDRO AO CASO DE RIMA TRAXLER.

"Conheci Rusty, padrasto de Rima, quando estávamos na escola", falou Kondro. "E certa noite, em um bar, conheci Danelle. Rusty me apresentou a ela e ficamos amigos. Rusty e eu já éramos amigos de longa data. Eu estava trabalhando em uma fundição local e esbarrei no Rusty. Ele estava voltando de um trabalho em Nevada e começamos a sair de novo."

A primeira coisa que se pensa sobre essa breve narrativa é no quanto ela soa comum, corriqueira e banal. Então lembramos que Kondro matou a enteada do "amigo de longa data" e percebemos mais uma vez a realidade nua e crua: predadores podem parecer, soar e até agir como pessoas normais, *mas eles não pensam como nós*. O processo de lógica deles é totalmente diferente.

Se a fala anterior de Kondro descrevia uma existência prosaica, a seguinte demonstraria o que constitui de fato a rotina da vida para ele e seu círculo social: "Naquela época, nós nos drogávamos muito, bebíamos demais, era tudo festa. Cocaína era a nossa droga principal. Rusty tinha perdido o emprego, ou Danelle tinha expulsado ele de casa, ou qualquer coisa assim. Enfim, ele estava vivendo do seguro-desemprego e não conseguia pagar o aluguel, então me perguntou se podia morar comigo. Eu respondi: 'Claro que pode.' Eu estava saindo com a minha ex-mulher Julie, então nunca parava em casa mesmo. E um dia começamos e conversar, e ele me contou a palavra secreta que ele e Rima haviam combinado."

"Qual era a palavra secreta?"

"Era *unicórnio*. Aí teve um dia que eu vi a menina caminhando pela rua. Fui ao mercado e, quando voltei, ela ainda estava caminhando. Encostei o carro. Foi meio que por impulso. Encostei e ela entrou." Não tinha sido um impulso; um impulso é algo fugaz e repentino. Aquilo era uma força que sempre estivera dentro dele. Foi um crime de oportunidade.

"E aí você falou a palavra secreta?"

"É. Eu disse a palavra secreta, e ela entrou. Ela entrou no carro comigo e fomos até a área do córrego Germany." Repare que ele é bastante informal quando começa a falar de seu *modus operandi*.

Em determinado momento da conversa com assassinos, sempre chegamos a essa parte: "Joe, o que aconteceu naquele dia? Qual foi o estressor principal, ou o que deu o empurrão que despertou a certeza de que você cometeria um crime e que seria com aquela criança, que seria com Rima?"

"Resolvi que seria com Rima porque, primeiro, ela confiava em mim, e naquela época da minha vida, sabe, eu me sentia atraído por meninas novas. Então decidi que seria com ela, e Rusty tinha me contado a palavra secreta. E como eu disse, estava indo ao mercado e, na volta, vi ela ainda caminhando na rua, falei a palavra secreta e ela entrou no carro. Então levei Rima para minha casa e disse a ela para ficar dentro do carro. Aí, liguei para o trabalho e avisei que não iria naquele dia. E levei ela até o córrego Germany, estuprei e matei."

"Você a estuprou dentro ou fora do carro?"

"Eu a levei para a antiga piscina natural que conhecia e ela ficou ali de pé, olhando para o rio. Era um córrego veloz, mas tinha uma piscina natural lá, e ela ficava só olhando, então simplesmente acertei no lado

DE FRENTE COM O SERIAL KILLER

da cabeça dela, dei um soco com a minha mão direita e deixei a garota inconsciente. E então estuprei Rima. Ela recuperava a consciência enquanto era estuprada, e comecei o estrangulamento."

"Você a estrangulou... com as mãos?"

"Isso."

"Ela estava de frente ou de costas para você?"

"De frente."

A essa altura, é possível perceber pela forma que um criminoso estrangula a vítima se ele tem a pretensão genuína de matá-la ou se há alguma ressalva, hesitação moral ou empatia. Nesse caso, não havia nada disso. Kondro e Rima estavam cara a cara. Aquele era um homem em quem ela confiava, e, mesmo assim, ele não teve escrúpulos em estrangulá-la enquanto a encarava nos olhos. Eu me coloco no lugar da vítima, e penso que a última imagem que terei é desse homem em quem eu confiava tirando minha vida sem sequer sentir remorso.

"De frente... foi difícil?", questionei. "Foi difícil, pensando em retrospecto?"

Aparentemente, nem um pouco.

"Naquele momento, eu estava comprometido. Já tinha tomado a decisão de matar ela, muito antes que Rima soubesse, quando entrou no meu carro."

"Vocês nem conversaram?", esclareci. "Ela não sabia mesmo o que a esperava? Quer dizer, você a deixou inconsciente e fez sexo com ela depois de estar morta?"

Ele me corrigiu no detalhe de quando havia estuprado Rima. Foi objetivo e regimental ao recontar, como se descrevesse os esforços para trocar um pneu furado. Sim, ele a atingira com força suficiente para apagá-la, depois fez sexo com ela enquanto estava inconsciente. Ele a estrangulou e, quando ela recuperou a consciência e ofegou em busca de ar, continuou a estuprá-la. Depois ele a carregou até a beira do córrego e forçou sua cabeça debaixo d'água. Quando levantou a cabeça da menina outra vez, ela ainda estava viva e engasgando, tentando respirar. Foi nesse momento que ele pegou uma pedra e bateu contra a cabeça dela até que morresse.

Enquanto eu ouvia, estava atento para não mudar de expressão, mas meu sangue fervia e eu pensava: *Se tem alguém que merece a pena de morte, é esse cara.*

O relato me deixou sem ar — não só pela perversidade e maldade imensas do que Joseph Kondro fizera, mas por sua postura quanto ao ato em si e em relação à vítima. Apesar de não se masturbar ao assistir a angústia de suas vítimas antevendo a própria morte, ele era tão distante e indiferente diante do sofrimento daqueles que o conheciam e confiavam nele que, à sua maneira, era tão cruel e narcisista quanto Rader.

Essa confissão era terrível demais para ser transmitida na televisão, mas eu tinha feito com que ele relaxasse e falasse, da mesma forma que McGowan revivera seu crime. Ele nunca descrevera em detalhes suas ações. Parecia não fazer diferença que aqueles guardas e a equipe de produção estivessem ouvindo. Kondro mostrara do que era capaz, como tudo funcionava para que conseguisse o que queria, não importando as consequências e as outras pessoas.

A maioria dos predadores assassinos, em especial os sádicos (aqueles cuja principal satisfação psicológica vem de causar dor física ou emocional e fazer com que outra pessoa sofra de forma indefesa) precisa despersonalizar as vítimas, tratá-las como objetos. Isso é mais difícil quando eles conhecem a vítima, apesar de claramente não ser o caso de Kondro. Ele conhecia bem Rima; era amigo de longa data do padrasto dela, assim como da mãe. Ele a vira crescer e sabia que ela confiava nele. Ele gostava da menina e não tinha nenhuma reclamação contra ela. Não havia como ele conseguir despersonalizá-la. E, mesmo assim, conseguiu decidir estuprá-la, assassiná-la e seguir com uma indiferença metódica. Era isso que tornava Kondro único para mim, e o motivo de eu querer compreender sua mente.

Existem alguns tipos de personalidades predatórias que também matam pessoas que conhecem e de quem são próximas, mas, normalmente, há um tipo diferente de psicodinâmica envolvida e o crime tem uma apresentação de comportamento distinta. Um criminoso que mata alguém próximo, em geral, é motivado por um grande sentimento de traição visível, vingança ou raiva, instigado por ciúme e indignação. Vimos isso no caso de O.J. Simpson, no assassinato de sua ex-mulher Nicole Brown Simpson e Ronald Goldman. Em uma situação como essa, esperaríamos uma evidência comportamental de "assassinato exagerado" — lesões bem mais graves e mais violência com a vítima do que o necessário para causar sua morte. Um padrão comportamental típico de assassinato exagerado são facadas múltiplas e firmes no pescoço ou no peito e muitos machucados no rosto. É um crime cujo objetivo principal é a punição fomentada pela raiva. Ron Goldman apenas estava no lugar errado e na hora errada. Simpson não tinha nenhum objetivo específico em relação a ele, a não ser neutralizar uma ameaça inesperada. Nicole era o verdadeiro alvo da punição violenta.

Não era o caso no assassinato de Rima Traxler. Kondro não sentia raiva alguma dela. Não tinha motivos para querer punir a ela ou aos seus pais. Ele nunca havia sequer expressado antipatia pela menina. Foi apenas algo que decidiu fazer, no calor do momento, porque era fácil e lhe daria prazer e satisfação. Ele resolveu estuprá-la, e seria mais simples fazer isso se ela não resistisse. Ele não se excitou com a luta ou o sofrimento dela. E depois de fazer o que queria, precisou matá-la para que pudesse se safar. Se ela morresse estrangulada, tudo bem. Se não, a outra opção era atingir sua cabeça com uma pedra. Era distante e frio, como matar uma vaca em um abatedouro.

"Como você se livrou do corpo dela?" Essa é outra pergunta muito importante para mim.

"Eu estava sob pressão por causa do tempo. Não saí e cavei um buraco, como alguns desses assassinos fazem, mas levei ela para um enorme tronco de madeira que estava apoiado em um rochedo e a joguei atrás dele. Depois, juntei um monte de plantas que estavam ali pela área, joguei sobre ela, disfarcei o lugar o máximo que consegui e fui embora. Levei todas as roupas dela comigo, dirigi até a ponte Longview-Rainier e joguei no rio."

Essa tentativa desleixada de ocultação me dizia que era provável que Kondro estivesse sob efeito de drogas ou álcool. Pelos interrogatórios policiais com alguns de seus amigos e colegas de trabalho, sabíamos que ele já tinha declarado que o segredo para não ser preso por assassinato era se certificar de que a polícia não encontraria um corpo. Essa tentativa negligente e apressada de desovar um cadáver poderia fazer com que ele fosse descoberto. Kondro teve sorte de isso não ter acontecido.

E admitiu isso para mim: "Fiquei surpreso, pois, quando um corpo se decompõe, ele fede, sabe? E aquela era uma piscina natural bem conhecida. Fiquei surpreso de ninguém ter encontrado."

Essa é a parte que a maioria de nós vai achar completamente impensável. Em seu celebrado e controverso livro *Eichmann em Jerusalém*, a filósofa Hannah Arendt escreveu sobre a "banalidade do mal" dos nazistas. Aqui havia um exemplo perfeito dessa expressão, a poucos metros de mim. Perguntei a Kondro: "E quando você terminou o assassinato e foi para casa, a mãe dela o procurou... para pedir ajuda?"

"É. Voltei para a casa da minha namorada naquela hora, ela estava cozinhando o jantar, e eu tinha alguns afazeres domésticos para resolver. E por volta de, sei lá, umas seis da tarde, já estava escuro... eu me lembro de uma batida na porta. Era Danelle. Ela perguntou se Rima tinha aparecido na nossa casa, e respondemos que não, e, então, ela começou a chorar e usou meu telefone para ligar para a polícia. Minha namorada me disse para ir com ela para garantir que, sabe, que ela ficasse bem. E fomos direto para a casa de outra pessoa, Danelle perguntou a mesma coisa, voltamos para o carro, fomos até a casa de Rusty e tinha policiais por todo lado. Eles estavam colocando o lugar abaixo. Acharam que ele era o responsável pelo desaparecimento."

Seu grande amigo se tornou o principal suspeito, o que era bom para Kondro, pois isso tirava o foco dele. Em vez disso, era provável que a polícia nem sequer se atentasse a Joe, pois ele estava ajudando a mãe da vítima.

"A polícia foi atrás de você, para interrogá-lo?"

"Acho que nem falaram comigo naquela época. Eles, Lisa Snell e uma repórter que não me lembro do nome foram falar com Rusty, e a polícia interrogou ele algumas vezes, ele não passou no detector de mentiras..."

Exemplos como esse são um dos motivos pelos quais nunca me asseguro com exames no polígrafo. Não é nada efetivo em suspeitos que já têm ficha criminal e que podem estar envolvidos em outros crimes. Em suas mentes distorcidas, eles acreditam que o crime foi justificável ou que foram destinados a isso. Ou, como diversos serial killers me disseram ao longo de todos esses anos: se você consegue mentir para a polícia, o quão difícil é mentir para uma caixa?

"Acabaram nunca encontrando o corpo e tal, e aí meio que se perderam."

"Em algum momento você pensou que pudesse ser pego? Você se sentiu bem por saber que não seria descoberto?"

"Eu me senti muito bem."

"Por quê?"

"Porque o foco principal estava em Rusty, sabe, e deixei as coisas seguirem assim."

"Você voltou algum dia para ver se o corpo ainda estava lá?"

"Não."

"Não mesmo?"

"Não, nunca se deve voltar."

Uma das maneiras que usamos para analisar os *UNSUB*s é saber se há alguma evidência de que eles tenham voltado uma ou mais vezes à cena do crime ou aos locais onde desovaram os corpos. Não vigiamos a cena de um crime na esperança de capturar o criminoso, mas saber se ele retornou ou não — ambos os casos — nos dá muitas informações comportamentais para trabalharmos.

Há duas razões principais para assassinos voltarem às cenas. Uma seria classificada como comportamento de assinatura e a outra como *modus operandi* — o aspecto psíquico *versus* o aspecto prático do crime. A primeira é para aliviar a adrenalina e a emoção do ato. Vimos um grande número de criminosos voltarem para se masturbar sobre ou ao redor do corpo da vítima. Já vimos necrófilos que voltaram para fazer sexo com as vítimas recém-mortas. Ted Bundy era um desses. Claramente, Kondro não se encaixava nesse perfil; quando ele terminava de fazer o que queria com a vítima, era o ponto final, e, sem se preocupar, retornava aos seus afazeres.

A outra razão era defensiva: para garantir que o corpo permanecia escondido e não seria descoberto pelas autoridades ou por um transeunte qualquer. Da mesma forma, Kondro deixou claro que não apresentava esse tipo de comportamento. Ele pensava que voltar à cena do crime ou ao local de desova do corpo tornava mais provável que fosse descoberto. Qual era o motivo disso? O que o separava do pensamento de qualquer outro criminoso que não queria ser descoberto?

O fato de já estar associado à vítima. Diferente de outros predadores cujo alvo eram pessoas desconhecidas, Kondro sabia que ele surgiria no círculo de possíveis suspeitos e que esses movimentos pela área poderiam ser observados ou examinados. Ele estava desconfortável com o fato de estar "sob pressão por causa do tempo" após o assassinato de Rima, mas a polícia parecia focada em Rusty, então era melhor deixar as coisas assim.

O fato de o corpo da garota nunca ter sido encontrado, mesmo após Kondro concordar em ajudar a localizá-lo, é bastante incomum, mas com certeza serviu como vantagem para ele, em oposição à crescente agonia da família da menina.

Eu disse a ele:

"Até hoje a mãe dela tem esperanças de que a filha esteja viva, mesmo que você tenha dito que foi responsável pela morte. Como ela nunca a encontrou, a família espera que ainda possa estar por aí. Mas não... não há esperança."

"Não, não há esperança. Ela estava... estava morta quando escondi o corpo."

"Se pudesse dizer algo à mãe dela, o que diria?"

"Isso é difícil", respondeu sem fazer muita pausa para introspecção. "Não sei o que diria a ela. O que se diz para alguém que... sabe... sai por aí matando crianças? Não há nada a dizer. O ato fala por si."

14

"HOUVE VÍTIMAS NO MEIO DO CAMINHO"

Joseph Kondro fora condenado por dois assassinatos, um em 1985 e o outro em 1996. De tudo que eu havia aprendido sobre predadores sexuais, soava estranho para mim que ele tivesse ficado sem fazer nada durante onze anos.

Pensei na história que ele contou do jacaré esperando por longos períodos embaixo d'água, até que ficasse "faminto". Perguntei: "Você realmente consegue se segurar durante tanto tempo? Em geral, a fantasia vence. Você revive o crime inúmeras vezes dentro da sua cabeça?"

Mais uma vez, ele respondeu em tom casual: "Isso faz parte da coisa. Mas vamos deixar claro: houve vítimas no meio do caminho. Algumas pessoas que molestei nunca prestaram queixa, sabe?"

"Fico muito satisfeito que tenha dito isso", falei, "pois quando li sobre você, pensei: 'Com base nesse tipo de caso, duvido que ele não tenha feito nada durante os dez anos entre o primeiro e o segundo crime.' As pessoas que entrevisto costumam dividir detalhes comigo. Algumas pegam lembrancinhas, objetos que pertençam à vítima, ou guardam reportagens de jornal, mas o desejo, quando você tem esse tipo de obsessão... precisa de um escape. Então houve outros casos, e muitos não foram registrados?"

"É, houve casos que não foram registrados."

"As vítimas eram sempre amigas suas?"

"Não, elas eram... é como eu disse, eu gostava de fazer festa, e você sabe, havia sempre garotas jovens lá, de 15, 14, às vezes, até 13 anos. E coisas eram usadas nessas festas, e elas eram meninas festeiras."

"Por que não matou essas vítimas?"

"Provavelmente porque eu não tinha feito tudo que gostaria com elas ainda."

"O que queria fazer com elas?"

"Queria continuar molestando essas meninas."

"Era parte da sua fantasia mantê-las vivas por um tempo? Qual seria a situação ideal para você fazer uma vítima? Uma fantasia completa, do início ao fim, com local, hora e tal."

"Minha fantasia era matar. Quer dizer, estuprar e matar as minhas vítimas. Essa era a fantasia completa. Meus assassinatos eram o ápice da coisa toda. No passado, eu tinha molestado algumas pessoas, umas crianças e tal; talvez eu não tenha matado porque gostava delas, sabe?" E então ele continuou: "Para mim, não era uma fantasia. Quando eu estava em liberdade, era real. Fazer o ato em si, você sabe o que eu quero dizer, era parte da minha vida. Era parte do meu estilo de vida."

Apesar da preferência por meninas jovens e conhecidas — pela facilidade e conveniência do crime — ser uma característica específica de Kondro, ele tinha outros traços que se encaixavam no tipo de personalidade de predador violento. Por exemplo, sua ânsia pela sensação era incessante. Contudo, se fosse constatado que os quatros estupros e dois assassinatos pelos quais ele estava preso fossem seus únicos crimes violentos, ele seria uma exceção extrema — uma que eu gostaria de entender e colocar no contexto das tipologias de predadores. Por outro lado, se havia casos desconhecidos e não resolvidos entre aqueles pelos quais havia sido condenado, isso confirmaria o que sabíamos sobre aquele tipo de predador sexual. De qualquer forma, obter uma resposta era de extrema importância.

"Li relatórios policiais que relatam que você pode ser responsável por cerca de 70 vítimas de abuso sexual e possivelmente outros homicídios", mencionei. "O que sabe sobre isso?"

"Eu li a mesma coisa."

"Então os números são exagerados? Quando o relatório fala 70, que você pode ser responsável por outros 70 casos?"

"Não posso responder isso."

"Não quer ou não pode?"

"Não quero."

A resposta podia significar que ele ainda estaria apto a receber a condenação de pena de morte. Aquilo respondia à minha pergunta. Kondro não era o tipo de pessoa (e há muita gente assim) que, quando é pego, quer confirmar sua reputação assumindo mais ataques ou assassinatos do que cometeu de verdade. Para Kondro, matar era algo corriqueiro demais para que ele se importasse com esse tipo de status. Portanto, se ele não respondeu diretamente, é porque havia mais coisa escondida.

Perguntei se ele já se envolvera com uma mulher para ter acesso à filha dela. Infelizmente, isso não é raro em predadores sexuais de um determinado tipo. Ele negou, mas permaneço cético. No entanto, a característica verdadeiramente perversa revelada durante a entrevista foi a sensação que tive de que ele não se achava responsável por nada daquilo. Kondro continuou cometendo crimes porque a polícia era incompetente. Escapou da pena de morte porque as famílias das vítimas fizeram um acordo. Na cabeça dele, eram as outras pessoas que sempre iniciavam tudo. Até mesmo o fato de ele saber a palavra secreta dos Traxler com Rima: eles simplesmente contaram para ele; não tinha pedido nada daquilo. Mas, como sabemos, ele se sentiu livre para usar e abusar dela.

"No meu caso, eles me deixaram fazer um acordo. Eu era um candidato à pena de morte, e o promotor queria isso. E então eles falaram com as famílias, e quando o caso enfim terminou, fiz um acordo. Foi uma decisão das famílias; o promotor foi até eles e conversou sobre isso. E sinto que não há justiça, sabe? Eles nunca deveriam ter me proposto um acordo."

Vê o que quero dizer?

"Deviam ter me condenado à morte", disse Kondro. "Acho que eu devia ter morrido por ter cometido os crimes, sabe? E... sei lá... sinto que... minhas vítimas não tiveram justiça. Elas estão mortas, eu estou vivo.

Elas estão se revirando nas covas. Uma delas nem foi encontrada ainda, e acredito que as famílias, mesmo tentando fazer o que era certo ao vasculhar o local de desova do corpo de Rima Traxler, estavam pensando no melhor para Danelle. Do fundo do meu coração, não acho certo. Não houve justiça. Elas decepcionaram as próprias filhas."

Do fundo do meu coração, não acho certo. Dá para acreditar nesse cara? Durante todos esses anos, treinei a mim mesmo para não reagir com sentimentos verdadeiros, para guardá-los para mim, mas, às vezes, é difícil manter a compostura quando se ouve declarações ultrajantes. Afinal, Kondro havia feito um acordo que livrava a si mesmo da morte. Teria sido tão fácil, mas tão contraprodutivo, dar aos diretores da MSNBC o tipo de reação que eles queriam.

Ele continuou a falar, com sua moralidade superficial: "Se meu filho fosse assassinado, eu ia querer o cara no corredor da morte. Nunca pediria para o promotor fazer um acordo. Essa seria a última coisa que passaria na minha cabeça. Eu ia querer matar o cara, sabe, arrancar ele desse planeta."

Nesse momento, quase perguntei a Kondro por que, então, ele não havia se declarado culpado com condenação à pena de morte, em conformidade ao seu senso de justiça. Mas decidi que era melhor deixar que ele continuasse falando.

Depois de o criminoso lamentar o quão injusto o acordo oferecido havia sido com as vítimas, perguntei: "Então, você não aceitou o acordo porque estava tentando escapar da pena de morte? Não foi por isso?"

"Ninguém mencionou o acordo para mim. Fui eu que tive a ideia." E como era chocante eles terem aceitado!

"Você estava com medo de morrer?"

"Não, não tenho medo de morrer hoje." *Claro que não, já que sua execução foi desconsiderada*, pensei.

"Você estava preocupado com... Não queria que os seus filhos testemunhassem?" Fiz essa pergunta sabendo que o acordo não teve nada a ver com os filhos dele, talvez apenas com a imagem de pai que Kondro tinha de si mesmo. E não que ele tivesse sido o Pai do Ano.

"É, isso me chateou, porque eles teriam que testemunhar a favor do estado. Conforme fui pensando cada vez mais nisso, percebi que não queria que meus filhos fossem testemunhas. Eles eram novos na época, tinham 15, 14, ou qualquer coisa assim, 16 anos, e eu não queria que virassem testemunhas do estado, relatassem o que aconteceu naquela manhã e depois passassem o resto da vida pensando: *Caramba, a minha declaração talvez tenha colocado o meu pai no corredor da morte* e tal. Não queria os meus filhos envolvidos em nada disso.

Muito embora ele não soubesse a idade certa dos filhos. Além disso, ele ficou entediado sem fazer nada na prisão enquanto os promotores reuniam evidências e pensavam no que fazer com ele.

"Fiquei de saco cheio na prisão. Eu já estava preso havia sei lá quantos meses, 28 ou algo assim, na solitária, sabe, porque eles não podem me colocar junto com os outros. Todo mundo, tanto a carceragem quanto a população presidiária, queria me matar. Aí eu só queria que todo esse tormento acabasse."

Apesar do acordo de entregar os detalhes sobre onde havia deixado o corpo de Rima, ele não foi encontrado.

"É, se passaram uns 13, 14 anos, e aquele rio encheu e esvaziou umas 15 vezes. Eu mesmo fui lá... nem tinha certeza se aquele era o lugar certo até começar a reconhecer alguns pontos de referência. Dei à polícia uma descrição pitoresca da área onde era o local, então os policiais e o detetive foram até os moradores próximos ao córrego Germany e eles mostraram onde era a piscina natural. Então, quando cheguei lá, comecei a reconhecer pontos de referência e tal, e tinha certeza de que o local era aquele."

Ele parecia se desculpar mais pela inabilidade de localizar o corpo do que pelo estupro e assassinato em si.

EM MEUS MUITOS ANOS DE OBSERVAÇÃO E INTERAÇÃO COM SERIAL KILLERS, DESCOBRI QUE UMA grande parcela deles tem uma fixação anormal pelas mães — em geral, negativa, como no caso de Kemper; às vezes, positiva; ou uma mistura confusa das duas coisas, como no caso de McGowan. Eu queria ver se

Kondro tinha mais sentimentos pela mãe do que por outras pessoas em sua vida, e se a influência dela realmente havia causado algum impacto nele. Perguntei sobre sua morte, que ocorreu mais ou menos na mesma época que ele havia assassinado Kara Rudd.

"Sim, minha mãe, ela foi uma grande perda para mim e para o meu padrasto", confessou ele. "Depois da morte dela, ele se perdeu completamente, a ponto de precisar ser colocado em um asilo."

"Ele adoeceu?"

"É, e aí o irmão dele veio, ficou a par do que estava acontecendo e decidimos que seria melhor nos livrarmos da casa e tal, porque eu não queria mais morar lá. Eu morava com eles porque o meu pai tinha diabetes e a minha mãe estava doente e me pediu ajuda, e aí..."

Eu queria ver se conseguia deixá-lo emotivo; com certeza, ele não tinha demonstrado muita emoção em relação aos próprios crimes ou às traições de amizade e confiança.

"Você amava a sua mãe?"

"Ah, eu amava ela, sim."

"Então esse foi um golpe para você?"

"Sim, foi um período bastante traumático da minha vida. Fui eu que a encontrei, e depois liguei para uma amiga, ela chegou e... entende, eu não sabia nem o que fazer. Falei: 'Você sabe o que fazer? A gente liga para a polícia e pede que eles venham?' E ela respondeu: "Não, deixa que eu resolvo toda a situação." Ela cuidou de tudo para nós, eles ligaram para o médico legista e a polícia sabia que a minha mãe estava em estado terminal, e naquela manhã eu entrei [para vê-la] e ela estava morta."

"Li que ela era uma mulher maravilhosa."

"Sim, era sim. Tinha muitos amigos."

"E isso derrubou você, digo, emocionalmente?"

"Ah, claro. Acabou comigo." Achei que talvez estivesse quase conseguindo deixá-lo emotivo, mas as palavras e o tom de voz dele eram tão opostos um do outro que eu podia ver que Kondro estava traçando o *caminho* do sentimento em vez de falar de *emoções* verdadeiras. E, de repente, ele mudou de assunto: "Mas você sabe, sou um sobrevivente. Precisava seguir com a vida. E não tinha lugar para ficar. Janet e Butch me disseram para ir morar com eles. Consegui uma pensão [da morte da mãe] e tinha muito dinheiro na época, e eles me ofereceram ir morar com eles, então..."

Kondro revelava não ter nenhuma conexão emocional com ninguém. Isso ajudava a explicar por que matar era tão fácil para ele.

"Você acabou logo com o dinheiro?", perguntei.

"Foi. Comprei uns carros e equipamentos de pintura. Naquela época, eu estava... pintando casas e tal."

"E depois?"

"Depois era muita droga e álcool."

"Drogas e álcool. Vamos voltar à história do jacaré agora. Parece que era 'hora do almoço', não? O que acha? Foi um conjunto de fatores estimulantes? Tinha um monte de coisas... a depressão, a raiva, e lá estavam os seus amigos juntos, e, de repente, a filha deles. Você diria que a causa para cometer o crime foi estar envolvido com bebida e drogas?"

"Não vou culpar as drogas e o álcool por tudo. Aquilo foi algo que fiz como um passatempo. Mas acho que, lá no fundo, se olharmos bem de perto, o assassinato de Kara Rudd foi mais uma vingança do que uma fantasia minha sendo realizada. Também era isso em parte, mas eu só queria me vingar."

"Me fale sobre essa vingança."

"Havia muitos telefonemas sobre mim, e, um dia, Janet me expulsou de casa de repente, aí comecei a culpar a menina [Kara] por isso, e pensei: 'Poxa, eu já fiz tanto por vocês, comprei um carro e fiz um monte de outras coisas, e vocês me expulsam de casa desse jeito?' Mas eu sei, em defesa dela [Janet], sei que estava fora de controle. Eu não conseguia enxergar porque era o alcoólatra, o viciado em drogas e tal. Eu só estava me divertindo, mas ela ficou de saco cheio. Estava cansada daquele comportamento, então decidiu que ia me expulsar, e foi isso que fez. Aí virou uma questão de vingança. Um dia, eu estava levando o meu filho para a escola e vi as crianças caminhando pela rua, em sua rotina matinal, até o ponto do ônibus escolar, e ofereci a elas uma carona."

"Você estava pronto para atacá-las? Ou foi só um treinamento?"

"Acabou virando um treinamento. Eu levei elas para a escola, deixei elas na porta e tal, e então o Nicky, o meu filho, entrou, foi brincar com os amigos e tal, e as meninas me pediram... você sabe que elas queriam matar aula naquele dia. Então levei elas para o rio, para uma casa abandonada e... É, foi um treinamento. Eu levei elas de volta para a escola depois de uma hora; as meninas perderam a primeira e a segunda aula. Mas ninguém falou nada, a escola não ligou para os pais. Elas apenas mataram aula."

"Quantos dias depois você..."

"Ah, não lembro, deve ter sido um mês, um mês e meio."

Um mês e meio depois, ele estava sem dinheiro e tinha sido expulso da casa dos amigos.

"Cerca de um mês e meio depois", confirmei. "E ela era próxima de você, não? Ela chamava você de 'tio Joe'."

"Sim, eu conhecia Kara havia um tempo. A gente até jogava cartas juntos e tal. Eu deixava ela ganhar."

"Como você a descreveria?"

"Era muito ativa. Gostava de levar animais para casa. Mas era bastante desafiadora também, quando acreditava nas coisas, sabe? Quando acreditava em algo, era insolente, defendia a ideia com unhas e dentes. Isso é admirável em uma pessoa, não é?" Sim, Kara representava tudo que Kondro não era.

"Então o crime foi uma vingança para ferir a mãe dela?"

"Sim, acabou sendo isso." Outra racionalização. Isso não tinha nada a ver com vingança. Ele teria cometido o crime tendo problemas com Janet ou não. Kondro já havia nos mostrado isso.

Todos sentimos a ânsia de nos vingar de vez em quando, mas a maioria de nós consegue suprimir e controlar esses impulsos. Assassinatos por vingança de verdade tendem a ser únicos, e não crimes em série. Esse tipo tem indicadores específicos e se enquadra em uma de duas categorias: retribuição contra indivíduos que o assassino acha que o feriram ou o ofenderam; ou retaliação contra comunidades inteiras, como atiradores de escolas que sentem que sofreram bullying ou foram desrespeitados. Via de regra, enquanto predadores sexuais tendem a ser bastante sensíveis com qualquer desprezo ou insulto recebidos — embora não se importem com os sentimentos dos outros —, em geral, não têm a vingança como motivação; eles não precisam disso. Já são comprometidos com as próprias obsessões mortais, como o caso de Kondro deixa claro.

Na maior parte das vezes, serial killers que alegam vingança como motivação estão manifestando alguma forma de inadequação emocional. Richard Laurence Marquette, que entrevistei na Penitenciária Estadual de Oregon, em Salem, onde ele cumpria prisão perpétua, teve uma experiência desastrosa ao tentar ficar com uma mulher em um bar em Portland. Após o incidente, ele entendeu que todas as mulheres o rejeitavam e começou a executar sua vingança. Ele pegou outra mulher, estuprou-a, estrangulou-a e depois desmembrou seu corpo no chuveiro de casa. Após onze anos sendo um preso exemplar, foi solto em liberdade condicional no ano de 1973. Esse caso estava na minha cabeça quando avaliei a situação de Joe McGowan.

Dois anos após a liberdade condicional, Marquette ficou com outra mulher em uma boate. Ele a convidou para o seu trailer, que ficava a cerca de 90 metros do bar. Lá, ele cortou a cabeça do próprio pênis antes de fazer sexo à força com ela.

"Por quê?", indaguei.

Ele disse que queria acreditar e sentir que a vítima estava causando dor nele, o que interpretei como sua maneira de justificar o crime. Após fazer sexo com a mulher, ele a estrangulou e arrancou as unhas dela com um alicate. Internamente, precisei dizer a mim mesmo para relaxar, respirar fundo e não demonstrar nenhuma negatividade, fosse na expressão facial, fosse na corporal. Mas acredite, foi difícil.

Apesar de não acreditar que Kondro tivesse passado por um processo de pensamento similar, continuei a falar disso para ver onde ele chegaria.

"Isso seria como... pegar alguma coisa, como uma posse, uma posse importante, e levá-la para longe da mãe?"

"Sim. Naquela manhã, quando acordei, eu sabia o que ia fazer. Estava completamente ciente do que queria e tal, então dirigi até a escola..." E mais uma vez, ele relatou o encontro com as duas meninas.

No entanto, logo depois de me contar que acordara sabendo o que ia fazer, voltou ao relato original e disse: "Tudo aconteceu por acaso. No carro, ela me perguntou se eu podia levar ela até a fazenda de porcos e tal, porque queria brincar com os filhotinhos. E eu disse onde deveria me encontrar se quisesse ir lá, depois fui embora, tomei meu café e dei uma volta de carro. Decidi naquele instante que, se elas entrassem no carro, mataria as duas, porque Kara e Yolanda eram inseparáveis. Onde uma ia, a outra acompanhava. E se elas entrassem no meu carro naquela manhã, seria o último dia da vida delas. Kara foi a única que quis ir, e entrou no carro."

Àquela altura, já conseguia compreender tanto ele quanto sua motivação. Sim, ele estava com raiva da mãe e do padrasto de Kara por terem-no expulsado de casa. Sim, ele era alcoólatra e usuário de drogas. E, sim, tivera alguns conflitos diretos com Kara. Mas, basicamente, ele gostava de molestar, abusar e estuprar meninas jovens, e Kara estava disponível, assim como Rima estivera. Todo seu histórico pessoal mostrava que nada em sua vida infeliz era tão importante ou satisfatório para ele quanto sua perversão, e o que mais fazia sentido era preencher a vida das formas mais fáceis e diretas possíveis.

Será que ele havia de fato acordado naquela manhã sabendo que realizaria sua vingança contra Janet e Butch, ou fora um impulso espontâneo quando viu as duas meninas andando na calçada? Não importa. Afinal, Joseph Kondro não pensava com tantas minúcias. De um jeito ou de outro, ele realizou seu desejo e não deixou que nada o impedisse.

"Yolanda sabia que Kara tinha ido com você, certo?"

"Sim." Aquilo, em termos práticos, fazia com que fosse um crime ainda mais arriscado, Kondro encontrava-se associado à família de Kara, mas ela estava sozinha.

Perguntei como foi a conversa no carro quando eles saíram.

"Não teve muito papo. Só a levei até a casa e nós conversamos um pouco."

"Mas ela estava feliz, não estava? Não sabia que corria perigo."

"É. Não, ela não sabia que corria... Foi como eu disse, estava brincando com a... confiança da minha vítima, e isso é algo difícil. Quando se comete esse tipo de crime, a pessoa tem que confiar em você, para atraí-la ao local e... Ela não fazia ideia de que seria seu último dia de vida. E ela estava com fome, então saí e comprei café da manhã para ela perto de onde cometi o assassinato. Abasteci o carro e a levei para a casa abandonada, e foi lá que, enfim, foi lá que eu matei ela.

Mesmo acostumado, a banalidade da maldade desses caras ainda me choca. E ficou ainda pior.

"O que aconteceu primeiro? O que você disse a ela? Você a despiu?"

"Não, ela saiu do carro e correu para dentro da casa, sabe, foi brincar e tal, e eu segui ela e nós acabamos no andar de cima. Peguei um pedaço de madeira e, enquanto ela olhava para o outro lado, acertei no topo da cabeça dela o mais forte que consegui, como se tivesse um taco de beisebol nas mãos. Então ela caiu, e ficou de joelhos, atordoada. Eu bati de novo. Bati duas vezes na cabeça dela com a madeira e ela desmaiou. Então estuprei ela, e Kara acordou no meio do ato, aí acabei a estrangulando."

"Por que você prefere que as vítimas fiquem inconscientes?"

"É que é... é mais fácil, sabe? É mais fácil para mim."

"Você não quer ouvir, não quer ouvi-las chorar, porque não quer saber desse tipo de coisa, não é? Chorar e implorar."

"Só faz parte da situação."

"Então, quando a vítima está inconsciente, é quase como uma masturbação com um corpo sem vida?"

"Não sei. Se você pensar assim..."

Eu sabia exatamente onde queria chegar.

"Ela foi abusada sexualmente? Sexo anal, vaginal, o quê?" Eu já sabia essa resposta pelo relatório do médico legista.

"Isso é controverso, porque abusei sexualmente dela, mas o patologista forense disse que eu estuprei ela pelo ânus, e não é verdade. Você sabe que não dá para discutir com as evidências, mas eu estuprei Kara pela vagina."

Não se pode discutir com as evidências porque elas são a verdade. Ele a estuprou pelo ânus, mas, assim como no outro caso, não queria admitir porque não correspondia à imagem que ele queria que as pessoas tivessem de si mesmo.

15

PODER, CONTROLE, EXCITAÇÃO

"Joe, descreva para mim os seus sentimentos. Quais são as sensações durante o abuso sexual, o estupro e o assassinato?"

Ao entrar na fase final de cada entrevista com um prisioneiro, quero que o sujeito resuma ou afirme o que se passava em sua cabeça antes, durante e depois do crime. Afinal, o principal objetivo da pesquisa, desde o início, é relacionar o que acontecia na cabeça do criminoso com a evidência deixada na cena do crime e no local de desova do corpo, o nível de risco, tanto para o perpetrador quanto para a vítima, e o comportamento após o crime, que pode ser observado por pessoas próximas a ele. Eu, particularmente, quero confirmar o papel que a fantasia tem no crime. Se tinha conseguido compreender a mente de Kondro com sucesso, a fantasia não teve um papel muito importante nos seus atos; de fato, ele estava muito distante de alguém como Rader, que vivia para a fantasia.

"Para mim, era uma questão de poder, controle, excitação, acho."

Isso com certeza condizia com minhas impressões.

"Sei. Sensações que você nunca tinha na vida ou algo de que precisava na época?"

"Como eu disse antes, era uma vingança, era uma questão de vingança. Mas no que diz respeito às minhas vítimas, tinha mais a ver com o poder que eu tinha sobre elas. Você fica muito doido quando... Pelo menos eu fico, fico muito, muito doido de adrenalina ao cometer um assassinato." Não era o planejamento; era apenas algo que ele precisava fazer. Não era o fato de poder reviver o crime posteriormente por meio de troféus ou da própria memória; quando estava feito, estava feito, e o que vinha depois era só esconder o corpo. Diferente da maioria dos predadores sexuais que eu já tinha entrevistado, Joseph Kondro parecia viver no momento.

"Quando comete um crime, você disse que sente uma onda de adrenalina. Mas como é para você física e psicologicamente? É uma sensação boa?"

"Vou dar um exemplo. Quando eu estava escondendo Kara Rudd, aquele Volkswagen onde coloquei o corpo dela estava lá dando bobeira, e eu estava com tanta adrenalina naquela hora que peguei o carro e apoiei ele na árvore sozinho. E a polícia veio e teve que usar um guincho e mais uma porrada de coisas para tirar o corpo de lá, para tirar o carro de cima do cadáver dela. E simplesmente levantei aquilo com as mãos. Não estou mentindo. Essa era a quantidade de adrenalina que circulava no meu corpo naquele momento. É como uma droga."

"Então, se eu encontrasse você logo após ter cometido um crime, como estaria? Como reagiria?"

"Eu estaria do mesmo jeito que agora."

"Não estaria meio doido, suando?" Era assim que a maioria dos assassinos estupradores que eu havia analisado estaria.

"Na verdade, não. Não fiquei assim quando matei as minhas vítimas. Estava calmo."

"Então, se eu fosse um investigador e estivesse fazendo o seu interrogatório, você não estaria... no limite que o nervosismo permite... olhando para o outro lado, suando? Você acha que consegue se recompor para um interrogatório?"

"Fiz isso no caso de Kara Rudd. Eles me chamaram, me interrogaram e me deixaram ir."

Essa parte da conversa revelou muito sobre Kondro. Diferente de Joe McGowan, que ficou em um estado de alta excitação e agitação quando matou Joan D'Alessandro, e até quando descreveu o assassinato para mim,

Kondro permaneceu tranquilo e controlado. Aposto que seus batimentos e sua pressão sanguínea nem sequer aumentaram muito enquanto conversávamos. E, como pela minha análise e por sua confissão ele cometera seus abusos sexuais e assassinatos no curso de seu dia a dia normal, ele continuava sendo um indivíduo bastante perigoso, assim como McGowan, mas por razões emocionais opostas.

"Quando conversamos ao telefone, você mencionou que achava que o planejamento e o pensamento sobre o crime eram o que o deixava satisfeito. Consegue descrever isso?"

"Está bem. A parte do planejamento é um fator muito importante também, porque faz parte da excitação. Acho que é a fantasia mesmo. Eu não sento e planejo as coisas. Penso nelas diversas vezes e, de repente, tudo se encaixa."

Repare que ele responde no presente. Esse tipo de pensamento ainda fazia parte do seu cotidiano.

"Depois de ter matado Kara, o que você fez? Para onde foi?"

"Eu envolvi o corpo em um lençol, coloquei-a no banco da frente do meu carro e dirigi até a área de Mount Solo. Queria levá-la para outro lugar, mas não tinha certeza se demoraria muito, pois estava correndo contra o tempo. Então, resolvi levar o cadáver até o cume de Mount Solo e deixar lá. E foi assim que fiz; escondi o corpo dela debaixo do Volkswagen."

"Por que você envolveu o corpo dela em um lençol?"

"Porque não queria sangue nem nada no meu carro, nenhuma evidência."

"Ficou alguma evidência? Você limpou o carro depois?"

"Não, meu carro estava bem limpo. Só tirei a poeira."

"Quando você a colocou naquele Volkswagen, olhando em retrospecto, foi a coisa certa a fazer?"

"Para mim, naquele momento, foi. Eu estava tentando me livrar do corpo e aquele era um bom esconderijo. Se eu a tivesse levado para onde tinha planejado, a polícia nunca teria encontrado o corpo."

"Então, você a levou para um lugar familiar, um lugar em que se sentia confortável?" Os criminosos costumam gravitar em suas zonas de conforto.

"É, era um lugar familiar para mim."

"Em algum momento, como as pessoas o haviam visto, e você tinha atacado e matado uma pessoa que conhecia, seria necessário arranjar algum tipo de álibi. O que fez?"

"Eu saí e deixei currículos em locais de trabalho."

"Como cobriu todo esse período de tempo?"

"Tentei me certificar de que as pessoas com quem conversei reparassem no horário. Eu falava "Desculpe, me atrasei", ou procurava estabelecer uma linha do tempo de diferentes maneiras com diferentes pessoas. Mas não deu certo."

"E para onde foi depois disso? Tentou ir para casa?"

"Sim. Primeiro, peguei meu sapato, camisa e tal, e joguei fora."

"Por quê?"

"Porque não queria que nenhuma pegada identificada fosse ligada ao sapato. Então levei um pé do sapato para um lixo de um lado da cidade, dirigi até o outro lado e joguei o outro pé em outra lixeira e joguei a camisa pela janela em uma ruela onde havia uma oficina de carros, no meio de uma poça de lama. Depois fui para casa, tomei banho e lavei a roupa. Eu tinha uma... não, não era uma reunião de pais na escola; eu tinha que pegar o meu filho e levá-lo para a escola. Fui até a casa da Julie e peguei ele."

O que acho fascinante, apesar de Kondro confundir uma reunião de pais com levar o filho à escola, é que a mente dele é tão compartimentada que, após estuprar e matar uma menina e tentar destruir todas as evidências, ele foca em detalhes relacionados ao próprio filho sem nenhum remorso ou reflexão sobre o assunto. Como predador sexual, ele sabe que tem que abusar e estuprar meninas novas. Porém, como pai, sabe que precisa comparecer às reuniões de pais e levar o filho para a escola na hora certa.

Ele reconheceu essa atitude no nosso diálogo seguinte:

"Você falou com a família alguma vez?"

"Acho que liguei para eles algumas vezes. Mas Janet me ligou, me acusou de pegar a filha dela e tal, e eu neguei, claro."

"Até porque esse foi um assassinato por vingança, não é? Então..."

"Naquele momento, eu não ligava para o que ela pensava nem nada. Já tinha feito tudo e ponto final. Fui fazer as minhas coisas. Não pensei de novo naquilo." Dessa vez, ele nem se importou com meu lembrete da vingança. Ele sabia que a vingança não era primordial na sua cabeça.

E, apesar de ser difícil para a maioria de nós compreender, muitos desses caras são tão bons quanto Kondro em compartimentar a mente — estuprar e matar uma adolescente, mas chegar a tempo na reunião de pais da escola do filho.

John Wayne Gacy Jr. foi um empreiteiro de prédios famoso em Chicago, e tinha uma esposa e duas enteadas. Ele era ativo em negócios civis e participava de reuniões do Partido Democrata, sendo, inclusive, fotografado com a primeira-dama Rosalynn Carter. Como todos também sabem, por meio de sua filiação ao Moose Club, ele se fantasiava de palhaço em desfiles da cidade, eventos beneficentes e hospitais locais com crianças doentes. Quando não esteve envolvido em uma dessas atividades, ele encontrou tempo para estuprar e matar pelo menos 33 garotos, que enterrou no entrepiso e no jardim de sua fazenda em Norwood Park ou jogou no rio Des Plains.

O Assassino do Rio Verde, Gary Ridgway, que tentei muito entrevistar durante minha carreira no FBI, era casado e tinha um excelente emprego. O serial killer britânico David Russell Williams era coronel das Forças Armadas Canadenses, também casado. Predadores como esses existem facilmente em dois mundos psíquicos distintos.

É isso que separa um sociopata criminoso do restante de nós.

"E você achou que não seria pego por esse crime?", perguntei a Kondro. "Você se sentiu confortável?"

"Eu me senti bastante confortável. Mas eles a encontraram."

"Não ficou com nem um pouco de medo? Você bebeu após cometer o crime? Se eu estivesse olhando para você, veria uma mudança no seu comportamento, estaria agindo diferente?"

"Não, eu segui com a minha vida. Estava tão calmo quanto estou agora."

"É mesmo?"

"É."

"Nesse caso, você não foi acusado de imediato. Por quê?"

"Porque eles não tinham um corpo para me acusar de assassinato, e você precisa, você precisa ter um corpo."

"Você pensou na possibilidade de teste de DNA? Pensou nisso em algum momento?"

"Sim, pensei, mas não me preocupei."

"Por quê?"

"Naquela hora, já não importava mais. Eu estava... fora de controle. Eu teria continuado, teria continuado a fazer isso, sabe, até eles me pegarem." *Nessas palavras* eu acredito.

"Você acha que a castração química ou a castração em si faria alguma diferença?"

"Não." Também concordava com ele nesse ponto, mas segui fazendo perguntas.

"Por quê?"

"Esses caras, essas coisas estão dentro da cabeça. Acho que é uma formação genética que passa de geração em geração. Para mim, eu já pensava em fazer essas coisas quando era menino, sabe, e depois ao longo de toda a vida até a hora em que fui pego. Era nisso que eu pensava: fazer sexo com meninas novas. E não ia parar."

Sim, Kondro tinha sido adotado, e é possível que esteja certo quanto aos pais terem se arrependido da adoção, mas não encontrei nada em seu histórico nem em seu relacionamento com a mãe ou o pai que sugerisse que algo que eles fizeram ou deixaram de fazer tenha contribuído de maneira significativa para sua evolução até se tornar um predador sexual e assassino. Na equação natureza *versus* criação, Kondro é uma prova de que alguns indivíduos nascem assim e crescem com tendências perigosas, a não ser que passem por uma intervenção drástica e precisa. E, para falar a verdade, os dados são muito inconclusivos quanto a possibilidade dessa intervenção funcionar na maioria dos casos.

"Então, você estava confiante", prossegui. "Quando eles abordaram você e depois o prenderam, foi um choque?"

"Não, não foi um choque. Eu estava na casa de um amigo e a polícia chegou e bateu na porta, disse que eu estava preso por tentar coagir uma testemunha. Eles tinham falado com a minha ex-mulher e me disseram para não entrar em contato com ela. Essa foi a desculpa deles para me prender. E acho que duas outras meninas foram depor e disseram que eu tinha abusado sexualmente delas ou molestado elas ou algo assim, e acrescentaram isso à acusação."

"Sobre essas duas outras meninas, você também as molestou?"

"Sim."

"Sim? Quantos anos elas tinham?"

"Não sei. Acho que eram novas. Bem novas."

"Se não tivesse sido capturado, continuaria a fazer isso?"

"Sim."

"Continuaria matando?"

"Sim."

"Você se sentia confortável fazendo isso?"

"Eu me sentia bastante confortável matando. Para mim, matar era algo instintivo. Segui fazendo. Talvez não tivesse sido com crianças; poderia ter sido com qualquer um, sabe, naquele momento da minha vida, qualquer pessoa que me deixasse puto, que eu achasse que estava me xingando ou coisa assim."

Mas, como já vimos, suas mortes não tinham nada a ver com vingança, punição da vítima ou qualquer outra motivação. Era simplesmente algo que ele queria fazer.

FIZ MUITAS PERGUNTAS A KONDRO, E ELE RESPONDEU A QUASE TODAS. MESMO ASSIM, AINDA tinha um pensamento em minha cabeça que não ia embora — a questão do risco. Para mim, essa era uma das partes mais interessantes do caso e do processo de pensamento do criminoso.

"O que é incomum no seu caso", observei, "é o fato de você realmente conhecer as vítimas e as famílias. Era um alto risco da sua parte, e ainda não sei, não entendo, por que você buscava pessoas que conhecia, em vez de estranhos".

"Como eu disse, era a confiança; é uma questão de confiança, e era mais conveniente para mim. Tentei fazer isso com estranhas, mas elas sempre resistem. Tentam fugir e tal, e eu não queria lidar com esse tipo de... sabe? Queria que tudo corresse perfeitamente bem, e era assim que acontecia. Eu fazia o que tinha planejado."

Quando se conduz tantas entrevistas quanto meus colegas e eu, dá para saber com antecedência algumas coisas que o criminoso vai dizer. Quase sempre, há semelhanças nos padrões. Joseph Kondro tinha sido uma criança difícil em uma família, de certa forma, disfuncional. Ele aliviava a raiva e as frustrações fazendo bullying com crianças menores e mais fracas. Desenvolveu vício em álcool e drogas, que não é um fator da causa de seu comportamento violento, mas que fez com que ele ficasse mais impulsivo — impulsivo, não frio a ponto de planejar crimes.

O principal aspecto que torna esse caso importante é o *modus operandi* — um m.o. que a princípio enganou e despistou os investigadores. Kondro acreditava que era mais seguro ter como alvo as filhas dos amigos do que ir em busca de estranhos. Ele não precisava se preocupar com controle, que é um assunto de grande importância e um desafio para criminosos que procuram estranhos. Ele já tinha a confiança das vítimas, e elas iam com ele por vontade própria. Kondro tinha uma percepção completamente diferente do que constituía um crime de alto risco.

Um m.o. envolvendo confiança é aplicado por criminosos de todos os espectros, desde o mais violento até estelionatários não violentos. Ed Kemper nos contou que, quando parava para oferecer carona a uma estudante em Santa Cruz, ele perguntava para onde ela ia, olhava para o relógio e sacudia a cabeça, como se estivesse pensando se tinha tempo para levá-la até o lugar, antes de concordar em dar uma carona. Ao fazer isso, ele desarmava emocionalmente a possível vítima e ela baixava a guarda.

Da mesma maneira, quando possíveis clientes abordavam o bilionário do sistema Ponzi, Bernie Madoff, ele lhes dizia que seu fundo de cobertura estava totalmente preenchido e que não precisava de mais investidores. Como ele tinha uma reputação de investimentos elevados e lucros previsíveis, quando as pessoas insistiam, ele fazia "com relutância" uma exceção, e então pedia para deixarem o investimento nas mãos dele e só coletarem os lucros, pois era ocupado demais para se envolver com "pequenos" investidores.

Em ambos os casos, criar confiança era o *modus operandi*, e, ao fingir de maneira convincente que ele não queria fazer o que pretendia, o criminoso podia focar e abusar da vítima inocente.

Tanto os amigos quanto a polícia descartaram Joseph Kondro como suspeito porque ele fingia empatia e preocupação com as crianças desaparecidas e até participava das buscas para encontrá-las. Já tínhamos visto esse comportamento em sequestros de estranhos, em que o *UNSUB* participava das buscas e se intrometia nas investigações. Isso acontecia até em cenários de semiestranhos, assim como no caso de Joseph McGowan. Com frequência, o criminoso tenta prover informações bobas para afastar as suspeitas de si.

Em resumo, o histórico de Kondro era comum, mas sua vítima preferencial — filhas de amigos — era algo que eu nunca tinha visto antes.

Fica a lição: todo mundo é um possível suspeito, e não podemos nos deixar enganar por aparência ou comportamento.

Perceba a justaposição do que nos referimos como a assinatura e os elementos do *modus operandi* de um crime: ele é distante, frio e analítico na maneira como descreve e determina como lidar com sua psicopatia perversa.

E como muitos outros assassinos e predadores, Joseph Kondro adquiriu um senso de herança e espiritualidade — ou era o que dizia — somente *depois* de ir à cadeia, sem emoções ou estímulos imediatos na vida. É comum que predadores violentos encontrem a espiritualidade na prisão, ou pelo menos aleguem tê-la encontrado. "Sou cristão, sabia?", Dennis Rader me disse. "Sempre fui. Depois que matei a família Otero [cinco integrantes da família, suas primeiras vítimas conhecidas], comecei a rezar para que Deus me ajudasse a lutar contra essa coisa dentro de mim. Meu maior medo, maior até do que ser descoberto, era que Deus não me deixasse entrar no céu e me condenasse para sempre." Eu não duvidei de sua crença sincera na vida após a morte. Na verdade, achei até interessante, já que eu sabia que ele acreditava que as mulheres que tinha matado seriam suas escravas sexuais no outro mundo. O fato de ele poder contemplar a ideia de que seria autorizado a entrar no céu depois de tudo que tinha feito retratava seu narcisismo maligno.

"Como parte do mundo espiritual, da vida maior, você deve tirar as coisas de dentro do peito?", perguntei a Kondro. "Você deve admitir todos os seus pecados, qualquer um, antes de poder ir para essa forma maior de vida?"

"É sempre bom se purificar das coisas ruins que fez antes de... antes de passar para o outro lado. É, alguém me disse isso uma vez, e ainda acredito. Sabe, você precisa, como mencionou, se livrar dos seus pecados e erros, ou vai vagar eternamente no mundo espiritual; não vai passar para o outro lado. Vai acabar sendo um espírito perdido."

Tenho uma enorme dificuldade em acreditar que um homem que fala de forma tão casual e arrogante sobre estuprar e matar crianças possa estar preocupado em ser um espírito perdido.

"Você não quer ser um espírito perdido?"

"Não. Acho que eu era um espírito perdido quando nasci." Mais uma vez, nada é culpa dele.

"Mas você pode... mudar as coisas? É essa sua crença espiritual agora?"

"Não sei sobre mudar as coisas. Isso quem decide é o criador."

"Tem algum remorso?"

"Não. Me arrependo de não ter sido um pai melhor. Mas não tenho remorso."

"Nenhum remorso com sua primeira vítima, lá em 1985? Algum remorso por isso?"

"Não."

"E de 1996? Algum remorso?"

"Não."

"Algo que teria feito diferente?"

"Sim, eu a teria levado [Kara Rudd] para outro local."

"Para que ela não tivesse sido encontrada?"

"Bem, era a ideia. Essa era a intenção."

"Você acha que é maluco?"

"Acho que tenho alguns problemas."

"Você sabe que as pessoas no passado se referiam a você como um monstro. O que acha disso? Se vê como um monstro?"

"Antes de vir para a prisão, eu era. Agora, sou só um preso."

"Você recebe algum tipo de tratamento especial aqui?"

"Não."

"Se pudesse, e quisesse, iria para a terapia?"

"Sim. Vejo um orientador de saúde mental de vez em quando, mas ele só... eles me deram um remédio que me ajudava a dormir à noite. Nunca senti como estou fazendo agora com você e conversei sobre o meu caso com uma pessoa."

"Você já quis fazer isso ou não se interessou?"

"Não, nunca quis. Nunca até... até agora."

"Por que concordou em dar essa entrevista?"

"Muitas pessoas da imprensa já entraram em contato comigo, me pediram entrevistas, e sempre neguei. Nesse momento da minha vida, sinto que deve haver um desfecho, não só para as famílias, mas para mim também. É um grande passo para mim deixar tudo isso para trás."

DEVIDO ÀS DESCRIÇÕES DE VIOLÊNCIA EXPLÍCITA EM NOSSA ENTREVISTA, O PROGRAMA SÓ APRE-sentou uma pequena parte do que contei aqui (pela primeira vez em público). Por ironia, quando os diretores da MSNBC viram a entrevista, ficaram bem mais impressionados com a "performance" de Joseph Kondro do que com a minha. Eles queriam que eu o tivesse confrontado, que tivesse lançado verdades na cara dele e registrado o absurdo das coisas terríveis que havia feito. Acho que queriam que eu fosse o "superpolicial".

Sejam lá quais forem meus sentimentos pessoais, o importante para mim em todas as entrevistas que fiz em prisões com criminosos violentos é não expressar minha indignação moral, que não serve de nada, mas me faz aprender o máximo possível a estabelecer uma conexão com o sujeito. Na verdade, quando li a crítica da jornalista Linda Stasi no *New York Post*, fiquei surpreso com sua observação sobre uma de minhas reações: "Quando o sempre inabalável Douglas enfim fica enojado o suficiente com o fato de Kondro ter assassinado a filha de 8 anos dos amigos, ele diz ao assassino: 'Mas você matou uma criança!'" É provável que essa tenha sido a única situação em que baixei a guarda.

Por mais tentador que seja interpretar um personagem de Clint Eastwood em frente às câmeras, e certamente seria uma realização emocional acabar com aquele cara (apesar de, na vida real, isso dar cadeia), tentei explicar que qualquer abordagem diferente da que sempre usei seria contraprodutiva, e que essa era a forma que trabalhávamos no FBI. Meu papel é fazer com que esses caras falem, descobrir o que está, e estava, acontecendo dentro da mente deles. Confronto e indignação moral não alcançam este objetivo. No fim, conversar com assassinos é um jogo que exige paciência e perseverança, fazendo cada movimento intencional — indignação, raiva, esses sentimentos estão sempre presentes por trás de tudo, mas não funcionam ao seu favor se são trazidos à superfície.

Apesar de a crítica ter sido gratificante, aparentemente não era isso o que a MSNBC queria, e a série não vingou. Na verdade, talvez a única maneira de transmitir de forma apropriada o que significa um mergulho profundo na mente de um assassino seja um livro como esse, apesar de o seriado *Mindhunter* ter conseguido transmitir o clima e a sensação desse confronto mental.

No dia 3 de maio de 2012, Joseph Robert Kondro faleceu na prisão de Walla Walla, aos 52 anos. Seu pequeno obituário dizia que ele havia morrido de causas naturais. A certidão de óbito listava as causas específicas como doença terminal de fígado devido à hepatite C. Ele foi enterrado no cemitério Pinery Indian, em Baraga County, Michigan.

No jornal local, Janet, mãe de Kara, foi citada ao chamar a morte de "o alívio de um grande peso".

Kondro foi singular em nossos estudos e nossas experiências, o único assassino e estuprador cujo alvo eram os filhos de pessoas que conhecia. Esse fato por si só já contribuiu para o acervo de conhecimento e entendimento que tínhamos. Isso nos abriu os olhos para a ideia de que qualquer pessoa pode ser um suspeito e que os indicadores tradicionais de inocência — cooperação com a polícia, participação nas buscas, álibi e todos os outros — precisam ser avaliados em um contexto e contra as evidências circunstanciais.

Kondro apresentava características de um comportamento compulsivo. Fazia uso de drogas e álcool. E, em seu caso, esse comportamento compulsivo se transformou em abuso sexual, estupro e homicídio. Aprendi na entrevista com ele que quando analisamos uma série de casos — de qualquer tipo —, as necessidades psicológicas intrínsecas do criminoso podem ser poder e controle, mas estão conectadas diretamente à falta de controle impulsivo da sua parte. Isso está relacionado à personalidade compulsiva. Porém, não significa que ele não consiga controlar seus atos. No caso de Kondro, a ânsia de poder e controle por meio do abuso sexual andava junto com um planejamento minucioso antes de cometer o crime, encobri-lo cuidadosamente e estabelecer um álibi. O álcool e as drogas podem tê-lo levado à frieza e a correr riscos, mas ele não quer ser capturado. O "desejo de morte" é apenas para as vítimas, não para si mesmo.

O que tudo isso significa para um investigador? Primeiro, precisamos examinar nossos próprios instintos de que alguém próximo à vítima que não tenha um motivo óbvio seria capaz de fazer uma coisa dessas e, portanto, pode ser descartado como suspeito. Kondro foi levado para interrogatório em diversas ocasiões. Como Hamlet disse ao melhor amigo: "Há mais coisas entre o céu e a terra, Horácio, do que sonha nossa vã filosofia."

Segundo, se está determinado, por intermédios investigativos, que certo indivíduo, de alguma forma próximo ou conectado à vítima, parece ter uma personalidade compulsiva ou um controle de impulsos questionável, ele deve ser colocado no topo da lista de suspeitos.

Terceiro, Kondro reafirma para nós que uma personalidade violenta casual — capaz de arrancar um telefone da parede, quebrar objetos de casa em um acesso de raiva ou levar um parceiro ou cônjuge a solicitar uma medida cautelar à polícia — é, por definição, capaz de chegar a um nível de violência maior e mais intensificado. Porque, como costumamos dizer, "o comportamento reflete a personalidade".

E essa conscientização pode salvar uma vida.

III

O ANJO
DA MORTE

16

BRINCANDO DE DEUS

Muitos ficam surpresos ao descobrir que os serial killers mais famosos e com o maior número de vítimas não são criminosos como Jack, o Estripador, que caçava suas vítimas durante a noite, ou Ted Bundy, que seduzia, atraía, e depois sequestrava, abusava e matava jovens mulheres. Na verdade, e por ironia, são profissionais do consagrado ofício da área da saúde, pessoas que nem mesmo se preocupam em esconder sua identidade ou seu rosto das vítimas inocentes ou de suas famílias. Em muitos casos, leva-se anos até que as autoridades percebam até que um crime foi cometido, portanto, são assassinatos bastante difíceis de serem solucionados.

Donald Harvey, um homem de classe média de Ohio, com sorriso garboso, bem-disposto e jeito cativante, deve ser o serial killer mais prolífico da história dos Estados Unidos. Entre 1970 e 1987, ele pode ter matado cerca de 87 pessoas, tudo isso enquanto estava à vista de todos, assim como Joseph Kondro. Mas ele era tão diferente de Kondro quanto este era de Joseph McGowan. Suas vítimas preferenciais: homens e mulheres mais velhos em hospitais, que não conseguiam resistir nem lutar contra ele. Quando foi capturado e levado à justiça, havia abraçado com orgulho a alcunha de Anjo da Morte.

Ele foi o segundo assassino que entrevistei para o programa da MSNBC.

Quando Harvey foi enfim capturado e interrogado, fui chamado para observar o interrogatório e prestar consultoria imediata de como induzi-lo a confessar. Mas, conforme se sucedeu, Harvey revelou livremente tudo para os agentes do FBI. Os agentes estavam interessados em sua motivação para que pudessem montar um caso coerente para o julgamento. Eu não me importava somente com a motivação, mas também com seu comportamento antes, durante e depois de cada crime. Como e por que Harvey se tornara aquela pessoa? Como aprendera a matar com tanta eficiência, e que fatores fizeram com que não fosse descoberto por tanto tempo? Ele havia nascido com impulsos homicidas ou eles eram resultado de uma criação disfuncional que exigia algum tipo de retaliação ou retribuição descabida? O que poderia ter sido feito para impedi-lo e o que pode ser feito agora para que crimes como esses não aconteçam mais? Era isso que eu esperava conseguir na entrevista.

Se Donald Harvey era um tipo único de predador, ele seria interessante e grotesco ao mesmo tempo, mas não necessariamente significativo de uma perspectiva investigativa. Infelizmente, ele é o primeiro propagador de um tipo de crime que tem sua própria categoria no *Manual de Classificação Criminal*: homicídio médico.

Todo serial killer é terrível e assustador à sua própria maneira. Porém, em determinado nível, o que Donald Harvey fez foi particularmente desprezível porque, assim como Kondro, ele brincava com a confiança das pessoas. Entretanto, diferente do outro, ele distorcia um de nossos valores mais caros: a missão de curar e confortar os enfermos.

Talvez esses não sejam os tipos de criminosos pelos quais os filmes se interessam. Podemos achar que pessoas como Donald Harvey não são tão perigosas quanto Ted Bundy, Charles Manson ou John Wayne Gacy. Mas isso seria um erro. Felizmente, a maioria de nós nunca vai encontrar alguém assim. No entanto, só porque assassinos como Harvey vivem escondidos, esperando para atacar vítimas inocentes em seu dia a dia, não significa que não sejam tão perigosos quanto os outros. Suas vítimas costumam ser as mesmas que as dos serial killers mais tradicionais: idosos e indefesos. Sempre pensamos em mulheres jovens e bonitas como alvo desses caras, mas a vulnerabilidade, mais do que qualquer outra característica, é capaz de transformar um indivíduo em

DE FRENTE COM O SERIAL KILLER

vítima. É por isso que crianças, idosos, prostitutas, viciados em drogas, desabrigados e outros grupos marginalizados são os principais alvos de serial killers.

Isoladamente, como falamos, o tipo de predador como Harvey pode ser bem mais "produtivo" na sua função de assassino. Todos nós, em algum momento, deparamo-nos com uma situação em que precisamos ir ao hospital, seja por nós mesmos ou por um ente querido.

Para a maioria de nós, hospitais são locais bastante assustadores. Mesmo com procedimentos "de rotina", nunca sabemos ao certo o que pode acontecer. Se chegarmos ao ponto de não podermos confiar nos homens e nas mulheres por trás das máscaras cirúrgicas ou dos uniformes da equipe de enfermagem, o hospital se torna matéria-prima de pesadelos e filmes de terror.

Quando penso nas vezes em que fui hospitalizado, nunca me ocorreu que reclamar de uma dor ou de uma frustração para um enfermeiro poderia resultar na decisão dele de me matar. Ou quando eu estava em coma no Hospital Swedish, em Seattle, após sobreviver a uma encefalite viral enquanto caçava o Assassino do Rio Verde, em dezembro de 1983 — e se algum enfermeiro ou alguém brincando de ser Deus decidisse "acabar com meu sofrimento"? Qualquer um poderia ser a próxima vítima.

Como os policiais e detetives em geral não estão cientes ou em busca desse tipo de criminoso, para mim, a pergunta mais importante sob uma perspectiva comportamental em uma entrevista como essa é: *como podemos reconhecer e identificar esses assassinos?*

DONALD HARVEY NASCEU NO DIA 15 DE ABRIL DE 1952, EM BUTLER COUNTY, OHIO. ERA O PRIMEIRO dos três filhos de Ray e Goldie Harvey. Logo após seu nascimento, os pais se mudaram para Booneville, em Kentucky, uma comunidade rural remota na encosta a leste das montanhas Cumberland, na cordilheira dos Apalaches. Ray e Goldie plantavam tabaco. Eram bastante religiosos e logo se tornaram frequentadores fiéis da igreja batista local. De maneira geral, Donald era um garoto bom e bonito, com cabelo encaracolado preto e grandes olhos castanhos, que não dava trabalho algum.

O diretor de sua escola primária se lembrava dele como um menino feliz, sociável, bem-vestido, bem-cuidado e popular entre as outras crianças. Alguns colegas antigos de classe se lembravam dele como um garoto um pouco solitário que brincava com os professores.

Os boletins mostram que ele era bom aluno no ensino médio, na Booneville High School, tirava praticamente todas as notas acima de oito, mas ficou entediado com os estudos e largou a escola antes de se formar. Fez alguns cursos a distância enquanto trabalhava em uma loja de equipamentos de tênis e golfe e conseguiu um diploma de supletivo, equivalente à finalização do ensino médio, aos 16 anos. De toda forma, uma história bastante trivial.

Porém, essa infância de aparência comum mascarava diversos elementos que, individuais ou coletivos, podem ter causado uma influência significativa no futuro de Harvey. Quando Donald tinha seis meses, o pai dormiu enquanto o segurava no colo e deixou o bebê cair no chão. Ele não pareceu ter se machucado. Aos 5 anos de idade, Donald caiu da caçamba de um caminhão e abriu a cabeça. Não ficou inconsciente, mas teve um corte de 13 centímetros na nuca como consequência. E durante a infância, de acordo com vários relatos, os pais de Donald tinham uma relação tensa e muitas vezes abusiva, apesar de Goldie dizer que o filho foi criado em uma família amorosa.

Será que esses traumas contribuíram para moldar o homem que Donald Harvey se tornaria? Há um debate frequente na comunidade médica forense sobre a influência de lesões cerebrais e anormalidades naqueles que cometem um crime violento. Descobriu-se que alguns assassinos — que se sujeitaram a estudos de imagens ou cujos corpos sofreram autópsias — têm lesões de vários tipos no cérebro. Estudiosos do campo determinista, que acreditam que tal comportamento anormal é influenciado por causas psicológicas distintas, dizem que essas lesões provam por que um criminoso age de tal forma. Outros do campo do "livre-arbítrio" dizem que essas lesões podem ser mais um sintoma do que uma causa — ou seja, são o resultado dos danos produzidos pelo comportamento impulsivo e de risco que esses caras têm quando crianças.

No caso de Donald Harvey, não há evidências de que esses acidentes tiveram algum efeito, mas outros acontecimentos em sua infância sugerem motivos para preocupação. Como os criminosos que são predadores em série costumam vir de famílias disfuncionais ou ter um histórico de abuso, interessei-me bastante ao descobrir, durante minha preparação para a entrevista, que ocorreram incidentes que talvez tenham afetado o desenvolvimento da psique de Harvey. De acordo com um relatório detalhado feito pelo Departamento de Psicologia da Universidade de Radford, na Virgínia, a partir de 4 anos, Harvey foi abusado sexualmente pelo meio-irmão de sua mãe, Wayne, que o forçava a fazer sexo oral nele e o usava como objeto de masturbação. Mais ou menos um ano depois, o pequeno Donald também foi sujeitado a insinuações sexuais de um vizinho mais velho. Os dois indivíduos conseguiram manter sua relação com Harvey até que ele tivesse uns 20 anos.

Crianças podem ser, com facilidade, ameaçadas e manipuladas a não contar a ninguém sobre o abuso. No entanto, quando crianças psicologicamente fortes atingem certa idade, elas resistem ou contam a um adulto. Harvey chegou ao ponto de ser maduro o suficiente para dizer não aos assédios sexuais, mas não o fez. Àquela altura, havia descoberto que podia manipular tanto o tio quanto o vizinho, extorquindo-os e conseguindo o que queria deles. Mais tarde, ele observou que gostava quando o vizinho lhe dava dinheiro. Por fim, na época em que adquiriu o diploma do curso supletivo, aos 16 anos, teve sua primeira relação sexual consensual. No ano seguinte, começou um relacionamento instável com outro homem, que durou cerca de 15 anos.

Já entediado em sua cidade natal, Harvey se mudou para Cincinnati, em Ohio, e arrumou um emprego em uma fábrica. Porém, a demanda da fábrica diminuiu e ele foi dispensado. Alguns dias depois, a mãe ligou pedindo que ele fosse passar um tempo com o avô, que estava no Hospital Marymount, uma instituição católica em London, Kentucky, não muito longe de Booneville. Desempregado, ele concordou em ir.

Harvey passava muito tempo no hospital e logo fez amizade com as freiras que trabalhavam como enfermeiras e administradoras.

Essa habilidade natural de seduzir e ficar amigo das pessoas em um ambiente profissional era um atributo que ele utilizava sempre. Parecia o tipo de rapaz disposto a ajudar e que prezava pelo bem de todos. Uma das freiras perguntou se ele queria trabalhar no hospital. Harvey precisava de um emprego e não queria voltar para a fábrica, então aceitou. Não tinha nenhuma experiência de trabalho em hospitais ou em clínicas de saúde, mas virou atendente hospitalar, responsável por limpar os pacientes e suas camas, trocar os lençóis, transportar pacientes para salas de exames dentro do hospital, inserir cateteres e aplicar medicação, entre outras tarefas. Harvey gostava do trabalho e os funcionários do hospital gostavam dele e apreciavam sua atitude proativa.

Durante o turno da noite no dia 30 de maio de 1970, o atendente de 18 anos foi checar Logan Evans, um paciente de 88 anos, vítima de um derrame. A freira responsável por ele disse a Harvey que o paciente havia arrancado seu soro e precisava ser limpo, e o cateter teria que ser recolocado.

Quando Harvey puxou o lençol, viu que Evans havia defecado na própria mão. Ao inclinar-se, o paciente esfregou o lençol sujo na cara dele. Harvey ficou com raiva e espontaneamente sufocou Evans com um travesseiro envolto em uma capa de plástico azul.

"Foi a gota d'água", recordou. "Fiquei fora de mim. Entrei ali para ajudar o homem e ele quis esfregar aquilo na minha cara!"

Harvey continuou a pressionar o travesseiro sobre o nariz e a boca do paciente e ouviu seu batimento cardíaco se esvair com um estetoscópio, até cessar. Então, jogou fora o travesseiro, limpou o corpo, trocou os lençóis, vestiu Evans com um avental hospitalar limpo e foi tomar banho. Ele saiu e informou à enfermeira de plantão que o sr. Evans aparentemente havia morrido.

O paciente sem vida foi levado para uma funerária e, como comentou Harvey: "Ninguém jamais questionou nada."

Independente dos detalhes do assassinato, de uma perspectiva da lei, essa é a pior coisa que pode acontecer, pois abre caminho para uma carreira prolífica de serial killer. Quando o criminoso percebe que se safou uma vez, seu senso de poder cresce, e ele começa a criar a própria mitologia — ou seja, que é mais esperto do que a polícia e todo mundo ao redor.

Dennis Rader e David Berkowitz com certeza eram dois exemplos disso. Apesar de nenhum deles ser exatamente um Einstein, ambos viam o fato de terem se safado de diversos assassinatos como evidência da própria inteligência e da idiotice da polícia. Assim como acontece com pessoas comuns, os predadores em série podem confundir sorte com habilidades pessoais. E precisamos admitir que a sorte muitas vezes tem um papel essencial na velocidade com que um *UNSUB* é identificado ou que um criminoso é pego.

Quando Berkowitz se safou de diversos crimes, começou a acreditar que era o mestre do assassinato. Havia cobertura completa da mídia e centenas de policiais dedicados a encontrá-lo. Com isso, achou que devia ser mesmo muito bom no que fazia. Escreveu uma carta quase normal ao detetive principal do caso do Departamento de Polícia de Nova York, o capitão Joseph Borelli, que mais tarde se tornou detetive-chefe. Nela, ele se autodenominava Son of Sam, referia-se a si como um monarca para "o povo do Queens" e assinava "Seu assassino, sr. Monstro".

O que Berkowitz não entendia é que, assim como a sorte podia protegê--lo, ela também poderia se esvair, como aconteceu quando um bilhete de estacionamento ligou seu nome à cena do último crime que cometeu.

De certa maneira, Berkowitz e Harvey apresentam modelos de motivação similares. Apesar de Berkowitz ser heterossexual e Harvey ser gay, ambos tiveram questões sexuais nos anos de formação. O segundo foi molestado quando criança por pessoas que conhecia e em quem deveria poder confiar. A primeira relação sexual de Berkowitz foi com uma prostituta, quando ele servia no exército, e, como resultado, ele contraiu uma doença venérea. Com base em suas experiências de vida e habilidades pessoais, os dois homens cometeriam assassinatos de formas diferentes — Berkowitz com uma arma de fogo, e Harvey com equipamentos e remédios do sistema de saúde —, mas ambos viriam a matar por ressentimento e baixa-autoestima.

Uma das percepções mais interessantes que resultou da entrevista com Berkowitz foi como ele estava sempre pensando nos crimes, ao ponto de voltar para os locais onde cometera um assassinato nas noites em que não havia vítima de oportunidade disponível, para se masturbar e reviver a sensação de poder e energia sexuais que obtinha com o ato em si.

Donald Harvey, no entanto, vivia a situação contrária, pois tinha um suprimento quase interminável de vítimas de oportunidade disponíveis para ele e não precisava ir à caça de ninguém. Harvey, que era bastante inteligente se comparado a alguém como Berkowitz, percebeu que, ao observar com cuidado os arredores e usar o sistema — no caso, a rotina hospitalar —, contra o próprio sistema, ele poderia agir sem problema. Ele se gabou por ter conseguido descobrir logo um ponto fraco na segurança de qualquer hospital. Por exemplo, achava que teria sido mais difícil para cometer um assassinato se os gerentes trocassem seu turno com mais frequência ou se ele fosse designado a trabalhar em diferentes departamentos com mais regularidade. O fato de ser escalado para trabalhar em uma única ala, com a mesma equipe e os mesmos pacientes, dava a ele a confiança e o conforto de seguir com seu projeto nefasto sem ser identificado.

Não demorou muito para que sua impressão fosse confirmada.

No dia seguinte, Harvey usou o cateter do tamanho errado em James Tyree. Harvey alegou ter sido um acidente, mas quando Tyree gritou pedindo que ele removesse o cateter, Harvey o impediu com o dorso da mão até que o paciente vomitou sangue e morreu.

Três semanas depois, Harvey estava no quarto de uma idosa chamada Elizabeth Wyatt, que contou a ele que rezava pedindo para falecer e se livrar daquele sofrimento. Queria morrer na hora que decidisse. Harvey se sentiu compelido a diminuir o suprimento de oxigênio. Algumas horas mais tarde, uma enfermeira a encontrou morta.

No mês seguinte, ele virou Eugene McQueen de barriga para baixo para que o paciente com deficiência respiratória não conseguisse respirar. O homem se afogou nos próprios fluidos, logo antes de Harvey seguir a ordem de uma enfermeira para dar banho nele. Quando McQueen foi declarado morto, em vez de investigar a morte, diversos membros da equipe brincaram com Harvey por ter dado banho no paciente sem saber que ele estava morto.

Menos de dois meses após ter matado Logan Evans, seu primeiro assassinato, Harvey foi inserir um cateter em Ben Gilbert. No entanto, o paciente bateu em sua cabeça com o urinol de metal. Gilbert, desorientado ou sentindo confusão mental, aparentemente achou que Harvey fosse um ladrão que tinha vindo roubá-lo. Quando Harvey recuperou os sentidos, decidiu se vingar. Naquela tarde, voltou ao quarto de Gilbert e, em vez de colocar nele o cateter apropriado de 18 Fr, aplicou um com o diâmetro maior, de 20 Fr, usado para mulheres. Então, ele abriu um cabide de metal e inseriu no cateter, perfurando a bexiga e o intestino do paciente. Gilbert teve um choque por hemorragia interna e entrou em coma. Harvey removeu o cabide e o cateter e os jogou fora. Depois recolocou o cateter de 18 Fr e reportou que, quando entrou no quarto, o paciente não estava respondendo. Gilbert morreu de infecção generalizada quatro dias depois. Esse foi o primeiro assassinato que podemos dizer com certeza que foi premeditado.

Por mais improvável que seja, ninguém parece ter especulado sobre essas mortes ou relacionado a presença de Harvey nos quartos específicos do hospital. Cada vez que se livrava da acusação das mortes, sua postura de superioridade e desenvoltura era fortalecida.

Antes de completar 19 anos, Harvey já tinha matado ao menos 15 pacientes em Marymount.

Em cada assassinato, ele potencializava ainda mais a vulnerabilidade do paciente e do sistema ao seu favor. Utilizou um cilindro de oxigênio com defeito com Harvey Williams e Maude Nichols. Mais tarde, disse que a morte de Williams foi um acidente, mas que matou a sra. Nichols porque ela havia sido trazida ao hospital com escaras tão infeccionadas que estavam infestadas de larvas, e os membros da equipe relutavam em dar a ela o tratamento apropriado. Ele simplesmente não ligou o oxigênio de William Bowling porque o paciente precisava lutar muito para respirar. E então morreu de um ataque cardíaco fulminante. Viola Reed

Wyan tinha leucemia, e Harvey achava que ela fedia. Decidiu acabar com o sofrimento dela da mesma forma que havia matado Logan Evans — com um travesseiro envolto em uma capa de plástico. Mas alguém entrou no quarto e ele precisou parar. Mais tarde, ele a conectou a um cilindro de oxigênio danificado e esperou até a mulher morrer.

Nenhuma dessas mortes foi investigada por nada além do que aparentava à primeira vista, então Harvey pôde continuar aumentado o número de vítimas. Estava claro para mim que o assassino se via como alguém que não alcançava grandes realizações. Era um atendente hospitalar em um ambiente em que médicos e enfermeiras ganhavam todo o status e respeito. Ele queria provar que era melhor no "jogo" do que eles. Na verdade, queria zombar deles.

Tentou diversas vezes sufocar Silas Butner, que sofria de insuficiência renal, mas era interrompido toda vez. Harvey aplicou a tática do cilindro de oxigênio quebrado de novo. E, da mesma forma, decidiu que Sam Carroll já tinha sofrido o bastante de pneumonia e de uma obstrução intestinal, e que John Combs já aguentara sua insuficiência cardíaca por tempo suficiente. Matou os dois com o cilindro de oxigênio com defeito. Conseguiu sufocar Maggie Rawlings, que recebia tratamento para uma queimadura no braço. Colocou um saco plástico entre o rosto dela e o travesseiro para que, caso alguém fizesse uma autópsia, não encontrasse nenhuma fibra de tecido em suas vias aéreas.

Ele também usava analgésicos. Matou Margareth Harrison com uma overdose de dolantina, morfina e codeína, medicamentos que estavam prescritos para outro paciente. Matou Milton Bryant Sasser, internado com insuficiência cardíaca congestiva, com uma overdose de morfina roubada do armário de remédios na estação de enfermagem. Quando tentou dar descarga na agulha hipodérmica, ela ficou presa e entupiu o cano. Contudo, mais uma vez, ninguém ligou isso com a morte de Sasser.

Como se essa trilha da morte não fosse suficiente em seu primeiro ano no hospital, Harvey começou a aprender mais sobre o que acontecia com os cadáveres. Durante aquele ano, ele começou um relacionamento com Vernon Midden, um agente funerário que era casado e tinha filhos. Midden ensinou a Harvey muitas coisas sobre cadáveres e a evidência física da *causa mortis*. Harvey estava interessado, particularmente, em como esconder ou mascarar indícios de sufocamento e asfixia.

Eram informações que ele viria a utilizar em um futuro próximo.

POR VOLTA DO FIM DE MARÇO DE 1971, ELE LARGOU O EMPREGO NO HOSPITAL MARYMOUNT, provavelmente, porque temia que o número do crimes cometidos pudesse entregá-lo em algum momento. Também é possível que estivesse apenas deprimido, pois, naquela primavera, tinha ateado fogo no banheiro de um apartamento vazio no prédio em que morava, tentando cometer suicídio por asfixia. Mas Harvey não era nem de perto tão eficiente em se matar como era com outras pessoas. Foi detido por destruição de propriedade e pagou uma multa de cinquenta dólares.

Logo depois disso, foi preso por roubo. Embriagado, balbuciou para os policiais que o prenderam sobre ter matado 15 pessoas em Marymount. Os policiais o interrogaram sobre essas declarações e tentaram checar tais alegações, mas não havia nenhuma evidência e ninguém no hospital acreditava que ele tivesse algo a ver com aquelas mortes. Ele se declarou culpado pela pena de furto e pagou uma pequena fiança.

Durante esse tempo, de acordo com o relatório da Universidade de Radford, Harvey teve sua primeira relação heterossexual com uma mulher chamada Ruth Anne Hodges, cuja família o abrigava enquanto ele se inscrevia para um trabalho em Frankfort, Kentucky. Ele se recorda de ficar nu com ela em uma tarde, embriagado, mas negou se lembrar de qualquer outra coisa. Nove meses depois, Hodges deu à luz um filho e nomeou Harvey como pai. Durante os anos seguintes, ele oscilou entre aceitar e negar a paternidade da criança.

Em junho de 1971, Harvey se alistou na Força Aérea, quando teve um breve romance com um homem chamado Jim, que, mais tarde, admitiu ter cogitado matar. Aparentemente, ele foi dissuadido pelo medo de ser descoberto enquanto estava em um local tão controlado quanto as forças armadas.

No entanto, ele não durou muito nesse serviço. Cometeu outra tentativa de suicídio, dessa vez com uma overdose de remédio para gripe. Isso levou as autoridades da Força Aérea a descobrirem sobre suas prisões e seu aparente delírio com os policiais de Kentucky sobre ter matado pessoas em um hospital. A Força Aérea não queria que nada disso se repetisse, e ele recebeu dispensa em março de 1972.

Após uma depressão contínua e uma briga com a família, tentou se matar uma terceira vez, agora com uma overdose de sedativos e tranquilizantes. Foi levado para o hospital, onde os médicos bombearam seu estômago. Depois, transferiram-no para a ala de saúde mental do Centro Médico de Administração dos Veteranos em Lexington, Kentucky, onde permanecia amarrado por não conseguir se controlar. Harvey recebia terapia de eletrochoques repetidas vezes, o que costumava ser bastante efetivo no tratamento de depressão crônica. Porém, no caso dele, teve pouquíssimo resultado. Quando teve alta, seus pais o informaram que ele não era mais bem-vindo em casa.

Durante os meses seguintes do ano de 1972, Harvey trabalhou em meio período como auxiliar de enfermagem no Hospital de Reabilitação de Cardinal Hill, também em Lexington, enquanto continuou se tratando no hospital para veteranos. Conseguiu um outro emprego no Hospital Good Samaritan. Nesse período, teve dois relacionamentos com homens, com quem morou de forma intermitente.

Entretanto, o aspecto mais significativo dessa época foi que Harvey não tentou matar ninguém em nenhum dos hospitais. Talvez porque estivesse tentando controlar seus impulsos e sua compulsão de brincar de Deus. Ou, talvez, porque houvesse uma supervisão mais severa do que em Marymount, e ele temia ser descoberto. O ambiente hospitalar era sua zona de conforto e, se não podia cometer crimes ali com suas vítimas de preferência, seria ainda mais intimidador cometê-los em outro lugar com outros tipos de pessoas.

Mas as coisas estavam prestes a mudar.

17

TURNO DA NOITE

Em setembro de 1975, Harvey se mudou de volta para Cincinnati e foi trabalhar no turno da noite em um centro médico para veteranos. Ele tinha uma enorme quantidade de funções e executava tudo que lhe pediam — trabalhava como auxiliar de enfermagem, técnico de cateterização cardíaca, faxineiro e assistente do necrotério. Com todas essas responsabilidades, tinha acesso ilimitado e sem supervisão a todas as áreas do hospital. Harvey gostava, particularmente, de trabalhar no necrotério e tentava aprender tudo que podia.

Foi executando essa função que o interesse de Harvey se tornou obscuro. Durante anos, ele foi fascinado por magia e misticismo, mas seus interesses não haviam encontrado a direção apropriada. Até este momento. Ele queria se juntar a um grupo dedicado a estudar assuntos relacionados a ocultismo. Havia um problema, no entanto: esse grupo só aceitava casais heterossexuais como iniciantes, e ele era um homem solteiro e gay. Então, Harvey e outro sujeito se juntaram às esposas ou namoradas de homens que já estavam no grupo para a apresentação dos rituais de iniciação.

Durante anos, houve muita discussão sobre a relação entre satanismo, ocultismo, bruxaria, magia — ou qualquer forma que queira chamar — e crimes violentos. Durante os anos 1980 e 1990, esse assunto apareceu em quase todos os programas de entrevista na televisão, e os departamentos de polícia contratavam consultores para ensiná-los a reconhecer homicídios de rituais satânicos. Apesar da imprensa, do público e de grande parte dos agentes da lei estarem convencidos de que esses crimes ritualísticos aconteciam em todos os lugares, o FBI trabalhava intensamente em cada alegação e não encontrava um exemplo legítimo. Meu amigo e colega de trabalho muito respeitado, o ex-agente especial Kenneth Lanning, escreveu um tratado pioneiro na época, intitulado *Investigator's Guide to Allegations of "Ritual" Child Abuse*, no qual ele desbancou todo o fenômeno. Ao comparar as alegações aos numerosos relatos de abdução alienígena, Ken escreveu: "Em nenhum dos casos que eu tenha observado há evidência de um culto satânico organizado."

Mas como isso se enquadra no fato de um serial killer ativo como Donald Harvey ter um interesse profundo no ocultismo e se juntar a um grupo com tal devoção?

A resposta básica é que as mortes de Harvey não eram motivadas pelo oculto nem tinham elemento ritualístico ou pseudorreligioso algum. Talvez ele tenha se interessado por magia pelas mesmas razões que matava — insatisfação pessoal e sede de poder —, mas não era satanismo nem feitiçaria que o fazia matar. Chamemos de sintoma em vez de causa. Então, o que nos resta é uma personalidade de inadequação que também tenta ganhar poder ou outra dimensão satisfatória para sua vida através do oculto, mas isso não tinha nada a ver com o *motivo* pelo qual ele matava. E, após seu relativamente breve período sabático sem cometer assassinatos na Força Aérea e em Lexington, Harvey logo voltou à ativa.

Durante os dez anos seguintes, Donald Harvey matou pelo menos mais 15 pacientes no hospital de veteranos, expandindo seu conhecimento, seus métodos e sua engenhosidade. Ele cortava o suprimento de oxigênio, mas também gostava de sufocar, usar arsênio, cianeto e o clássico veneno de rato na sobremesa dos pacientes. O cianeto tem uso médico legítimo, incluindo a queda rápida da pressão sanguínea, a dilatação de vasos e o teste de níveis de cetona no sangue de diabéticos. Harvey descobriu que a substância funcionava da mesma forma quando administrada na veia ou introduzida direto no ânus do paciente. Ele roubava, em ritmo lento, pequenas quantidades do estoque do hospital até que tivesse cerca de

13 quilos em casa! Ele também estudava artigos médicos para aprofundar seu conhecimento em como cometer crimes. A grande vantagem que tinha, contudo, era que, ao contrário de outros serial killers, seus assassinatos eram todos presumidos como mortes por causas naturais.

Ele namorou um homem por certo tempo, mas os dois brigavam muito. Após uma discussão fervorosa, Harvey colocou arsênio no sorvete do cara. Ele não estava necessariamente tentando cometer um assassinato, talvez só quisesse deixar o parceiro doente e desconfortável. Esse ato, porém, foi significativo, pois foi a primeira vez que Harvey tentou atingir alguém fora do ambiente hospitalar.

Isso representa uma perigosa escalada e um ponto crítico crucial no comportamento de Harvey, além do risco que ele próprio representa à sociedade. Quase todos os serial killers iniciam seus assassinatos no que chamamos de principal zona de conforto. Pode ser um local perto de casa, no trabalho, um parque que ele conheça bem ou qualquer outro lugar onde se sinta à vontade e confiante. Quando pegamos o caso de um serial killer ou de um estuprador, sempre prestamos atenção ao local do primeiro crime da série, pois ele vai nos revelar bastante sobre o sujeito.

Mesmo quando classificamos um assassino como louco e instável, conseguimos discernir as zonas de conforto primária e secundária. Veja o caso de Jack, o Estripador, se observarmos o mapa de East End de Londres e marcarmos as cenas do crime em ordem. A zona de conforto primária de Harvey era claramente a ala hospitalar. Ninguém o incomodava nem prestava atenção aos seus atos. Por experiência, ele sabia que podia executar os crimes à vontade ali.

Uma vez que estava preparado para cometer crimes fora da zona de conforto, ele progrediu significativamente em sua evolução como serial killer, pois havia avaliado os novos fatores de risco e concluído que estava pronto para aceitá-los. O assassinato agora não era algo que ele fazia apenas quando estava em uma situação específica. Agora, matar era o que o definia, e não mais o cenário de suas mortes. Conforme a zona de conforto de Harvey se expandia, não haveria lugares seguros para suas vítimas em potencial.

Naquele mesmo ano — 1980 —, ele começou um relacionamento com Carl Hoeweler, e os dois foram morar juntos. Contudo, quando Harvey descobriu que Carl tinha o costume de ficar com outros homens em um parque da cidade às segundas-feiras, começou a inserir pequenas doses de arsênio na comida dele aos domingos, para que Carl não conseguisse realizar sua aventura no dia seguinte.

Carl era amigo de uma vizinha que Donald achava que ameaçava a relação deles e tentava fazer com que se separassem. Tentou envenená-la com ácido acrílico e, quando isso não funcionou, tentou infectá-la com o vírus da AIDS que tinha conseguido no hospital. Porém, nenhum desses métodos se mostrou efetivo, então ele injetou uma seringa com o soro da hepatite B na bebida dela, que também havia roubado do hospital. A infecção foi tão forte que ela precisou ser hospitalizada, mas foi diagnosticada e recebeu tratamento. Ainda assim, ninguém conectou a doença da mulher a um jogo doentio nem a Donald Harvey.

Havia outra vizinha, Helen Metzger, que Harvey também considerava uma ameaça à sua relação com Carl. Ele espirrou arsênio em algumas sobras de comida que deu a ela e em um pote de maionese. Semanas depois, ele lhe deu uma torta com mais arsênio. A vizinha desenvolveu paralisia e precisou de uma traqueostomia para facilitar a respiração. No entanto, após a traqueostomia, ela teve uma hemorragia e entrou em coma, morrendo pouco depois. O hospital atribuiu sua morte à síndrome de Guillain-Barré, uma doença paralisante que pode afetar os pulmões.

Harvey se voluntariou para ajudar a carregar o caixão no funeral da vizinha querida, e depois alegou que não teve a intenção de dar uma dose letal de arsênio à srta. Metzger, apenas o suficiente para deixá-la doente. Foi exatamente isso que aconteceu com os membros da família dela que se reuniram em seu apartamento após o funeral. Alguns deles ficaram doentes após comer a maionese do pote sabotado. Por sorte, todos se recuperaram. A doença deles foi atribuída a uma intoxicação alimentar acidental.

A relação com Carl inspirava Harvey a novas ondas de desejo homicida. Ele teve uma briga com os pais do namorado e começou a envenenar a comida deles com arsênio. O pai de Carl, Henry Hoeweler, teve um derrame e foi internado. Harvey foi visitá-lo alguns dias depois e, enquanto estava lá, colocou mais arsênio em seu pudim de sobremesa. Henry morreu naquela noite de falência renal e dos efeitos do derrame. Durante o ano seguinte, Harvey continuou envenenando a mãe de Carl, Margaret, de forma intermitente, mas sem conseguir matá-la.

Ele conseguiu, contudo, assassinar o cunhado de Carl, Howard Vetter, por acidente. Ele estava removendo rótulos adesivos com metanol, ou álcool de madeira, armazenado em uma garrafa de vodka. Carl não sabia disso ou confundiu a garrafa, e serviu vários drinks para Howard. O metanol é altamente tóxico, e Howard adoeceu quase na mesma hora. Teve um ataque cardíaco e morreu.

Em janeiro de 1984, Carl já estava de saco cheio do comportamento instável de Harvey e de suas mudanças de humor, e pediu para ele se mudar. O assassino ficou com tanta raiva da rejeição que fez várias tentativas de envenenar Carl durante os dois anos seguintes, sem sucesso. Acabou envenenando outro ex-namorado, James Peluso, que tinha uma doença cardíaca e havia pedido a Donald para "ajudá-lo" se ele chegasse ao ponto de não conseguir mais cuidar de si sozinho. Donald colocou arsênio no daiquiri e no pudim dele. Ele foi levado ao hospital de veteranos, onde morreu. Por conta de seu histórico de problemas cardíacos, não fizeram autópsia.

Arsênio também esteve presente na solução de Pepto Bismol que o vizinho Edward Wilson bebeu. Wilson e Carl haviam discutido sobre algumas contas, e, apesar de Donald ter os próprios problemas com Carl, gostava de protegê-lo. Wilson morreu cinco dias após o envenenamento.

Na mesma época, o sempre dedicado Harvey foi promovido a supervisor do necrotério do hospital, que coincidiu com o momento em que se juntou a um grupo marginal neonazista. Ele alegou que não simpatizava com os ideais nazistas, mas estava fazendo um reconhecimento interno em uma tentativa de derrubá-los. Quando eu soube disso, questionei sua motivação. Associar-se a uma organização com um missão maldosa e de disseminação de ódio me parecia semelhante ao fascínio de Harvey pelo ocultismo. De um jeito ou de outro, para mim, era tudo uma questão de poder e da excitação sexual que ele sentia ao exercê-lo, mesmo que ninguém soubesse.

O carma enfim começou a dar as caras para Donald Harvey no dia 18 de julho de 1985. Ao sair do hospital, alguns seguranças acharam que ele estava agindo de forma suspeita e o confrontaram. Exigiram revistar sua bolsa de ginástica. Dentro dela, encontraram um revólver calibre .38, o que era estritamente contra a política do local. Também encontraram várias agulhas hipodérmicas, luvas e tesouras cirúrgicas, e apetrechos para drogas, como uma colher para cocaína. Havia também diversos textos médicos, livros sobre ocultismo e a biografia de Charles Sobhraj, um serial killer indiano-vietnamita cujas presas eram turistas do Sudeste Asiático nos anos 1970. Quando os funcionários do hospital revistaram o armário dele, havia uma pequena amostra de um fígado envolto em parafina, pronto para ser cortado e preparado para um exame de microscópio. Harvey alegou que a arma tinha sido colocada por alguém na bolsa, possivelmente por Carl Hoeweler.

Houve alguns erros e irregularidades na investigação, e as autoridades devem ter tido dificuldade para processar Harvey. Além do mais, aparentemente, o hospital não queria nenhuma publicidade negativa, então concordou em demiti-lo sem alardes e fazê-lo pagar uma multa de cinquenta dólares por portar uma arma de fogo em uma reserva federal. Nada sobre o incidente foi colocado em sua ficha criminal e ninguém checou se Harvey havia cometido outro crime.

Sete meses depois, em fevereiro de 1986, ele arrumou outro trabalho em um hospital — dessa vez como auxiliar de enfermagem no Daniel Drake Memorial, em Cincinnati. Os investigadores conseguiram determinar mais tarde que ninguém questionou Harvey sobre seus empregos anteriores nem o motivo de ele ter saído. Podemos dizer qualquer coisa sobre esse cara, mas o fato é que ele era persistente e dedicado à sua "profissão".

Seu primeiro assassinato no Drake Memorial foi um homem em estado de semicoma chamado Nathaniel Watson, que Harvey sufocou com um saco plástico molhado. Ele já tinha tentado matar Watson em diversas ocasiões, mas havia sido interrompido em todas— algo que vivenciara antes e agora já estava preparado. Por curiosidade, o motivo foi diferente dessa vez: ele achava que Watson não deveria passar pela falta de dignidade do estado vegetativo em que se encontrava, sendo alimentado por um tubo gástrico, e tinha ouvido dizer que o paciente era um estuprador condenado — sem provas — que merecia morrer. Watson foi encontrado morto por uma enfermeira menos de uma hora após ser assassinado.

Quatro dias depois, Harvey matou outro paciente, Leon Nelson, da mesma maneira.

Envenenou outras duas pessoas antes de receber uma avaliação que o classificava como um funcionário "Bom" em seis de dez categorias e "Aceitável" nas outras quatro.

Durante os dez meses seguintes, Donald Harvey matou, no mínimo, mais 21 pacientes. Seus métodos favoritos se tornaram envenenamento por arsênio e cianeto, apesar de inserir Detachol — um removedor de cola adesiva usado para bolsas de colostomia — dentro do tubo gástrico de dois pacientes, um homem e uma mulher.

Durante esse período, Harvey enfrentava problemas pessoais. O relacionamento com Carl havia terminado de vez e ele começara a fazer terapia para depressão. Ficou mais obcecado com rituais ocultos e tentara mais um suicídio, dessa vez lançando o carro que dirigia montanha abaixo. Sobreviveu com alguns machucados na cabeça e retornou ao trabalho no hospital e às suas eventuais "funções".

JOHN POWELL, 44 ANOS, ESTAVA EM ESTADO VEGETATIVO HAVIA MUITOS MESES APÓS SOFRER um acidente de moto em que não usava capacete. Ele havia mostrado alguns sinais sutis de recuperação, mas seu estado geral estava em declínio e não havia mais muita esperança real de que ele voltaria à velha forma. Portanto, os médicos não ficaram surpresos quando ele morreu de repente. A política de Hamilton County exigia a autópsia de todas as mortes por acidente de veículo, portanto, ela foi solicitada para ver se a *causa mortis* poderia ser identificada.

O exame pós-morte foi realizado pelo dr. Lee Lehman, psicólogo forense e especialista em bioquímica. Assim que abriu a cavidade corporal do cadáver, percebeu o odor de cianeto, que alguns conectam ao cheiro de amêndoas amargas. Na mesma hora, o dr. Lehman associou o cheiro a cianeto, e assassinato foi para o topo da lista de seu diagnóstico diferencial como *causa mortis*.

"Não sei que cheiro amêndoas amargas têm, mas conheço cheiro de cianeto", disse o dr. Lehman a Howard Wilkinson, repórter do jornal *Cincinnati Enquirer*.

Ele finalizou a autópsia e preparou algumas amostras de tecido para enviar a três laboratórios diferentes para confirmar suas suspeitas.

O relatório dos três laboratórios deu positivo para cianeto.

Lehman notificou o departamento de polícia de Cincinnati e uma investigação criminal pela morte de John Powell foi iniciada. Por uma questão de lógica, os detetives se concentraram na família e nos amigos de Powell, além de todas as pessoas com quem ele tivera contato, começando com sua esposa, que foi levada para interrogatório. Esse procedimento é padrão — talvez com o marido em estado vegetativo e as contas se acumulando, ela quisesse que aquele tormento tivesse fim. Mas eles não conseguiram encontrar nenhum motivo ou evidência que mostrasse que ela ou qualquer membro da família quisesse vê-lo morto ou deixá-lo mais doente.

O passo lógico seguinte era procurar os funcionários do hospital que tiveram acesso a Powell ou ao seu quarto. Não demorou muito até que chegassem em Donald Harvey. Outros funcionários do hospital se voluntariaram para fazer o exame do polígrafo, então Harvey também se ofereceu, após comprar um livro sobre como burlar o detector de mentiras.

No dia agendado para o exame do polígrafo, ele alegou que estava doente e não compareceu, e logo foi levado para a delegacia. Durante o interrogatório, realizado pelos detetives James Lawson e Ronald Camden, Harvey admitiu ter colocado cianeto no tubo gástrico de Powell, pois tinha pena dele e não queria mais vê-lo sofrer.

DE FRENTE COM O SERIAL KILLER

Os detetives solicitaram um mandado de busca no apartamento de Harvey, onde encontraram vidros de cianeto e arsênio, livros sobre venenos e ocultismo e um diário detalhado sobre o assassinato de Powell. No dia 6 de abril de 1987, Harvey foi indiciado por homicídio doloso qualificado. Ele se declarou inocente por insanidade e foi preso sob fiança de 200 mil dólares. William "Bill" Whalen, antigo assistente da promotoria de Hamilton County que havia se tornado advogado particular, foi designado pelo tribunal para defendê-lo.

Uma audiência para decidir seu nível de sanidade no mês seguinte ouviu o depoimento de um psiquiatra e de um psicólogo que haviam examinado Harvey. Ambos concluíram que, apesar de o réu ter um histórico de depressão, talvez proveniente de suas experiências da infância, ele sabia diferenciar o certo do errado, não era psicótico e não tinha deficiência mental alguma. Tão importante quanto essa conclusão, Harvey disse a Whalen que, embora tenha alegado insanidade na primeira declaração, não queria ir adiante com a defesa. Whalen determinou que pleitearia uma sentença branda baseada no fato de que fora uma morte por misericórdia, que era improvável que Powell saísse do estado de coma e que, certo ou errado, Harvey pensava estar fazendo um bem à família.

No entanto, a tarefa de Bill Whalen se tornou mais complicada quando ele recebeu uma ligação de Pat Minarcin, novo âncora da WCPO-TV, uma filiada da CBS em Cincinnati. Após Minarcin especular ao vivo com outro repórter sobre a possibilidade de Harvey ser responsável por outras mortes no Drake Memorial, ele começou a receber ligações — muitas delas anônimas — de enfermeiras e funcionários de outro hospital sobre mortes questionáveis que achavam que poderiam ter sido causadas por Harvey.

Minarcin foi atrás dessas fontes e iniciou uma investigação por conta própria, relacionando o número de mortes no hospital quando Harvey trabalhava lá e antes disso. Ele não queria tornar o assunto público por medo de comprometer a posição dos funcionários que concederam a ele as informações. Ao ponderar suas opções, decidiu contatar Whalen e lhe contar que a WCPO estava considerando fazer uma matéria revelando o padrão de mortes em hospitais que poderiam estar conectadas a Harvey.

"Fui direto para a prisão falar com Donald", relatou Whalen ao *Enquirer* depois. "Perguntei de cara: 'Donald, você matou mais alguém?'"

Harvey admitiu que sim. Whalen perguntou quantas pessoas.

Harvey respondeu que não sabia dizer.

Whalen ficou enfurecido.

"Você precisa ser honesto comigo!", demandou.

"Você não entende", respondeu Harvey, explicando que não estava evitando a pergunta. "Só consigo dizer uma estimativa." Ele imaginou cerca de 70 pessoas.

"Quando o ouvi dizer a palavra *estimativa*, eu sabia que estava encrencado", relatou Whalen na entrevista ao jornal. De repente, o advogado se viu em um dilema ético. Ele tinha a responsabilidade oficial de defender seu cliente com o melhor de suas habilidades legais, amplamente reconhecidas. Ao mesmo tempo, estava revoltado com os crimes irresponsáveis de Harvey e sabia que ele nunca deveria ser solto e machucar mais ninguém. Por fim, Bill decidiu que sua função principal era manter Donald Harvey longe da cadeira elétrica de Ohio.

Whalen contatou Joseph Deters, de seu antigo escritório da promotoria de Hamilton County. Juntos, Whalen e Deters se sentaram frente a frente em uma mesa enquanto ouviam Donald Harvey descrever o que tinha feito. Ele disse a Deters que havia outros casos e ofereceu ao governo um acordo: Harvey se declararia culpado se o promotor do condado, Arthur M. Ney Jr., retirasse a possibilidade de pena de morte do processo. A legislação de Ohio dizia que cometer dois assassinatos torna o réu elegível para execução, um limite que Harvey já tinha ultrapassado, não oficialmente, muitos anos antes.

Whalen sabia que o estado teria uma enorme dificuldade de comprovar todas as mortes com investigações, pois não havia testemunhas oculares e, na maioria dos casos, não fora realizada autópsia ou qualquer exame pós-morte. Isso deixaria muitos familiares, amigos e sobreviventes no limbo, sem saber se seus entes queridos tinham morrido de causas naturais ou por assassinato. Ambos os advogados sabiam que a investigação tardia poderia abrir caminho para diversos processos equivocados de mortes.

DE FRENTE COM O SERIAL KILLER

Deters estava convencido de que os investigadores podiam encontrar evidências suficientes para provar outro assassinato sem a confissão de Harvey e nomear especialistas científicos e da área médica nas redondezas para examinar os casos em que Harvey era suspeito.

Para pressionar Ney e conseguir um acordo, Whalen deu a ele um prazo e manteve sua aliança com Pat Minarcin, assegurando sua posição.

Whalen e Ney trabalharam para que Harvey se declarasse culpado de 28 assassinatos e fizesse uma confissão integral, e, por isso, recebesse três sentenças de prisão perpétua consecutivas. De acordo com as leis de liberdade condicional da época, isso significava que Harvey não seria elegível para solicitar liberdade até atingir 90 e poucos anos.

Deters nos contou que a confissão durou doze horas e foi extremamente detalhada, com Harvey discorrendo de forma metódica sobre cada um dos assassinatos. Foi tão impressionante que as pessoas que ouviam duvidaram que ele tivesse feito tudo que falou e acharam que o homem pudesse estar se gabando. Mas, para confirmar, as autoridades exumaram doze corpos que teriam venenos identificáveis, de acordo com os relatos de Harvey. Conforme Deters comentou: "Cada fato que ele revelou foi confirmado."

Por fim, Whalen concluiu que Harvey havia matado 68 pessoas.

Com o acordo em mãos, o advogado foi até Laurel County, em Kentucky, conversou com o promotor Thomas Handy e conseguiu um acordo similar mediante a confissão de nove assassinatos no Hospital Marymount. O juiz da circunscrição, Lewis Hopper, assinou a pena das prisões perpétuas concomitantes com as de Ohio.

Mesmo após a sentença em Ohio e os termos de prisão simultâneos em Kentucky, Harvey continuou se "lembrando" de outros assassinatos. Como resultado do acordo com Hamilton County, se ele não cooperasse totalmente com as investigações, poderiam ocorrer acusações dos casos omitidos, que levariam a uma possível pena de morte.

"Fui retratado como um assassino frio e calculista, mas não me vejo assim", relatou Harvey ao *Lexington Herald-Leader*. "Eu me acho uma pessoa muito afetuosa e amável."

18

COMO SE TORNAR UM ASSASSINO

Um dos motivos que me deixaram interessado em entrevistar Donald Harvey foi o fato de eu ter sido consultado para este caso quando ele foi preso. Como os hospitais para veteranos são instalações federais, os homicídios cometidos dentro deles são da jurisdição do FBI. Assim, foram investigados os locais onde Harvey havia trabalhado, além de todo seu histórico pessoal.

Em Quantico, recebi uma ligação do agente especial responsável pelo caso — SAC, na linguagem da agência — do escritório de Cincinnati, que me pediu uma consultoria no local para sugerir estratégias efetivas para o interrogatório de Donald Harvey. Peguei um voo no mesmo dia. Quando cheguei ao escritório, conheci o SAC e outros dois agentes designados para o caso, que me apresentaram o histórico de Harvey e os detalhes do caso, semelhantes ao que vimos acima. Em muitos momentos anteriores, quando era preciso escolher quem deveria conduzir o interrogatório, eu era solicitado para selecionar o agente que achasse que mais se enquadrava na tarefa, com base na personalidade ou na conduta. Algumas vezes, sugeri que o SAC conduzisse a entrevista (sempre um homem naqueles tempos), pois o suspeito respeitaria sua autoridade. Outras vezes, fui solicitado para conduzir a entrevista, mas preferia o papel de consultor.

DE FRENTE COM O SERIAL KILLER

Além disso, se eu me envolvesse demais no processo interrogatório, passaria a maior parte dos dias no tribunal testemunhando, e essa não era minha missão.

Quando finalizei minha análise, encontrei-me novamente com os agentes e sugeri a eles uma abordagem de entrevista leve e sem confrontos. Independente de seus sentimentos pessoais, eles deveriam fazer transparecer que eram receptivos, que sabiam que cada uma das vítimas de Harvey ia morrer de qualquer maneira e ele estava apenas acabando com o sofrimento delas. Eu esperava que essa abordagem o fizesse falar e, no meio do processo, revelasse a verdadeira intenção em cada uma das mortes. Instruí que os agentes questionassem de forma compassiva e fornecessem a ele um cenário que preservasse sua dignidade, sugerindo que se referissem aos crimes como mortes "solidárias" e que evitassem palavras como *assassinato* e *homicídio*.

Os agentes designados para o caso eram da mesma idade de Harvey. Sugeri que ele fosse entrevistado no escritório do FBI, o que indicaria poder: o poder que o FBI possuía e que Harvey não tinha mais.

A sala onde ele seria interrogado tinha um espelho falso, para que eu e outros agentes pudéssemos assistir à entrevista e fazer sugestões aos agentes entrevistadores.

Harvey não tinha antecedentes criminais naquela época, e o FBI ainda estava no processo investigativo, portanto, não tínhamos muito para perguntar. Contudo, o que vimos foi que ele parecia aliviado de ter sido identificado e preso, e despreocupado com a coisa toda. Ao observar isso, falei aos agentes que era provável que ele revelasse livremente seu envolvimento. O que não sabíamos na época era o número de pacientes que ele havia matado, então o cenário que sugeri para preservar sua dignidade ainda estava valendo.

Harvey foi levado para a sala de interrogatório e parecia amigável, com um sorriso de "vocês me pegaram" no rosto. Os agentes fizeram perguntas íntimas sobre seu passado antes de mencionar os crimes.

Logo ficou claro para mim que não precisaríamos usar uma técnica sofisticada de entrevista, pois Harvey queria falar. Era quase como se estivesse no palco fazendo um monólogo em uma peça de teatro.

Essa seria a primeira de inúmeras entrevistas que os agentes fariam com Harvey. Eu gostaria de tê-lo entrevistado pelos meus próprios motivos, de uma perspectiva comportamental, mas o caso era tão complexo que não havia tempo para isso. Pensei que talvez um dia eu tivesse essa oportunidade.

DONALD HARVEY, PRESO Nº A-199499, ADAPTOU-SE RAPIDAMENTE À PRISÃO DE SOUTHERN OHIO, em Lucasville. Era um prisioneiro que cooperava, com um bom histórico disciplinar, e até concordou em participar de um vídeo de treinamento criado por uma empresa de plano de saúde sobre como prevenir que pessoas como ele trabalhassem em hospitais.

A prisão de Lucasville não tem a opressão gótica de várias outras que visitei. Localizada na fronteira com Kentucky, parece um complexo industrial moderno feito de tijolos, talvez uma fábrica farmacêutica, com uma torre central de guarda que, em um cenário diferente, poderia ser confundida com uma torre de controle de tráfego aéreo. Contudo, essa aparência relativamente positiva não deve enganar os olhos de quem a vê de fora. A prisão é lar de alguns dos criminosos mais violentos do estado e também abriga o corredor da morte de Ohio.

Quando fomos convocados para fazer a entrevista, disse a Harvey que, apesar de nunca termos nos conhecido, eu havia sido consultado quando o FBI estava se preparando para fazer o interrogatório com ele. Estive na sala atrás do espelho falso, assistindo ao interrogatório, para ver se conseguia ajudar os agentes que o entrevistavam a coletar alguma informação, mas, conforme as coisas caminharam, Harvey acabou se entregando por conta própria.

Com base nesse acontecimento e em outros padrões comportamentais anteriores, eu esperava que ele fosse entre noventa e noventa e cinco por cento sincero comigo. Eram os outros cinco ou dez por cento que me interessavam.

A sala tinha cerca de cinco e meio por nove metros e era bem-iluminada. Harvey me cumprimentou com um sorriso largo ao apertarmos as mãos. Retribuí o sorriso e não coloquei muita força quando apertei sua mão.

"Então você estava por trás do espelho falso?", perguntou Harvey com seu doce sotaque sulista e um sorriso simpático no rosto. Ele ainda era um homem que aparentava ser agradável e inofensivo, com um corte de cabelo militar, bigode e óculos de armação de plástico. Estava mais calmo, mais gordo e mais velho do que o sujeito bonito de cabelo encaracolado da época em que foi preso.

Ciente de que Harvey havia participado do vídeo de treinamento, enfatizei o excelente trabalho que ele poderia fazer se estivesse disposto a conversar sobre seu passado — infância, escola e anos de formação — e aconselhar outras pessoas a como não se desviar de seus caminhos.

Ao longo de nossa conversa preliminar, ele continuou parecendo charmoso e confortável, como se quisesse agradar a toda a equipe de filmagem ali presente. A primeira coisa que ele pediu foi para conhecer a produtora, Trisha Sorrells Doyle, que havia tomado todas as providências para a entrevista e filmagem. Trisha é vencedora do Emmy e já trabalhou para vários programas de televisão, incluindo *60 Minutes*, *ABC News Primetime* e *20/20*, e formou-se em direito na Universidade Columbia. Além disso, é uma mulher muito atraente.

"Ah, estou aqui. Oi", disse ela.

"Oi", respondeu Harvey. "Você é a mulher mais insistente que já conheci. Só estou dando essa entrevista porque não me deixou em paz durante quatro meses."

Concordei que ela era boa em seu trabalho, e Trisha seguiu o ritmo da conversa, agradecendo a ele pelo elogio e perguntando, em tom de brincadeira, se ele podia passar o comentário adiante até chegar ao chefe dela. Harvey, então, me disse que eu deveria recrutá-la para o FBI. Embora ele fosse gay, fiquei com a impressão de que estava flertando com uma mulher bonita para nos passar a ideia de que era um cara "normal".

Alguns carcereiros já tinham me dito que Harvey quis se certificar de que suas roupas estivessem limpas e passadas, para que pudesse parecer o mais arrumado possível. De fato, ao observar fotos antigas do tribunal, sua aparência e suas roupas eram tão impecáveis que é difícil distinguir advogados e réu. Após a entrevista, ele escreveu uma carta para Trisha em um papel de carta estampado com flores.

O que me intrigava a respeito de Donald Harvey é que a maioria dos serial killers está sempre caçando vítimas, alguns quase todas as noites. A caça é um componente-chave da fantasia e, em geral, é um ato tão satisfatório quanto o crime em si. Eu comparava o predador em série a um leão em Serengeti, na África, observando uma manada de antílopes em um lago. De alguma forma, o leão se concentra em um único antílope no meio de centenas ou milhares. Ele é treinado para sentir a fraqueza, a vulnerabilidade ou qualquer coisa que torne aquele animal específico uma vítima mais provável ou fácil do que os demais. Faz parte da composição psíquica natural do caçador.

Harvey, no entanto, parecia mais um leão de zoológico. Ele não precisava caçar sua presa; ela lhe era "servida" todo dia. Então, qual era sua emoção? Qual era sua satisfação? O que substituía a caça em si? Ou, em sua cabeça, ainda era uma caça, mesmo dentro do confinamento do hospital?

Se aplicarmos aqui a questão natureza *versus* criação, é preciso perguntar a Harvey se ele se encaixa na categoria "nascido" ou "criado". Percebemos que parece haver alguma predisposição orgânica e ainda não sabemos o suficiente sobre neurociência para compreender essa questão. É genético? Talvez sim. Mas quando estudamos o passado de um predador violento, descobrimos um irmão que não apresenta tais tendências. Ou encontramos um que tenha algumas tendências, mas que as manifesta de maneira oposta.

Um exemplo fascinante dessa teoria é Theodore Kaczynski — o Unabomber — e seu irmão mais novo, David. Ambos eram extremamente inteligentes, viveram isolados durante um tempo em locais primitivos e tinham visões para melhorar a sociedade. Porém, Ted virou um criminoso em série que enviava bombas para indivíduos, e David virou assistente social e budista, cuja ética o motivara a entregar o irmão quando ele e sua esposa perceberam que o "Manifesto do Unabomber" publicado no jornal soava como algo que Ted diria. O único acordo que David desejava para cooperar com a polícia era que a pena de morte fosse retirada do processo do irmão, o que demonstra o quão diferentes se tornaram esses dois indivíduos que tiveram a mesma criação. Ted estava disposto a matar inocentes. David não conseguia suportar a culpa de enviar o irmão à pena de morte.

Gary Gilmore, o assassino de Utah ao qual já nos referimos, foi a primeira pessoa a ser executada após a Suprema Corte dos Estados Unidos suspender a proibição da pena de morte em 1976, além de personagem do épico vencedor do Pulitzer de Norman Mailer, *A canção do carrasco*. Ele tem um irmão chamado Mikal que é um distinto jornalista, escritor e crítico musical.

Nossa pesquisa sugere que a *combinação* de fatores neurológicos conectados e uma infância e adolescência ruins contribuem, na maioria dos casos, para uma personalidade antissocial. É possível que, sem a influência de um ou de outro fator, o predador propenso à violência nunca emergirá, conforme sugerido pelo nosso grupo de controle informal de irmãos cumpridores da lei como David e Mikal. Mas isso não é um estudo de laboratório em que podemos testar as duas formas. Nesse ponto do desenvolvimento tanto da neuropsicologia quanto da criminologia, a melhor coisa que podemos oferecer são teorias.

Porém, devemos notar também que todo mundo reage de maneira diferente a um passado ruim. Para Joseph McGowan, a mãe controladora e dominadora parece ter sido suficiente para levá-lo ao limite quando rejeitou a intenção do filho de se casar. Joseph Kondro se sentiu deslocado ao saber que havia sido adotado, porém, é mais provável que a falta de um bom julgamento e de controle de impulsos tenham tido um papel maior na sua criação.

Donald Harvey dividia, de fato, um trauma de infância com a mãe, que havia sido abusada sexualmente aos 12 anos e desenvolvido, como resultado, paralisia parcial (provavelmente funcional em vez de orgânica). Ela se casou ainda adolescente com o pai de Donald, de 21 anos. Harvey acredita que ela o via como uma figura paterna, o que não soa como exagero.

Com Donald, seja lá qual fosse sua predisposição orgânica, os anos de formação parecem ter tido um papel crucial em seu desenvolvimento psicológico. Após passarmos pelo bate-papo inicial, o primeiro tópico que abordei foi o abuso que ele sofreu nas mãos de outras pessoas, começando, conforme eu tinha entendido, aos 4 anos.

Do seu jeito gentil e objetivo, Harvey confirmou que esse fora o primeiro abuso sexual do qual se lembrava — cometido pelo tio, que era apenas 9 anos mais velho que ele. Quando tinha cerca de 5 anos, um "vizinho começou a brincar comigo também". O tio disse a ele que isso era algo que os meninos faziam, e o vizinho falou que, se Donald contasse a alguém, ele mataria seus pais e o garoto teria que ir para um orfanato. Harvey também contou que o tio, mais tarde, passou a gostar de "sexo selvagem" e batia em sua primeira e segunda esposas. Harvey não se lembra muito bem da primeira esposa do tio porque era muito novo na época, mas havia feito sexo a três com ele e a segunda esposa, e essa era a maneira que seu tio "conseguia fazer subir".

Nunca tolerei nem aceitei um comportamento violento ou nocivo, e uma infância repleta de abusos não é uma racionalização aceitável para um adulto com propensão à violência. Porém, se considerarmos essas duas relações involuntárias na vida precoce de Harvey, sem mencionar o fato de ver um homem espancar suas esposas, não é difícil enxergar que ele cresceria com alguns sentimentos negativos importantes em relação a pessoas que achava que eram mais poderosas do que ele e com as figuras de autoridade que permitiram que esses traumas o castigassem.

É claro que não sei se esses dois molestadores de crianças contribuíram para a orientação sexual do jovem Donald, mas tendo a duvidar disso. A ciência é bastante convincente a respeito da homossexualidade masculina ser inerente ao indivíduo, talvez, antes mesmo de ele nascer. O interessante, entretanto, é que Donald "voltou" para esses dois estupradores. Em vez de virar as costas para eles ou se vingar, à medida que foi crescendo, decidiu se igualar a eles em ambas as relações. Ele ia exigir a própria dignidade. Na verdade, falou que morou com o tio e a segunda esposa durante um ano quando tinha 17 e 18 anos, antes de trabalhar no Hospital Marymount.

DE FRENTE COM O SERIAL KILLER

Harvey não tinha o comportamento de infância típico que, em geral, vemos nos assassinos em série, o que não me surpreendeu porque, apesar de seus métodos terríveis, ele não era como a maioria dos serial killers. Não obstante seus traumas de infância, Harvey não fazia xixi na cama. Não causava incêndios. E, salvo duas exceções, não machucava nem demonstrava crueldade com animais pequenos. Em um dos incidentes, a mãe mandou que ele devolvesse um pintinho para a fazenda vizinha, mas, em vez disso, Donald espremeu o pescoço do bichinho.

Quando entrevistei Richard Speck, que havia estuprado e assassinado oito estudantes de enfermagem no apartamento que elas dividiam em Chicago, em 1966, o criminoso me contou que tinha um pardal de estimação na cela da prisão. Quando as autoridades disseram que ele não poderia ficar com o pássaro, esmagou o bicho até a morte na frente deles, e depois o jogou no ventilador. Era uma questão de poder e controle. Eu via um cenário emocional semelhante com Harvey.

Após o incidente com o pintinho, quando Donald tinha cerca de 16 anos, conduziu duas vacas da fazenda vizinha até a floresta e cortou o pescoço delas. Ele disse que fez isso não porque queria machucar as vacas, mas porque queria que o vizinho tivesse uma perda financeira. Lembremos também que Donald cresceu em uma comunidade agrícola, onde matar galinhas e vacas através do método escolhido por ele eram partes corriqueiras da vida. O anormal era o motivo de ter matado aqueles animais.

Perguntei a Harvey sua opinião sobre a questão natureza *versus* criação. A resposta foi oposta à de Kondro e direcionada a mim.

"Então, você está me perguntando se uma pessoa nasce má? É... não. Pense nas circunstâncias. Ela poderia ter tido uma boa... quer dizer, quem disse que *você* não é um serial killer? Você tem fascínio por falar com eles e tal. Você pode ser um Hannibal Lecter, nós não sabemos."

É verdade que o escritor Thomas Harris visitou minha unidade do FBI e conversou conosco inúmeras vezes antes de escrever *Dragão vermelho* e *O silêncio dos inocentes*. Porém, mesmo se hipoteticamente aceitássemos a premissa de Harvey, a grande diferença entre nós é que, apesar do meu "fascínio", não saí por aí matando. E a grande porcentagem de serial killers que quer ser policial ou que fracassa em entrar nas forças policiais demonstra o desejo por poder e dominação, em vez de um chamado do além para servir ao público e manter a paz.

"O que você está dizendo", repeti, "é justamente a resposta que eu dou quando me perguntam isso: não acredito que as pessoas nascem más e saem por aí matando os outros. Acho que coisas extraordinárias acontecem, mas cabe a cada indivíduo decidir como vai reagir aos estresses da vida. Você pode desistir, você pode lidar com a situação, você pode ter sucesso ou você pode externar suas emoções e agredir pessoas.

Curiosamente, Harvey falou:

"Minha família era religiosa dos dois lados. Minha mãe e meu pai iam à igreja quase todo domingo."

"Você ia também", completei, lembrando que Joe Kondro havia se tornado "muito espiritualizado" na prisão e que Dennis Rader tinha sido o último presidente da Igreja Luterana de Cristo de Park City, no Kansas, quando foi preso.

Mais uma vez, Harvey demonstrou uma percepção bastante coerente. Confirmou que frequentava a igreja de forma regular quando jovem, mas disse que era porque as mulheres da vizinhança serviam uma comida ótima no final da missa, melhor do que a que tinha em casa. Disse que fazia pequenas tarefas para essas mulheres e, em troca, elas davam balas, biscoitos e caldas que ele amava.

"Aprendi a arte da manipulação bem cedo", concluiu ele, e esse talento afetou cada aspecto de sua vida, inclusive na escola, onde ganhava regalias por ser o queridinho da professora.

Harvey admitiu seus assassinatos de livre vontade, mas quando perguntei sobre o primeiro — Logan Evans —, ele tinha sua desculpa psicológica já preparada: "Segundo os especialistas com quem conversei, eu não ia mais aguentar outro destrato. Já tinha aguentado o suficiente, e quando ele passou cocô na minha cara, foi a gota d'água."

"E você acha que foi isso que aconteceu só porque os psiquiatras falaram?"

"Isso me colocou na montanha-russa da qual não consegui sair mais."

Esse deve ser o tema mais comum que surge em todas as conversas que tive nas entrevistas com assassinos. Quase sempre há uma razão externa que desencadeia os assassinatos. Como resultado, a maioria dos serial killers acredita que seus crimes sejam justificáveis, ou, ao menos, explicáveis. Eles se veem como vítimas reais — mais uma manifestação de seu narcisismo extremo. Se um psiquiatra prisional acaba dando uma desculpa de bandeja, aí é melhor ainda.

E a manipulação que Harvey aprendera nunca teve fim. Ele me contou como dois amigos gays auxiliares de enfermagem o apresentaram a um diretor funerário em London, Kentucky, que era casado, bissexual e tinha três filhos. Segundo Harvey, o homem gostava de fazer sexo em caixões e banheiras cheias de gelo. Foi ele que introduziu Harvey ao ocultismo.

Perguntei se ele participava do sexo em caixões e banheiras.

"Eu fazia nas banheiras de gelo; era bem frio para mim. Quer dizer, desculpa. Eu tomava banho frio e tal, e ele tinha todo tipo de... Ele gostava de... acho que podemos chamar de culto ao demônio, de certa forma. Ele gostava de banho de sangue. Roubava partes do corpo de defuntos, e sempre pegava de alguém que tinha morrido em um acidente de carro ou algo assim."

Isso soa bem assustador, até para um cara como Harvey. Então, por que ele continuou encontrando aquele esquisito?

"Ele me ensinou a usar o saco plástico. Me ensinou a usar diferentes coisas e que, se fosse feita uma autópsia, os técnicos forenses podiam encontrar fibras e tal. E quais marcas um travesseiro podia deixar, uma específica em oposição ao saco, quando você segura o saco para baixo ou coloca sobre a boca e o nariz de um paciente em coma."

Para ele, ter largado a escola não significou parar de aprender.

Quando Harvey mencionou o culto ao demônio, falei em "Duncan", sobre quem eu tinha lido no arquivo dele.

Muitos de nós tivemos amigos imaginários na infância. No entanto, me deparei com um alto número de predadores em série que tinha algo similar a isso enquanto adulto, ou ao menos alegava ter. Esses "amigos" apareciam de diversas formas. Os que os promotores estão mais familiarizados são aqueles que supostamente causam transtorno de personalidade múltipla.

Na vida real, o TDI — hoje chamado de transtorno dissociativo de identidade — é um fenômeno bem raro, e, em geral, aparece em crianças pequenas que foram abusadas em demasia e "fogem" para outras personalidades que são mais fortes ou distantes de sua personalidade real. Esses casos são verdadeiros e muito tristes.

Talvez o caso mais famoso de TDI em um adulto seja Christine "Chris" Sizemore, cuja vida foi retratada no livro e no filme dos anos 1950, *As três faces de Eva*. Nos anos 1980, Sizemore deu uma palestra na nossa turma de psicologia criminal em Quantico, para nos ajudar a entender o que exatamente era o transtorno de personalidade múltipla. Ela contou que, em alguns momentos, chegou a ter mais de 20 personalidades diferentes e sentia que estavam com ela desde que havia nascido. Sizemore fez um discurso sensível e convincente.

Porém, com muito mais frequência, quando vemos uma alegação de TDI, ela só acontece após a prisão. Apesar de o suspeito ou réu nunca ter dado indício algum àqueles ao seu redor de que tenha mais de uma personalidade, se as evidências contra ele forem fortes e não houver outra maneira de explicar suas ações, ele e seu advogado vão tentar a defesa por transtorno de personalidade múltipla. Em outras palavras, enquanto seu "corpo" pode ter cometido o assassinato, era outra personalidade trabalhando com aquele corpo que tinha motivos e *mens rea* ("mente culpada"). Para o tribunal, tanto *mens rea* quanto o ato são componentes necessários para se cometer um crime.

Larry Gene Bell sequestrou e matou Shari Faye Smith, uma menina de 17 anos, em Columbia, Carolina do Sul, em 1985, após permitir que ela enviasse um "testamento" de partir o coração para os pais e a irmã desesperados. Quando ele foi identificado e capturado em uma ação colaborativa entre a análise de perfis do FBI e um trabalho refinado da polícia, tentei interrogá-lo para ver se conseguia fazer com que confessasse. Comecei pelo caminho do TDI, e logo ele admitiu que enquanto o Larry Gene Bell "bom" jamais poderia ter feito aquilo, o Larry Gene Bell "mau" poderia. Não me importei com o que aconteceu depois com o Larry Gene Bell bom, mas fugiria da verdade se dissesse que não fiquei satisfeito quando o Larry Gene Bell mau foi eletrocutado no dia 4 de outubro de 1996.

O assassino sádico Kenneth Bianchi, que, junto com o primo Angelo Buono Jr., matou pelo menos dez meninas no caso do Estrangulador de Hillside, na Califórnia, entre 1977 e 1978, tentou alegar insanidade por culpa de uma segunda personalidade maligna, durante o julgamento em 1983. Ele convenceu diversos psiquiatras designados pelo tribunal de que era doente. Em Quantico, meus colegas e eu tínhamos consultado o notável psiquiatra dr. Martin Orne, da Universidade Estadual da Pensilvânia, que fazia um trabalho pioneiro em hipnose e distorção de memória. No julgamento de Bianchi, o dr. Orne testemunhou que os pacientes reais de TDI tendiam a ter três ou mais personalidades distintas. No dia seguinte, Bianchi de repente desenvolveu outra personalidade chamada Billy, que nunca fora mencionada antes.

O que, no momento, leva-nos de volta a Donald Harvey. Algumas vezes, ele alegou ser motivado por um espírito satânico chamado Duncan, que consultava antes de cometer alguns dos assassinatos. Ele acendia velas que representavam as possíveis vítimas e, se a vela piscasse, era Duncan indicando que o indivíduo deveria ser morto.

Primeiro, como já afirmei, meu colega do FBI Ken Lanning demonstrou que um assassinato de ritual satânico como motivador não existe, portanto, se a história de Duncan fosse verdadeira, isso seria tão incomum que deveria entrar para os anais do crime. Além disso, não se justifica de um ponto de vista forense. Muitos, talvez a maioria, desses assassinatos são crimes de oportunidade, e alguns deles eram espontâneos, então não fazia sentido que Harvey estivesse fornecendo uma gama de possíveis vítimas para Duncan julgar se deveriam ser mortas ou não. Meu instinto dizia que Duncan era uma grande baboseira, assim como o Billy de Kenneth Bianchi e o demônio de 3 mil anos que habitava o labrador preto de Sam Carr, vizinho de David

Berkowitz, que o Son of Sam alegava forçá-lo a assassinar casais jovens na cidade de Nova York.

Quando entrevistei Berkowitz em Attica, ele tentou me convencer da história do cachorro.

"Ah, David, para com essa merda", falei. "O cachorro não tinha nada a ver com isso." De fato, aquela história nem mesmo surgira até ele ser preso. Ele riu, assentiu e admitiu que eu estava certo.

Eu já tinha visto essa tentativa de pegar um bode expiatório para levar a culpa muitas vezes em minha carreira.

Em seu livro, originalmente intitulado *If I Did It*, logo depois publicado como *I Did It*, quando a família Goldman ganhou os direitos com base em seu processo civil, O.J. Simpson narra os assassinatos da ex-mulher Nicole Brown e do amigo Ronald Goldman como se ele tivesse realmente cometido os crimes. Da minha perspectiva de mais de 40 anos na polícia e fazendo análise comportamental, esse livro, escrito anos após a absolvição de O.J. pelos assassinatos, era apenas mais uma exibição da tentativa dele de estabelecer padrões morais, seu senso de poder e raiva remanescentes de Nicole. Em outras palavras: as ações de um narcisista sociopata.

No entanto, ele também cria um avatar para recontar a história. Ao descrever o que aconteceu na noite do dia 12 de junho de 1994, Simpson escreve que seu amigo Charlie — um nome que nunca tinha surgido nas investigações até a publicação do livro — falou a ele "Você não vai acreditar no que está acontecendo na casa da Nicole", querendo dizer sobre a convivência dela com outros homens. Psiquiatras freudianos chamariam Charlie de a identidade de O.J., a parte emocional e impulsiva da personalidade. Meus colegas da polícia e eu chamaríamos de intenção criminal. O uso de uma entidade imaginária não só distancia o criminoso do ato violento como permite que despersonalize a vítima e o que ele fez a ela.

Harvey não tinha um Charlie, mas tinha Duncan.

"Então, Duncan, esse cara de outro mundo...", comecei.

"Você devia ter cuidado com Duncan. Ele pode querer pegar você", respondeu ele com um sorriso malicioso.

Nós esclarecemos que Duncan havia surgido quando Donald tinha 20 e poucos anos, então não poderia ter sido responsável pelos assassinatos ocorridos antes disso.

"Então, você não pode culpar Duncan, certo?"

"Duncan provavelmente esteve comigo durante toda a minha vida."

"Você acha?"

Ele sorriu de novo e pareceu estar brincando comigo. A ideia de poder manipular um ex-agente federal era muito tentadora, com certeza.

"Você não tinha um amigo imaginário?", perguntou ele. "Então como brincava de polícia e ladrão? Você queria ser policial? Você era um agente federal, certo?" Ele parecia querer dizer que todos nós crescemos querendo ser o que imaginamos quando crianças. Essa não é uma proposta absurda, embora quando criança eu quisesse ser veterinário e nunca sequer considerara a carreira de agente do FBI. Harvey estava tentando sugerir que seu amigo imaginário Duncan havia surgido antes de ele virar adulto e motivara sua escolha de "carreira"?

Eu o conduzi de volta àquela noite em London, Kentucky, quando ele ficou bastante embriagado e confessou os 15 primeiros assassinatos. Questionei se era verdade que ninguém tinha acreditado nele.

"Ninguém acreditou em mim", confirmou. "Disseram que eu tinha uma imaginação muito fértil. Me mandaram ver um psiquiatra, perguntaram se eu era suicida, se era alcoólatra, se fumava maconha. Não. Foi a primeira vez que eu tinha ingerido álcool e vomitei a minha alma. Então, sou confiável mesmo."

A ironia disso ser dito para alguém como eu é que sou sempre cético sobre o que os réus dizem aos psiquiatras e a outros terapeutas, já que têm algo definitivo a ganhar ao convencer o terapeuta de que estão curados, são inofensivos, reabilitaram-se, encontraram a luz, etc. Sou crítico com terapeutas em ambientes da justiça criminal que acreditam nesses caras com facilidade. Aqui, tínhamos uma situação oposta: um cara que *deveria* ter sido condenado e uma equipe policial e de terapeutas que *deveria* ter acreditado que ele estava dizendo a verdade. Em vez disso, todos concluíram que o homem tinha "uma imaginação muito fértil". E, ao não acreditarem nele, liberaram-no para continuar matando.

Qual é a lição aqui, se é que existe alguma?

Pessoas normais acham difícil captar a realidade de que predadores pensam de forma diferente. Tendemos a querer avaliá-los do ponto de vista de nossa experiência e de nossos valores de vida, e depois tentamos descobrir o que foi que "deu errado". Em outras palavras, qual é a parte anormal que, uma vez identificada e "consertada", fará com que eles pensem de maneira "normal" de novo? Em muitos casos, há uma parte anormal que determina ou influencia o comportamento. Mas, no momento em que um indivíduo age em seu desejo predatório, geralmente, é tão assimilado com sua personalidade que ele não se pode retirar e substituir como se fosse um defeito mecânico. É por isso que o conceito de reabilitação é tão problemático para criminosos violentos.

Uma vez que o estrago foi feito, em geral, é impossível consertá-lo.

19

"EU NÃO MUDEI ABSOLUTAMENTE NADA"

Por mais perturbadora que seja a ficha criminal de Donald Harvey, há outro elemento no caso dele que talvez seja de uma preocupação assustadora — sabe-se que ele foi capaz de matar sem ser identificado em um ambiente institucional, em teoria seguro durante um longo período. Como conseguiu ter sucesso por tanto tempo? Não há vigias, medidas de segurança ou qualquer tipo de reconhecimento de padrões dentro do sistema? A resposta é que ele conhecia o sistema; na verdade, conhecia-o melhor do que as pessoas que o administravam.

Ele explicou que observava as pessoas ao seu redor e reparava em hábitos e rotinas — quem era atento, quem era preguiçoso, quem não seguia as recomendações —, e, assim, conseguia se sentir confortável com o que planejava fazer e fazia de fato.

"Há pessoas como eu, que sentam e observam tudo. Tudo bem, essas pessoas como eu... elas não se importam com nada. Mas é nesse tipo de gente que, às vezes, é preciso prestar atenção."

Em qualquer uma das alas, ele sabia até qual lado do corredor era atendido por um enfermeiro e qual lado era atendido por um TE — técnico de enfermagem —, e sabia que era mais provável que sua ajuda fosse solicitada do lado atendido por um TE.

Em outras palavras, ele se tornou um analista de perfis.

"Quando você entra em um hospital para trabalhar, acaba observando as pessoas. Vai até os bebedouros preferidos e tal; vê que tipo de uniforme usam, como agem, como relaxam. O pessoal chega e joga as coisas no armário. Você pode entrar escondido, ver que tipo de uniforme estão usando naquele dia; observar se têm alguns de cores diferentes... Esses são ótimos! Isso significa que você pode pegar qualquer cor de uniforme e usar. Eles costumam designar cinco ou seis cores diferentes. Até hoje, posso entrar em qualquer hospital que quiser. Só preciso de um dia." Acho que ele estava falando sobre o fato de em muitos hospitais cada cargo ter uma cor ou estilo diferente de uniforme, então ele podia migrar de um cargo para outro apenas prestando atenção a qual uniforme pegar.

"Tenho certeza", comentei.

"'Como você está hoje?' Esse tipo de coisa, sabe? Blá blá blá, onde fica isso? Ou: 'Ah, hoje não vi fulano e sicrano.' E eles dizem: 'Ah, sim. E você é...?' Eles não sabem de quem você está falando. Srta. Johns, srta. Smith, tanto faz."

"Porque você demonstra familiaridade, é isso?"

"Tem que ser bom de lábia."

"Você fica na sua zona de conforto trabalhando em hospitais." Quase todo predador trabalha na própria zona de conforto. Ela pode ser uma área geográfica, perto de casa ou algum lugar familiar para ele. Pode ser uma zona interpessoal, como o conforto de Joseph Kondro com as filhas de amigos. Ou pode ser um ambiente específico, como os hospitais de Harvey, onde ele sabia que poderia encontrar um suprimento infinito de vítimas indefesas.

A PRESENÇA DE ASSASSINOS COMO HARVEY E AS VULNERABILIDADES NAS INSTITUIÇÕES DE SAÚDE

expõem o fato de que há muito mais assassinos como ele do que imaginamos. Tanto antes quanto depois dos crimes cometidos por Harvey, há exemplos de criminosos dentro do sistema de saúde atacando aqueles que dependem deles e confiam neles. O indivíduo que, provavelmente, tem o maior histórico de homicídios médicos não era enfermeiro nem técnico de enfermagem, mas médico — o dr. Harold "Fred" Shipman, de Manchester, Inglaterra. Ele também é conhecido por outro feito. Ele tem motivos diferentes de nossos casos anteriores, além do fato de a maioria de seus crimes ter acontecido fora do ambiente hospitalar.

Harold Frederick Shipman nasceu em uma família da classe operária em Nottingham, no dia 14 de janeiro de 1946. Era o filho do meio, o preferido de uma mãe dominadora que instigou nele um senso de superioridade. Quando era adolescente, a mãe teve câncer de pulmão, e Shipman ficou interessado em medicina enquanto ajudava a cuidar dela. Ficou devastado quando ela morreu, e ingressou na Universidade de Leeds dois anos depois para se tornar médico. Aos 19 anos, casou-se com Primrose, quando ela tinha 17 e estava grávida de cinco meses do primeiro filho deles.

Após o curso de medicina e os anos de residência, começou a trabalhar no Centro Médico Abraham Ormerod, em Todmorden, West Yorkshire, como médico de família, onde foi bem-sucedido até se viciar no analgésico petidina, pelo qual foi pego falsificando receitas médicas. Ingressou em um programa de reabilitação, pagou uma multa por falsificação e foi trabalhar no Centro Médico Donneybrook, em Hyde. Ficou lá por cerca de duas décadas, tornando-se conhecido pelos pacientes por ser um médico trabalhador, dedicado, popular e confiável. Em 1993, abriu um consultório próprio na 21 Market Street, em Hyde.

Um agente funerário local percebeu que havia um número incomum de mortes entre os pacientes do dr. Shipman, que pareciam morrer sempre vestidos, sentados ou reclinados. Ele questionou o médico, que assegurou que não havia nada com o que se preocupar. Uma de suas colegas, a dra. Susan Booth, reparou um padrão semelhante e alertou o instituto médico-legal da região, que, por sua vez, notificou a polícia local. Foi feita uma investigação secreta, que não resultou em nada.

Ele parecia se concentrar em mulheres mais velhas ou idosas como pacientes e tinha o hábito de ligar para suas casas, coisa de que elas gostavam.

Em cada um desses homicídios médicos, sempre há algum assassinato que entrega o criminoso, seja por desleixo ou pressa, circunstâncias especiais como um requerimento legal de uma autópsia ou um indivíduo que observa algo que não se encaixa direito e não desiste até descobrir o que é.

Kathleen Grundy, ex-prefeita de Hyde e viúva de um professor universitário, era uma mulher alegre e ativa de 81 anos que foi encontrada morta em sua casa não muito tempo após consultar-se com o dr. Shipman. A filha, Angela Woodruff, chocada com a morte repentina da mãe, perguntou ao dr. Shipman se uma autópsia poderia ser feita antes de levar o corpo para uma funerária, mas o médico disse a ela que não seria necessário. Ele registrou a *causa mortis* como "idade avançada", antes de assinar a certidão de óbito.

Angela era advogada e administrava as finanças da mãe. Ela ficou surpresa ao descobrir que Kathleen havia escrito um testamento com data mais recente do que o outro do qual ela estava ciente, onde deixava a maior parte da herança para o dr. Shipman. Foi quando começou a suspeitar de que ele fosse o assassino. Ela entrou em contato com a polícia e contou suas descobertas ao detetive superintendente Bernard Postles, que chegou a uma conclusão semelhante. O homem conseguiu uma ordem judicial para a exumação do corpo da sra. Grundy. Um exame pós-morte revelou presença exagerada de diamorfina, uma forma poderosa da droga utilizada para controlar a dor em pacientes com câncer terminal, administrada em um período que coincidia com o horário da consulta com o dr. Shipman.

Um mandado de busca e apreensão na casa do dr. Shipman revelou fichas médicas de diversos pacientes, uma coleção de joias raras e uma máquina de escrever na qual o testamento surpresa da sra. Grundy teria sido escrito.

A polícia revisou o histórico das mortes de todos os pacientes idosos do dr. Shipman, e então se concentrou naqueles que tinham morrido em casa e que não haviam sido cremados, cujos corpos ainda poderiam ser examinados. Não foi surpresa descobrir que Shipman encorajava muitas das famílias enlutadas de seus pacientes a optarem pela cremação, destruindo, assim, as evidências dos crimes.

Uma análise cuidadosa nas fichas dos pacientes, relacionada com registros de horários computadorizados, revelou que Shipman havia alterado a ficha de várias vítimas para que suas condições correspondessem mais com a causa aparente da morte, o que era justificado pela falta de evidências conclusivas na investigação inicial. Como resultado, além de exumações e autópsias em algumas possíveis vítimas, Shipman foi indiciado por 15 acusações de assassinato.

O julgamento começou no dia 5 de outubro de 1999, no tribunal de Preston Crown, em Lancashire. Como era de se esperar, a defesa tentou alegar que todas as mortes que o dr. Shipman pudesse ter causado foram devido à sua compaixão pelo sofrimento extremo das vítimas. Isso soa familiar?

A promotoria rebateu que Shipman era viciado pelo poder da vida e da morte e que nenhuma das supostas vítimas sofria de doença terminal.

Após apresentar as evidências médicas que mostravam que, na maioria dos casos, as vítimas tinham morrido intoxicadas por morfina, a promotoria provou, através de análise de digitais e caligrafia, que Kathleen Grundy nunca sequer encostara no testamento que em teoria tinha escrito.

Em 31 de janeiro de 2000, depois de seis dias de deliberação, o júri declarou o dr. Harold Shipman culpado pelas 15 acusações de assassinato e uma de falsificação. A sentença do que a Grã-Bretanha refere-se como "pena de vida inteira" exclui qualquer possibilidade de liberdade condicional.

Após o julgamento e a leitura da sentença, uma auditoria clínica de dois anos chamada de *Investigação de Shipman* e comandada pela juíza do Tribunal Superior, Dame Janet Smith, concluiu que, durante um período de 24 anos, Shipman pode ter sido responsável pelo homicídio de pelo menos 236 pacientes. Isso o tornou, com facilidade, o serial killer com o maior número de vítimas na história do Reino Unido. Cerca de oitenta por cento das vítimas era composta por mulheres. O médico continuou alegando sua inocência, com uma postura arrogante, enquanto a juíza Smith declarou que sua comissão havia investigado um número muito maior de mortes, das quais não houve prova conclusiva.

Durante a contagem matinal da prisão de segurança máxima de Wakefield, em West Yorkshire, Shipman foi encontrado morto, enforcado em sua cela, um dia antes de seu aniversário de 58 anos. Ele havia amarrado o lençol nas barras da janela.

Assassinos como Shipman e Harvey conseguiram obter vantagens dos sistemas vigentes, mas a oportunidade por si só não é suficiente para cometer os crimes. Mas ele — ou, nesse tipo de crime, às vezes, ela — precisa saber como se comportar dentro de tais sistemas.

"Seja sempre gentil. Essa é a chave", disse-me Harvey. "Seja amigável, mas não onde isso possa ser uma atitude suspeita. Seja sempre gentil porque as pessoas são gentis de volta, na maior parte do tempo." Isso é parecido com o tipo de pensamento de um predador sexual como Ted Bundy, que é charmoso, apesar de suas intenções assassinas.

Conforme observamos em outros tipos de predadores em série, pode-se trancar um corpo em uma cela, mas a mente permanecerá livre para reviver os crimes inúmeras vezes e voltar aos momentos das maiores satisfações criminais. Perguntei a Harvey que tipo de coisa ele pensava quando ficava sozinho à noite. Houve algum crime especial que ele evocava na escuridão de sua alma? A resposta foi surpreendente.

"Estou construindo uma casa, uma casa de madeira, bem agora. Pego um compartimento e construo dois, três... quatro quartos, bem agora. Mas só tenho três banheiros."

"Você está fazendo isso na sua mente?"

"Sim. Às vezes, escrevo algumas coisas. A gente [ele e Duncan?] constrói, e depois, quem sabe, no dia seguinte vai ser diferente, uma igreja ou algo assim."

Para a maioria dos criminosos encarcerados, eu consideraria essa resposta uma baboseira. Porém, vindo de alguém que lidava com o assassinato de maneira tão casual quanto Donald Harvey, fazia sentido. Diferente de Dennis Rader, que passava a maior parte do tempo fantasiando sobre amarrar, torturar e matar famílias inteiras, e até desenhava muitas de suas ideias, Harvey colocava a mão na massa. E, se isso incluísse matar alguém, certamente o fazia se sentir melhor, mas ele não parecia reviver os atos da mesma maneira. Como tinha acabado de dizer, fizera um estudo bastante extenso de seus arredores e colegas de trabalho e se sentia confortável com seus atos, então quando a oportunidade de matar alguém surgia, ele a pegava.

Contudo, eu não estava disposto a aceitar que ele nunca pensasse nem fantasiasse sobre os próprios crimes. Tentei outra abordagem. Se construir uma casa em sua mente era a fantasia atual, matar pessoas inofensivas tinha sido uma fantasia dominante enquanto ele crescia ou quando tinha começado a trabalhar em hospitais?

Ele insistiu que os crimes eram mais "práticos" do que isso: "Não, não é nada assim. É como Carl e todas as pessoas que conheci. Eu não as abandonei. Eu sou assim: 'Se não quer ficar comigo, tchau, tchau; feche a porta quando sair.'"

Se o "tchau, tchau" significava "Prazer em conhecê-lo" ou "Diga adeus à vida", ele deixou ambíguo de propósito. Contudo, sua carreira criminosa deixara claro que qualquer um que o incomodasse poderia facilmente entrar para as estatísticas de mortalidade.

Ele afirmou que sua atitude não mudara na prisão — era gentil com todos, dava "Bom dia" e fazia seu trabalho, levando a roupa suja e limpando as salas. Observei que ele estava sob custódia protetiva, e não com o restante dos presos, mas ele disse que essa era uma escolha das autoridades, não dele; ele se relacionava com todos.

À sua própria maneira, Harvey tinha uma mente prática, assim como Joseph Kondro, que havia descoberto que era mais fácil ganhar a confiança de uma vítima que ele já conhecia e achava que conseguiria se safar do crime se a polícia não conseguisse encontrar o corpo. Ao trabalhar na funerária e fazer assistência em autópsias, Harvey não só sabia os efeitos e as evidências residuais deixados por cada droga ou doença, mas também que, dependendo da causa aparente da morte, a autópsia seria realizada de acordo com um protocolo específico, em que o foco na causa real do assassinato seria pouco provável.

"Veja bem, uma maneira [de matar]: você escolhe um paciente que tem uma doença cardíaca, pega o liquor e drena o suficiente para que ele tenha um ataque cardíaco. Uma mulher estava recebendo tratamento para pneumonia. Fiz com que ela tivesse uma obstrução de catarro, então ela sufocou até a morte."

Se o paciente tivesse uma doença coronária e parecesse ter morrido de um ataque cardíaco, não haveria motivos para o patologista checar o liquor. E se a mulher que estava com pneumonia parecia ter morrido de pneumonia, não havia nada suspeito. Além disso, Harvey estava certo de que, a não ser que tivesse uma indicação específica, a maioria das mortes em hospitais não seria submetida a uma autópsia.

Perguntei: "Olhando para trás, existe algo que você teria feito diferente com Powell, o paciente que fez com que você viesse parar aqui?"

"Bem", respondeu ele, como se a resposta fosse óbvia. "Eu nunca teria dado cianeto para ele. Teria limpado melhor o cateter. Quer dizer, não dá para voltar no tempo e duvidar de si mesmo. Não tento mais duvidar de mim mesmo."

É claro que as mortes mais cruéis não foram culpa dele. Sobre o paciente que morreu de peritonite porque Harvey enfiou o metal de um cabide dentro do cateter: "Aquilo foi segurança precária por parte do hospital." Afinal, deixarem Donald atendê-lo após o paciente acertar sua cabeça com o urinol de metal.

Essa reação é comum. Certa vez, um estuprador me disse que, quando via uma mulher sentada no banco do bar de um restaurante com uma saia curta e aparentemente sem calcinha, ela queria ser estuprada, então ele era obrigado a fazer isso.

Ressaltei para Harvey que o que ele estava fazendo se chamava projeção. Ele entendia que o que fez "foi errado", mas racionalizava que tinha 18 anos e não havia aprendido a lidar com situações como aquelas. Por fim, queria dividir a responsabilidade com o hospital: "Não, eles não são responsáveis pela parte da morte; são responsáveis pela segurança do paciente, pois foram eles que o amarraram e me mandaram cuidar dele. Não fui eu que amarrei o cara; ele já estava amarrado."

Lembre-se de que ele havia concordado em participar do vídeo de segurança hospitalar como um serviço público para prevenir que outras pessoas se livrassem de crimes como esses? Quando lhe perguntei o que gostaria de fazer se recebesse liberdade condicional antes dos 90 anos, Harvey respondeu: "Bem, como você gosta de conversar com serial killers e assassinos, acho que vou trabalhar com você, pois formaríamos um ótimo time. O que eles [os analistas de perfil] não conseguirem descobrir, eu faço."

Por mais que eu tentasse, não conseguia acessar as emoções do sujeito — não ao ponto de ele se revelar e me mostrar suas vulnerabilidades reais. O mecanismo de defesa consistia em escapar pela tangente de tudo.

Depois de ser preso e condenado por diversos assassinatos, Ted Bundy costumava receber acadêmicos que pediam que ele os ajudasse a entender sua mente criminosa obscura. Bundy foi, provavelmente, o mais próximo de um arquétipo de uma espécie única de serial killer: bonito, inteligente, charmoso, perspicaz e engenhoso. Matou de forma brutal pelo menos 30 mulheres jovens dos estados de Washington até a Flórida durante os anos 1970. A autora de livros de suspense e ex-policial Ann Rule trabalhou ao lado dele em uma central de atendimento de emergências de estupro em Seattle e nunca suspeitou do segredo sombrio do colega. Na verdade, ela acredita que ele ajudava mesmo as pessoas e salvava vidas trabalhando nas linhas telefônicas de atendimento.

Bill Hagmaier, da minha Unidade de Apoio Investigativo, foi conversar com Ted Bundy em seu último local de residência, a cela do corredor da morte da Prisão Estadual da Flórida, em Starke. Falar com o FBI deve ter sido o afago final em seu ego. Apesar de seus privilégios, Bundy teve uma infância complicada e, como a maioria dos predadores sexuais em série que foram capturados, foi rápido em culpar os fatores externos por seus crimes — no caso dele, pornografia violenta. Enquanto os filmes pornô deram a ele algumas ideias e atiçaram sua luxúria, se os impulsos homicidas não existissem dentro dele, isso não o teria transformado em assassino.

Duas coisas me impressionaram na entrevista de Hagmaier. A primeira foi o fato de os estupros e assassinatos cruéis das jovens que foram vítimas de Bundy não serem os elementos mais importantes ou prazerosos dos crimes para ele. O que Bundy descreveu como sendo sua real excitação era a adrenalina da caça e da captura, e depois, como Dennis Rader, o poder sublime de vida e morte sobre outro ser humano. Ele relatou que, quando sequestrou duas mulheres, Janice Ott e Denise Naslund, no lago Sammamish, no estado de Washington, manteve-as vivas o máximo de tempo que achou seguro e fez com que uma assistisse ao assassinato da outra. Era isso o que dava a ele o maior prazer. Ele contou a Hagmaier que o motivo de ter matado tantas mulheres bonitas foi porque queria. Disse que desfrutava das mortes quase como uma experiência mística que o permitia possuir por completo suas vítimas. Nisso, ele também era bastante parecido com Rader, que cometeu seus crimes mais ou menos na mesma época.

A segunda coisa que me chamou a atenção na entrevista de Bundy era a confiança que ele tinha na própria habilidade para escapar de qualquer dilema. Isso se manifestava como uma fuga de verdade, que ocorreu em todas as cenas de seus crimes, assim como na cela da Prisão de Pitkin County, em Aspen, no Colorado, onde estava preso, temporariamente, após a extradição de Utah, para esperar o julgamento por homicídio. Ele foi capturado oito dias depois, mas fugiu de novo após seis meses, logo antes do início do julgamento. Também foi parado por uma patrulha policial enquanto dirigia por Tallahassee, na Flórida, mas, quando o oficial caminhou de volta para a viatura para checar a veracidade da carteira de motorista, Bundy escapou.

Essa, porém, não era sua única estratégia de fuga. Quando foi capturado, achou que, ao oferecer "ajuda para esclarecer" casos de homicídio em andamento sem de fato admitir sua culpa, poderia justificar uma pena mais branda. Achava que ao conversar com acadêmicos que queriam entrevistá-lo, ele estaria se tornando "valioso" demais para ser morto e, portanto, mereceria tratamento especial. Quando, por fim, foi a julgamento, exigiu, de maneira arrogante, atuar como seu próprio advogado, sendo somente "assistido" por Michael Minerva, um defensor público bastante respeitado.

Já próximo ao fim, quando contemplou seu destino no corredor da morte, ficou desesperado em fazer qualquer coisa que pudesse para postergar sua execução. Ele implorou a Bill Hagmaier e ao dr. Robert Keppel — um investigador criminal do estado de Washington cuja carreira de detetive começara no início dos "assassinatos de Ted" — para intervirem junto às autoridades e o manterem vivo. Por fim, as habilidades de persuasão do jovem Bundy, de 42 anos, falharam. Ele foi executado na cadeira elétrica no dia 24 de janeiro de 1989. Bill permaneceu com ele até o dia anterior, mostrando-lhe um pouco da bondade humana que ele próprio havia negado a tantas pessoas.

Apesar de não ser o mesmo tipo de serial killer, Donald Harvey demonstrava o mesmo senso de orgulho distorcido. O fato de pessoas como eu requisitarem entrevistas certamente o fazia se sentir importante.

Perguntei a ele como se sentiria se a mãe falecesse.

"Ela não é muito mais velha do que eu, então é difícil dizer quem vai partir primeiro."

"Acho que seria algo terrível."

"Claro, é sempre ruim perder um parente."

Como ele se sentiu quando o pai morreu?

"Eu era um rapaz jovem."

E o restante da família?

"Essa é a família do lado de fora. Essa aqui é minha família da prisão."

E não demonstrou nenhum remorso quanto aos assassinatos.

"Nunca encarei esses episódios como assassinatos, até ser preso. Sempre enxerguei como um ato de misericórdia. Hoje, existem asilos e possibilidades de morte assistida."

"Eles podem escolher", ressaltei.

Harvey concordou, mas acrescentou que a maioria não podia fazer essa escolha e não tinha nenhum parente próximo para escolher por eles. Contudo, foi interessante que, em vez de caracterizar o que fez em termos de eutanásia ou suicídio assistido, ele falou: "Eu estava sendo o juiz, o júri e o carrasco." *Carrasco* não é uma palavra que geralmente associamos a um assassinato por misericórdia.

"Mas as mortes não foram todas por misericórdia", comentei.

"Não, nem todas."

"Para que a gente entenda os métodos diferentes, você mencionou uma vez o travesseiro. Quais foram os outros métodos usados?" Eu conhecia todos eles, mas queria ver se ele faria alguma diferenciação entre as vítimas que matara por "misericórdia" e aquelas por motivos pessoais.

"Eu usava morfina", falou ele. "Usava morfina porque não era muito controlada em Kentucky, principalmente em hospitais pequenos nos anos 1970. Eram armazenadas em geladeiras. Eu usava cianeto. Arsênio. Removedor de cola adesiva. Ah, e o saco plástico também."

"Você experimentava métodos diferentes ou usava o que quer que estivesse disponível?"

"Eu queria o método mais rápido. E desliguei alguns equipamentos de respiração, sim. Usava o removedor de cola adesiva porque causava acúmulo de catarro nos pacientes e eles morriam de pneumonia. Usava cianeto no tubo de soro, inseria com uma injeção. Cianeto em uma pessoa negra não aparece, mas se for branca, aparece. Se você injetar... você não dá uma injeção, coloca no tubo do soro. Não, eu usei nos tubos de alimentação, foi assim que me dei mal. Eu estava com pressa."

Repare como tudo isso é um processo distante e frio para ele.

Eu queria continuar explorando esse senso de justiceiro dele: "E aquele cara, Nathaniel Watson?"

"Ele era um estuprador."

"Você *acha* que ele era um estuprador."

"Não, ele era mesmo. Estava preso na cadeia da cidade."

Eu tinha dado uma olhada no caso.

"Na verdade, era questionável se ele era ou não..."

"Bem", Harvey interrompeu, "ele era suspeito de ter cometido o estupro de seis mulheres e teve um derrame. E toda vez que olhava para uma mulher branca, ficava com uma ereção. Olhava para homens e mulheres negras... e nada. Até quando olhava para o médico, se fosse branco, ele tinha ereções, então eu o matei. Quer dizer, ele estava mal, bem mal."

Não havia evidência real de que Watson fosse um estuprador, mas Harvey se apegou a essa crença porque isso dava a ele uma desculpa conveniente para o assassinato.

"Então você achou que era justo tirar a vida dele?", perguntei.

Nesse momento, ele tomou um rumo diferente, e descreveu como o corpo em coma de Watson estava contraído de uma maneira que não era natural, que ele tinha escaras crônicas e que precisava de duas pessoas para movê-lo. Harvey o comparou a Karen Ann Quinlan, a jovem da Pensilvânia que perdeu a consciência em 1975 por consumir diversas drogas misturadas com álcool e entrar em um coma irreversível. Sua família religiosa tentou retirá-la do respirador e fazê-la retornar ao seu "estado natural". Mesmo após uma apelação na justiça em que o júri favoreceu a família e a srta. Quinlan ter sido retirada do respirador, ela viveu por quase uma década apenas com o tubo alimentar. Esse foi o caso que despertou a atenção nacional para questões sobre o direito à morte. Harvey alegou que não queria que Watson tivesse o mesmo destino.

Portanto, essa era uma situação "dois em um" — Harvey o matara porque ele era um estuprador e/ou porque era uma vítima de derrame sem possibilidade de recuperação. Falo desse assunto para ressaltar o contraste entre a análise lógica e metódica de Harvey sobre seu ambiente e seus colegas e sua justificativa confusa sobre o motivo de ter continuado a matar pessoas inofensivas.

O que foi se tornando cada vez mais claro foi a posição ambivalente e imatura que Harvey tinha em relação a outras pessoas. Era como se ele agisse em um universo pré-adolescente, fantasiando sobre — e no caso dele, contra — qualquer um que o incomodava em algum momento, mesmo que tivesse uma relação tranquila ou neutra com o indivíduo.

Isso foi direcionado para sua vida pessoal quando perguntei a ele sobre a vizinha que tinha tentado envenenar e infectar com os vírus do HIV e da hepatite B.

"Ela amava homens gays", respondeu ele. "E era tudo que ela tinha. Todos os seus amigos eram homens gays. Ela se sentia segura com eles. Era uma boa cozinheira e uma pessoa legal, na verdade, na maior parte do tempo."

Então, por que tentou matá-la? Porque achou que ela estava inventando histórias de que Donald traía Carl com mulheres. Aparentemente, ela ficava chateada porque Carl passava mais tempo com Donald do que com ela. Apesar do fato de que ela era "uma pessoa legal, na verdade, na maior parte do tempo", a única reação real de Harvey quando mencionei esse assunto foi dizer que arsênio teria sido uma maneira melhor e mais eficiente de cometer o assassinato.

Carl, no entanto, ele não queria matar. Harvey confirmou que lhe deu arsênio apenas o suficiente para manter "seu pênis dentro das calças e deixá-lo longe de parques e tal".

Porém, depois de um tempo, isso não foi suficiente para manter Carl na linha.

"Por fim, a vida sexual com ele ficou muito ruim. Ele continuava querendo sair, mesmo com diarreia e vomitando. Ainda assim, ele saía."

Continuei falando sobre suas diversas mortes fora do hospital, como a da vizinha Helen Metzger: "Ela era uma mulher muito bacana. Carl roubou cerca de 100 mil dólares dela, e ela ia dar queixa na polícia, e eu não podia deixar, porque já tinha sido interrogado e não queria que as coisas se complicassem para mim no hospital de veteranos."

Na linha das mortes por misericórdia, ele disse que a pior coisa foi quando o alocaram na ala de oncologia, porque muitos dos pacientes estavam quase morrendo e não tinham família, então ele teve que se autodesignar para acabar com o sofrimento deles. Ele achava que se tivesse permanecido na ala de clínica geral, teria ficado bem, o que é totalmente inconsistente com o retrato de si que tinha revelado para mim.

A personalidade simples e extrovertida de Harvey poderia ser comparada à desenvoltura e criatividade criminal de Bundy.

Quando a morte de Nathaniel Watson levantou suspeitas, ele tinha um plano elaborado para escapar — tão elaborado que parecia mais com um livro de mistério ou um filme de suspense do que com algo que poderia ter êxito na vida real.

Harvey me contou que frequentava bares gays umas três ou quatro vezes por semana em busca de um homem que se parecesse com ele. Quando encontrasse o candidato adequado, diria que trabalhava no hospital e estava preocupado com a AIDS; então, antes de fazer sexo, o outro homem teria que concordar que Donald fizesse um exame de sangue nele. Quando tivesse conseguido a amostra de sangue, em vez de testar para HIV, ele o colocaria no sistema e faria uma referência cruzada.

Na época, ele vivia em um trailer com aquecimento a gás natural. Conhecia o diretor de uma funerária que dizia que conseguia arrumar dinamite, porque, às vezes, a substância era usada em covas de cemitérios com muitas rochas sob o solo. A ideia de Harvey era matar esse indivíduo que se parecia com ele, colocar seu corpo no trailer e então fazer parecer como se tivesse ocorrido uma explosão de gás.

Perguntei a Harvey para onde ele planejava ir. Eu disse que o melhor palpite era o México. Estranhamente, essa foi a única coisa que ele não quis revelar para mim, como se fosse parte de um plano de fuga que ainda estava sendo elaborado depois de todos esses anos.

De qualquer forma, o plano nunca saiu do papel. O único homem um pouco parecido com ele que encontrou tinha o tipo sanguíneo diferente. E Harvey confessou que, mais tarde, percebeu que o tipo sanguíneo não seria suficiente — o esquema teria sido descoberto pela análise de DNA. Mas, a essa altura, possivelmente, ele já estaria longe.

O interessante aqui é o nível de fantasia do plano de fuga, assim como ele delirava neste momento sobre a construção de uma casa. Minha impressão era de que ele precisava desses sonhos para se manter em uma linha emocional estável, assim como Bundy fazia com a confiança em seu próprio talento manipulador e evasivo. Em outras palavras, havia sempre um lugar para onde Harvey poderia fugir, se não na vida real, pelo menos dentro de sua mente. Isso é consistente com a vida fantasiosa de outros predadores em série.

O pensamento fantástico permeava vários aspectos da psique de Donald. Quando perguntei por que ele tinha se sentido tão deprimido a ponto de tentar cometer suicídio tantas vezes, ele desconversou, dizendo: "Se eu quisesse me matar, teria feito da maneira certa."

Entendi que essa necessidade de manter tudo em um nível simples e superficial era algo inerente ao seu caráter. Quando voltei ao dia em que ele faltou ao trabalho para não fazer o exame do polígrafo que ele e outros funcionários do hospital deveriam fazer, ele alegou que não se lembrava desse episódio específico, mas acrescentou: "Eu sabia que sociopatas podiam passar no exame, se quisessem."

"Você se considera um sociopata?", questionei.

"Bem, é o que muitos me consideram", respondeu. "O que acha?" Aquele sorriso benévolo e quase angelical apareceu de novo. "Sou só Donald Harvey. Não mudei absolutamente nada. Fui reabilitado. Estou bem. Estou pronto para voltar às ruas."

Talvez nada demonstre mais claramente a inabilidade ou a falta de vontade que Harvey tinha em confrontar a própria mente e suas motivações. Ou, então, ele já fez isso e acha que todos nós somos burros demais para entender.

Ao fim da entrevista, Harvey admitiu algo assim: "Eu não olho para as coisas, ok? Durante 35 anos, fui um homem livre; achava que o que fazia era o certo, e gosto de pensar que os pacientes dos quais eu cuidava, sabe... que tornei a passagem deles fácil. Eles não me deram permissão. Não. Mas alguns dos pacientes não tinham alguém para dar permissão por eles, assim como eu não vou ter se ficar doente. Nós temos bons hospitais, mas só estou dizendo que não quero viver se for para ser um vegetal."

"Você deixaria que alguém o tratasse como você travava as pessoas?"

"Se quiserem, podem vir." E completou: "Não seja pego, caramba, não seja pego, porque, você sabe, essas celas e banheiros em que vivemos não são tão bons."

Suas palavras acabaram sendo proféticas. Na tarde do dia 28 de março de 2017, Harvey foi espancado e encontrado inconsciente em sua cela na Instituição Penitenciária de Toledo. As lesões foram resultado de traumatismo de força bruta sem arma, e acredita-se que o agressor tenha sido outro presidiário. O porta-voz da prisão relatou que tanto o assassino quanto a vítima estavam na unidade de custódia protetiva. Harvey morreu dois dias depois, sem recuperar a consciência, no Centro Médico St. Vincent, em Toledo. Ele tinha 64 anos — cerca de 30 antes de poder pleitear a liberdade condicional.

20

ANJO CAÍDO

Ao olhar de fora a conversa com Donald Harvey, é possível que se ache fácil ser desdenhoso quanto à forma distante com que ele fala de seus assassinatos e de como estes definem sua mente. Quando Harvey falou que estava "bem" e que é "uma pessoa muito afetuosa e amável", ele não estava apenas sendo irreverente. Enquanto nós com certeza não o vemos assim, ele estava levantando questões morais e filosóficas profundas, semelhantes àquelas levantadas por defensores do nazismo em Nuremberg, sobretudo os comandantes, os funcionários dos campos de concentração e as pessoas envolvidas em fazer a mecanização sistemática de degradação e morte funcionar. Em sua lógica própria — um sistema idealizado por psicopatas e "regularizado" pela burocracia estatal —, o que esses subordinados estavam fazendo era não apenas aceitável como construtivo. Eles realmente acreditavam no que estavam fazendo ou deixavam todas as questões morais para as autoridades dos cargos mais altos.

De forma similar, Harvey construiu uma lógica própria, na qual o que ele fazia era aceitável e benéfico — fosse por misericórdia ou por atuar como um anjo vingador. Eram as instituições que o contratavam — que fechavam os olhos para o que ele fazia ou que não queriam reconhecer os padrões de morte que ocorriam em seus pacientes e turnos— as culpadas. E, infelizmente, isso é algo comum. As instituições têm a tendência a não querer se envolver em problemas ou em questões legais por mergulhar muito profundamente em certos assuntos. É muito mais fácil passar o problema adiante para a pessoa ou o local seguinte. Quantas centenas ou milhares de crianças foram abusadas sexualmente porque dirigentes da igreja católica consideravam mais fácil e menos arriscado realocar padres para outras regiões ou paróquias do que confrontarem e lidarem com seus crimes?

Apesar de o nível de inteligência básica de Harvey ser difícil de discernir, ele era bastante engenhoso e sofisticado em nível intelectual. Pelo lado emocional, era o oposto — uma combinação que o tornava perigoso e um assassino bem-sucedido.

Infelizmente, ele está longe de ser único.

Na leitura de sua sentença em Cincinnati, em 1987, ele declarou: "Há diversos Donald Harveys por aí."

No fundo, ele estava certo — em retrospectiva e em perspectiva.

Na primeira edição do *Manual de classificação criminal*, nós colocamos os assassinatos em hospitais como uma subcategoria de Homicídios de causa pessoal. Na terceira edição, removemos de subcategoria e, devido à frequência, criamos uma categoria própria: Homicídios médicos.

O que Donald Harvey fez é, hoje, subclassificado como Homicídio de pseudomisericórdia.

Um homem chamado Charles Edmund Cullen seguiu os mesmos passos de Donald Harvey. Exceto pelo fato de Cullen ser um homem heterossexual divorciado e ter filhos, seu caso apresenta um paralelo estranho ao de Harvey e demonstra de forma nítida o valor das entrevistas que fazemos com assassinos. Devido ao nosso aprendizado com Donald Harvey, fomos capazes de compreender Charles Cullen e seus semelhantes.

Cullen era um homem modesto que, assim como Donald, tivera uma infância traumática. Nasceu em West Orange, Nova Jersey, em 1960, e era o filho caçula de oito irmãos. O pai, um motorista de ônibus de 58 anos, morreu quando Charles ainda era bebê. Assim como Harvey, Cullen tentou cometer suicídio diversas vezes, mas não esperou até atingir a idade adulta. Sua primeira tentativa ocorreu aos 9 anos, quando bebeu líquidos de um kit de química caseiro. Aos 17, a mãe morreu em um acidente de carro. A irmã estava dirigindo. Também como Harvey, Cullen se alistou como militar — no caso dele, na Marinha — e recebeu uma dispensa médica por apresentar sinais de instabilidade mental e tentativa de suicídio. Cullen adentrava uma série de hospitais, observava as rotinas e os procedimentos e tirava vantagens das falhas de supervisão dos sistemas das instituições.

Na verdade, o único grande atributo que Charles Cullen não tinha em comum com Donald Harvey era o charme superficial. Cullen era um solitário introvertido que a maioria das pessoas achava esquisito assim que o conheciam.

Durante um período de 16 anos, Cullen trabalhou como enfermeiro em nove hospitais em Nova Jersey e na Pensilvânia e, durante esse tempo, matou pelo menos 30 pacientes. Pode ter sido uma quantidade dez vezes maior; ninguém, incluindo Cullen, tem certeza.

Assim como Harvey, Cullen alegava ser o anjo da misericórdia, tirando as pessoas de seu sofrimento e sua tristeza. Além disso, a grande maioria dos pacientes de Cullen não estava com doenças terminais e tinham chance de recuperação. Ele demonstrou a mesma racionalização confusa de Harvey e parecia incapaz de mergulhar em suas próprias motivações. Culpava os hospitais por deixarem-no chegar perto de pacientes que acabou matando. Suas armas preferidas eram insulina, epinefrina (adrenalina) e o medicamento para problemas cardíacos digoxina.

Ainda mais do que Harvey, Cullen levantou suspeitas diversas vezes, cada uma delas permitindo que as autoridades dos hospitais e da polícia tivessem a oportunidade de acabar com sua "carreira". Muitas vezes outros enfermeiros perceberam e reportaram altas taxas de mortalidade nos turnos dele, e, em inúmeras ocasiões, Cullen foi afastado por fazer um trabalho abaixo das suas expectativas. No Hospital St. Luke, em Bethlehem, Pensilvânia — pelas minhas contas, o sétimo em que Cullen trabalhou —, uma grande quantidade de medicamentos raramente usados desapareciam e eram substituídos de forma automática. Quando uma quantidade similar desaparecia de novo, era substituída como rotina, e, em nenhuma das vezes, isso pareceu levantar suspeita ou mesmo incitar questionamentos. Cullen disse depois que suas impressões digitais — de forma figurativa e literal — estavam em todos esses furtos.

Porém, as autoridades não seguiam com as investigações, concluindo que não havia evidências suficientes ou que a situação era ambígua demais. Parte disso ocorria devido ao pequeno número de enfermeiros no país, o que permitia que ele permanecesse em empregos dos quais teria sido demitido. Além disso, os hospitais apenas não queriam admitir que talvez tivesse algo acontecendo nas alas além das taxas de mortalidade normais de pessoas em condições médicas complicadas. Até uma suspeita como essa poderia abrir uma caixa de Pandora de incertezas, processos e exposição financeira.

"Não sei como os investigadores da Pensilvânia acharam que não havia evidências suficientes para provar que tinha sido eu e suspender minha licença", comentou Cullen com os detetives. "Eu era a única pessoa trabalhando durante todas as noites em que uma morte ocorria."

A derrocada final de Cullen aconteceu em 2003, no Centro Médico de Somerset, em Somerville, Nova Jersey, onde ele trabalhava havia cerca de um ano na Unidade de Terapia Intensiva. No fim da primavera, o sistema de registros computadorizados do hospital mostrava que Cullen buscava o histórico de pacientes que não eram dele, e outros funcionários o viram repetidas vezes no quarto de pacientes que não foram designados para ele. Muitos dos medicamentos eram mantidos em armários trancados, controlados por um sistema automático de distribuição conhecido como Pyxis, que requer uma senha de acesso digital para abrir. Os registros mostravam que Cullen retirava medicamentos que não haviam sido prescritos para nenhum de seus pacientes. Muitas vezes, ele cancelava a solicitação rapidamente para tentar encobrir seus atos, e então solicitava os mesmos medicamentos minutos depois.

Mais ou menos na mesma época, o dr. Steven Marcus, diretor executivo do Sistema de Educação e Informação de Venenos de Nova Jersey, alertou a administração do hospital sobre a possibilidade de que quatro mortes fossem suspeitas e pudessem indicar que um funcionário estivesse matando pacientes de propósito. Dirigentes da instituição tentaram minimizar ou moderar as preocupações do dr. Marcus, mas ele se ateve firme às suas suspeitas, dizendo-lhes que pretendia reportar o caso ao Departamento de Saúde e Serviços para Idosos, e que estava gravando a conversa. Isso chamou a atenção deles, mas, mesmo assim, permitiram que Cullen permanecesse na ala da UTI até que uma investigação fosse realizada. Enquanto isso, mortes suspeitas continuaram acontecendo.

Quando um paciente morreu em outubro com uma taxa de açúcar no sangue extremamente baixa — sugerindo uma possível overdose de insulina —, a administração por fim informou às autoridades policiais. A polícia, então, começou a investigar, e descobriu um longo caminho de equívocos e omissões, incluindo uma overdose de insulina não fatal provocada por Cullen em agosto. Foi quando seu longo histórico de contratações e demissões em inúmeros hospitais de Nova Jersey e da Pensilvânia caiu em análise. O Centro Médico de Somerset fez o que muitos consideraram o caminho mais fácil: demitiu Cullen por mentir na ficha de contratação. Enquanto isso, a investigação policial seguia.

Cullen foi preso no dia 12 de dezembro de 2003, enquanto comia em um restaurante. Ele foi acusado por um assassinato e uma tentativa de assassinato. Dois dias depois, concordou em ser interrogado pelos detetives de Somerset County, Timothy Braun e Daniel Baldwin. E, assim como Donald Harvey, quando começou a falar, deixou os investigadores em choque. Durante um interrogatório de sete horas, Cullen admitiu ter matado cerca de 40 pacientes.

Depois de mais de seis horas, Braun disse: "A pergunta que não quer calar, Charles, é: 'Por quê?' Poderia explicar o motivo por trás de todas as mortes que causou durante esses anos?"

"Minha intenção era diminuir o sofrimento das pessoas que encontrei durante minha carreira", respondeu ele, soando como Harvey. E continuou, dizendo que havia considerado deixar a carreira de enfermagem, pois, enquanto permanecesse na profissão, "eu sabia que se fosse colocado naquelas situações, sentiria a necessidade de...

acabar com o sofrimento das pessoas". Mas Cullen precisou continuar, porque tinha obrigações financeiras, não queria ser um "pai fracassado" e sabia que não conseguiria ter outra profissão que pagasse tão bem quanto a de enfermeiro.

Ele confessou que se sentiu "culpado pelo que tinha feito, apesar de tentar reduzir o sofrimento das pessoas. Eu ficava longos períodos sem fazer nada, e, de repente, me via de volta naquele lugar, me sentindo oprimido, sentindo que não conseguia ver pessoas sofrerem e morrerem, sendo tratadas como não humanas. E, às vezes, a única coisa que eu achava que podia fazer era tentar acabar com o sofrimento delas. Não achava que tinha esse direito, mas fazia mesmo assim".

Quando começamos a estudar serial killers nos anos 1970 e 1980, percebemos que a maioria deles tinha o que chamamos de períodos "de resfriamento" entre os crimes, fosse esse de alguns dias, algumas semanas ou até alguns anos. Mas então, a pressão interna ressurgia e eles voltavam a matar.

Em quase todos os predadores em série, há dois elementos conflitantes: um sentimento de grandiosidade, de excepcionalidade, de titularidade, junto com sentimentos profundos de inadequação e incapacidade, e uma sensação de que não conquistaram as realizações que deveriam na vida. E, apesar de nenhum dos dois ser um predador no sentido tradicional, podemos ver com clareza esses traços em Harvey e em Cullen. Seus sentimentos reprimidos de incapacidade e privação cresceram até o ponto em que precisaram mostrar seu poder — e, em suas mentes desajustadas, sua bondade e benevolência — brincando de Deus com sofredores infelizes. A morte apazigua a necessidade deles por poder e onipotência, enquanto satisfazem a necessidade sub ou semiconsciente de se vingarem da sociedade que negou a eles o seu direito.

No dia 2 de março de 2006, Cullen foi condenado a onze penas de prisão perpétua consecutivas, o que o torna inelegível para liberdade condicional até completar 397 anos de prisão. Hoje, ele "reside" na Prisão Estadual de Nova Jersey, em Trenton, local onde Joseph McGowan também está preso.

A polícia se interessa muito por crimes como os de Harvey. Infelizmente, é comum que só sejamos alertados após o criminoso cometer um erro gritante ou descuidado. Quando, por fim, analisamos o assassino, conseguimos identificar os distúrbios e disfunções precoces em suas vidas que geraram a necessidade de retribuir e retaliar de alguma forma. Donald Harvey não deixaria alguém tratá-lo com desrespeito nunca mais.

Ao estudar homicidas médicos como Harvey, Cullen ou Shipman, chegamos a algumas considerações investigativas, mas elas requerem um alto nível de cuidado, não só da polícia, mas das pessoas que, em geral, não são treinadas para procurar ou reconhecer atividades ilegais, como furto de medicamentos e equipamentos ou crimes violentos como assassinatos. Em qualquer tipo de ambiente de saúde, um aumento incomum dos números de mortes ou complicações médicas inesperadas deveria levantar suspeita o suficiente para garantir uma investigação por parte da administração do local e, por consequência, se for o caso, da polícia. Há alguma relação com os turnos ou com a presença de um funcionário específico naquele andar?

Como falamos no *Manual de classificação criminal*: "Em nove casos de assassinos pseudomisericordiosos citados em um artigo no *American Journal of Nursing*, a relação entre uma presença suspeita e um alto número de mortes estranhas foi considerada suficiente para estabelecer uma causa provável e levar acusações a júri popular."

Outra consideração seria uma taxa alta de reanimação cardiopulmonar, seja no mesmo paciente ou em vários. Um indicador bastante significativo seria se um mesmo indivíduo estivesse presente em muitas dessas cenas ou ativasse o chamado de emergência do hospital.

Se um sujeito apresentar mudanças frequentes de emprego, isso certamente é um elemento que deveria levantar suspeita. Infelizmente, como pudemos observar, administradores às vezes acham mais fácil demitir um funcionário em vez de seguir alguma conduta possível contra ele ou ela.

Todos nós aceitamos o fato de a medicina não ser uma ciência exata, portanto, resultados imprevisíveis podem ocorrer. Mas a consideração investigativa mais importante para esse tipo de crime é o reconhecimento de um padrão. Os riscos são altos demais para a segurança de um dos grupos mais vulneráveis de pessoas. Não podemos falhar nessa área.

Se tem uma coisa que minha entrevista com Donald Harvey revelou é que ele não tinha remorso algum e realmente gostava de se safar dos assassinatos que cometia.

IV

"NINGUÉM ME OBRIGOU A FAZER NADA"

21

OS ASSASSINATOS DA SUPERBIKE

No fim de 2004, eu estava dando uma palestra em uma universidade na Carolina do Sul. Quando terminei, o sargento Allen Wood da delegacia de Spartanburg County veio até mim. Ele me contou de um caso que acontecera havia um ano na cidade de Chesnee, no qual quatro pessoas foram mortas a tiro.

"Você consegue nos ajudar?", perguntou Wood.

"Se me passar as informações, posso ver se há evidência psicopatológica o suficiente para que eu faça alguma coisa", respondi, cético com a ideia de que eu poderia ajudar, já que assaltos rotineiros geralmente não requerem muita evidência comportamental.

Quando cheguei em casa, Wood me ligou para falar do caso e me passou informações e fotos da cena do crime, protocolos de autópsias e outros relatórios.

No dia 6 de novembro de 2003, logo após as 15 horas, Noel Lee, cliente e amigo do dono da loja e oficina de motocicletas Superbike Motorsports, chegou ao local que fica nos arredores de Chesnee, uma comunidade agrícola pequena na parte noroeste da Carolina do Sul. Ele viu uma cena sangrenta com quatro mortos e ligou para o número de emergência.

"Onde você está agora?", perguntaram ao telefone.

"Na... Superbike Motorsports. Acho que todo mundo levou um tiro aqui! Todos estão no chão, em uma piscina de sangue. A mãe dele levou tiros, o mecânico levou tiros..."

Após a polícia chegar, as vítimas foram identificadas como o dono da loja, Scott Ponder, de 30 anos; o gerente de operações, Brian Lucas, de 29; o mecânico Chris Sherbert, de 26; e Beverly Guy, de 52, mãe de Ponder e responsável pelo financeiro em meio-período. Os quatro haviam morrido com múltiplos tiros e havia dezoito cartuchos de bala de dois tipos diferentes espalhados pela cena, ambos de níquel e latão.

Para os investigadores, parecia que o atirador (ou os atiradores) havia entrado na propriedade, encaminhado-se até a parte de trás da loja, atirado em Sherbert, e depois prosseguido para a frente, onde atirara em Guy. Lucas caiu próximo à porta da frente, e Ponder no estacionamento, aparentemente tentando fugir para pedir ajuda quando viram que Guy havia sido atingida. Não havia impressões digitais nem DNA.

Por definição, isso seria classificado como massacre. Porém, o indicador mais significativo era o que *não* havia acontecido: nada tinha sido levado, apesar de haver milhares de dólares no caixa em uma pasta preparada para ser depositada no banco e muitas motocicletas caras e de fácil mobilidade. Portanto, o ocorrido ficou em minha cabeça como um homicídio criminal institucional devido a alguma violência no local de trabalho. E, ao reconstituir o acontecimento partindo das evidências, de fato parecia que o mecânico fora atingido primeiro, na parte de trás da cabeça, por cima, enquanto consertava uma moto. O atirador seguiu com rapidez para a parte da frente da loja, onde encontrou Guy saindo do banheiro, e atirou nela no ato.

Lee contou aos assistentes do delegado que viu um homem e uma mulher jovens saindo da loja quando ele entrou. Kelly Sisk, que veio correndo quando soube dos assassinatos, disse que ele estava na loja cerca de meia hora antes com o filho de 4 anos, pois fora fazer um pagamento de um carrinho que comprara para o garoto. Ele reparou que Scott Ponder atendia um cliente que olhava uma Kawasaki Katana 600 preta. Duas coisas chamaram a atenção de Sisk. O cliente vestia uma blusa de frio de fleece da marca Columbia, apesar do tempo quente, e não parecia ter experiência com motos. Uma Kawasaki Katana 600 preta estava na loja sendo preparada para entrega quando alguns policiais chegaram. Uma nota fiscal havia sido feita, mas sem o nome do comprador. Sisk forneceu uma descrição do cliente, que resultou em um retrato falado distribuído nos arredores. O que todos sabiam era que Sisk havia sido o último cliente a sair da Superbike antes do tiroteio.

A delegacia seguiu a investigação em múltiplas direções e teorias. Poderia ser um funcionário descontente, um cliente insatisfeito ou até alguém contratado por um concorrente para acabar com o negócio de sucesso. Será que o jovem que Lee tinha visto era o atirador, e a mulher a vigia? O próprio Lee ficou sob suspeita por ter aparecido sozinho logo após os assassinatos.

Era muito improvável que Beverly Guy fosse o alvo principal, e nada no histórico de Scott Ponder e Brian Lucas levantava suspeitas. Havia rumores de uma droga ilícita ligada a Chris Sherbert, mas não houve resultado positivo.

E então, uma evidência intrigante e condenatória surgiu. A delegacia ligou para a viúva de Ponder, Melissa, e disse a ela que o menino que ela havia dado à luz pouco depois dos assassinatos não era filho de Scott. Como ela estivera na delegacia em uma visita anterior e havia trocado a fralda do bebê, a polícia recolhera uma amostra de DNA, que não correspondia ao sangue de Scott coletado na cena do crime.

Melissa ficou chocada, descrente e se recusou a aceitar a descoberta. Scott e ela eram completamente apaixonados. Para ela, a única explicação possível era o bebê ter sido trocado no hospital, mas isso parecia bastante improvável. Indignada, exigiu que um segundo teste fosse realizado. As autoridades concederam. Os resultados não só indicaram que o filho não era de Scott, mas que o pai da criança era seu sócio e amigo Brian Lucas.

Seria um triângulo amoroso que não dera certo? Havia rumores de que Lucas estava tendo problemas matrimoniais e, logo antes dos assassinatos, ele tinha sido visto procurando uma casa sozinho. Os detetives suspeitaram de Melissa, pois, quando lhe contaram sobre a morte de Scott, ela não quis saber os detalhes específicos. Mais tarde, explicou que queria se lembrar dele como o homem alegre que era.

Eu não sabia o que pensar da evidência de DNA sobre a paternidade de Scott, mas, após analisar o material que me foi enviado, não achei que um relacionamento entre Brian e Melissa, ainda que existisse de fato, tivesse a ver com o crime. Tanto Scott quanto Brian haviam sido mortos, e não havia nada no histórico de Scott e Melissa que sugerisse que eles estavam tendo problemas; todo mundo que a conhecia afirmou que ela ficou arrasada com a morte dele. Portanto, teríamos que pular muitas etapas lógicas para fazer com que essa teoria fizesse sentido. A delegacia havia investigado as possibilidades com drogas e não encontrara evidência alguma, e nada na cena indicava envolvimento com drogas para mim.

Dezoito meses após os assassinatos, o departamento de polícia foi informado de que os frascos que continham o sangue coletado de Brian e Scott na cena do crime tinham sido trocados. O filho de Melissa era, afinal, de Scott, e, pelo menos, um capítulo infeliz do caso dos assassinatos da Superbike estava resolvido.

Será que um empreendimento rival tinha planejado os assassinatos? Não era impossível, mas era algo fácil o suficiente de ser checado, e, na minha experiência, essa não é a forma como empresas sérias resolvem seus problemas. Hoje em dia, nem o crime organizado resolve as coisas desse jeito.

Passei minhas conclusões a Wood por telefone. Ele fez anotações e depois as dividiu comigo. Apesar dos dois tipos de cartucho, aquilo havia sido trabalho de um único indivíduo. Falei que o assassino era um funcionário ou um cliente insatisfeito, mais provável um cliente que tinha ficado puto por alguma razão, pois um funcionário seria mais fácil de ser descoberto. A agressão prolongada de tiros múltiplos indicava que não havia sido um assalto que deu errado, e o foco da agressão era a empresa inteira, não alguém específico. Diferente da maioria dos crimes sexuais e predatórios, a idade do *UNSUB* não era determinante, portanto, não valia a pena especular sobre isso e eliminar possíveis suspeitos.

DE FRENTE COM O SERIAL KILLER

Ele teria falado sobre sua insatisfação para uma ou mais pessoas, e, em determinado momento, simplesmente chegou ao limite. O crime havia sido planejado e executado de forma eficiente. Ele teria praticado os tiros com antecedência, talvez em um local próximo. Observava a loja para se certificar de que não haveria outros clientes, e, quando Kelly Sisk saiu, viu que a área estava livre.

Após o crime, ele estaria obcecado com a investigação e com a cobertura da imprensa, o que eu costumava chamar de "fator cu na mão", caso a delegacia tivesse alguma pista forte. Alguns desses caras tomam a iniciativa e se metem na investigação para tentar despistar a polícia, dizendo que estão à disposição para ajudar. Um exemplo é alguém que afirma que estava passando por ali e pensou ter visto um tipo específico de carro deixando a cena do crime. Isso não só desviaria a investigação, como também "explicaria" a presença da pessoa, caso alguém alegasse tê-la visto por ali.

Esse tempo todo após o crime sem nenhuma prisão faria com que o comportamento de possíveis suspeitos voltasse ao normal. Mas eu tinha certeza de que ele havia contado algo para alguém, talvez se gabando de sua eficácia e de como se vingara daquelas pessoas que o haviam sacaneado.

Apesar de ele não estar mais agindo de maneira "estranha", sugeri duas abordagens proativas. Uma era vasculhar todo o arquivo de clientes e procurar por uma carta de reclamação ou para ver se algo se destacava ou apontava para alguma pista. A segunda era pedir para algum jornal local escrever uma reportagem com a descrição de como seria o comportamento do *UNSUB* imediatamente após o crime, para ver se alguém havia testemunhado ou ouvido algo parecido.

Após me entrevistar, a repórter Janet S. Spencer publicou uma matéria no *Spartanburg Herald-Journal* e no *GoUpstate*, um jornal on-line, com a manchete "O perfil do assassino é um atirador com raiva", e os detalhes da minha análise.

"O número de tiros que Ponder e Lucas receberam ao fugir indicava que o assassino descarregou neles o ápice de sua raiva reprimida, teoriza

Douglas", escreveu Spencer. "Ele afirmou que um assalto não foi a motivação do massacre. Nenhum dinheiro foi roubado do caixa. Nenhuma joia nem objetos pessoais foram retirados dos corpos. Douglas disse que o crime nem sequer se encaixa em massacres relacionados a drogas...

"Há evidências de clientes descontentes — seja em vendas anteriores com as vítimas ou com a loja em si, de acordo com os arquivos, afirmou Douglas. 'E o assassino desconhecido deve ter ficado com a ideia de retaliação na cabeça durante meses', concluiu."

O artigo continuou, descrevendo o comportamento pré e pós-crime. "'Ele tinha treinamento. É possível que frequentasse campos de tiro nas redondezas, se houver algum, ou simplesmente ia para a floresta praticar. Ele foi preciso quando deu todos aqueles tiros na loja', afirmou Douglas [...] É provável que o homem seja um cara esquentado que entra em brigas quando discorda de alguém. 'Nesse caso, ele atirou em vez de brigar verbalmente', concluiu Douglas. O assassino não sentia remorso, e é por isso que conseguiu matar as quatro pessoas."

Apesar dos esforços e das iniciativas constantes dos investigadores, o caso permaneceu estagnado. E o assassino ainda estava à solta.

22

O QUE ACONTECEU COM KALA E CHARLIE?

Kala Victoria Brown, de 30 anos, e Charles David Carver, de 32, estavam desaparecidos. As pessoas que os conheciam estavam horrorizadas e temiam pela segurança deles. A última vez que alguém havia visto os dois foi quando saíram do apartamento que dividiam em Anderson, no noroeste da Carolina do Sul, em 31 de agosto de 2016. Eles estavam namorando havia alguns meses e os amigos sabiam que o relacionamento era sério. Não havia nenhuma mensagem deles após essa data.

Eu não sabia de nada disso na época. Soube de alguma coisa quando histórias começaram a aparecer nos jornais. O restante li no que se tornou um arquivo enorme do caso.

Carver era casado com Nichole "Nikki" Nunes Carver, mas eles estavam em processo de divórcio.

A mãe de Carver, Joanne Shiflet, disse que os dois nunca passavam um dia sem se falar. Ela havia ligado para o zelador do prédio onde o casal morava, que entrou no apartamento e não encontrou sinal deles, somente o cachorro de Brown, Romeo, sem comida e sem água. A mãe de Brown, Bobbie Newsome, insistiu que Kala nunca abandonaria Romeo por vontade própria daquela maneira. E não havia sinal do Pontiac branco de Carver.

Pôsteres com a foto deles foram distribuídos e a polícia começou a busca. Algumas postagens enigmáticas apareceram no Facebook de Carver dizendo que eles estavam bem e tinham partido sozinhos, mas Shiflet disse aos investigadores que aquilo não soava como o filho dela. Alguém devia ter hackeado a conta dele. E, ainda assim, ninguém recebera notícias nem de Brown nem de Carver.

No dia 18 de outubro, o sargento Brandon Letterman da delegacia de Spartanburg County recebeu a visita de dois detetives de Anderson. Eles disseram que estavam trabalhando em um caso de pessoas desaparecidas e que tinham recebido uma denúncia de que Kala estava enterrada em uma propriedade arborizada de 40 hectares. O celular de Brown havia recebido os últimos sinais da torre de Woodruff, ao sul de Spartanburg. A única casa que se encaixava nessa descrição em um raio de três quilômetros da torre que registrara o telefone pertencia a um corretor de imóveis bem-sucedido de 44 anos chamado Todd Christopher Kohlhepp. Ele morava na subdivisão de Kingsley Park, em Moore, ao sudeste de Spartanburg, tinha licença para pilotar e era dono de uma BMW. Woodruff ficava a cerca de oito ou nove quilômetros ao sul.

A delegacia enviou um helicóptero até a propriedade de Kohlhepp, em busca de pistas ou evidências, como o carro de Carver. Mas a floresta densa não revelou nada. Com uma ordem judicial, Letterman solicitou o histórico de ligações do celular de Kohlhepp, e quando o recebeu, duas semanas depois, descobriu que o celular do corretor de imóveis e o de Brown haviam estado bastante próximos na hora em que ela tinha desaparecido. Isso era suficiente para solicitar um mandado de busca nas duas propriedades de Kohlhepp.

No dia 3 de novembro, a delegacia enviou duas equipes — uma para a casa de Kohlhepp em Moore e a outra para sua propriedade em Woodruff.

Bem dentro da mata, a equipe de Woodruff se deparou com um container verde de metal Conex de nove por quatro metros e meio a cerca de um quilômetro da rodovia mais próxima. Estava trancado com cinco cadeados. A equipe trabalhou com marretas durante quinze minutos, tentando quebrá-los. De repente, alguém disse: "Parem!" Ele achou que tivesse ouvido alguém bater lá de dentro. Brandon Letterman bateu de volta.

Ele ouviu um pedido distante pela parede de metal:"Socorro!"

Com ferramentas poderosas que encontraram em um celeiro na propriedade, incluindo um maçarico, os policiais cortaram os cadeados e abriram a porta. Entraram às pressas, com as armas preparadas.

Dentro do local, encontraram Kala Brown, totalmente vestida e usando óculos, mas acorrentada pelo pescoço a uma parede e algemada.

"Só a menina! Só a menina!" O policial líder gritou enquanto vasculhava o interior do container. "Como você está? Isso é um alicate de metal e temos um paramédico conosco. Vamos tirar você daqui, está bem?"

Enquanto soltavam a moça, um dos policiais perguntou: "Você sabe onde está o seu namorado?"

"Charlie?", perguntou ela, ainda desorientada.

"Sim."

"Ele atirou nele."

"Atirou nele? Quem atirou?"

"Todd Kohlhepp deu três tiros no peito de Charlie Carver."

A equipe de Letterman passou a informação para a equipe de Moore. Na casa, o investigador sênior Tom Clark, acompanhado do investigador Charlynn Ezell e do investigador sênior Mark Gaddy, ambos de Anderson, confrontaram Todd Kohlhepp, um homem de 130 quilos e aparência desarrumada, com o que tinham acabado de saber. Kohlhepp pediu um advogado e para falar com a mãe. Ele foi levado algemado para a cadeia de Spartanburg, onde ambas as solicitações foram atendidas.

Enquanto isso, a equipe de Woodruff havia vasculhado o cômodo em cima da garagem e encontrado cadeados e algemas.

"Não vemos isso com muita frequência", comentou um dos policiais.

Os policiais encontraram o carro de Carver pintado de marrom para ajudar a camuflá-lo, na propriedade de Kohlhepp, escondido sob três galhos de árvore e coberto com uma pilha de arbustos. Também encontraram uma cova preparada, vazia.

Na ambulância que levou Kala para o hospital, Brown revelou aos detetives que Kohlhepp lhe dissera que ele era responsável por vários assassinatos em uma loja de motos "alguns anos antes". Na verdade, havia sido 13 anos antes.

Mais surpresas estavam por vir quando, no início de uma confissão voluntária de quatro horas de duração, Kohlhepp anunciou: "Vou resolver alguns casos para vocês." Ele identificou o revólver Beretta e os tipos de munição usados nos assassinatos da Superbike, detalhes que nunca haviam sido publicados. Depois, descreveu como matara Johnny Joe Coxie, de 29 anos, e Meagan Leigh McCraw Coxie, de 26, residentes locais cujo desaparecimento foi reportado em 22 de dezembro de 2015. Kohlhepp disse que contratara o casal para limpar algumas das propriedades que alugava e tinha parado na sua casa em Woodruff para pegar alguns suprimentos. Mas, quando chegou, achou que eles estavam tentando roubá-lo, e Johnny sacou uma faca. Alguns dias após o interrogatório, ele levou os investigadores ao local onde havia enterrado o casal. Disse que atirara em Johnny na hora e manteve Meagan viva por vários dias, pensando no que fazer com ela, até que, por fim, decidiu que matá-la era sua única opção.

Ao longo do interrogatório, os policiais relataram que Kohlhepp estava calmo, paciente e tranquilo, sem expressar remorso ou arrependimento por ter sido capturado, apesar de provavelmente ter sentido um pouco dessas coisas. A única emoção que demonstrou foi um orgulho ocasional de sua façanha.

"Limpei aquele lugar em menos de 30 segundos", declarou ele, sentado de frente para dois detetives na sala de interrogatório. "Vocês teriam ficado orgulhosos. Jogo golfe muito mal; mas sei matar muito bem."

Disse também que ele e alguns outros homens assassinaram traficantes de drogas em Ciudad Juárez, no México, em diversas "viagens de caça".

Contudo, a revelação de Kala não tinha sido a primeira vez que o delegado se deparara com o nome de Todd Kohlhepp. Como parte da investigação da Superbike, um formulário fora enviado para todos os clientes da lista da loja de motocicletas pedindo que entrassem em contato com a polícia caso alguém tivesse alguma informação sobre o acontecido ou que pudesse resultar em uma prisão. Não foi nenhuma surpresa o fato de ele nunca ter respondido. No entanto, a investigação não foi tão adiante a ponto de interrogar cada um dos centenas de nomes da lista.

Se o tivessem feito, seu nome com certeza teria se destacado. Não por ter algo a ver com o fato de ter comprado uma moto — apesar de que a tentativa de devolvê-la pudesse ter sido uma pista —, mas porque Todd Kohlhepp tinha um registro criminal por abuso sexual. E isso deveria ter levantado suspeitas o suficiente para ao menos trazê-lo à delegacia para um interrogatório.

É assim que crimes costumam ser resolvidos — quando uma janela se abre. A pista que levou à resolução dos assassinatos de Nova York do Son of Sam foi uma multa que David Berkowitz recebeu por estacionar seu Ford Galaxie perto demais de um hidrante, próximo ao local de seu último assassinato.

Apesar do horror dos sete assassinatos atribuídos a Kohlhepp, o aspecto mais fascinante e obsceno para a imprensa foi que ele, aparentemente, havia mantido uma mulher acorrentada em cativeiro como escrava sexual por mais de dois meses. Do quarto do hospital para onde ela havia sido levada para ser examinada e se recuperar, e mais tarde em uma série de entrevistas, Kala Brown contou como foi que, na manhã do dia 31 de agosto, Charlie e ela foram à casa de Kohlhepp para um trabalho que ele a havia contratado. Charlie foi junto para ajudá-la. Kala já havia feito outras faxinas para Kohlhepp e sua imobiliária, após ter postado nas redes sociais que estava à procura de trabalho. Ele a contratara diversas vezes, apesar de reclamar à polícia durante o interrogatório que ela tinha levado três dias para fazer um trabalho que podia ter sido feito em um.

Quando ouvi pela primeira vez sobre o resgate de Kala Brown, imaginei que ela era vítima de um sádico sexual cuja assinatura do crime era encarceramento, degradação, tortura e estupro. Pensei na mesma hora em Gary Heidnik, que aprisionava, estuprava e abusava de mulheres no porão de casa na Filadélfia, que meu colega Jud Ray e eu havíamos entrevistado na penitenciária da Pensilvânia. Mas acabei me dando conta de que chegara a uma conclusão baseado em aparências.

Kohlhepp disse a Kala e Charlie que ele os guiaria em seu carro, pois tinha trancado o portão da sua propriedade, que ele chamava de fazenda, uma viagem de cerca de 15 minutos da sua casa em Moore. Na entrada do terreno, ele saiu e destrancou o portão de metal e trancou de novo depois que Charlie passou.

Eles seguiram o carro de Todd por cerca de um quilômetro ou mais da estrada, passaram por campos abertos e árvores, até que chegaram a um local com uma garagem de dois andares e um telhado de celeiro, um pequeno curral e um container de metal. Entraram na garagem, onde Kohlhepp deu aos dois uma tesoura de jardim e uma garrafa d'água. Indicou que era para limparem os arbustos do caminho por onde os carros passavam e que lhes mostraria por onde deveriam começar. Eles voltaram para o lado de fora, mas ele informou que precisava voltar lá dentro para pegar alguma coisa. Kala e Charlie esperaram do lado de fora durante vários minutos, um segurando a mão do outro.

Kohlhepp alegou que ouviu os dois conversando sobre roubar coisas dele, então, quando chegou do lado de fora, atirou três vezes no peito de Charlie. Como contou mais tarde aos investigadores que o levaram de volta à cena do crime, ele pegou sua Glock calibre .22 "e então saí e matei ele bem ali".

Kala falou que enquanto estava ali de pé, em choque absoluto, ele a empurrou à força para dentro da garagem, dizendo que, se ela não fosse por vontade própria, se juntaria a Charlie. Ele a algemou com as mãos para trás, algemou seus tornozelos e colocou uma bola em sua boca. Disse que tinha que resolver o que fazer com Charlie. Estava completamente calmo.

Ele a levou de volta para o lado de fora cerca de vinte minutos depois. O corpo de Charlie estava estirado no carregador frontal de um trator, envolto em uma lona azul. Ele falou a Kala que havia aprisionado outra mulher um tempo atrás, mas que, em certo momento, ela o havia "emputecido", então ele a matara com um tiro na nuca. Disse que cometera outros inúmeros assassinatos, perto de uma centena, alguns enquanto ainda estava na prisão e era liberado pelo governo de vez em quando para servir de assassino de aluguel.

Nas duas primeiras semanas de cativeiro, ele a manteve acorrentada à parede do container Conex, levando-a para o prédio maior duas vezes ao dia para comer e fazer "o que ele quisesse sexualmente". Se ela se recusasse a fazer algo sexual, ele não a forçava. "Mas deixava muito claro por que eu estava ali, e que, se eu não fosse mais útil, então não precisaria ser mantida por mais tempo e poderia atirar em mim. Ele dizia que, se eu fosse uma boa menina, me ensinaria a matar e eu poderia virar sua parceira no crime."

Conforme o tempo no cativeiro foi passando, ela era mantida basicamente no container, em geral no escuro, e levada à outra casa para fazer algumas refeições e usar o banheiro. Ela disse que tentava cooperar para que ele a tratasse melhor.

O delegado Chuck Wright anunciou que Kala receberia uma recompensa de 25 mil dólares, que era oferecida havia tempos para quem fornecesse informações que levassem à prisão e à condenação do criminoso dos assassinatos da Superbike.

Durante os interrogatórios, Kohlhepp admitiu o que havia feito com Brown, mas apresentou uma perspectiva bastante diferente. Nunca batia nela, nunca a machucava fisicamente, e o sexo era consensual, alegou, pois ela o incitava. Disse que ela apresentava uma lista longa de exigências materiais, as quais ele prontamente comprava na Amazon para satisfazê-la. Apesar de Kala dizer que acreditava que ele estivesse apaixonado por ela, Todd alegou que a razão de tê-la mantido aprisionada no container foi porque não conseguia resolver o que fazer com ela, já que matara Charlie Carver por impulso.

Ele disse que Brown era viciada em drogas e que tinha "feito com que ela se livrasse do vício" enquanto a manteve em cativeiro. Disse que tivera "um baita trabalho com traficantes de drogas" e que ficava ressentido por ela usar o dinheiro que recebia dele para comprá-las.

Barry Barnette, advogado da Sétima Vara Judicial, confirmou a concordância das famílias das vítimas antes de oferecer um acordo, e disse que apoiaria a decisão coletiva deles. A maioria dos membros percebeu que poderia levar décadas ou mais até que a execução ocorresse. Scott Ponder Jr., que não teve a chance de conhecer o pai, concordou com a mãe, Melissa, sobre o acordo proposto.

No dia 26 de maio de 2017, em troca de evitar um julgamento que poderia ter resultado em pena de morte, Todd Kohlhepp declarou-se culpado de sete assassinatos, dois sequestros, um abuso sexual e quatro posses de arma durante um crime violento. Ele foi condenado a sete penas de prisão perpétua consecutivas, sem possibilidade de liberdade condicional, e mais uma pena de 60 anos de prisão.

23

O QUE DESPERTOU A RAIVA DE TODD?

Quando li sobre a prisão de Todd Kohlhepp, fiquei feliz como sempre fico quando um assassino é capturado. Também fiquei grato pelo perfil que tracei do assassino da Superbike ter sido certeiro, mas triste pelos investigadores não terem vasculhado a lista inteira de clientes e checado um por um. Só não achei que teria mais nada a ver com o caso.

Maria Awes é uma produtora de documentários que passou uma década fazendo jornalismo de bancada, onde ganhou prêmios por suas reportagens investigativas. Junto com o marido Andy, produtor e diretor, ela formou o Comitê de Filmes em Eden Prairie, Minnesota, um subúrbio de Mineápolis. Em uma tarde de 2016, ela se encontrou com Stephen Garrett, um de seus produtores associados, quando ele recebeu uma mensagem do primo Gary, de Spartanburg, Carolina do Sul.

Gary Garrett era corretor de imóveis, e a mensagem para Stephen foi um choque. Seu antigo patrão, Todd Kohlhepp, havia acabado de ser preso e condenado por sete assassinatos, e queria que Gary escrevesse sua biografia. Kohlhepp dizia que noventa por cento da "verdadeira história" não havia sido divulgada. Stephen sabia que Maria tinha um histórico em jornalismo investigativo e pensou que ela poderia dar ao seu primo alguns conselhos.

Maria tinha lido sobre o resgate de Kala Brown no jornal, assim como eu. Ela falou com Gary ao telefone e disse a ele o que deveria levar em consideração e o que procurar se fosse lidar com um assassino condenado. E a declaração de Kohlhepp sobre a verdadeira história despertou seus instintos jornalísticos.

"Você acha que Kohlhepp dividiria a história dele conosco?", perguntou para Gary. Ele respondeu que não sabia, e Maria sugeriu que ele checasse se Kohlhepp toparia conversar com ela.

Logo depois, Maria falou ao telefone com Kohlhepp na prisão de Spartanburg County. Os presos eram limitados a duas ligações de 15 minutos, as quais ela gravou.

"Fiquei chocada com a maneira dele de falar: 'Sim, senhora, não, senhora.' Parecia muito um galã sulista", ela lembrou. "Ele me disse que a contagem de mortes era consideravelmente mais alta do que as condenações que havia recebido. Falou de maneira livre e muito calma. Segui fazendo perguntas. Ele disse que se sentia mal por ter matado Charlie Carver e insistiu que nunca havia estuprado Kala, que todas as relações sexuais que tiveram foram consensuais.

"Eu disse a ele que queria saber do que aqueles noventa por cento se tratavam. Kohlhepp concordou em conversar comigo e disse que pretendia se declarar culpado. Eu precisava ver se conseguia juntar uma equipe. Cobertura de crimes fazia parte do meu passado investigativo, e eu sempre estivera interessada no que leva alguém a cometer um assassinato. Por que ele age diferente das outras pessoas? Nós estávamos tentando fazer algo em parceria com o canal Investigation Discovery, e esse parecia ser o assunto perfeito."

Maria conversou com um produtor do programa que concordou em financiar a pesquisa para o projeto do filme. Ela foi até a Carolina do Sul e conseguiu falar com Kohlhepp por videoconferência no centro de detenção do condado. A série de televisão de seis episódios que resultou desse trabalho chama-se *Serial Killer: The Devil Unchained*. O título se refere ao relatório anterior à sua condenação por estupro durante a adolescência, no qual um vizinho o descreve como "um diabo na corrente".

Ao mergulhar fundo na pesquisa, Maria continuou dialogando com Kohlhepp.

"Após várias conversas", disse ela, "decidi que precisava conversar com alguém que já tivesse feito isso antes, que já tivesse conversado com assassinos condenados e confessos".

Foi então que ela entrou em contato comigo, e, após conversarmos um pouco, concordamos que eu entrevistaria Kohlhepp. Com sua tenacidade de repórter, Maria usava o Ato de Liberdade de Informação (FOI, na sigla em inglês) para obter arquivos do caso, que sua talentosa pesquisadora e bibliotecária Jen Blanck havia organizado meticulosamente e me enviado em pastas volumosas.

Naquela época, Kohlhepp havia se declarado culpado, fora condenado e estava preso na Penitenciária de Broad River, em Columbia, Carolina do Sul, onde as regras eram rígidas e o acesso aos prisioneiros muito mais restrito do que quando estava na cadeia do condado. Sinceramente, após ele ter admitido tudo o que fizera, os policiais não estavam muito dispostos a dar a ele um tratamento especial. Na verdade, devido à sua notoriedade, ele foi mantido isolado do restante dos prisioneiros durante um período considerável.

Porém, Maria continuou se comunicando com Kohlhepp através de cartas e e-mails. Junto com Garrett, ela conseguia obter informações que Kohlhepp não dissera aos detetives.

Seu primeiro crime com arma, conforme contou a Maria, foi no Arizona, quando ainda era adolescente. Ele escreveu:

Sim, atirei em uma pessoa no Arizona, não era um traficante de drogas, mas um idiota que queria entrar em uma gangue, e eu era parte da sua iniciação, sem nem saber disso. Ele atirou em um amigo meu. Depois, certa noite, descarreguei uma arma inteira no carro dele no estacionamento. Não faço ideia do que tenha acontecido com ele nem se ele foi sequer atingido. Eu tinha 14 anos. Era jovem e estava assustado. Sei que atirei na janela, mas quando a munição acabou, fugi dali e joguei a arma dentro de uma caçamba de lixo em uma ruela.

Ele contou a ela que, certa vez, matou dois bandidos que tentaram assaltá-lo no estacionamento do complexo de apartamentos Hunt Club, onde ele morava.

A forma como descreveu o ocorrido: dois homens, um mais forte e o outro menor, confrontaram-no. O menor se aproximou primeiro e sacou uma faca. O outro carregava um martelo. Kohlhepp largou a chave e pegou duas facas que ficavam no seu bolso, uma em cada mão. O homem que segurava a faca esticou o braço, e Kohlhepp cortou seu punho, fazendo-o largá-la. Ele tentou chutar Kohlhepp, mas Todd o cortou na parte de trás da coxa e então esfaqueou seu peito. O homem mais forte que segurava o martelo se descontrolou e se virou para fugir, mas Kohlhepp o pegou pelas costas, segurou seu cabelo e o esfaqueou na lateral do pescoço.

Kohlhepp foi até seu apartamento e pegou toalhas, lençóis e uma cortina de banheiro, envolveu o homem menor e lançou-o no porta-malas do seu carro, um Acura Legend. Baixou o banco traseiro, esticou a cortina, envolveu parcialmente o homem mais forte e colocou uma toalha sobre o rosto dele. Voltou para o apartamento, pegou a maior panela que tinha na cozinha e encheu de água, fazendo diversas viagens de um lado para o outro, tentando lavar o sangue do estacionamento. Depois, saiu com o carro, encontrou uma estrada fechada e deixou os corpos ali.

"Coloquei os corpos atrás de um barranco", contou a Maria. "Fico impressionado de nunca terem encontrado eles."

Os corpos nunca foram localizados mesmo.

De minha parte, eu estava intrigado com a ideia de entrevistar Kohlhepp, porque ele não parecia se encaixar nas categorias tradicionais que podemos designar à maioria dos assassinos em série. Li as transcrições de sua prisão e do interrogatório, que Maria tinha conseguido através da FOI, assim como o que ele contara a ela, como os assassinatos em Hunt Club. E então comecei a juntar os fatos. Todd Kohlhepp era um corretor de imóveis de sucesso que tinha outros profissionais trabalhando para ele. Era um piloto talentoso. Nenhum de seus crimes seria classificado como organizacional, ou seja, para ganhos pessoais. Todo seu dinheiro havia sido conquistado de forma legítima. Parecia haver um componente sexual em alguns dos crimes, se não em todos, mas eu realmente não fazia a menor ideia do que era ou se esse era o motivador principal. Aparentemente, ele odiava traficantes de drogas, o que era um assunto à parte, mas estava disposto a trabalhar com qualquer um que conseguisse para ele as armas que não conseguia através da lei. Após negar tudo inicialmente, assim como a maioria dos criminosos, ele foi franco e sincero nos interrogatórios. E, além de se gabar um pouco da sua habilidade de atirar, estava tão calmo e frio naquelas conversas quanto Kala Brown havia descrito que ele estivera após atirar em Charlie Carver.

Os assassinatos da Superbike foram extremamente organizados. Os dos Coxie e de Carver tinham uma apresentação mista, com elementos organizados e desorganizados. Ele descreveu como matou Carver, mas não conseguiu explicar direito por que o havia matado. Ele fazia sexo repetidas vezes com uma mulher que mantinha em cativeiro dentro de um container de navio escuro, embora alegasse que havia recuado quando ela reclamou, e, sinceramente, suas ações durante esse tempo não se encaixavam nas tipologias estabelecidas de estupradores. Ele assumiu que o que havia feito era errado e não culpou ninguém pelas próprias atitudes.

Então, o que despertou a raiva de Todd Kohlhepp?

De fora, ele tinha vivido uma vida produtiva e de sucesso, assim como qualquer outro assassino em série que eu conseguia pensar. Tinha um bacharelado em ciência da computação da Central Arizona College. Trabalhara durante mais de um ano como designer gráfico. Passara nos testes para obter licença de piloto particular da Administração Federal de Aviação. Fora aprovado na prova para corretor de imóveis da Carolina do Sul e recebera um registro para a empresa que tinha em Moore. E até escrevia avaliações na Amazon de produtos que comprava.

Porém, ao olharmos algumas das avaliações on-line, outro lado de sua personalidade emergia. Para uma motosserra que comprou, ele escreveu: "Funciona muito bem. Fazer com que o vizinho fique parado enquanto você o persegue já é difícil o suficiente sem uma motosserra fácil de usar."

Para uma faca: "Não esfaqueei ninguém... ainda... mas vou manter o sonho vivo e, quando realizá-lo, será com uma ferramenta de qualidade como essa."

Para uma pá dobrável: "Deixe dentro do carro para quando você precisar esconder corpos e tiver esquecido sua pá em casa."

Para um cadeado com manilha interna: "Funciona muito bem. Além disso, se alguém falar atravessado com você, faça como antigamente, coloque o cadeado dentro de uma meia e bata na pessoa com ele. Ela não vai gostar tanto do aço resistente quanto você. É ótimo para containers de navio."

KOHLHEPP FOI REGISTRADO COMO TODD CHRISTOPHER SAMPSELL, EM FORT LAUDERDALE, FLÓRIDA, no dia 7 de março de 1971. Os pais, Regina e William, se divorciaram quando ele tinha 2 anos. A mãe ganhou a guarda do filho e logo se casou outra vez com um homem chamado Carl Kohlhepp, que já tinha dois filhos e adotou Todd aos 5. Apesar de ter uma inteligência acima da média, Todd era uma criança difícil, um menino muitas vezes raivoso, agressivo e rebelde, e brigava com o padrasto o tempo inteiro. Há evidências de crueldade com animais e hostilidade com outras crianças. Aos 9 anos, quando a família morava na Geórgia, ele foi enviado para uma instituição de saúde mental durante três meses e meio para aprender a controlar a própria raiva. A família Kohlhepp se mudou para a Carolina do Sul, onde Todd foi expulso dos escoteiros por ser bagunceiro. Ele queria morar com o pai biológico, que não conhecia direito e imaginava que teria uma vida melhor, e ameaçou se matar caso não o deixassem ir. Em desespero, Regina finalmente concordou, enquanto ela e Carl viviam um conflito no casamento (eles se divorciaram, casaram-se de novo e se divorciaram outra vez). Ele foi morar com Sampsell em Tempe, Arizona, onde o pai tinha um restaurante chamado Billy's Famous for Ribs.

Não demorou muito para que Todd se desencantasse com o pai, que estava sempre fora com as namoradas e não dava a menor atenção para ele. Todd disse a Regina que queria voltar para casa, mas ela deu desculpas para mantê-lo com o ex-marido.

Enquanto esteve com o pai, seu comportamento continuava a piorar e culminou em uma condenação por sequestro no Arizona em 1986. O garoto de 15 anos pegou a arma calibre .22 do pai e foi até a casa da vizinha de 14 anos, onde ela tomava conta dos irmãos mais novos. Todd a forçou a ir com ele até sua casa, onde a levou para o quarto no andar de cima, colocou uma fita em sua boca, amarrou as mãos dela para trás e a estuprou. Ela não era namorada dele, embora ele quisesse. Na verdade, ela estava interessada em outro rapaz da escola. Ele tinha tentado trazê-la para casa quatro vezes antes disso, mas ela havia recusado, até que Todd teve a ideia de forçá-la com uma arma.

Após o ataque, há discrepância nas versões de Todd e da menina sobre o que aconteceu. Todd disse que ela concordou em ajudá-lo a procurar seu cachorro, que havia fugido de casa, antes de levá-la para casa. Ele admitiu que ameaçou matar seus irmãos mais novos se ela contasse a alguém o que ele tinha feito. Ela disse que ele andava nervoso pelo quarto, debatendo consigo mesmo se deveria ou não matá-la, e foi ideia dela inventar a história do cachorro para explicar sua ausência na casa, prometendo a Todd que, se ele a deixasse ir, era isso que ela contaria aos pais.

Porém, antes de chegar em casa, seu irmãozinho de 5 anos havia percebido que ela não estava lá e ficou com medo. Ele havia aprendido a ligar para o número de emergências. Na hora que os pais chegaram em casa, a polícia já estava lá. Quando a menina chegou em casa logo depois, começou a contar a história do cachorro, mas desabou em lágrimas e falou sobre o estupro em detalhes.

Os policiais foram até a casa de Todd, onde o encontraram segurando um dos rifles do pai apontado para o teto. Quando um funcionário responsável pelo acompanhamento de menores infratores perguntou por que ele havia estuprado a menina, ele respondeu que não tinha certeza, mas que poderia ser um ato de rebeldia, pois o pai estava fora da cidade. Ele também afirmou que achou que a menina tinha 16 anos, e não 14. Depois, disse que só queria conversar com ela, convencê-la a namorar com ele, e a "situação saiu do controle".

Segundo uma reportagem de Tim Smith no jornal *Greenville News*, "Os pais da menina disseram à polícia que o estupro teve um 'efeito devastador em toda a família'. A menina chorou e foi incapaz de se comunicar durante a maior parte da entrevista com o acompanhante de menores infratores, e os pais disseram que "suas notas na escola e seu desenvolvimento nos esportes haviam decaído".

A verdade é um grande contraste à versão do crime que Kohlhepp contou quando foi receber seu registro estadual de corretor de imóveis da Carolina do Sul, 20 anos depois. Em uma carta de 2006 para o Departamento do Trabalho, Licenciamento e Regulamentação da Carolina do Sul, Todd explicou que ele e a namorada na época, ambos com 15 anos, começaram a discutir em sua casa enquanto o pai estava ausente. Ele tinha feito a besteira de pegar a arma do pai, que ficava do lado de fora porque tinha medo de assaltos quando ficava em casa sozinho, e disse a ela para não se mexer enquanto os dois resolviam suas diferenças. De acordo com ele, os pais dela ficaram preocupados quando não conseguiram falar com a filha pelo telefone e apareceram na casa. A mentira deu certo e o registro de corretor de imóveis foi emitido.

O mesmo não ocorreu com a condenação do crime em si. Todd foi condenado por sequestro, abuso sexual e crime perigoso contra uma criança. O relatório de acompanhamento citava um comentário de um vizinho de que ele estava desesperado por afeto e atenção, mas recomendava que fosse condenado como adulto. Ele concordou em se declarar culpado de sequestro, em troca das outras acusações serem retiradas. Todd foi condenado a 15 anos de prisão e registrado como agressor sexual.

Enquanto esteve preso, recebeu seu diploma em ciência da computação. Quando foi solto, em agosto de 2001, após cumprir 14 anos da pena, mudou-se para a área de Spartanburg, onde a mãe morava, e conseguiu um emprego de designer gráfico, onde ficou até novembro de 2003, o mesmo mês dos assassinatos da Superbike. Ele se inscreveu na Faculdade Técnica de Greenville em 2003, depois pediu transferência para a Universidade Upstate da Carolina do Sul, e recebeu um diploma de bacharelado em administração e marketing em 2007. Na época, já trabalhava no ramo imobiliário.

De início, Kohlhepp parecia estar em um novo caminho e seus colegas de trabalho também tinham essa percepção. De acordo com Gary Garrett, Todd era um bom chefe, dedicado à sua empresa imobiliária, motivado e muito focado em marketing. Era muito agressivo em prol de seus clientes. Ele tratava bem os subordinados e poucas reclamações eram feitas a ele pelo conselho local imobiliário. Uma matéria no *Greenville News* reportou que "Financiadores de hipotecas o descreviam como 'um comunicador eficaz e um cara bacana para conversar' e 'sempre pronto para fechar um negócio para os clientes'. Um financiador o descreveu como 'uma pessoa incrível'".

E então, algo mudou. Gary disse que ele passou de uma pessoa "normal" para alguém narcisista e briguento. Começou a se gabar de suas armas. Mais reclamações sobre ele foram registradas. E seu peso aumentou bastante. Isso parece ter acontecido logo após o desaparecimento de Meagan e Johnny Coxie no fim de 2015.

Sempre existe um motivo para que um assassinato aconteça, mesmo que não seja aparente ou compreensível de cara; mesmo que seja algo tão elementar quanto o poder ou a estimulação sádica que alguém como Dennis Rader sentia ao assistir a uma vítima morrer e observar seu medo e angústia. Todd Kohlhepp, porém, não era esse tipo de assassino. Sempre que matava alguém, tinha um motivo mais "lógico" e "prático".

O assassinato de Carver foi o que me deixou mais perplexo. Ele contou a Maria Awes que tinha ouvido Charlie e Kala conversarem sobre roubá-lo e usar o dinheiro para comprar drogas e sustentar o vício dela. Nós sabíamos que tanto traficantes de drogas quanto a ideia de que alguém estava se aproveitando dele eram dois de seus estressores, então isso fazia sentido, mas era muito parecido com a explicação dele para o assassinato dos Coxie. Será que ele era paranoico ou isso era apenas uma desculpa para que pudesse se livrar dos homens e possuir e controlar as mulheres?

Durante o interrogatório inicial no centro de detenção de Spartanburg County, logo após sua prisão, ele disse que não tinha preparado o container Conex para ser um cativeiro. Em vez disso: "Tinha sido planejado para guardar comida e armas, e para manter meu 4x4 em segurança antes da garagem ficar pronta." Ele disse que precisou esvaziar o local antes de colocar Meagan Coxie lá dentro, após ter matado Johnny. "Pela primeira vez, eu me desesperei um pouco, pois não fazia ideia do que fazer com ela. Se a colocava aqui, se a colocava ali, se a soltava em algum lugar, que porra eu ia fazer? Será que ligo para a polícia? Que merda, tenho armas ilegais. Merda, merda, merda! O que eu faço com ela?"

Essa natureza aparentemente confusa e aleatória do assassinato de Carver e do sequestro dos Coxie demonstrava um contraste evidente com os assassinatos da Superbike, 13 anos antes, que foi um tipo de crime muito diferente. Partindo dos fatos do caso e do que o culpado havia relatado aos investigadores, os assassinatos da Superbike seriam classificados no *Manual de classificação criminal* como "massacre de causa pessoal: homicídios de vingança e retaliação". Era intrigante que o mesmo indivíduo pudesse ter cometido ambos.

Nós teríamos que classificar Kohlhepp como um predador, pela maneira com que havia planejado os assassinatos da Superbike e como disse que matou os traficantes de drogas em Ciudad Juárez. Mas o que mais me impressionava era ele ser diferente de todos os predadores violentos com quem eu havia me deparado. Ele não buscava possíveis vítimas; na maioria dos casos, elas se apresentavam para ele. Mas também não tinha como alvo vítimas de oportunidade. Em vez disso, ele matava pessoas em resposta a atitudes erradas que elas tiveram com ele, fossem reais ou imaginárias.

Também fiquei intrigado com o fato de os assassinatos da Superbike, os de Ciudad Juárez (se fossem verdadeiros) e os de Carver e dos Coxie representarem uma gama de circunstâncias. Diferente dos serial killers que eu havia analisado e até dos assassinos com uma única vítima, como Joseph McGowan, esse cara não se encaixava em nenhum padrão aparente. Eu queria saber mais sobre ele.

Kohlhepp relatou à polícia que, em 2003, havia comprado uma moto na Superbike Motorsports, uma Suzuki GSX-R750, por 9 mil dólares. Ele não sabia dirigir uma moto direito e acabou não dando muito certo. Então, voltou à loja.

"Achei que [comprar a Suzuki] foi uma decisão ruim. Estava tentando ver se eu poderia trocá-la por uma moto menor ou algo assim." Mas ele disse que eles foram "um pouco grosseiros quanto a isso, quanto à minha inabilidade de dirigir aquele tipo de moto", e teve a impressão de que estava sendo ridicularizado.

Três dias depois, a moto foi roubada e, como a loja Superbike tinha feito a entrega, ele acreditava que alguém de lá tivesse roubado. Para agravar a indignação, ele disse que quando ligou para a polícia para reportar o roubo: "O policial riu de mim."

Ele voltou à Superbike diversas vezes, sentava em diferentes modelos e se imaginava dirigindo-os. Ele ouviu quando o gerente e o dono "falaram mal dele" um para o outro. Todd comprou uma arma — uma Beretta 92FS — ilegalmente de uma terceira pessoa, por conta de seu registro de agressor sexual.

No dia 6 de novembro de 2003, após sair da loja para se certificar de que todos os clientes haviam saído, ele entrou de novo. Foi até a Kawasaki Katana 600 preta, sentou-se nela, agiu como se a testasse e então anunciou que ia comprá-la. O mecânico a levou para a oficina para prepará-la. Kohlhepp esperou uns instantes, vestiu um par de luvas pretas de borracha, caminhou até a oficina e atirou nele duas vezes em um ângulo de cima para baixo; depois prosseguiu com o resto de sua voracidade controlada, parando uma vez para recarregar a arma, o que justificava os cartuchos de níquel e latão, embora as evidências na cena sugerissem que Kohlhepp, normalmente minucioso, havia misturado dois tipos de munição.

Ele disse que teve "o efeito desejado".

Saiu da loja e foi embora em seu Acura Legend. Em casa, desmontou a arma, colocou as partes em sacos de lixo e os descartou em várias latas e caçambas diferentes.

Ele contou aos policiais que sabia que passaria o resto da vida atrás das grades. Sua única preocupação era descobrir uma maneira de deixar seu dinheiro e seus bens para a mãe e a namorada de longa data, para que pagasse os estudos da filha dela.

24

"BOAS OU RUINS, QUERO SABER MESMO ASSIM"

Embora eu já estivesse pronto, levamos um tempo para conseguir que Todd Kohlhepp aceitasse uma entrevista comigo. Em um e-mail para Maria após eu tê-lo contatado me apresentando, Todd escreveu: "Estou inseguro em relação a John Douglas. Meu entendimento é que ele um galo vaidoso que cisca mais do que revela a verdade."

Depois de ler nosso livro mais recente, *Law & Disorder*, que Maria enviara para ele, e, possivelmente, em resposta à relação respeitosa que ele havia construído com ela, relatou:

Não fiquei muito impressionado com John em seu livro Law & Disorder, *em que ele foi extremamente cruel nos comentários sobre as mulheres que trocam cartas ou têm relacionamentos com presidiários, sobretudo no corredor da morte, dizendo que elas são patéticas. Levando em consideração que essas também são as pessoas que compram os livros dele, imagino que ele goste de fazer comentários cruéis. Acho que não nos daríamos bem, mas respeito a história e a experiência dele. Vou concordar em conversar com ele... Vou concordar em ser sincero com um analista de perfis somente se ele concordar em explicar as conclusões [dele] para mim. Boas ou ruins, quero saber mesmo assim.*

Com exceção de Ed Kemper, que conseguiu compreender a si mesmo muito bem, eu não conseguia pensar em outro serial killer tão genuinamente interessado no motivo de ter se comportado de tal maneira. Isso parecia ser uma oportunidade rara.

O que ele se referia como meus comentários "extremamente cruéis" era minha perspectiva de que a maioria das mulheres que se apaixonam por assassinos presos são "patéticas" e que eu sentia pena delas. Não estávamos falando de profissionais como Maria. Por ironia, naquela parte do livro, descrevíamos uma mulher que não se encaixava nem um pouco nesse estereótipo. Em março de 2006, uma mulher chamada Lorri Davis me telefonou e pediu para que eu me juntasse à equipe de defesa e tentasse conseguir um novo julgamento e exoneração para o marido, Damien Echols, e dois cúmplices, que haviam sido condenados pelo assassinato de três garotos de 8 anos em West Memphis, Arkansas, em 1993. O caso já havia conquistado grande notoriedade como resultado de dois documentários da HBO da série *América nua e crua: Paraíso perdido: O lado obscuro da justiça* e *Paraíso perdido 2: Revelações*. Damien, Jason Baldwin e Jessie Misskelley Jr. ficaram conhecidos como o Trio de West Memphis. Damien, o suposto líder, estava no corredor da morte desde sua condenação aos 18 anos, em 1994.

Lorri, uma paisagista de sucesso de Nova York, tinha assistido aos documentários, interessou-se pelo caso de Damien, começou a escrever para ele e acabou se apaixonando e se mudando para o Arkansas para ficar mais perto e lutar por sua inocência. Por fim, Lorri e Damien eram pessoas extremamente inteligentes, sensíveis e amáveis, e ela me convenceu a me juntar à equipe de defesa do Trio de West Memphis, que logo descobri que fora liderado e financiado pelo diretor de cinema neozelandês Peter Jackson e sua produtora e esposa, Fran Walsh. Aceitei o convite para me juntar à investigação, mas dei a Davis meu aviso de sempre: para dizer a Jackson, Walsh e aos outros apoiadores que não havia nenhuma garantia de que minha análise poderia ajudar no processo de apelação, pois seriam as evidências que guiariam minha avaliação do caso, e não teorias e ativismo.

DE FRENTE COM O SERIAL KILLER

Após revisar o volumoso arquivo do caso, concluí em princípio que, contrário ao processo inteiro da promotoria, aquele não havia sido um assassinato de um ritual satânico. Os crimes ocorreram no momento em que o "pânico satânico" havia atingido a nação como o bicho-papão mais recente, e a polícia local estava contratando pessoas que se diziam especialistas para ajudá-los a resolver os crimes. Minha outra observação foi que não havia uma centelha de evidência que ligasse Echols, Baldwin ou Misskelley aos assassinatos, além da confissão coagida de Misskelley aos detetives do Departamento de Polícia de West Memphis.

Minha análise concluiu que os assassinatos não foram cometidos por pessoas desconhecidas, eram homicídios de causas pessoais. Evidências forenses e comportamentais na cena apontavam para alguém que tinha experiência e que, muito provavelmente, morava perto das três vítimas. O suspeito mais provável, que tinha histórico de violência, nunca fora sequer interrogado pelos investigadores. Consegui convencer a mãe de um dos garotos e o padrasto de outro, ambos certos de que os três adolescentes haviam matado seus filhos, de que eles não tinham nada a ver com os crimes.

Na conclusão de nossa investigação, participei de uma coletiva de imprensa em Little Rock, na Faculdade de Direito da Universidade de Arkansas, organizada pelo advogado de apelação de Echols, Dennis Riordan, onde diversos especialistas apresentaram suas conclusões. Os outros participantes eram o dr. Werner Spitz, um distinto patologista forense e de anatomia que havia escrito o livro-base da investigação das mortes médico-legais; o dr. Richard Souviron, o dentista forense chefe do laboratório de medicina legista Miami-Dade e especialista em marcas de mordida; e Thomas Fedor, criminalista, especialista em DNA e analista de sangue e fluidos corporais.

Por fim, a equipe de defesa sentiu que não tinha frente na exoneração, que todos achamos que era adequada, mas o promotor concordou com uma declaração de Alford, em que os réus tecnicamente se declaravam culpados enquanto proclamavam sua inocência. Em contrapartida, eram libertados da prisão pelos 18 anos de pena cumprida. Para ser muito sincero, eu achava essa ideia um acordo com o diabo, pois nenhum promotor ou procurador-geral que realmente achasse que os réus tinham matado três crianças de forma cruel os libertaria da prisão. Do contrário, em minha opinião, era uma manobra cínica para evitar um processo de prisão indevida que provavelmente custaria dezenas de milhões de dólares ao estado de Arkansas. Nós poderíamos ter pedido um novo julgamento, mas isso teria mantido Damien, que já estava com a saúde debilitada devido ao tratamento que recebia no corredor da morte, atrás das grades por mais alguns anos, e ficamos preocupados de que ele não sobrevivesse.

NO FIM DAS CONTAS, KOHLHEPP NÃO ERA O MAIOR IMPEDIMENTO PARA O ENCONTRO CARA A CARA. Ele não era um preso popular, e a administração do presídio o considerava um desordeiro e uma influência prejudicial. Portanto, o diretor e sua equipe não queriam que ele tivesse acesso ao mundo exterior. Fui até o diretor do Departamento de Prisões e recorri a um colega de trabalho no SLED — Divisão de Polícia da Carolina do Sul, uma pessoa que eu treinara no programa de análise de perfis quando ainda trabalhava no FBI. Mas não obtivemos sucesso.

O próprio Kohlhepp parecia decepcionado. Escreveu a Maria:

Não poder me entrevistar pessoalmente tornará tudo isso mais difícil, mas não impossível. Eu passo a maior parte do tempo pensando nas minhas atitudes, no porquê, no que me levou a cometê-las e, em consequência do ambiente de alta pressão em que eu vivia, o que achava que tinha me levado a cometê-las naquela época. Nem sempre chego à mesma conclusão, hoje que não tenho centenas de telefonemas me interrompendo.

Isso me deu uma ideia. E se conseguíssemos que Kohlhepp preenchesse o protocolo de avaliação que usávamos no início de nossos estudos sobre serial killers? Sempre fora executado pelos entrevistadores em vez de pelos criminosos encarcerados, mas, alguém tão inteligente e expressivo como Kohlhepp, talvez fosse uma excelente alternativa para uma entrevista ao vivo. Daria ao preso tempo suficiente para pensar nas respostas, e pelas informações que já tínhamos sobre os crimes, se ele estivesse mentindo, sendo dissimulado ou omitindo informações, saberíamos. E, junto às questões que ele já tinha respondido por escrito para Maria, pensei que poderíamos traçar um perfil comportamental completo de Kohlhepp e ter uma noção do que despertara sua raiva.

Contei a Maria sobre o protocolo. Ela ficou interessada e concordou em enviar um e-mail para Kohlhepp a respeito, com uma explicação do que era. E, então, esperamos para ver se ele cooperaria.

Ele cooperou — com uma sinceridade que nos surpreendeu. Todd é o único assassino condenado a preencher sozinho o protocolo de avaliação, permitindo que nós tivéssemos acesso direto e sem filtros à sua mente e à forma como ele via a si próprio. Ele não apenas completou o protocolo como, em diversas perguntas, sentiu necessidade de ir além do papel impresso, dando explicações e narrativas detalhadas em muitas outras folhas de papel. Tenho certeza de que as respostas que deu foram o que ele me diria frente a frente na prisão.

Essa abordagem não teria funcionado com a maioria dos criminosos, mas fiquei otimista com Kohlhepp, pois, até onde eu sabia, ele era um cara introspectivo e tinha inteligência acima da média, e pela comunicação com Maria, parecia ter um interesse genuíno em compreender a própria mente. O formulário não poderia ter sido usado com David Berkowitz, Charles Manson ou Dennis Rader, que eram vaidosos demais com a própria imagem para responder de forma honesta sem ter alguém como eu olhando para eles do outro lado da mesa e desmascarar as fachadas superficiais, cultivadas por tanto tempo. O único criminoso além de Todd com quem talvez essa estratégia tivesse funcionado, se tivéssemos desenvolvido o protocolo de avaliação na época, era Ed Kemper, que também era bastante introspectivo e autoanalítico.

Aqui, com Kohlhepp, além do extenso arquivo do caso, eu podia triangular as informações entre três fontes: os interrogatórios da polícia, as inúmeras cartas entre o criminoso e Maria, e o protocolo de avaliação completo. Cada uma dessas três fontes diferentes abordava perguntas de formas distintas. Os interrogatórios eram contenciosos; as cartas de Maria eram amistosas, acolhedoras e com certo tom investigativo; e o protocolo de avaliação era neutro e objetivo. Se Kohlhepp respondesse coisas diferentes em cada um deles, seria uma dica imediata de sua desonestidade. Se as respostas fossem consistentes em todas as fontes, isso também me diria algo.

Do ponto de vista prático, ele parecia estar sugerindo uma troca. Ele preencheria as páginas do relatório se eu lhe desse minha avaliação sobre o motivo de ele ser do jeito que era e fazer as coisas que havia feito.

Kohlhepp não era o primeiro assassino que queria compreender a própria mente através das técnicas de análise de perfil, embora seja provável que fosse o mais sincero sobre essa vontade, em vez de simplesmente usá-las como estímulo para o próprio narcisismo. Na noite anterior à entrevista com Dennis Rader na Penitenciária de El Dourado, em Oswego, Kansas, conheci Kris Casarona no bar do hotel em que estava hospedado, uma mulher que havia iniciado uma relação com Rader após sua prisão, com a intenção de escrever um livro, o que acabou se tornando uma espécie de veículo não oficial para ele. Tanto ela quanto Kenneth Landwehr, o detetive de homicídios de Wichita que perseguiu o BTK e conseguiu prendê-lo, disseram que Rader era fã dos livros que eu escrevera com Mark, em especial o *Obsession*, que começava com uma espécie de versão camuflada do caso BTK. O capítulo se chamava "Motivação X", um trocadilho com o Fator X ao qual BTK se referia em suas cartas à polícia e à imprensa como a razão neuropsicológica para suas preferências mortais. Nosso capítulo foi escrito em primeira pessoa, como se fosse do ponto de vista do assassino, e publicado anos antes de Rader ser identificado e preso. Ele disse a Casarona que tinha lido inúmeras vezes e que isso lhe dera um senso de perspectiva e compreensão sobre as forças que habitavam sua mente.

No encontro no hotel, Casarona me entregou cinco páginas escritas à mão em um bloco amarelo, com a letra pequena e apertada de Rader, que ele tinha lhe pedido para me entregar. Eram anotações e avaliações de

Rader sobre si mesmo, com base nos traços que apresentamos no livro. Ele havia enviado para Casarona alguns dias antes. No topo da primeira página, escrevera: "OBSESSÃO (ESTUDOS DE CASO)."

Rader listara os atributos que nós dizíamos pertencer ao nosso serial killer *UNSUB*, junto com as páginas e os parágrafos em que apareciam no livro *Obsession*:

> *Manipulação, dominação, controle. Sabe como entrar na mente da vítima. O histórico de quase todos eles envolve infância abusiva ou diversas disfunções, mas isso não é desculpa para o que fazem. O assassino sádico prevê seu crime. Na verdade, ele aperfeiçoa seu M.O. ao longo da carreira criminal. Aspecto da assinatura — melhor do que o M.O. Modus Operandi é o que um criminoso precisa fazer para executar um crime. A assinatura, por outro lado, é o que o criminoso precisa fazer para se sentir completo emocionalmente. Voyeurismo, que costuma ser compatível com a caça, com o ato de se preparar para o próximo ataque. O criminoso pode tirar fotos ou filmar as cenas. Leva com ele troféus — joias, calcinhas.*

E segue com as anotações. Era como se ele estivesse reunindo uma lista para se certificar de que se encaixava nas descrições importantes de um serial killer.

Nas páginas seguintes, Rader listou nomes de outros assassinos, incluindo Ted Bundy, o Son of Sam, Ed Kemper, Steven Pennell (um predador sádico de Delaware que já havia sido executado quando o *Obsession* foi lançado), o personagem Buffalo Bill de *O silêncio dos inocentes* e Gary Heidnik, o assassino que inspirou, em parte, Buffalo Bill. Rader também incluiu uma coluna para o BTK. Do lado esquerdo da página, listou os traços de um serial killer, e colocava "sim" ou "não" ao lado de cada indivíduo, indicando se apresentava ou não aquele atributo específico.

No caso dele próprio, na característica "Mãe dominadora", ele havia escrito "1/2". Nas linhas de "Arrogância", "Autocentrado" e "Vozes dentro da cabeça", ele tinha marcado "Não". Em "Inteligência", havia se premiado com um " Sim". O que eu obtive desse documento incomum não foi a verdade, como esperava do relatório de Todd Kohlhepp, mas um retrato preciso de como um serial killer monstruoso e brutal via a si próprio.

Depois soube que nossos livros não foram os únicos que Rader tinha lido. Ele havia se tornado um "estudioso" sobre assassinatos em série. Lia uma quantidade enorme de histórias reais de crimes e destacava as sessões que se encaixavam no perfil dele.

Isso o tornava um assassino "melhor" e mais eficaz? Não. Essa pergunta surge o tempo todo. Você não se torna um assassino melhor ao ler nossos livros. Mas talvez possa adquirir alguma perspectiva sobre sua mente e sua doença mental, e essa era claramente a busca de Rader.

O interessante sobre as respostas de Kohlhepp é que a informação que ele fornece, os detalhes e o tom usado são consistentes com o que disse aos policiais nos inúmeros interrogatórios, assim como nas conversas e na comunicação escrita com Maria. Diferente de muitos outros criminosos violentos que analisei, ele não tentava apresentar uma persona diferente dependendo de com quem estivesse falando ou do que ele podia ganhar com cada ouvinte.

As primeiras seções do protocolo abordam informações do histórico do assassino, como data de nascimento, altura, peso, porte, raça e origem étnica, aparência, estado civil, grau de escolaridade, histórico militar, histórico de trabalho e médico, incluindo psiquiátrico e tentativas de suicídio. A relação de comportamentos crônicos e sexuais cobrem tudo, desde estrutura e ambiente familiar até qualquer abuso ou trauma físico, emocional e/ou sexual que o sujeito tenha sofrido, o comportamento na infância como pesadelos, fuga de casa, mentiras compulsivas, destruição de propriedade, abuso de álcool e drogas e a chamada tríade homicida: enurese crônica (xixi na cama), atear fogo nas coisas e crueldade com animais ou outras crianças.

Um elemento interessante que surgiu nessa seção foi a confissão dele de que quando foi preso. Ele ganhava cerca de 350 mil dólares por ano — algo muito raro para um predador em série —, mas que conseguia zerar sua renda bruta declarada no imposto de renda e pagava apenas alguns milhares de dólares de imposto. Isso nos diz que pessoas que violam a lei em um área tendem a violá-la em outras.

Foi na seção intitulada "Dados dos crimes" que Kohlhepp percebeu que precisaria de mais espaço do que o que estava designado no documento para responder às perguntas por completo.

Como eu havia suspeitado no início, ele disse que contou para uma pessoa sobre os assassinatos da Superbike. Essa informação é muito importante do ponto de vista investigativo. Se acreditamos que um assassino falou com alguém sobre o crime, podemos enviar essa informação para imprensa e, às vezes, induzir essa pessoa a vir até nós, pelo simples fato de ela estar em perigo. Nesse caso, Dustan Lawson era um ex-namorado de Kala e a pessoa que a apresentou para Kohlhepp. Ele disse que Lawson fazia "trabalhos incomuns em diversas situações" para ele, sendo o mais importante a compra de armas, já que, devido à sua ficha criminal, Kohlhepp não podia comprar armas de forma legal. O assassino escreveu que Lawson "sabia da loja de motos", "soube depois" sobre os assassinatos dos Coxie, "ajudou a conseguir remédios para Kala, sabia que ela estava presa no dia seguinte e foi pago para soltar o cachorro dela de seu apartamento, mas mentiu para mim e não fez o combinado". Lawson nega saber dessas informações.

Kohlhepp também escreveu que contou para a amante de longa data. Nos interrogatórios, ela disse que ele pensa que lhe contou, e se realmente o fez, foi em alguma espécie de código que ela não entendeu.

Repare que a maneira como ele trata o fato de o cachorro de Kala não ter sido solto do apartamento tem o mesmo peso dos assassinatos. Kohlhepp nunca perdoa a traição, seja ela em qualquer nível. E ainda mais importante do que isso: qualquer um que soubesse sobre os assassinatos da Superbike e tivesse feito algo com essa informação, como esperávamos, poderia ter evitado ao menos três assassinatos subsequentes.

Não fiquei surpreso ao ler no relatório que Lawson não foi a única pessoa para quem ele contou e que sentia grande necessidade de falar sobre isso. Infelizmente, não deu muito certo: "Tentei confessar parte dos acontecimentos para um amigo religioso que era como família, muitos anos depois, em 2012, 2015, para pedir ajuda e ajeitar a minha vida, mas dei tantas voltas em tantos assuntos que, no final, não sabia mais do que estava falando."

E sobre o desaparecimento de Kala Brown, ele escreveu: "Dustan ficou desconfiado no mesmo instante. As pessoas próximas de mim sabiam que algo estava errado, mas não sabiam o quê."

Outras estratégias de abordagem não teriam funcionado com alguém como Kohlhepp. Enquanto ele confessava os crimes: "Eu assistia aos jornais e lia notícias on-line inúmeras vezes, todos os dias", como eu sabia que os criminosos faziam, "eu não levava troféus comigo, só um rifle que trouxe da viagem a Ciudad Juárez. Eu não me comunicava com as famílias, com a polícia ou com a imprensa. Eu não me inseria na investigação."

No protocolo, há uma coluna longa com palavras descritivas associadas aos crimes do sujeito, e colunas na parte de baixo para marcar os números que correspondiam ao quão significativo era cada fator das descrições em cada crime. A primeira página desta seção tinha colunas sobre o estupro que Kohlhepp cometera aos 15 anos, os assassinatos da Superbike aos 32 e o assassinato de Charlie Carver e o encarceramento de Kala Brown quando tinha 45. Por exemplo, o primeiro grupo de palavras era *raivoso*, *hostil*. Embaixo de cada coluna, ele marcou o "1", o que significava que a raiva e a hostilidade eram "predominantes" em cada crime. Por outro lado, para *desespero* e *solidão*, ele marcou o "5", que correspondia a "nem um pouco/ausente".

A variação mais interessante entre os três crimes foi com as palavras *calmo*, *tranquilo*. Na época do assassinato de Carver e do sequestro de Brown, ele disse que essas eram suas características predominantes. Colocou o número "2" (significativo) nos assassinatos da Superbike. Mas, voltando ao primeiro crime sério, o sequestro e estupro da vizinha, ele pontuou com "5": "nem um pouco" tranquilo, o que demonstrava que ele foi ficando mais confortável com crimes violentos conforme envelhecia.

Diferente da maioria dos assassinos predadores, seu nível de *agitado* era "4" — mínimo — quando cometia um crime, assim como de *assustado*, *amedrontado*, *aterrorizado*, que ficavam entre "mínimo" e "ausente". Ele não tinha nenhum remorso pelas vítimas da loja de motos e nem por Carver, mas era uma emoção predominante no primeiro estupro, pelo qual foi preso. Também ficara bastante *deprimido*, *infeliz*, *triste*, *melancólico* por ter estuprado a vizinha, mas pontuou "mínimo" para esses sentimentos nos crimes de Charlie e Kala e "ausente" nos assassinatos da loja de motos.

Maria afirma que a coisa mais chocante que ele lhe disse e que ela nunca vai esquecer foi: "Você precisa entender que, para mim, é como lavar o carro ou jogar o lixo fora."

Uma das perguntas do formulário é: "Que tipo de conversa ocorreu durante cada crime?" A intenção era descobrir tanto a estratégia — existia algum truque, trapaça ou conversa sedutora usada para atrair a vítima ou era um ataque silencioso, surpresa, como uma emboscada? —, quanto os aspectos da assinatura — havia um "roteiro" que o criminoso gostava de seguir? Kohlhepp respondeu: "Quando mato uma pessoa, fico em silêncio e focado no que estou fazendo. Quaisquer comentários são curtos e diretos, para explicar o que preciso, e também calmos."

Ele prova isso ao explicar: "As conversas na loja de motos foram para ajudar a alocar cada alvo, para que eu não precisasse atirar nos quatro ao mesmo tempo. Entrei confiante de que poderia lidar com quatro a seis [indivíduos], mas não se eles ficassem juntos ou se tivessem armas, então manipulei um caminho controlado."

Enquanto alega que não tinha interesse em controle sexual das pessoas, manter o controle geral de qualquer situação é claramente algo vital para ele:

Conversei com Meagan depois que matei Johnny, quando ela começou a entrar em pânico quando aquilo [a suposta intenção de roubo] não saiu como eles haviam planejado, e implorar que eu não a estuprasse nem a machucasse. Com calma, eu disse que não faria isso, mas precisava prendê-la e procurar por drogas e armas. Não tirei a calcinha dela, a conversa foi educada e investigativa, perguntei sobre ela e Johnny. Sem ameaças ou insultos.

No momento de descrever as "evidências de estresse ou crise anteriores", que incluíam dificuldades financeiras, problemas familiares, lesões ou doenças, questões no emprego ou morte de um amigo ou parente, Kohlhepp marcou quase tudo com o número "3": "moderado/um pouco". Com a maioria dos serial killers e predadores, esses estressores são indicadores significativos. Na percepção de Kohlhepp, as únicas situações em que o estressor foi predominante foram "conflito com os pais", no estupro da vizinha e nos assassinatos da Superbike, e "conflito com uma mulher importante", também no estupro.

Juntas, as respostas numéricas de Kohlhepp mostravam um entendimento objetivo do que ele havia feito e nenhuma tentativa de diminuir a gravidade de suas ações nem de culpar outras pessoas.

Por exemplo, ele descreveu a viagem até Ciudad Juárez, no México, para caçar traficantes de drogas junto com um grupo de outros "caçadores" como:

Um filme bem ruim. Não foi nada legal. Várias pessoas de classe A pagando um monte de dinheiro para obter equipamento e treinamento tático de ponta, sonhando em ser um grupo de fuzileiros. Nós éramos qualquer coisa menos isso. Basicamente, éramos um bando de bundões altamente armados, que queria testar seus brinquedos e matar alguém, e, do ponto de vista ético, escolher traficantes de drogas como alvo era aceitável para todo o grupo.

Sempre que alguém aparecia nas respostas de Kohlhepp, como seus pais, a forma como ele descrevia as situações me pareciam realistas e precisas. Ele até podia estar no escuro quanto ao *porquê* de determinadas coisas, mas o *o quê* e o *como* soavam verdadeiros.

Isso não significa que ele se enxergasse como um predador. Em sua cabeça, tinha desenvolvido uma relação com algumas de suas vítimas. Em uma pergunta sobre quais atos sexuais foram cometidos durante o crime e em qual ordem, Kohlhepp sentiu necessidade de escrever que, com a vizinha, eles tinham feito "carícias/afagos uma ou duas vezes antes

DE FRENTE COM O SERIAL KILLER

de qualquer coisa". (A vítima negou que isso tenha acontecido.) Sobre seus crimes mais recentes, escreveu: "Conheci Kala em um clube de strip-tease e ela virou minha prostituta [ela nega isso]. A sequência começou com um jantar ou com ela me dizendo quais contas precisava pagar."

Na pergunta "Como o sujeito mantém o controle da vítima em repetidos crimes?", ele respondeu:

Kala precisa de explicação. Sob a presença de uma arma, mostrei-lhe a cova que tinha cavado para ela quando morresse de overdose. Ela não estava muito assustada quando atirei em Charlie, estava confusa, e logo quis saber o que poderia ganhar com aquilo tudo. Ela estava drogada e me falou sobre algumas fantasias de submissão/[fetiche] que tinha. Eu só não queria que ela fosse correndo para a polícia. Acho que ela teria ido atrás do traficante dela primeiro. A noite acorrentada dentro do container foi para minha cabeça ficar em paz. Ela ficava solta durante a maior parte do dia, mas eu mantinha uma arma por perto quando não estava acorrentada. Enquanto eu continuasse comprando coisas para ela, dando atenção e remédios para conseguir dormir e respirar bem, ela parecia satisfeita. Charlie era um assunto raro, só falava sobre o que eu compraria ou não para ela. Ela queria sexo, atenção e [drogas]. As [drogas] eu me recusei a levar. Quando rejeitei o sexo algumas vezes, ela ficou puta, e não gostava quando eu não realizava suas fantasias de submissão. Tudo isso é culpa minha, e não foi certo. Só estou dizendo que ela forçava a barra com essa história de fantasia, não era eu.

ASSIM COMO MUITAS RESPOSTAS QUE RECEBEMOS DE CRIMINOSOS VIOLENTOS, ESSA PRECISA DE uma interpretação específica para ter significado e ser útil. Primeiro, vamos estipular que não importa o que Kohlhepp diga sobre a reação de Kala à morte de Charlie, ela tinha que estar aterrorizada e temerosa pela própria vida, sobretudo depois que ele lhe mostrou a cova que havia cavado para ela. Segundo, o que quer que ela tenha pedido ou como quer que tenha se comportado é inquestionável como forma de sobrevivência ou estratégia de cooperação. Sem sequer entrar na questão de Kala ter pedido drogas a ele, se eles tivessem vivido uma história sexual um com o outro antes de ela virar sua prisioneira, seria natural que tentasse reverter os papéis que tinham assumido, independente de quais fossem, pois ela estaria tentando "normalizar" a relação dos dois, para que ele não a visse como uma ameaça que precisava ser eliminada, assim como acontecera com Meagan Coxie. E, pelo tempo que ela foi mantida em cativeiro antes de ser resgatada, não me surpreende ouvir que tinha ficado "puta". Não importa o medo que estivesse sentindo, uma pessoa não consegue ficar em cativeiro durante tanto tempo, sob circunstâncias incertas, sem expressar emoções reais. *Satisfeita* não é um termo que a imagino usando para se descrever durante as semanas em que ficou presa no container Conex.

Deixando isso claro, o que Kohlhepp de fato estava nos dizendo?

Primeiro, ele assegura que, desde seu primeiro episódio sexual imprudente, aos 15 anos, não se considera estuprador nem sádico. Compare com Joseph Kondro, que não via problema algum com o termo, uma vez que isso o identificava de maneira precisa.

Apesar de ambos serem assassinos, Kohlhepp sentiria desprezo pelos Kondros do mundo do crime. Ele nem sequer se considera perverso. "Ela queria que eu brincasse de várias coisas, mas eu não fazia." Na verdade, em resposta a uma pergunta mais adiante, ele enfatiza: "As correntes/ algemas eram apenas para controle. Nada de objetos exóticos, chicotes e açoites", apesar de achar que Kala tinha fantasias de dominação das quais queria que ele participasse. Kohlhepp admite: "Coloquei uma câmera no container na primeira semana para ver o que ela estava fazendo", mas insiste que era "para conferir a segurança, não era voyeurismo".

Sua autoimagem é extremamente importante para ele. Todd admite de prontidão seus assassinatos e é até "homem o bastante" para dizer que foi errado, mas não faz parte da percepção que ele tem de si a ideia de relacionar-se à força com uma mulher. Ele escreveu: "Quando a situação com Kala ficou feia, simplesmente a deixei sozinha e fiz meu trabalho em outra área." Em outras palavras, o único castigo que ele impôs a ela foi a privação de sua presença. E, em resposta a uma pergunta sobre "Evidências de disfunção sexual durante a agressão", escreveu: "Sem disfunções sexuais."

Até admitir o abuso sexual com Kala teve que ser explicado como conveniência: "Eu admito os assassinatos e sequestros. Não sou culpado por estuprar Kala, mas não adianta dizer isso na cadeia [antes do julgamento e da condenação à prisão] o tempo todo sobre um processo que não tem impacto algum na minha vida. Qual é o objetivo?"

Para frisar mais adiante, em uma pergunta sobre se suas agressões contra Kala eram sexuais ou não, ele enfatiza que "vítimas de estupro não pedem vibradores e postes de strip-tease", o que Kala teria pedido e que ele comprara durante o período em que ela esteve em cativeiro.

É como se ele estivesse dizendo: "Sim, aprisionei uma mulher atraente, matei o namorado dela e a mantive acorrentada em um container no meio da mata, onde tive relações sexuais frequentes com ela, mas não porque sou um pervertido; havia razões práticas para tudo isso. Ah, e quanto ao sexo, era consensual, e quando um de nós não queria, não fazíamos. Além disso, eu comprava qualquer coisa que ela quisesse." Assim como na maior parte do interrogatório, ele estava mostrando o quão "sensato" era.

Ao avaliar o quesito "Atos sádicos cometidos durante o crime?", onde um simples "3" para "ausente" seria suficiente, ele escreveu: "Nenhum ato sádico. Não que não haja nenhum que eu goste, mas os métodos e a munição foram escolhidos minuciosamente pensando na eficácia para matar com rapidez. Além de me proteger em primeiro lugar, isso também reduzia o sofrimento deles. Acho desnecessário intensificar a dor."

Depois, complementa: "A violência não me excita, nem o controle."

Há um lugar no formulário para "Outras mudanças significativas?" para estressores que poderiam ter influenciado na decisão de cometer um crime violento. Para isso, Kohlhepp precisou de muito mais espaço do que o concedido: "Problemas constantes sobre entrar em sites de agressão sexual no trabalho, sempre sob grande estresse. Minha avó morreu no dia em que comprei a moto — brigas entre mãe/avô." E sobre o primeiro estupro: "Problemas com o pai e abuso físico/verbal constantes."

Problemas familiares são, definitivamente, estressores, mas acho que ter sido rotulado como agressor sexual é um dos cernes da sua personalidade adulta. Não importa o que mais alcançasse na vida, Kohlhepp sentia que isso era uma mancha em sua trajetória que havia arruinado tudo. E ele não estava completamente errado.

Apesar de o estupro em Tempe ser, sem dúvida, seu crime mais antigo, é o único que envolve emoção e paixão. É o único crime pelo qual expressa remorso genuíno: "Gostaria que não fosse assim, mas realmente não me sinto mal com relação à maioria dos outros crimes." Ele disse que tinha bebido pela primeira vez, era a segunda aventura sexual e, como a maioria dos predadores sexuais, achou que "era uma sensação boa, mas a situação como um todo não era, e eu sabia que tudo aquilo era errado, que não era excitante". Ele ficaria "surpreso se minha ereção tivesse durado mais de um minuto". Para esses caras, a fantasia é quase sempre melhor do que o ato em si.

Apesar de escrever que não se sente mal com relação aos outros crimes, podemos ver com clareza que há elementos de peso na consciência de Kohlhepp, ao contrário de alguém como Kondro, que não tem escrúpulo algum sobre o que fez, ou Harvey, que precisa justificar cada um dos assassinatos. Algumas linhas abaixo, ele escreve: "Odeio o fato de ter matado a mãe na loja de motos, e queria ter evitado aquilo. Johnny foi bom para liberar raiva, ele causou aquilo para si mesmo. Eu realmente gostaria de ter feito algo melhor e menos violento com Meagan. Sinto muito por Charlie e Kala, reagi de forma exagerada e deveria ter atirado nos dois. Eu não me importava muito com Kala, só gostaria que Meagan tivesse tido um final diferente, mas é provável que fosse acabar do mesmo jeito."

Por mais conflitos que ele tenha sobre tudo isso, existe uma introspecção real aqui, e não uma tentativa de colocar a culpa de tudo em outra pessoa. Mais adiante no protocolo, ele escreve: "Eu estava no caminho errado e determinado a continuar. Posso sentar aqui e dizer que isso ou aquilo poderiam ter evitado as coisas, mas tudo aponta para mim. Eu devia ter parado."

Ao responder uma seção adiante chamada "Histórico de agressão", ele responde à pergunta "Evidências de uso crescente de força ou agressividade em seus crimes com o passar do tempo?" com: "Sim. O assassinato se tornou comum."

Além disso, diz que não vê nenhuma semelhança em suas vítimas que correspondam a uma lista de características que passam por idade, raça, cor de cabelo, dificuldades motoras e até motivações para seus crimes.

E então, acrescenta um comentário que não corresponde a nenhuma pergunta específica do protocolo: "Ao observar meu passado, não vejo um padrão. Era o canivete suíço dos assassinatos, qualquer ferramenta que servisse à situação. Não vejo uma assinatura ou constância, o que me confunde, e tenho certeza de que também confunde outras pessoas."

Essa é uma autoavaliação bastante precisa. Mas ele sabia que havia algo errado com ele. "O que o sujeito gostaria que os amigos, parentes e colegas de trabalho tivessem feito quando descobrissem?"

A resposta: "Que tivessem me ajudado a encontrar um tratamento psicológico, principalmente na primeira vez [o estupro em Arizona]. No final, eu estava pedindo ajuda. Queria voltar para o caminho certo. Com [o assassinato de] Meagan e Johnny, eu realmente estava no caminho errado e sem nada nem ninguém para me fazer parar. Não acho que ia parar sem a ajuda da justiça ou de amigos."

25

ORGANIZADO *VERSUS* DESORGANIZADO

Voltando ao episódio do estupro da vizinha adolescente, Kohlhepp apresentava elementos organizados e desorganizados em seus crimes. Não importa o quão prudente fosse no planejamento, para a maioria dos predadores violentos e criminosos, como o crime é por essência um ato irracional em qualquer sociedade que o proíba, em geral, há um ponto no qual a lógica e a razão desabam.

Em 1981, John Hinckley Jr. planejou impressionar a atriz Jodie Foster com seu amor por ela assassinando o presidente Ronald Reagan. Como era um crime contra o presidente dos Estados Unidos, a jurisdição foi do FBI e minha unidade se envolveu na preparação do caso contra Hinckley. A grande questão foi que o tiro em si, embora ninguém tenha sido assassinado, graças a Deus, foi bem planejado e executado. A segunda parte, nem tanto. Ele achava que Foster ficaria tão impressionada que correria para os seus braços. E então ele exigiria um avião para que o novo casal pudesse fugir. Foi aí que seu planejamento e sua lógica ruíram.

Podemos ver os mesmos traços em Todd Kohlhepp, embora ele me pareça muito mais inteligente e prático do que Hinckley, que foi declarado inocente por insanidade em um veredito que segue controverso até hoje. Porém, apesar de Kohlhepp ser diferente de Hinckley em personalidade e inteligência, eu via outras diferenças significativas que esperava que o nosso questionário ajudasse a elucidar.

Com Kohlhepp, o equilíbrio entre organizado e desorganizado parecia mais orgânico do que aleatório. Com ele, comecei a perceber que sempre que ia longe demais em uma direção, algo inerente em sua psique o conduzia para o caminho oposto. Esse empurra-empurra emocional, no qual ele se envolvia e depois se questionava por isso, era um indicador comportamental significativo. E por isso ele era completamente diferente dos predadores reais, que não questionavam seus motivos nem como eles se manifestam em seus crimes.

Podemos observar isso nas viagens de Kohlhepp ao México para matar traficantes de drogas. Durante um tempo, a ideia fazia sentido para ele, mas, após algumas viagens, ele percebeu que o que estava fazendo era estúpido e beirava a loucura.

O elemento da ficha criminal de Kohlhepp que mais me interessava do ponto de vista de um colapso na lógica criminal e planejamento eram os sequestros de Meagan Coxie e Kala Brown. Embora ele ache que atirar em Johnny Coxie foi justificável e em Charlie Carver foi uma reação exagerada, o fato é que, em cada um dos casos, ele assassinou de maneira impulsiva e a sangue-frio uma pessoa e ficou com uma testemunha ocular que poderia colocar tudo a perder.

"Conheci Meagan na esquina da Blackstock com a Reidville Road, na ponte sobre a estrada interestadual I-26, pedindo esmola", explicou para Maria. "Uma garota bonitinha implorando por dinheiro. Ofereci a ela um emprego de faxineira e, honestamente, achei que era provável que a gente transasse por eu ajudá-la. Não conheci Johnny até aquela manhã em que o matei, mas ela tinha me dito que ele era seu namorado, não marido."

Com seu estranho senso de moralidade autodefinido e determinado, ele não queria matar Meagan nem Kala, o que seria a maneira mais eficiente de eliminar as testemunhas. Mas o que faria com elas?

Ele podia aprisionar Meagan por um tempo, mas então percebeu que teria que fazer alguma coisa. Em vez de matá-la, havia algum jeito de tirá-la daquela situação sem que ela o entregasse à polícia e testemunhasse contra ele? Após conversar com Meagan durante muito tempo e saber o máximo que podia sobre ela, Kohlhepp traçou um plano. E, à sua maneira, era quase tão absurdo quanto o de John Hinckley.

"O Conex não fora planejado para ser um cativeiro", disse Kohlhepp aos policiais. Mas quando Johnny sacou uma arma na direção dele com a intenção de roubá-lo, ele disse: "Atirei nele." E depois: "Eu não sabia o que fazer com ela. Não queria que ela ficasse no meu container porque eu guardava coisas nele e não sabia o que faria com aquelas coisas também. Colocá-la lá dentro com minhas armas não era uma atitude sensata. Pela primeira vez, me desesperei um pouco, pois não fazia ideia do que fazer com ela. Se a colocava aqui, se a colocava ali, se a soltava em algum lugar, que porra eu ia fazer?"

Acho que a repetição mostra o desconforto que ele sentiu ao perder o controle da situação.

Acredito que ele não quisesse matar Meagan, mas estava diante de um problema insolucionável. Matar Johnny "realmente me incomodou, pois foi uma besteira desnecessária. Eu estava dando dinheiro para eles; por que queriam me roubar?".

Com certo esforço, ele conseguiu acalmá-la, algemou-a e a deixou no chão do container. Depois de cavar um buraco e enterrar Johnny, voltou ao container com comida para Meagan.

"Você a alimentou depois que ela tentou roubá-lo?", perguntou um dos detetives.

"O que eu ia fazer com ela?", retrucou Todd. "Eu não queria matá-la." E seguiu explicando. "Ela estava conversando comigo. Primeiro, tinha problemas com drogas, e depois continuou contando um monte de merda pesada, e falou que tinha traços... traços maníacos ou um treco de transtorno bipolar por consequência do lítio; nem sei que porra é essa. Cara, ela ficava agitada e depressiva, agitada e depressiva."

Isso se seguiu por "cinco ou seis" dias, nos quais Meagan se mostrava uma prisioneira não confiável. Kohlhepp relatou que comprou cigarros para ela e ela tentou colocar fogo no container de metal.

"Entrei e descobri que ela tinha colocado fogo no negócio. Ela estava sentada ao lado de 100 mil cartuchos de munição. Pelo amor de Deus, por favor, pare de incendiar essa merda!"

Mas, durante esse tempo, ele elaborou um plano. Com o problema recorrente de drogas de Meagan, que era também o problema que ela tinha com a lei ("Acho que vocês a prenderam por usar metanfetamina ou alguma merda dessas", comentou ele com os detetives), junto com a necessidade de que ela desaparecesse, Kohlhepp lhe fez uma proposta.

"Eu a levei até os fundos da garagem, sentei com ela por um instante, consegui acalmá-la. 'Por favor, se acalme!' Dei a ela um pouco de comida, disse que basicamente ela precisava ficar quieta... 'Você não me conhece. Você não sabe nada sobre mim. Você não tem porra nenhuma.' E, da última vez que eu tinha checado on-line, ela já tinha um mandado de busca da polícia. 'Vou dar 4 mil dólares para você. Vou levá-la até o Tennessee, deixar você em algum lugar lá. Se tiver algum bom senso nesse mundo, você vai para a esquerda enquanto eu vou para a direita.'

"Eu disse que daria 4 mil dólares para ela e a deixaria no Tennessee: 'Mas por favor, vá embora e não volte.' Parecia uma... parecia uma solução fácil. Ela não sabia meu nome, não sabia meu endereço, não sabia onde eu morava."

Vemos uma dualidade semelhante na decisão de Garrett Trapnell de sequestrar o voo TWA em 1972, um crime completamente impossível de se safar, em especial quando seu trunfo era exigir o perdão do presidente Nixon, uma expectativa sem o menor sentido. A exigência de "libertar Angela Davis" para simpatizar com os futuros colegas de prisão demonstra um alto nível de sofisticação e planejamento.

Então, o que aconteceu para mudar a "solução fácil" de Kohlhepp? Ele contou duas narrativas que não estavam em total sintonia uma com a outra, o que não era de surpreender, já que estava improvisando. Acho que isso também demonstra aquela lógica de empurra-empurra dentro da cabeça dele. Durante o interrogatório, no centro de detenção, disse aos policiais:

O tempo estava uma merda. Tinha até granizo, era logo antes do Natal, cara. Estava caindo granizo, estava chovendo, o tempo estava uma merda, e eu ainda tinha que encontrar um jeito de me livrar da Ashley, minha namorada. Eu precisava sair do trabalho, levar essa pessoa até o Tennessee, deixá-la lá e voltar para casa. Essa não é... essa não é uma viagem de duas horinhas. E eu ia levá-la até lá, não ia largá-la na fronteira. Íamos para o norte, para Nashville. Queria que ela ficasse bem longe de mim. Queria que ela esquecesse onde era a Carolina do Sul. "Se você tiver o mínimo de bom senso, vai seguir andando, procurar um emprego em algum restaurante por lá, trabalhar de garçonete, arrumar a porra da sua vida... não volte. Eles vão observar você durante um ano, e eu vou estar aqui, então não volte." Ela ia aceitar. Ela estava feliz, estava feliz pra caramba durante uns, sei lá, dois dias. Mas não consegui porque o tempo estava muito ruim.

PORÉM, UM POUCO DEPOIS, ELE TAMBÉM CONTOU AOS DETETIVES QUE MEAGAN INICIOU OUTRO incêndio, e foi por isso que decidiu matá-la:

Quando entrei na garagem, foi um choque. Falei: "Puta merda!" Fui até lá para resgatá-la e, de repente, foi como se eu tivesse enjaulado um animal. Meu Deus, não sei que merda aconteceu, ela foi de "Estou muito feliz, vou para o Tennessee com dinheiro e vou recomeçar minha vida, obrigada, obrigada", para uma louca de hospício.

Naquele ponto, eu estava tentando tirá-la do container. Já estava de saco cheio. Fui até o lado de fora, tentando acalmá-la, pensar em que merda eu ia fazer com ela, no que fazer, no que fazer com ela. Não sei. Voltei para a garagem, ela estava doida. Não era como se estivesse sensibilizada com a situação. Tínhamos feito nosso combinado havia alguns dias. Não era isso. Era alguma merda de desequilíbrio químico sério. E ela saiu lá de dentro. Eu a levei... eu a levei para o lado de fora. Eu a levei para o lado de fora e coloquei uma bala na cabeça dela.

AMBAS AS EXPLICAÇÕES PROVAVELMENTE SE FUNDIRAM NA DECISÃO DE KOHLHEPP DE MATAR

Meagan Coxie. Mas a análise psicolinguística da parte dela na narrativa dele — as obscenidades, as palavras e frases repetidas, o reconhecimento constante de que ele não sabia o que fazer depois — aponta diretamente para a realidade de que, ao saber que ele nunca mais estaria no controle da situação e que, de sua própria maneira, ela havia se aproveitado dele, foi o que o levou a cometer outro assassinato.

Esse era o padrão comportamental de Todd Kohlhepp. Não era o fato de ele estar punindo Meagan por tentar roubá-lo; ele já tinha feito isso ao atirar em Johnny. Foi o fato de ela tê-lo colocado em uma posição insustentável, e ele não conhecia nenhuma outra maneira de reagir. Era geralmente aí que o padrão de comportamento organizado-desorganizado se manifestava.

Cada vez que ele matava alguém era porque sentia que fora colocado nessa posição — fossem os dois homens no estacionamento do apartamento Hunt Club, que ele disse que matou após tentarem roubá-lo, as pessoas na Superbike que o ridicularizaram e que, como ele acreditava, tinham tirado sarro da cara dele, e depois Johnny e Meagan Coxie. Não tenho dúvidas de que o mesmo destino aguardava Kala Brown se ela não tivesse sido resgatada. Ele saberia que era errado, mas a parte lógica e organizada de sua mente não teria visto outra solução "sensata".

Acho que uma pessoa tão inteligente e analítica quanto Kohlhepp, à sua própria maneira, teria percebido que o plano de libertar Meagan no Tennessee estava longe de ser infalível. Se, como ele suspeitava, a polícia estivesse procurando por ela e a encontrasse, ela usaria qualquer informação que tivesse para trocar por algo em favor de si mesma. E mesmo se essa parte não fosse verdade, a maioria dos criminosos violentos sabe que a única maneira de garantir que um segredo permaneça um segredo é se uma única pessoa souber dele.

Se, por fim, Kohlhepp tivesse reavaliado o que fazer com Kala, ele teria se deparado com o mesmo problema que o havia confrontado com Meagan: *E agora?* Sua resposta no protocolo de avaliação deixa isso muito claro. Na pergunta "O que o sujeito pensou após o crime?", ele respondeu:

"Lá vamos nós outra vez. Aprisionar Meagan foi um grande erro, por que, então, estou aprisionando Kala? Liberte-a e limpe o local, remova as evidências."

Observarmos uma apresentação mista nas ações de Kohlhepp — atirar em Charlie e lidar com eficácia com seu corpo e seu carro, mas não saber o que fazer com Kala — também não é uma surpresa em alguém que se tornou sofisticado no mundo dos crimes, mas cujo foco principal é o trabalho e a vida cotidiana, ao contrário de assassinos como Dennis Rader, cujos crimes do BTK eram o centro de sua existência. A principal motivação de Rader na vida era a satisfação sexual perversa alcançada através de assassinatos. Os crimes de Kohlhepp tinham a ver com raiva irresponsável e retaliação.

Compare como Kohlhepp reagiu a essa situação com a resposta de Rader. Rader sentia imenso prazer e satisfação em seus "projetos", como ele os chamava. Podia dominar suas vítimas e decidir o destino delas, e tinha o sentimento místico de que, ao matá-las, ele as possuiria como escravas sexuais na vida após a morte. O maior arrependimento de Rader foi o fato de não poder passar *mais* tempo vivendo suas fantasias sádicas com as vítimas.

Por outro lado, Kohlhepp já chegava ao fim de sua perspicácia quando teve que lidar com Kala a longo prazo. A versão dele e de Kala são completamente diferentes. Ela descreve semanas de horror e incerteza, durante as quais temia por sua vida todos os dias, enquanto ele descreve uma prisioneira carente e exigente, que não o deixava em paz. No entanto, o que é evidente no protocolo de avaliação é que ele não é uma espécie de Gary Heidnik, que mantinha mulheres em cativeiro para sua satisfação sexual e fantasias majestosas. Diferente de Heidnik ou de Dennis Rader, cujos crimes sádicos contra mulheres eram o centro de suas vidas, o foco de Todd Kohlhepp estava em seu trabalho como corretor de imóveis. No caso de Heidnik, o cativeiro é organizado. No caso de Kohlhepp, é desorganizado. Sim, ele gostava de sexo e de pornografia, mas tinha maneiras muito mais fáceis e menos tensas de se satisfazer. Eis um homem que se colocou em uma situação da qual não sabe como sair, como ilustra de maneira reveladora no protocolo:

Ela começou com sua loucura de submissão, querendo TV, livros, e depois tinta de cabelo azul e vibrador, remédios o tempo inteiro, ficou entediada e queria sexo, e queria que eu a entretivesse, usando o sexo como moeda de troca pelas coisas que ela queria. Assistia à TV, reclamava que não tinha drogas e por que eu não dava mais atenção a ela, fazia poucos comentários sobre Charlie ou qualquer outra pessoa, tudo era apenas sobre ela. Ela me pediu para sequestrar uma menina para ela, como um animal de estimação, e me recusei. Manter alguém em cativeiro não é legal.

Compare essa confissão com sua narrativa autoconfiante aos policiais na delegacia sobre o que fizera nos assassinatos da Superbike, em que, enquanto admitia que o que tinha feito era errado, orgulhava-se pela organização e pela eficiência de suas ações. Na hora de aprisionar mulheres contra a vontade delas, ele estava mergulhado demais dentro da própria mente e não aprendia nada com as próprias experiências.

Em contra-argumentação implícita aos Heidniks e Raders do mundo do crime, ele escreveu: "Eu realmente gostaria de ter encontrado uma solução melhor para Meagan, mas manter uma pessoa em cativeiro é muito estressante e não faço ideia de como alguém consiga se excitar com esse pesadelo logístico e essa bagunça emocional."

26

NATUREZA E CRIAÇÃO

A história de vida de Todd Kohlhepp e a forma como ele respondia às perguntas encaixou-se perfeitamente na maneira como o protocolo de avaliação fora estruturado: Informações do histórico de vida, Padrões de comportamento crônico, Estrutura e ambiente familiar, Histórico de agressões, Ficha criminal juvenil, Histórico de vitimização e Avaliação comportamental subjetiva.

Apesar de Kohlhepp ter tido grandes problemas com os pais, assim como Joseph McGowan, ele não acabou com a vida de uma criança inocente em um momento de explosão de raiva. Tanto Joseph Kondro quanto Kohlhepp haviam sido crianças raivosas e irritadiças, mas Kohlhepp não estuprou arbitrariamente e assassinou pessoas próximas. E, embora Kohlhepp preferisse ter o controle total do ambiente, assim como Donald Harvey, ele não havia matado alvos fáceis de forma aleatória só porque podia.

Kohlhepp era um tipo diferente de assassino. Era, sim, um produto das circunstâncias, mas um assassino que poderia ter tido um final diferente. Com minha abordagem no estilo *This Is Your Life*, é assim que vejo. As citações deste capítulo foram retiradas dos interrogatórios, da comunicação com Maria e do protocolo de avaliação, sendo todos, conforme pudemos observar, extremamente consistentes. Apesar de se gabar por sua proficiência com armas, nenhuma das suas declarações é egoísta e ele tampouco tenta transferir a culpa para outra pessoa. Kohlhepp é um assassino *crível*.

Os pais de Todd se divorciaram quando ele tinha menos de 2 anos. Na verdade, como ele contou: "Papai estava em um encontro com outra mulher na noite em que nasci. [O pai negou essa informação.] Passou a vida correndo atrás de mulheres, de grandes sonhos de sucesso, e era muito agressivo e violento. Mas também era inteligente à beça". A mãe, Regina, conhecida como Reggie, casou-se com Carl Kohlhepp no ano seguinte.

Todd relatou que se dava bem com os dois meios-irmãos — Michelle, um ano mais velha, e Michael, um ano mais novo. "Nós tínhamos nos mudado para St. Louis por causa do trabalho de Carl", contou ele a Maria, "e, enquanto estávamos na escola, as crianças foram sequestradas pela mãe. A mãe deles apareceu, ligou para escola e informou que era tia deles; disse que a mãe deles fora assassinada, querendo dizer que isso tinha acontecido com minha mãe. Falou que era a tia, mas que estava lá só para pegar eles dois, eu não. A escola nem sequer questionou a mulher". Todd tinha 7 anos na época.

"Ela simplesmente os levou embora", escreveu, "me deixou lá, informou que a minha mãe tinha morrido, mas que ela só queria eles dois, e depois voltou dirigindo para a Geórgia. Horas depois, alguém foi me buscar na escola. Ninguém conseguia descobrir onde as duas crianças estavam. Quando enfim descobriram, perceberam que a mãe havia levado as crianças e que Carl não queria processá-la, então ele foi ao juiz e abriu mão da custódia deles, o que mudou por completo a dinâmica da casa, porque, a partir daquele dia, o comportamento de Carl passou a ser hostil, isso em dias bons."

Depois que Michelle e Michael foram embora, "eu passava a maior parte do tempo no quarto. Ninguém queria conversar comigo. Ninguém me falava nada".

Um relatório de liberdade condicional da época da prisão por estupro aos 15 anos reportou que "ele era continuamente agressivo com os outros e destruía propriedades desde que foi para a creche". Ele tinha 9 anos quando passou uma temporada no Instituto de Saúde Mental da Geórgia por ser agressivo com outras crianças.

Kohlhepp não nega seu comportamento pré-adolescente. "Eu passava muito tempo com o psicólogo da escola; tinha muitos problemas. Vivi vários episódios de descontrole. Como eu mudava de escola toda hora, nunca tive amigos de verdade. Além disso, como era sempre a criança nova da sala, sofria muito bullying. As crianças abusavam de mim, e eu deixava a raiva crescer até que explodia. Em geral, quando eu tinha um episódio de raiva, machucava muita gente. Costumava levar isso ao extremo: *Eles não vão mais fazer isso comigo!* Mas, por causa disso, passava um bom tempo com os psicólogos da escola." E o que os psicólogos fizeram por ele? O período na instituição de saúde mental tinha sido produtivo? Teve algum acompanhamento depois? Não há evidências de nada disso.

Ao ser questionado sobre suas memórias mais felizes, ele respondeu: "Quando eu brincava com os animais da fazenda dos meus avós na Geórgia. Eu gostava deles, não dos meus avós. Quando eu tinha 5 anos, meu avô achava divertido me bater com o ferrão que usava para cutucar o gado. Não foi uma boa experiência. Aos 7, ele castrava os porcos e me ameaçava dizendo que eu seria o próximo. Aos 8 e 9 anos, eu era arrastado até uma árvore, amarrado e espancado. Eu me impressiono com o fato de não ter matado ele. O homem não tinha amigos e sentia prazer em machucar e controlar os outros. Ele tratava a filha (minha mãe) da mesma forma."

Ele contou que era mandado de um lado para o outro, alternando entre a casa da mãe e a casa dos avós. "Era uma situação muito estranha. Eles nunca quiseram ter filhos. Deixavam bem claro que não queriam filhos. Eles lembravam a minha mãe o tempo inteiro que nunca a quiseram, e é óbvio que isso refletia em mim também."

A vida que Kohlhepp descreveu era deprimente. "De tempos em tempos, minha mãe ficava comigo. Depois me levava de volta [para a casa dos avós]. Enquanto eu morava lá, se minhas notas não fossem boas, se eu fizesse algo que meu avô não gostasse, se eu acordasse e não limpasse o curral às 5 horas da manhã do jeito que ele queria, não importava o que fosse, ele me acordava, me puxava pelo cabelo até o jardim, me arramava em uma árvore e me batia. Normalmente era com um cinto de couro enorme. Uma vez ele usou um chicote de cavalo."

Desde que eu tinha começado a fazer esse tipo de trabalho, tive que aprender a compartimentar os vários aspectos da vida dos assassinos que estudava. O que quero dizer com isso é que eu me familiarizava com cada detalhe de seus crimes e abominava o que faziam. Ao mesmo tempo, posso sentir empatia e tristeza profundas pelo que passaram na infância, que contribuiu para o comportamento que tiveram na vida adulta. Nenhuma criança deveria ser tratada da forma que Ed Kemper e Todd Kohlhepp foram. E é fácil ver como o histórico familiar de Kohlhepp — crescer sem amor e afeto e ter seus meios-irmãos arrancados de sua vida, enquanto era totalmente rejeitado — contribuiu para a incapacidade de desenvolver uma relação de confiança com outro ser humano.

Quando a mãe, Reggie, não estava com Carl, Todd diz que ela procurava outro homem para sua vida. "Acho que ela pensava que conseguiria um homem mais rápido se não tivesse um filho correndo pela casa."

Quando Todd estava com 12 anos, ficou de saco cheio de morar com a mãe e com os avós e anunciou que queria ir morar no Arizona com o pai biológico, Bill Sampsell, com quem ele não se encontrava havia 8 anos e mal conhecia. Por volta dessa época, Reggie tinha comprado novos móveis para o quarto dele, o que ela pensava que ajudaria para que gostasse mais do ambiente de casa. Em vez disso, ele rapidamente destruiu tudo com um martelo. Comentou que achou que os móveis eram "de menina".

"Um pouco drástico", confessou a Maria, "mas eu tinha 12 anos. Eu explodia de raiva muitas vezes. Não tinha amigos e queria ficar o mais longe possível da família. Mamãe ficou frustrada comigo e por eu não aceitar quem quer que ela namorasse".

Por fim, ela concordou em mandá-lo para morar com Sampsell.

"Então, fui do cinturão sulista conservador da Bíblia para Tempe, Arizona, onde é quente, selvagem e cheio de garotas universitárias. Papai tinha um restaurante, o Billy's Famous for Ribs. Ele ficava ocupado com o trabalho e eu quase não tinha supervisão em casa. Ele brigava com todo mundo, corria atrás de qualquer rabo de saia, e o pouco tempo em que ficávamos juntos não era o que eu esperava. O homem ia do oito ao oitenta na escala da violência em questão de segundos. Eu deixei de ser tão tímido e fiquei bem mais violento."

Bill Sampsell contou para Maria que Reggie "simplesmente o enviou para lá e só me avisou depois de colocar Todd no avião".

O menino se apaixonou pelas armas do pai e ouvia suas histórias sobre ter servido às Forças Especiais, o que, no fim das contas, acabou se revelando mentira.

Não é surpresa alguma que as lembranças de Todd e Bill sobre a época em que o filho passou no Arizona sejam bem diferentes. "Eu achei que em determinado momento nós estávamos... estávamos, sabe, em um equilíbrio aceitável. Não achei que tivesse problema algum", disse Sampsell a Maria.

E então Todd estuprou a vizinha. O cerne da transformação de Kohlhepp em um assassino foi esse crime aos 15 anos. Em termos de estressores precipitadores, ele relatou no protocolo:

Papai passou uma semana viajando para fora do estado e ia voltar naquela noite. Eu sabia que ele ia me bater por alguma coisa quando chegasse, estava vasculhando o armário de bebidas e contando os minutos. Eu estava chateado e frustrado, realmente só pretendia conversar [com a garota], convencê-la de que eu era o cara certo, e acabei estragando tudo. Não sei por que as coisas saíram do controle daquele jeito. Queria que alguém me quisesse.

Eu poderia argumentar que, se não tivesse sido por esse incidente específico, a vida de Kohlhepp teria sido completamente diferente. Isso não significa que aceito as coisas que ele fez, porque é claro que não aceito. Em outros criminosos que estudei, incluindo os outros três presentes neste livro, vejo uma certa inevitabilidade na transformação deles, até para alguém como McGowan, que foi capturado após o primeiro assassinato. Mas vamos repassar o histórico do caso para observar a vida criminal de Kohlhepp.

Primeiro, na pergunta do protocolo sobre a possibilidade de alguma coisa impedir a agressão, ele respondeu:

Vizinhos, professores, psicólogos escolares e funcionários do restaurante do meu pai sabiam o que estava acontecendo, com o que eu estava lidando e que eu estava encrencado e virando um problema. Nada disso aconteceu escondido. Alguém poderia ter me detido em qualquer momento, se interessado, conseguido ajuda para mim. Em vez disso, as pessoas passavam o problema adiante. Eu estava disposto a fazer terapia naquela época.

Essa não é uma observação incomum para um criminoso condenado, mas, no caso de Kohlhepp, acho que tem um significado específico, pois as outras respostas dele nas três fontes são tão francas e diretas que acredito que ele não esteja tentando se safar da responsabilidade pelos crimes. Ele é apenas perspicaz o suficiente para reconhecer onde estão os pontos de inflexão em sua vida que poderiam ter feito alguma diferença.

Para demonstrar como ficou confuso e desorientado após a agressão, a vítima diz que ele cogitou matá-la para impedir que ela contasse à polícia, como fez mais adiante com Meagan Coxie. Ele escreveu: "Fui bastante educado e pedi desculpas a ela, mas de fato ameacei sua família", assumiu ele. Novamente, ele apresenta um comportamento misto. Sabe que o que fez foi errado e sente um remorso quase imediato. Ao mesmo tempo, não quer encarar as consequências de sua conduta.

Em resposta a uma pergunta do protocolo sobre como se comportou após a agressão, ele escreveu: "Fiquei em choque. Não tinha certeza do que tinha acontecido e nem do que ia acontecer. Eu a libertei, meu cachorro saiu para a rua e ela me ajudou a procurá-lo até que a polícia chegasse. Ela foi ao encontro deles, e eu fui para casa."

"Quando a polícia chegou e a abordou", lembrou, "eu me afastei, fui para minha casa e me recusei a sair, até que a sra. Taylor, que morava duas casas ao lado, conversou comigo e me convenceu a largar a arma. Eu queria que os policiais me levassem logo; não queria ficar perto do meu pai. Eu me senti aéreo e amedrontado, o remorso veio depois. Só queria sair daquela casa e ficar longe da minha família. Tinha medo do meu pai, estava constrangido com o que tinha feito, e paralisado, sem saber o que fazer, para onde ir."

Ele não conseguia sequer admitir para si mesmo que cometera um crime sexual, apesar do que a menina dissera à polícia, e continuou fiel à história do cachorro perdido. Ao responder a uma pergunta sobre o que pensou após a agressão, Kohlhepp escreveu: "Me senti constrangido e evitava o assunto a todo custo." Sobre ter tentado "evitar ser capturado pela polícia", respondeu: "Nem sequer tentei. Eu estava agradecido por policiais me tirarem de casa. [Eu] não fazia ideia de que pegaria 15 anos de prisão, achei que fosse para um reformatório até completar 18 anos e depois faria acompanhamento psicológico."

Minha compaixão e empatia estão sempre com a vítima, não com o criminoso. Ao mesmo tempo, é importante notar que, em casos de agressão sexual em que a vítima é uma adolescente, uma das considerações na condenação, além do nível de violência do ataque, é a idade do agressor em relação à idade da vítima, e o fato de se conhecerem ou não. Se as idades forem próximas, é comum que haja clemência, possibilidade de uma segunda chance e tentativa de determinar se o crime é parte de um padrão predatório ou um incidente isolado, no qual o agressor pode ser convertido com o tratamento e a atenção adequados. Não acho que tal abordagem teria sido inapropriada nessa situação.

Em vez disso, Kohlhepp foi indiciado como adulto. "Aproximadamente seis anos de intervenção em 15 anos de vida resultaram em um fracasso fenomenal", escreveu o juiz do tribunal juvenil C. Kimball Rose, do Tribunal Superior de Maricopa County, ao transferir o caso para a divisão de adultos.

O acordo que Todd aceitou retirou o estupro da acusação, mas o enviou à prisão pela mesma idade que ele tinha na época. E o marcou como agressor sexual para sempre. É como se um dia ele tivesse cometido esse ato isolado e sua vida inteira ficasse manchada. E essa é uma perda e uma vergonha genuínas — de ao menos sete vidas, dentre outras coisas

—, pois, se Todd Kohlhepp tivesse recebido o tratamento adequado, o resultado dessa situação poderia não ter sido predestinado.

Há uma crença comum e politicamente moderna em alguns lugares de que "estupro é estupro", que toda agressão sexual é igual. Ao mesmo tempo em que todas são inquestionavelmente terríveis, não são iguais, e os homens que as cometem são vistos da mesma maneira.

Na nossa pesquisa no FBI, identificamos diversas tipologias de estupradores e classificamos os crimes deste gênero em mais de cinquenta subgrupos. Embora na última edição do *Manual de classificação criminal* nós tenhamos dividido os estupradores em cerca de doze categorias, a fim de facilitar o trabalho dos investigadores, para o propósito aqui há quatro tipologias que dão conta da maioria das situações: o estuprador com reafirmação de poder, o estuprador exploratório, o estuprador raivoso e o estuprador sádico.

Para o estuprador raivoso, também chamado de estuprador com retaliação da raiva — cujos ataques são uma expressão descabida de raiva específica ou generalizada — e o estuprador sádico — que se satisfaz através do sofrimento dos outros —, realisticamente falando, há pouca esperança ou expectativa de reabilitação. O estuprador exploratório — um predador mais impulsivo que aproveita a oportunidade que se apresenta para ele, em vez de planejar e fantasiar sobre o crime — em geral, está no processo de cometer outro crime, como arrombar e assaltar uma casa, quando comete o estupro. Às vezes, pode ser reabilitado se for capturado no início da carreira criminal.

O estuprador com reafirmação de poder, como o próprio título diz, tende a ser um tipo inadequado ou alguém tentando provar sua potência sexual para si mesmo. Esse tipo pode ser um cara solitário ou até fantasiar que sua vítima está gostando da experiência e pode se sentir atraída por ele. Grande parte de estupradores que são namorados ou paqueras estão na categoria de reafirmação de poder; o restante são estupradores exploratórios. Uma das principais características de um estuprador com reafirmação de poder é que, em função da autoestima ser tão baixa, se ele for enviado à terapia bem no início, seu comportamento pode ser modificado.

No entanto, não foi isso que aconteceu com Todd Kohlhepp, cujo ataque foi definitivamente de reafirmação de poder. Em vez de receber terapia ou de ser enviado para uma instituição onde poderia tentar lidar com suas inúmeras hostilidades e problemas de personalidade antissocial, causados tanto por sua composição inerente quanto pelo ambiente familiar sem amor e sem apoio em que viveu, ele foi enviado a uma prisão para adultos. Sua ficha mostra diversos anos de comportamento problemático e, às vezes, violento antes de começar a se assentar por volta dos 20 anos.

Ele alega que nunca foi abusado ou molestado sexualmente por outros prisioneiros mais velhos, mas essa é uma das únicas vezes que não tive certeza se acreditava nele. Suspeito que isso tenha ocorrido, pelo menos no início, e pode ter aumentado sua desconfiança nos outros e sua raiva pelas pessoas.

Meu foco é compreender por que os indivíduos cometem atos violentos e predatórios, e não ajudá-las a melhorar e a se tornarem cidadãos que obedecem à lei, mas auxiliar na captura delas, na acusação contra elas e na prisão delas. Ao chegarem em meu universo, normalmente, não há mais jeito de ajudá-las. É o caso de Kohlhepp, mas não precisava ter sido assim. Ele era, por essência, um garoto complicado que cometeu seu primeiro e único crime e foi preso até os 30 anos em uma instituição onde a falta de amor, de cuidado e de confiança eram reforçadas, e onde foi exposto a criminosos durões de todos os tipos. Seu desenvolvimento natural foi essencialmente congelado por um período tão longo quanto os anos que ele tinha de vida quando entrou na prisão. Por todo aquele tempo, ele não pôde se desenvolver como indivíduo. Precisava estar em modo de sobrevivência contínuo.

Qualquer um que me conhece sabe que não sou um cara maleável em relação a assuntos da lei, mas acredito piamente que o caso de Todd Kohlhepp foi mal administrado desde o início. Ele tinha um pouco de natureza inerente para se tornar um criminoso, mas, no caso dele, foi a criação — ou talvez a falta dela — imposta pela família e pelas autoridades da lei que pavimentaram esse destino.

Na entrevista que Maria fez com Alan Bickart, o advogado de defesa de Kohlhepp, ele disse que ficou muito angustiado sobre como proceder com o caso. Todd era "inteligente demais" para receber uma sentença de insanidade e ser colocado em uma instituição para doentes mentais; ele não podia ser condenado sob o estatuto dos jovens porque o crime fora muito sério, mas a prisão de adultos, a única opção real, só faria com que ele piorasse. O sistema, lamentou Bickart, não tinha boas opções.

E Todd tampouco recebeu instrução quando foi solto: "Soltar um presidiário depois de 15 anos na prisão, que entrou ali aos 15 anos de idade sem direto à liberdade condicional, supervisão, terapia nem ninguém com quem conversar se tivesse algum problema, é um erro imenso. Todas as suas atitudes e soluções vinham do ambiente da prisão."

Quando foi solto, em agosto de 2001, ele voltou para a Carolina do Sul, onde a mãe estava morando, pois não sabia para onde ir. Devemos lembrar que esse é um sujeito de 30 anos sem nenhuma experiência de morar sozinho na vida adulta e que nunca tivera um emprego. Ele nunca tinha namorado, o que explica por que frequentava clubes de strip-tease e saía com prostitutas. Conseguiu um trabalho e começou a construir sua vida e ganhar seu dinheiro. De forma repentina, teve que ensinar a si mesmo novas habilidades de sobrevivência.

Apesar de continuar frequentando clubes de strip-tease, transando com prostitutas e assistindo à pornografia na internet, ele acabou desenvolvendo habilidades sociais para ter relações "normais" com mulheres. Viveu dois relacionamentos longos com duas a quem se referia como sua namorada e sua amante, mas nunca quis casar com nenhuma. Acredito que isso tenha ocorrido devido à sua percepção do quão desastrosos haviam sido os relacionamentos da mãe com homens. E, ao passar seus anos de formação na prisão, ele simplesmente não tinha a capacidade de confiança que o casamento representa.

Apesar disso, ele estava determinado a dar a volta por cima na vida. O questionário do protocolo pergunta as maneiras pelas quais o sujeito acredita que a agressão em questão "o transformou de modo significativo".

Sobre ser libertado da prisão e mudar-se para a Carolina do Sul, ele escreveu:

Olhei profundamente para mim, agora que não tinha influência familiar nas minhas decisões, e me esforcei para ser uma pessoa melhor. Não cometeria mais crimes, não roubaria e não me envolveria em mais nada sombrio. Me certifiquei de que as mulheres não se sentissem amedrontadas na minha presença e respeitava a palavra "não". Não me coloquei em situações complicadas, toda aquela teoria de tratar os outros da maneira que gostaria de ser tratado. Minha confiança aumentou. Estudei para me formar com nota dez (antes eu era um aluno de nota seis) e com ética de trabalho séria. Isso não era um truque. Eu virei a pessoa que você deseja que namore sua filha ou que seja seu vizinho. Depois que saí da prisão, eu era um funcionário perfeito, ia à igreja, respeitava as autoridades, seguia a lei e gostava de estar perto de pessoas. A vida era boa.

QUASE TÃO DESTRUIDOR QUANTO O LONGO TEMPO DE PRISÃO COMEÇANDO EM UM PONTO CRÍTICO do desenvolvimento de sua adolescência foi o fato de ter sido registrado como um agressor sexual. Não estou sugerindo que foi inadequado, ele *era* um agressor sexual. Por ser alguém que teve que lidar com agressores sexuais durante toda a carreira como agente federal, sou a favor desses registros. Porém, mais tarde na vida, isso fomentou sua luta para se estabelecer, o que, em contrapartida, gerou mais raiva e fez com que ele sentisse que precisava distorcer as regras e mentir para conquistar algo.

Não importa o quanto tentasse melhorar, ele não podia fugir do rótulo de predador sexual, a não ser com mentiras e subterfúgios. E até isso era particularmente difícil, já que, com o passar do tempo, surgiu a internet, e seu nome constava em sites sobre predadores sexuais. Mas, assim como tudo na justiça criminal, esses sites podem ser abusivos e feitos por pessoas com motivos ocultos. E foi isso que aconteceu aqui.

"Eu estava recebendo muitos e-mails de ódio, muitas ligações de ódio", contou Kohlhepp a Maria pelo telefone. "Era constantemente

perseguido. Quer dizer, acontecia durante um tempo e depois parava...
Corretores ligavam até para os [meus] clientes. Teve uma corretora que
enviou 88 cartas para todos os meus clientes com uma cópia de um site
informando que eu estava na lista de agressores — dizendo que eles
deveriam checar essa informação e contratá-la. Embora ninguém tenha
me dito quem foi, eles a contratavam. Ou seja, eu estava constantemente
sofrendo com isso. É por isso que mudei o nome da empresa para TKA.
De início, era Todd Kohlhepp e Associados. Eu tentava tirar meu nome
das coisas.

"Quando fui perseguido por causa do site de agressores sexuais, liguei
para a polícia e eles me disseram que eu era o responsável por ter meu
nome naquela lista, e que tinha que lidar com isso. Na igreja, sugeriram
que eu frequentasse outra paróquia", Todd escreveu no protocolo.

A partir daquele momento, apesar do sucesso de sua empresa, de seu
aparente usufruto das benesses desse sucesso e do grande respeito de
seus clientes e colegas de trabalho, observando sua vida da perspectiva
do protocolo, ele percebeu que já estava em uma espiral de fracasso,
que seja lá o que estivesse errado com ele já estava surtindo efeito. O
contraste com sua avaliação do período após ter sido solto da prisão é
doloroso. Depois da fase após os assassinatos da Superbike, dos quais se
safou, ele escreveu:

> [Eu] estava com a cabeça muito confusa, tinha voltado para a
> faculdade, tinha muitas namoradas, um emprego, e as coisas
> estavam melhorando aos poucos, mas, ao mesmo tempo, estava
> fazendo coisas para destruir tudo isso. A família estava uma
> bagunça, tinha parado de ir à igreja, estava obcecado com notas
> altas, mas me envolvera com traficantes de armas de outro esta-
> do...fiquei agressivo e exageradamente cauteloso, tinha paranoia
> de multidões, de pontos cegos e estacionamentos, andava armado
> o tempo todo e estava aprendendo novas habilidades. Parei de ir
> atrás de relacionamentos, foquei em conseguir o que queria, e as
> pessoas eram substituíveis. Embora muitos dos meus relaciona-

mentos tenham durado entre oito e onze anos — existiam ao mesmo tempo e elas sabiam umas das outras —, eu não gostava, mas elas aceitavam. Eu não escondia, mas também tinha o cuidado de não esfregar na cara delas. Foquei mais no lado ruim do que no lado bom do mundo.

SE CONSEGUIR QUE A MAIORIA DOS SERIAL KILLERS E PREDADORES SEJAM HONESTOS COM VOCÊ, eles vão admitir que nunca teriam parado de matar se não fossem capturados. Kohlhepp também admitiu isso, mas, para ele, não há diversão nem satisfação, somente uma inevitabilidade exaustiva. Ele relatou no protocolo sobre a época depois de matar Carver e aprisionar Brown:

Eu estava exausto, estressado com o trabalho, fazendo as coisas mas não me importando com elas. Evitava namoradas, amigos, funcionários, estava virando um eremita. Eu fui do cara que ajudava todo mundo a resolver seus problemas para o cara que dizia para as pessoas se virarem sozinhas. "Não tenho tempo para isso." Não gostava de Kala, não queria matar outra mulher, estava muito estressado com tudo isso. Comentava com os amigos que era mais feliz na prisão. Eu sabia como encobrir as coisas, cortar o sinal com a torre de telefonia celular e GPS, mas escolhi não me importar. Não é arrogância, mas não foram eles que me capturaram, eu me capturei. Aquele site [de agressores sexuais] me causou muito estresse, e, junto com as pessoas tentando me roubar, tenho certeza de que outra situação ia acontecer em algum momento.

OUTRAS RESPOSTAS NO PROTOCOLO DE AVALIAÇÃO TAMBÉM DEMONSTRARAM ISSO. UMA PERGUNTA mais para o fim é: "Ao observar cada um dos crimes, o sujeito acredita que a cada vez ele se comportava de maneira mais violenta e agressiva do que a anterior?"

Ao falar sobre o estupro na adolescência, Kohlhepp respondeu: "Não. Retrocedi e voltei a ser tímido." Mas, sobre os assassinatos da Superbike, ele escreveu: "Sim. Saí à procura de conflitos e matar era a única opção viável." E após seu último assassinato: "Sim. Depois de matar Charlie e enquanto mantinha Kala em cativeiro, eu estava me preparando mentalmente para o próximo ataque."

Condicionado pela falta de afeto dos pais, que ajudou a criar tanto sua baixa autoestima quanto seu transtorno de personalidade narcisista, sem irmãos em quem se apoiar e sem chances de viver uma adolescência normal e relacionamentos adultos com outras pessoas, sempre que Kohlhepp pensava que as pessoas estavam se aproveitando dele, tinha que atacá-las.

O que quer que ele conquistasse, não parecia impressionar seus pais nem fazer com que o respeitassem, apesar do que Reggie contou depois nos interrogatórios. Assim como David Berkowitz, ele chegou à conclusão de que ninguém o queria. E assim como David Berkowitz, a maior parte de sua violência resultava de uma raiva descabida.

Quando ele ligou para a mãe após ser preso, a pergunta mais direta de Reggie foi também a que mais dizia sobre seu próprio envolvimento: "Como você pode fazer essas coisas se me ama?"

"Porque estou arruinado", respondeu ele. "Me desculpe."

"Tá bem", disse Reggie.

"Eu te amo", declarou ele.

"Tá bem", foi tudo que ela conseguiu dizer.

Ao conversar com o jornalista David Begnaud, do programa *48 Hours*, da CBS, ela afirmou: "Houve muito tempo entre o primeiro e os outros. Sei que isso não significa nada para as famílias, e eu sinto muito. Mas ele não era um serial killer."

Mais tarde, ela tentou explicar os assassinatos de novo, dizendo: "Eles o constrangeram. E sabe, ninguém, não importa quem você seja, se tem um temperamento forte ou não, ninguém quer se sentir constrangido. E é difícil sair desse constrangimento." Existe algo comovente e ao mesmo tempo patético em uma mãe tentando compreender o incompreensível — a vida de seu filho como assassino — e, imagino, tentando desesperadamente entender se ela teve algum papel nisso.

Durante seu primeiro interrogatório no centro de detenção de Spartanburg County, Kohlhepp disse: "Não fico perto da minha mãe há anos. Eu tentei. Mas nós nos separamos."

Ela morreu logo depois disso, no dia 23 de abril de 2017.

"Sinto saudade do meu cachorro", escreveu ele para Maria. "Não sinto saudade da minha mãe." Os cachorros oferecem amor incondicional e sem julgamentos. As mães, nem sempre.

Por fim, Kohlhepp reconheceu que ninguém — nem Reggie, nem Bill Sampsell, nem Carl Kohlhepp e nem as vítimas da Superbike — era responsável pelo que ele tinha feito.

De todos os assassinos que investiguei, Kohlhepp nos forneceu uma das avaliações mais lúcidas, sucintas e precisas de sua própria mente.

Tive uma infância confusa e violenta em uma família que não me queria, mas que também não queria que ninguém me tivesse. Eles odiavam que eu fizesse algo melhor do que eles. Não sentiram orgulho do meu diploma universitário, da minha licença para ser piloto ou da empresa que construí. Tudo que tinham eram comentários maliciosos. Nunca me senti confortável com ninguém da minha família. Eu me esforcei tanto para provar que tinha me tornado alguma coisa, para provar que eles estavam errados; e, na maior parte do tempo, consegui. Mas os resíduos de uma infância ruim e, depois, a prisão por tanto tempo não me deixaram abandonar a violência e o desprezo.

APESAR DISSO, ELE ENTENDEU — OU, AO MENOS, ESTAVA DISPOSTO A ADMITIR — MUITO MAIS do que a maioria dos predadores violentos que seu passado infeliz não havia roubado dele o livre-arbítrio. E concluiu: "Meus crimes são coisas que eu posso controlar. Meu dedo no gatilho, minha vontade. Ninguém me obrigou a fazer nada."

EPÍLOGO

A ESCOLHA DO ASSASSINO

N a tarde do dia 2 de junho de 1985, Leonard Lake, de 39 anos, voltou a uma loja de construção no sul de São Francisco para pagar por um torno que seu amigo Charles Ng havia furtado naquele dia. Ng, de 24 anos, dividia com Lake sua casa remota, a cerca de 160 quilômetros de distância, próximo a Wilseyville, em Calaveras County. O que causou esse pequeno lapso de consciência em Lake nós não temos certeza. Mas não deu muito certo.

Quando o funcionário da loja pediu sua carteira de identidade, Lake não correspondia à foto da carteira de motorista que entregara, no nome de Robin Stapley. Desconfiado, o funcionário chamou a polícia, que já tinha sido alertada mais cedo sobre o furto e chegou antes que Lake pudesse fugir. Quando os policiais revistaram a mala do carro dele, encontraram um revólver calibre .22 com um silenciador proibido, o que era suficiente para prendê-lo.

A placa do carro estava registrada em nome de Lake, que a polícia havia finalmente identificado por meio das impressões digitais, mas quando checaram o NIV do veículo, viram que o carro pertencia a Paul Cosner, desaparecido em novembro. O Robin Stapley da carteira de motorista havia sido reportado como desaparecido pela família algumas semanas antes. No interrogatório na delegacia, Lake desistiu da história de Ng e disse que foi ele mesmo que roubara o torno e que queria corrigir seu erro. Depois, pediu um copo d'água. Tomou dois comprimidos e escreveu um bilhete que, segundo ele, era para sua família. Os comprimidos eram pílulas de cianeto que ele havia costurado na gola da camisa. Ele morreu quatro horas depois, sem recuperar a consciência.

As pessoas, em geral, não cometem suicídio por acusações de furto ou mesmo de posse de arma ilegal, falsificação de documentos e até de roubo de carros. A polícia sabia que havia algo mais por trás daquilo.

E de fato havia. Quando os policiais revistaram a casa de Lake em Wilseyville, descobriram um calabouço improvisado atrás do casebre e um lote fúnebre com fragmentos queimados e despedaçados que correspondiam a, no mínimo, onze corpos. Dois outros enterrados eram de Shapley e Lonnie Bond, um dos vizinhos de Lake e Ng. Dois baldes enterrados de 20 litros continham carteiras de identidade e itens pessoais de mais 25 pessoas, assim como diários de Lake dos últimos dois anos escritos à mão e mais duas fitas contendo vídeos de agressões sexuais e torturas sádicas de duas mulheres, Brenda O'Connor e Deborah Dubs. Ng, a essa altura, tinha fugido.

Quando essas fitas e evidências dos crimes de Lake e Ng chegaram até nós em Quantico, estavam entre as coisas mais depravadas e doentias que eu já tinha visto em todos os anos na justiça criminal. Os únicos outros assassinos que se equiparavam a essa selvageria por prazer eram Lawrence Bittaker e Roy Norris, que tinham se conhecido na prisão e, quando receberam liberdade condicional, decidiram sequestrar, estuprar, torturar e matar uma menina correspondente a cada ano de adolescência, dos 13 aos 19. Eles já tinham feito isso com cinco garotas quando uma conseguiu fugir e foi à polícia. Não eram tão sofisticados quanto Lake e Ng e somente gravaram em fita cassete as sessões de estupro e tortura. Bittaker ainda permanece no corredor da morte em San Quentin, depois de quase 40 anos da condenação. *O que há de errado com essa história?* Norris fez um acordo em troca de testemunhar contra Bittaker: prisão perpétua com possibilidade de liberdade condicional. Se um dia a liberdade condicional for concedida, será um dos maiores equívocos da história da justiça do estado da Califórnia, e estou sendo bondoso ao dizer isso.

Durante as filmagens de *O silêncio dos inocentes* na Academia do FBI, mostrei uma dessas fitas de estupro, tortura e assassinato a Scott Glenn, o excelente ator que interpretou Jack Crawford, o policial analista de perfis que, em teoria, foi baseado em mim. Ele era um cara sensível, solidário e intuitivo, pai de duas meninas e alguém que acreditava em reabilitação e na bondade das pessoas. Vi lágrimas escorrerem dos olhos de Glenn enquanto ele ouvia a fita. Depois, ainda em estado de choque, disse-me: "Eu não fazia ideia de que havia pessoas por aí capazes de fazer algo assim." Ele me falou que não conseguia mais se opor à pena de morte.

Charles Ng foi encontrado em Calgary, Canadá, onde a irmã morava, cerca de um mês após o suicídio de Lake, quando atirou na mão de um segurança ao ser preso por furtar uma lata de salmão de um supermercado. Ele foi julgado e condenado a quatro anos e meio de prisão, enquanto lutava para não ser extraditado para os Estados Unidos. Por fim, foi enviado de volta à Califórnia e indiciado por doze homicídios.

Através de uma série de ações e denúncias apresentadas contra as prisões em que ele ficou preso e diversos juízes que atuaram no caso, além de passar por inúmeros advogados, Ng conseguiu adiar seu julgamento até o fim dos anos 1990. A essa altura, eu já tinha me aposentado, e o advogado dele da época entrou em contato comigo pelo telefone.

Ele disse que queria me contratar para fazer consultoria na defesa do seu cliente e começou a me contar todo o seu histórico, mas eu o interrompi e falei: "Eu conheço o caso."

Tinha sido apresentado a mim e à minha unidade no fim dos anos 1980 por um detetive da Califórnia que participava do programa da Academia Nacional. O advogado seguiu explicando sua teoria sobre o caso e a maneira como pretendia apresentar a defesa: que Lake era o criminoso dominante e principal, e Ng, 15 anos mais jovem e com um temperamento mais passivo, foi condicionado e coagido a segui-lo e a participar das torturas e dos homicídios.

Eu disse que, pelo que me lembrava, não parecia ser uma relação do tipo mestre-escravo.

O advogado respondeu que, se eu analisasse todas as evidências e o material de apoio, veria que Ng não tinha participado daqueles atos por vontade própria. Eu disse a ele o valor que cobrava por hora e minha frase padrão: que olharia o material com a mente aberta, e ele poderia utilizar minhas conclusões ou não, da maneira que preferisse. Ele concordou e falou que o estado da Califórnia pagaria por minha consultoria.

Em uma semana, recebi uma caixa que continha fotos das cenas dos crimes, relatórios investigativos e todo o material que eu precisaria para avaliar e analisar o caso, incluindo as fitas de vídeo.

Li sobre o passado de Lake e de Ng.

Lake tinha 6 anos quando os pais se separaram, e junto com as irmãs se mudaram para a casa da avó. Era obcecado por pornografia; gostava de fotografar as irmãs nuas e as subornava para que fizessem sexo com ele. Também gostava de ver ratos morrerem dissolvendo-os em ácido. Foi dispensado da Marinha por motivos psicológicos e fez filmes pornográficos sadomasoquistas quando morou em uma pequena comunidade na Califórnia. Ng nasceu em Hong Kong, em uma família de pais ricos. Quando garoto, metia-se em confusão com frequência e era disciplinado duramente com palmadas do pai, um rígido homem de negócios. Ele foi expulso de diversos colégios internos na Europa, e então veio para os Estados Unidos e se alistou na Marinha. Contudo, teve que responder ao tribunal militar por roubo de armas no Havaí. Após se safar da acusação, serviu durante 18 meses em Fort Leavenworth, no Kansas, antes de ser dispensado de maneira desonrosa. E então, ele se reconectou com Lake, que havia conhecido através de uma revista de jogos três anos antes.

Nada disso me surpreendeu. Eu já esperava que os dois viessem de passados disfuncionais, e por ser o mais velho da dupla, Lake devia ser o par dominante. Mas não encontrava nada que sugerisse que Ng estivesse debaixo de suas asas. Na verdade, em uma das fitas de revirar o estômago a que assisti pela segunda vez, Ng diz para a vítima aterrorizada: "Você pode chorar e tal, como todas as outras, mas não vai adiantar. Nós somos bem frios, por assim dizer."

Ao estudar o arquivo, cheguei até a acreditar que, quando Lake foi à loja de construção pagar pelo torno furtado — que era para substituir outro que havia quebrado, utilizado por ele e Ng como instrumento de tortura —, ele estava tentando ajudar seu companheiro cleptomaníaco e aliviar a situação ao evitar uma queixa de furto na polícia em um futuro julgamento.

Após me dedicar durante cerca de 20 horas ao caso, achei que deveria ligar para o advogado de defesa de Ng e dizer a ele para onde as evidências estavam me levando. Eu o adverti que, de tudo que havia visto até então, seu cliente era um participante ativo e que não via nenhuma evidência de coerção ou mesmo de instrução do falecido sr. Lake. De forma independente, Ng torturava as vítimas, cortando as roupas íntimas delas com uma faca enquanto Lake filmava.

O advogado me pediu que continuasse analisando o material. Se seguisse estudando as evidências, eu começaria a ver do que ele estava falando. Charles não era nenhum anjo, mas eu poderia descobrir que ele havia sido uma vítima coagida e complacente.

Relutante, concordei em prosseguir. No entanto, após mais dez horas de trabalho que só me confirmaram o monstro hediondo que Ng era, resolvi que não desperdiçaria nem mais um segundo de meu tempo ou do dinheiro do estado no que, para mim, era uma alegação ridícula e insustentável.

Liguei para o advogado e dei a má notícia a ele. Estava claro para mim que seu cliente havia participado de livre e espontânea vontade das torturas e dos homicídios, e nada que eu havia visto mudara minha opinião. O advogado não ficou nada feliz. Na verdade, eu diria que ele ficou bem puto, e tive que lembrá-lo de que eu havia avisado no início que pagar pelo meu tempo não influenciaria na minha opinião; nenhuma evidência faria isso.

Cerca de um ano depois, não fiquei surpreso ao saber que a defesa conseguiu encontrar "especialistas" dispostos a testemunhar a favor de Ng.

No julgamento dele, cujo local foi transferido para Orange County para evitar a mídia excessiva, um psiquiatra alegou que Ng tinha transtorno de personalidade dependente. Contudo, no interrogatório da promotoria, ele admitiu que não tinha visto as fitas que eu havia assistido. Um psicólogo havia assistido às fitas, mas opinou que o comportamento sádico de Ng era simplesmente um espelho do comportamento de Lake, para agradá-lo.

Ng também decidiu testemunhar em própria defesa, o que exigiu que a promotoria acrescentasse ainda mais evidências, incluindo a fotografia dos desenhos que ele havia feito, retratando as torturas que ele e Lake haviam cometido e que ele pendurava nas paredes de sua cela na prisão.

No dia 11 de fevereiro de 1999, Ng foi condenado em onze das doze acusações de homicídio doloso contra ele, ocorrendo um impasse do júri na décima segunda. No dia 30 de junho, o juiz John Ryan aceitou a recomendação de pena de morte do júri, alegando que "o sr. Ng não agiu sob pressão nem as evidências mostram que ele estava sob o domínio de Leonard Lake". Até o término deste livro, Ng ainda permanece no corredor da morte em San Quentin, não muito longe da cela de Lawrence Bittaker.

QUANDO COMECEI MINHA PESQUISA NO FBI, ACREDITAVA QUE DESCOBRIRIA QUE TODOS OS CRIMInosos violentos são criminalmente insanos, pois os casos que recebíamos para análise eram muito extremos quanto à violência do agressor contra as vítimas. Pensei: *Não é possível que esse nível de violência ou de crueldade faça algum sentido.* No fim das contas, quando nos deparamos com crimes tão hediondos e repugnantes como os de Ng, uma das primeiras perguntas que fazemos para nós mesmos é: *Como alguém pode fazer isso com outro ser humano?* Esses atos são indescritíveis, trabalho de mentes bastante perturbadas. No entanto, quanto mais mergulhamos na cabeça e na personalidade desses criminosos, e conseguimos relacioná-los às evidências da cena do crime, mais entendemos sobre a psicodinâmica comportamental.

Assim como todos os assassinos expostos aqui, natureza *versus* criação sempre será a tensão principal nesse debate sobre o que é capaz de

DE FRENTE COM O SERIAL KILLER

produzir tais atos monstruosos e anormais, mas a pesquisa não pode terminar aqui. É inevitável que a questão em algum momento se resuma a ação moral *versus* determinismo intrínseco. Isso leva a uma única palavra: *escolha*.

Muitos assassinos diriam que seus atos homicidas não são uma escolha; que matar é uma ação fixa e inegociável para eles. Mas nada que eu tenha visto em todos os meus anos de investigação criminal me leva a aceitar essa premissa, exceto nos casos extremos de doença mental.

A realidade é que um passado trágico não é desculpa para cometer um assassinato; nunca foi nem nunca será. Não discordo de que Lake e Ng tiveram o tipo de criação, ou a falta dela, que combinada a uma natureza inerente, traçou o caminho até os crimes terríveis que cometeram. Como vimos tanto com Joseph McGowan quanto com Todd Kohlhepp, assim como com Edmund Kemper, David Berkowitz e tantos outros, assassinos procuram algo do lado de fora para explicar seus crimes.

Foi o que aconteceu alguns anos depois da condenação de Ng, em 2002, no caso dos franco-atiradores de Beltway, em que John Allen Muhammad, de 41 anos, e Lee Boyd Malvo, de 17, foram presos pelos assassinatos de dez pessoas e ferimento grave de mais três, durante um período de três semanas na capital Washington, em Maryland e na Virgínia. Muhammad recusou-se a falar sob custódia, mas Malvo falou livremente. Ele foi interrogado pela detetive June Boyle, uma veterana de 26 anos do departamento de polícia de Fairfax County, que tinha investigado o assassinato de Linda Franklin, morta com um tiro na cabeça pelo franco-atirador no estacionamento da loja Home Depot, enquanto ela e o marido, Ted, enchiam o carro com as compras.

O que todo mundo que presenciou o interrogatório ou ouviu o áudio percebeu foi o quanto Malvo parecia alegre, despreocupado e sem arrependimento algum. Quando Boyle perguntou se ele havia atirado na sra. Franklin, ele afirmou, com descaso, que sim. Ao perguntar se ele tinha visto pelo visor do rifle onde ela havia sido atingida, de acordo com o testemunho de Boyle logo depois, em uma audiência antes do julgamento, Malvo "riu e apontou para a própria cabeça".

Boyle disse que Malvo parecia se divertir ao descrever o segundo assassinato na área de Washington, do jardineiro Sonny Buchanan. O que Malvo achou muito engraçado foi que, após a vítima ter sido atingida e derrubada do cortador de grama, a máquina continuou andando sem ninguém operando-a.

O dr. Stanton E. Samenow, psicólogo clínico e forense da área de Washington, um herói para nós há muito tempo, foi solicitado pelo procurador para entrevistar Malvo na audiência anterior ao julgamento. Junto ao falecido psiquiatra dr. Samuel Yochelson, Samenow era coautor de *The Criminal Personality*, um estudo referência de três volumes baseado na pesquisa extensa que os dois conduziram sobre criminosos violentos no hospital de saúde mental St. Elizabeths, em Washington.

Samenow revisou minuciosamente a infância jamaicana de Malvo, o não envolvimento do pai em sua criação, o sumiço frequente da mãe e o ainda mais frequente castigo físico, além de todas as confusões em que se meteu antes de se envolver com o trapaceiro e trambiqueiro Muhammad.

A defesa de Malvo alegou que, na época, ele sofria de DSM-4, classificado como "transtorno dissociativo de identidade, não especificado de outra maneira". Isso significava que Malvo estava tão sob influência de Muhammad que não respondia por si.

Samenow disse: "Essa não é uma citação, mas um dos advogados disse algo como: 'É como se um rio limpo tivesse sido contaminado por um esgoto imundo; do mesmo jeito, Lee Malvo foi envenenado, contaminado e dominado por John Muhammad.'" Soa familiar?

Em uma entrevista na prisão que foi ao ar no programa *Today*, da CBS, cerca de dez anos após os crimes do franco-atirador de Washington, Malvo falou sobre Muhammad, que havia sido executado pelos crimes: "Eu não podia dizer não. Eu quis aquele nível de amor, aceitação e consistência durante toda a minha vida e não consegui encontrar. E mesmo que de forma inconsciente ou em momentos de breve reflexão, eu sabia que aquilo era errado, mas não tinha a iniciativa de dizer não."

No entanto, dez anos antes, quando Samenow perguntou se, em algum momento, ele havia negligenciado ou se recusado a fazer algo que Muhammad mandara, o jovem rapaz respondeu: "Ah, toda hora."

Em outras palavras, ele fez uma escolha.

Nós estudamos essas pessoas não como psicólogos ou sociólogos, mas como criminalistas. Examinamos seu passado e sua educação para nos ajudar a entender por que e como eles fazem o que fazem — para entender sua motivação e prever seu comportamento — e podermos aplicar esse conhecimento na resolução dos crimes e em nossa missão de justiça criminal. Isso significa encontrar as respostas às perguntas do porquê eles escolhem machucar e matar pessoas. Entender como essas escolhas são feitas, o comportamento antes e depois do crime e os meios que permitiram que tais escolhas fossem seguidas são a base da análise de perfil criminal.

Por quê? + Como? = Quem.

Jamais chegaremos ao fim do arco-íris em nossos estudos de comportamento humano e tampouco conseguiremos acabar com os crimes. Tudo que podemos fazer é continuar trabalhando e sempre tentando aumentar nossa compreensão e nosso conhecimento.

Os criminosos que estudamos neste livro são todos assassinos, mas diferentes entre si. Cada assassino e predador representa muitas camadas de distinções sutis. O crime em si é o reflexo dessa diferença e é comum que aponte diretamente para o motivo. Contudo, podemos dizer que todos esses homens tinham conflitos internos entre a grandiosidade e a inadequação. Todos tinham um senso de direito pessoal que retirava deles a obrigação de seguir as regras e as convenções da sociedade. E todos tinham a capacidade de fazer escolhas.

Algum dia, a neurociência será capaz de explicar e apontar o comportamento em tal nível que nós poderemos atribuir um determinado pensamento a uma estrutura morfológica específica e transmissão eletroquímica dentro do cérebro. Mas, até que isso aconteça, será que esse nível preciso de reducionismo científico e determinismo comportamental apagaria o conceito de responsabilidade pessoal? E, se a resposta a essa pergunta for sim, em que tipo de sociedade e universo moral estaríamos vivendo?

Desde o início da minha carreira policial, lembro de pouquíssimos predadores violentos que eu ou meus colegas entrevistamos que consideramos insanos por definição legal. Eles com certeza não eram normais e a maioria tinha algum tipo de doença metal. Entretanto, sabiam discernir o certo do errado e a natureza e as consequências de suas ações contra outras pessoas.

Costumamos comparar o caso de Susan Smith, que assassinou os filhos de 3 anos e de 14 meses de idade na Carolina do Sul, em 1994, e Andrea Yates, que assassinou os cinco filhos, com idades de 6 meses a 7 anos, no Texas, em 2001. Todas as crianças morreram afogadas: os garotos Smith quando o carro em que estavam amarrados afundou em um lago; e as crianças Yates na banheira da própria casa.

Smith alegou que seu Mazda havia sido roubado por um homem afro-americano com os garotos dentro. Ela foi até a televisão para implorar pela volta dos filhos para casa em segurança. A polícia suspeitou dela desde o início, e sua motivação era uma tentativa de salvar seu relacionamento com um homem rico que não tinha espaço em sua vida para os filhos dela. Infelizmente, esse motivo não é incomum em casos de pais que matam os próprios filhos.

Yates, que tinha um longo histórico de doença mental, depressão pós-parto, tentativa de suicídio e já estivera sob cuidados psiquiátricos, esperou o marido sair para trabalhar, pois sabia que ele tentaria impedi-la. Ela afogou os cinco filhos e depois chamou a polícia. Seu motivo era acreditar não ser uma boa mãe, que Satanás já tinha tomado posse dos filhos e que esse era o único jeito de salvá-los do fogo do inferno.

Embora se possa dizer que as duas infanticidas fossem doentes mentais, Susan Smith claramente sabia diferenciar o certo do errado e tomou uma decisão que entendia ser o melhor para si, mesmo que aquilo significasse se livrar dos filhos. Andrea Yates, por outro lado, era tão delirante que não tinha nenhuma compreensão da realidade. Ambos os casos são terrivelmente trágicos, mas podemos afirmar que somente as atitudes de Smith foram malignas. Ela tomou uma decisão consciente. Yates não era capaz disso.

A segunda não era uma predadora ou uma assassina em série. Se não tivesse sido capturada, ela não teria seguido adiante planejando o assassinato dos membros de outra família ou de estranhos para salvá-los do inferno. Com a exceção de pouquíssimos casos extremos — como Richard Trenton Chase, que bebia sangue, e Edward Gein, que fazia roupas com pele de humanos —, que eram tão delirantes que não conseguiam discernir a realidade, a maioria dos assassinos sabe exatamente o que está fazendo.

Acredito que todos os assassinos que estudamos neste livro tinham defeitos de caráter que os levaram a fazer o que fizeram, mas não psicoses que os tornaram incapazes. As pessoas das quais falamos queriam que suas vítimas morressem, mas elas queriam viver. Dentro de seu próprio sistema perverso de valores, isso é muito racional.

Joseph Kondro e Donald Harvey tomaram decisões deliberadas envolvendo planejamentos complexos. Todd Kohlhepp até escreveu que tomou a decisão de agredir a vizinha e acabou "estragando tudo". É possível alegar que McGowan e Kohlhepp, em seus últimos assassinatos, deixaram a emoção tomar conta; que eles não estavam realmente tomando decisões pensadas. Eu contestaria esse argumento. Como McGowan me contou, assim que viu Joan D'Alessandro na porta, ele escolheu *matá-la*. Assim que a chamou para descer com ele para o andar de baixo, dizendo que pegaria o dinheiro para comprar os biscoitos, ele escolheu *onde* a mataria. E assim que bateu com a cabeça dela no chão, ele escolheu *como* a mataria. O mesmo se aplica ao assassinato dos Coxie e de Charlie Carver cometidos por Kohlhepp. O conceito legal de dolo não especifica um espaço de tempo. Poderia ser um ano; poderia ser uma fração de segundos. Ainda assim, é uma escolha.

No fim, dificilmente nos sentiremos satisfeitos ao explicar o mistério inexplicável que se esconde dentro da mente dos assassinos. Após uma carreira estudando esses assuntos, frequentemente me vejo voltando à ideia expressada de maneira tão nobre pelo dr. Viktor Frankl, o psiquiatra vienense, autor e sobrevivente do Holocausto, cujo livro *O homem em busca de um sentido* é um dos maiores documentos morais e filosóficos da nossa era. Frankl conseguiu encontrar sentido mesmo em meio aos horrores desumanos de Auschwitz, onde perdeu os pais, o irmão e a esposa grávida. Levou em consideração tudo com o que nascemos e tudo o que acontece conosco quando escreveu: "O homem *não* é totalmente condicionado e determinado, mas determina se deve se entregar às condições ou se deve enfrentá-las. Em outras palavras, o homem é, em última instância, autodeterminante."

Todos os assassinos — a não ser que tenham uma deficiência mental séria ou vivam em um estado genuíno de ilusão — são livres para tomar as próprias decisões. Porém, aceitar essa realidade não é um fim em si. Precisamos tentar expandir nosso conhecimento constantemente e aumentar nossa compreensão de como e por que as escolhas são feitas, para que possamos ajudar a polícia a identificar, capturar e tirar esses criminosos do convívio da sociedade. Foi por isso que comecei a fazer o que faço, e é por isso que continuo encarando os serial killers de frente.

AGRADECIMENTOS

D e uma forma ou de outra, todo livro é um processo colaborativo, e tivemos muita ajuda neste. Agradecimentos especiais e sinceros:

Ao nosso editor, Matt Harper, pelo entusiasmo e incentivo constantes, pela orientação perspicaz e visão clara, que nos ajudou a contar esta história da maneira que queríamos; Anna Montague, Beth Silfin, Danielle Bartlett, Gera Lanzi, Kell Wilson, e a toda família HarperCollins/William Morrow/Dey St.

Ao nosso agente sempre motivador e engenhoso, Frank Weimann, da Folio Literary Management.

Ao nosso editor do Reino Unido, Tom Killinbeck, à publicitária Alison Menzies e à equipe da William Collins em Londres.

A Andrew Consovoy, ex-diretor do Conselho de Liberdade Condicional do Estado de Nova Jersey, e Robert Egles, ex-diretor executivo.

Aos professores aposentados da Tappan Zee High School Robert Carrillo e Jack Meschino, e ao parceiro de Jack, Paul Coletti.

À produtora Trisha Sorrells Doyle e à equipe da MSNBC que trabalhou com John nas entrevistas com Joseph Kondro e Donald Harvey.

À produtora-diretora da Committee Films, Maria Awes, que foi incrivelmente generosa em compartilhar suas experiências, pesquisa investigativa, comunicação e análise relativas à sua série do canal Investigation Discovery, *Serial Killers: The Devil Unchained*; e à equipe da

Committee Films, especialmente Jen Blanck e Bill Hurley, pelo trabalho meticuloso de revisão e conferência de fatos.

Ao Ph.D. em psicologia forense Stanton E. Samenow, de cuja experiência e vasto conhecimento continuamos nos beneficiando, especialmente, em relação ao caso do franco-atirador de Washington.

À mulher de Mark, Carolyn, que é chefe de gabinete e conselheira interina dos Mindhunters, dentre seus muitos talentos e virtudes.

À filha de John, Lauren Douglas Skladany, pela leitura cuidadosa e pelos sábios conselhos.

E a Rosemarie D'Alessandro e os filhos, Michael e John, que não só batalham incessantemente para manter vivo o legado de Joan como travam lutas constantes por justiça e pela segurança de crianças em todos os lugares. Pela liderança, coragem e espírito de graça, este livro é dedicado a ela. Aos interessados em trabalhar com Rosemarie, em se informar sobre a causa da segurança infantil, à qual ela se dedicou a vida inteira, ou contribuir para a Fundação em Memória de Joan Angela D'Alessandro, os detalhes podem ser encontrados no site da fundação: www.joansjoy.org.

Este livro foi composto com Abril Text,
e impresso na Vozes sobre papel Avena 70g/m².